Amelia Henley
Das Leben, das wir beinah hatten

TINTE & FEDER

Das Buch

Alles beginnt mit Sand unter den Füßen. Der zurückhaltende Adam rettet Anna nicht nur aus den Fluten, sondern gibt ihr auch den Glauben an die Liebe zurück. Nach romantischen Nächten und Sonnenaufgängen am Meer ist klar, dass es mehr als ein Urlaubsflirt ist.

Doch zwischen Kinderwunsch und dem Alltag gemeinsamer Jahre entfernt sich das junge Paar immer weiter voneinander. Als Anna die Chance erhält, ihre Liebe noch einmal zu spüren, muss sie eine schwierige Entscheidung treffen.

Die Autorin

Amelia Henley ist eine hoffnungslose Romantikerin, die emotionale und anspruchsvolle Liebesgeschichten schreibt.

Unter ihrem Klarnamen Louise Jensen veröffentlicht sie auch psychologische Thriller. Weltweit hat sie bereits über eine Million Exemplare ihrer Bücher verkauft. Ihre Titel wurden in fünfundzwanzig Sprachen übersetzt und für zahlreiche Preise nominiert.

AMELIA HENLEY

Das Leben, das wir beinah hatten

ROMAN

Aus dem Englischen
von Katja Rudnik

TINTE & FEDER

Die englische Ausgabe erschien 2020 unter dem Titel
»The Life We Almost Had« bei HQ, London.

Deutsche Erstveröffentlichung bei
Tinte & Feder, Amazon Media EU S.à r.l.
38, avenue John F. Kennedy, L-1855 Luxembourg
März 2021

Die Übersetzung dieses Buches wurde durch Amazon Crossing ermöglicht.

Umschlaggestaltung: bürosüd° München, www.buerosued.de
Umschlagmotiv: © Song_about_summer / Shutterstock;
© bbearlyam / Shutterstock; © ilolab / Shutterstock;
Lektorat und Korrektorat: Rotkel Textwerkstatt
Gedruckt durch:
Amazon Distribution GmbH, Amazonstraße 1, 04347 Leipzig /
Canon Deutschland Business Services GmbH, Ferdinand-Jühlke-Str. 7,
99095 Erfurt /
CPI books GmbH, Birkstraße 10, 25917 Leck

ISBN 978-2-49670-597-3

www.tinte-feder.de

Für Glynn Appleby.
Alles Liebe.

Prolog

Sieben Jahre. Sieben Jahre sind seit jener Nacht am Strand vergangen. Ich lag mit Adam auf dem feuchten Sand, und er strich mit seinem Daumen über meinen. Die Morgendämmerung vertrieb mit pinkfarbenen Fingern die Nacht, während die aufgehende Sonne Glitter auf die Meeresoberfläche streute. Wir hatten uns auf die Seite gerollt und schauten uns an. Unsere Körper waren Anführungszeichen, zwischen denen zögernd unausgesprochene Worte ausgetauscht wurden. Ein illusorischer Traum. *Verlass mich niemals*, bat ich ihn stumm. *Das werde ich nicht*, antworteten seine Augen.

Doch er hat es getan.

Mich verlassen.

Meine Erinnerungen sind schmerzlich, aber auch angenehm. Wir waren überglücklich gewesen, bis wir es nach und nach nicht mehr waren. Jedes böse Wort, jeder starre Blick, jedes Mal, wenn wir uns im Bett den Rücken zudrehten, hing über uns wie dunkle Gewitterwolken. Bereit aufzuplatzen und uns mit Zweifel und Unsicherheit zu überschütten, bis wir Dinge infrage stellten, die wir einst für unzweifelhaft gehalten hatten.

Kann Liebe wirklich ewig währen?

Jetzt kann ich diese Frage beantworten, denn die bittere Wahrheit ist, dass ich ohne ihn hoffnungslos und unwiderruflich verloren bin.

Aber geht es ihm genauso?

Ich versuche, mir ein Leben ohne Adam vorzustellen, doch jedes Mal, wenn ich darüber nachdenke, dass ich ohne ihn kein Teil eines *Wir* mehr bin, bricht es mir wieder das Herz.

Hätten wir nur nicht …

Ich spüre einen Druck auf der Brust.

Atme.

Atme, Anna. Es ist alles okay mit dir.

Das ist eine Lüge, sage ich mir, aber mit jedem langsamen Einatmen und jedem bedächtigen Ausatmen verflüchtigt sich allmählich das Grauen jenes Tages. Ich brauche einige Minuten, um mich zu beruhigen. Meine Finger krümmen und strecken sich, und die Fingernägel bohren sich in die zarte Haut meiner Handflächen, bis der brennende Kummer nachlässt.

Konzentrier dich.

Mir läuft die Zeit davon. Ich habe versucht, einen Brief zu schreiben, doch ich bringe nichts zustande. Das Papier ist immer noch strahlend weiß, mein Füller wieder bereit, und die Tinte wartet darauf, das leere Blatt mit schwachen Ausreden zu besudeln.

Mit meinen Geheimnissen.

Aber nicht mit meinen Lügen. Davon gab es genug. Zu viele.

Ich will ihn unbedingt noch einmal sehen und es richtig machen.

Alles.

Wenn ich doch nur wüsste, was er will. Meine Augen schließen sich zwinkernd. Ich versuche, seine Stimme heraufzubeschwören, stelle mir vor, er würde mir sagen, was ich tun soll. Vergangene Gespräche hallen in meinem Kopf wider, als ich nach einem Hinweis suche.

»Wenn du jemanden liebst, gib ihn frei«, hatte er einmal zu mir gesagt, aber ich schiebe den Gedanken beiseite. Ich glaube nicht, dass er zu der furchtbaren Lage passt, in der wir uns befinden. Stattdessen erinnere ich mich an das Gefühl seines Körpers, der sich an meinen drückt, den warmen Atem in meinem Genick und die Versprechungen, die in mein Ohr dringen.

Für immer.

An diese beiden Worte klammere ich mich, wie ich mich einst an seine Hand geklammert habe.

Ich habe ihn mit Haut und Haaren geliebt. Was auch immer jetzt, danach, geschieht, mein Herz wird stets ihm gehören.

Wird immer ihm gehören.

Ich muss mich beeilen, wenn ich ihn erreichen will, bevor es zu spät ist. Meine Finger zittern, als ich mit dem Brief beginne, der sowohl eine Entschuldigung als auch eine Erklärung sein wird. Doch es scheint unmöglich, alles in Worte zu fassen – unsere Geschichte. Ich habe wirklich keine Zeit, über das Leben nachzudenken, das wir hatten – das Leben, das wir beinah hatten –, aber ich erlaube es mir, in der Vorstellung zu schwelgen. Ich erinnere mich daran, wie wir am Strand den Sonnenaufgang betrachteten, ich ihn meiner Mutter vorstellte und seine Stimme vor Aufregung zitterte, als er »Hallo« sagte, und wie wir uns zum ersten Mal in dieser schäbigen Bar trafen. Alles noch einmal zurück auf Anfang, und mehr als alles andere wünsche ich mir, ich könnte es alles noch einmal erleben. Außer jenen Tag. *Nie wieder* jenen Tag.

Wieder bekomme ich Beklemmungen. Vor meinem inneren Auge nimmt alles Gestalt an, und ich kann es auch spüren. Alles. Angst, Panik, Verzweiflung.

Atme, Anna.

Ein und aus. Ein und aus. Bis ich wieder im Hier und Jetzt bin, den Stift in meiner Hand zu fest drücke.

Konzentrier dich.

Ich habe einen Fehler gemacht.

So intensiv starre ich auf die Worte, die ich geschrieben habe, dass sie auf der Seite herumspringen. Ich weiß nicht, wie ich fortfahren soll, doch dann erinnere ich mich an einen der ersten Ratschläge, den Adam mir einmal gegeben hatte: »Fang vorne an, Anna.«

Und das tue ich.

Schnell gleitet mein Stift über das Papier. Ich lasse alles heraus.

Es ist keine typische Liebesgeschichte, aber es ist unsere Liebesgeschichte.

Meine und Adams.

Trotz jenes Tages, trotz allem, bin ich noch nicht bereit dafür, dass sie vorbei ist.

Ist er es?

TEIL 1

»Das wird das Abenteuer unseres Lebens.«

NELL STEVENS – ANNAS BESTE FREUNDIN

Kapitel 1

Anna

Vor sieben Jahren.

Der Tag, an dem ich Adam traf, hat sich für immer in mein Gedächtnis eingebrannt. Er hätte mein Hochzeitstag sein sollen. Ich strich mir die Haare hinters Ohr, die nicht mit Konfetti übersät waren, sondern fettig und kraftlos. Ungewaschen und vernachlässigt.

Das Flugzeug rollte über die Startbahn, bevor es mit einem hinter sich herziehenden Kondensstreifen steil in den Himmel aufstieg. Draußen vor dem Fenster sah ich nur Wolken, so düster und deprimierend wie meine Gedanken. Jedes Mal, wenn ich daran dachte, wie ich praktisch vor dem Altar abserviert worden war, brannte mein Gesicht vor Scham.

Auf Wiedersehen.

Ich war mir nicht sicher, ob ich mich von England verabschiedete oder von dem Mann, der mir das Herz gebrochen hatte.

Finger schoben sich durch meine und drückten sie. Fast brach ich in Tränen aus, als ich auf meine ringlose Hand starrte.

Lächerlicherweise hatte ich mich am meisten darauf gefreut, dass in meinen Flitterwochen die Haut um den schlichten goldenen Ring, den ich ausgesucht hatte, von der Sonne gebräunt werden würde. Auch wenn ich ihn ablegen würde, wenn ich ins Meer ging, wäre der blasse Streifen am Ringfinger meiner linken Hand ein sicherer Hinweis darauf, dass ich verheiratet war.

Dass ich geliebt wurde.

»Hör auf, an ihn zu denken.« Nell öffnete ihren Sicherheitsgurt, als die Warnleuchte ausging, und signalisierte der Crew, dass sie einen Drink wollte. Ich strich die Knitterfalten aus meinem luftigen Leinenkleid, und mir fiel auf, dass ich Weiß trug. Unglücklich fummelte ich am Ausschnitt herum, den keine winzigen Perlen schmückten, die unter den Lampen creme-, lila- und pinkfarben schimmerten wie bei dem Kleid, das ich ausgesucht hatte. Es war schwer, nicht wieder zu weinen, als ich daran dachte, wie perfekt dieser Tag gewesen war. Mum, die beide Hände vor den Mund gehalten hatte, als ich aus der Umkleidekabine gekommen war und mich vor den vielen Spiegeln gedreht hatte. In jedem hatte ich mein strahlendes Gesicht gesehen.

»Das ist es«, hatte Mum geflüstert, als wären wir in einer Kirche und nicht in einem Brautladen, aber das brauchte sie mir gar nicht zu sagen. Ich wusste, dass es *mein* Kleid war.

Es war so schade, dass *er* nicht der Richtige gewesen war.

»Es wird nicht immer so wehtun«, sagte Nell, als kenne sie sich aus. Normalerweise war sie es, die Herzen brach. Ihres war immer noch intakt. »Du bist noch einmal davongekommen. Er war nicht gut genug für dich. Außerdem ist vierundzwanzig zu jung zum Heiraten. Wir leben nicht mehr in den Fünfzigerjahren.«

»Befänden wir uns in den Fünfzigerjahren, wäre ich schon seit Jahren verheiratet und hätte bereits ein paar Kinder geworfen.« Bei dem Gedanken daran bildete sich ein Kloß in meinem

Hals. Ich mochte zwar jung sein, aber ich konnte es nicht abwarten, Mutter zu werden. Würde ich je Kinder haben? Ich hatte gedacht, meine Zukunft sei in trockenen Tüchern, aber jetzt hatte ich nur noch Zweifel und Ängste und einen Berg von Hochzeitsgeschenken, die ich zurückgeben musste.

»Ich sehe dich sowieso nicht, fünf Minuten bevor dein Mann nach Hause kommt, Lippenstift auflegen und ein Band ins Haar binden. Und das nach einem Tag, an dem du Fenster mit Essigreiniger geputzt und Teppiche ausgeklopft hast.«

»Ich weiß, wen ich gerne ausklopfen würde«, murmelte ich finster.

»Darauf trinke ich.« Nell lächelte mich an. »Und von jetzt an gibt es Essig nur noch auf den Pommes, die du nicht mehr essen solltest, wenn es nach ihm gegangen wäre.«

»Er hat sich Sorgen um meine Gesundheit gemacht.«

»Blödsinn! Er hatte Angst, du würdest erkennen, dass du eine völlig normal gebaute Göttin von einer Frau bist und ihn für jemanden verlässt, der nicht ständig sagt, du seist pummelig. Aber wir sollten wirklich keinen Gedanken mehr an ihn verschwenden. Ich bin bereit, es krachen zu lassen …«

»Nell …«

»Ich weiß, ich weiß.« Ihr entging mein Gesichtsausdruck nicht. »Es ist nicht das, was du wolltest. Ich bin nicht diejenige, die hier sitzen sollte, und jetzt hast du keine Gelegenheit, dem Mile High Club beizutreten …«

»Nell …«

»Aber du kannst entweder die nächsten zehn Tage heulend am Pool sitzen oder versuchen, das Beste daraus zu machen. Ich weiß, dass du ihn geliebt hast, Anna …«

»Nell Stevens.« Ihr besorgter Blick traf auf meinen, und ich wusste, dass sie Angst hatte, zu weit gegangen zu sein. »Ich will nur … Danke sagen. Nicht nur dafür, dass du mich überredet hast mitzukommen, sondern … für alles.« Nell hatte alles stehen und liegen lassen, als ich sie bei der Arbeit angerufen und zwei Wochen vor meinem großen Tag hemmungslos geschluchzt hatte. Sie hatte mich mit Wodka und Eiscreme eingedeckt und bei den Gästen angerufen, denen sie erklärte, ich sei diejenige gewesen, die es sich anders überlegt hatte. Es war Nell gewesen, die mir ausgeredet hatte, Sonia Skelton zur Rede zu stellen, als die Gerüchte über sie und meinen Verlobten die Runde machten. Außerdem hatte sie abends mein Handy konfisziert, damit ich nicht im betrunkenen Zustand um drei Uhr morgens SMS an den elenden Betrüger schicken konnte. Dank ihr konnte ich ein wenig Würde bewahren, zumindest äußerlich. Jedes Mal, wenn ich an ihn dachte – und das tat ich oft –, fühlte ich mich immer noch gedemütigt, aber seltsamerweise waren meine Gefühle ihm gegenüber verstrickt in einem Durcheinander aus Verlegenheit und Bedauern, untermauert von langsam schwelender Wut. Ich hatte drei Jahre meines Lebens vergeudet. Um ehrlich zu sein, war ich mir nicht sicher, ob ich tatsächlich ihn vermisste oder nur die Vorstellung von ihm. Wenn man sich fragen muss, ob es Liebe ist, dann ist es das wahrscheinlich nicht, oder?

Unsere Stirnen berührten sich, und wieder schob sie ihre Finger durch meine. Worte waren überflüssig, bis unsere Drinks gebracht wurden. Nell stürzte sich mit einem »Hurra« auf die kleinen Flaschen.

»Es gibt vieles, für das du dankbar sein kannst.« Sie schraubte den Gin auf und goss sprudelndes Tonic in mein Glas.

»Für Alkohol?«

»Das versteht sich von selbst. Aber die im Reisebüro haben nicht von dir verlangt, dass du den Namen auf dem Ticket ändern lassen musst. Außerdem hast du jetzt jemanden, der dir den Rücken mit Sonnencreme einschmiert, ohne dass du damit rechnen musst, flachgelegt zu werden, und es hält dir jemand die Haare zurück, wenn du dich nach zu viel Sex on the Beach übergeben musst.«

»Ich werde keinen Sex am Strand oder sonst wo haben … Oh.« Mir wurde klar, dass sie von dem Cocktail sprach.

»Wer weiß. Vielleicht treffen wir zwei nette Typen.«

»Keine Typen.« Ich kippte meinen Drink hinunter, und die Kohlensäure kitzelte in der Nase. »Nie wieder Typen.«

Ich hob mein Glas und wartete, bis auch Nell ihres hob.

»Das wird das Abenteuer unseres Lebens«, sagte sie, und wir stießen an. Sie sollte recht behalten.

Doch anstatt vor etwas davonzufliegen, flog ich auf etwas zu.

Auf ihn. Adam.

Ich wusste es nur noch nicht.

Als uns der Bus vor unserem Hotel auf der spanischen Insel Alircia absetzte, war es fast Mitternacht, aber ich rief Mum trotzdem an. Sie hätte sich sonst nur Sorgen gemacht.

»Wir sind angekommen.« Ich versuchte, die Traurigkeit aus meiner Stimme zu verbannen, aber Mum hörte sie trotzdem.

»Es wird leichter werden, Anna«, sagte sie, aber ich wusste, dass das Alleinsein auch für sie nicht einfacher geworden war. »Lieber keinen als den Falschen.«

»Ich weiß.« Ich wusste es wirklich. Seinen Heiratsantrag hatte ich aus einer Vielzahl von Gründen angenommen: weil ich so viel durchgemacht hatte und noch durchmachen musste, aber keiner war der richtige Grund gewesen. Der einzige Grund.

Liebe.

Ich versprach Mum, bald wieder anzurufen. Nell und ich standen neben Töpfen mit exotischen Pflanzen und Blumen und warteten darauf, dass der Fahrer den Gepäckraum leerte. Nell pflückte eine leuchtend pinkfarbene Bougainvilleablüte ab und steckte sie mir ins Haar.

»Es ist so schön hier!«, rief sie, aber ich bemerkte kaum die Lichterketten, die um die dicken Stämme der Palmen gewunden waren, die den Pool umgaben. Wir rollten unsere Koffer zur Rezeption, um einzuchecken. Mir war heiß, und ich war erschöpft. Der Gin, den ich im Flugzeug getrunken hatte, hatte einen Nachgeschmack auf der Zunge hinterlassen. Und ein Hämmern in den Schläfen.

»Sieh dir das an!« Meine beste Freundin hatte ihr Gepäck stehen lassen und schlenderte in die Bar. Typisch Nell! »Wie wär's mit einem Schlaftrunk?«

»Ich bin kaputt.« Ich mühte mich mit ihrem und meinem Koffer ab. »Ich möchte nur duschen und dann ins Bett.«

»Spielverderberin.« Sie sagte es leicht dahin, aber ich hatte Schuldgefühle. Ich wusste, dass sie ihren Jahresurlaub bereits aufgebraucht und unbezahlten genommen hatte, um mich zu unterstützen. Das Mindeste, was ich tun konnte, war, einen Absacker mit ihr zu trinken.

»Aber da es all-inclusive ist, wäre es wahrscheinlich unhöflich, nichts zu trinken«, sagte ich.

Ich blieb bei unserem Gepäck stehen, unterdrückte ein Gähnen und hoffte, Nell würde Schnäpse für uns holen, als sie zur Bar stolzierte. Doch anstatt mit etwas zurückzukommen, was wir schnell hätten hinunterkippen können, erschien sie mit zwei Gläsern, in denen eine orangefarbene Flüssigkeit sprudelte und die mit pinkfarbenen Papierschirmchen und Cocktailstäbchen mit kandierten Kirschen dekoriert waren.

»Ich habe uns etwas Lustiges bestellt«, rief sie über Madonna hinweg, die »True Blue« war. Wie kam es, dass Spanien dermaßen von englischer Musik aus den Achtzigern fasziniert war?

Ich nahm einen Schluck. »O mein Gott! Danach werden wir aber gut schlafen.«

»Meinst du? Ich schmecke nur die Orange. Du verträgst aber auch gar nichts. He, schau mal, ein Uhr.«

»Herrje, wirklich? Kein Wunder, dass ich so müde bin.«

»Nein. Dreh den Kopf ein klein wenig nach rechts.« Nell machte es in die entgegengesetzte Richtung vor. »Der hat ein Auge auf dich geworfen.« Ich konnte es nicht lassen und schaute hin, und genau in dem Moment spürte ich ... ich weiß nicht ... so etwas wie ein Déjà-vu. Vertrautheit. Er war groß, dunkelhaarig und unbeholfen, trank Bier aus einem Plastikbecher und war allein. Jedenfalls schien er allein zu sein. Er fing meinen Blick auf und lächelte. Ich drehte mich weg.

»Keine Typen. Erinnerst du dich?«, sagte ich zu Nell.

»Wie ich anhand der Reservierung sehe, befinden Sie sich in den Flitterwochen?«, fragte der junge Rezeptionist mit den pechschwarzen Haaren und den strahlend weißen Zähnen.

»Genau.« Nell schielte auf sein Namensschild. »Miquel.« Sie legte mir den Arm um die Schultern. »Wenn wir bitte unseren Schlüssel bekommen könnten. Meine Frau und ich sehnen uns nach einem Bett.«

Vorzugeben, wir wären verheiratet, war besser, als begründen zu müssen, weshalb ich es nicht war. Nell wusste, dass ich diesen furchtbaren britischen Drang hatte, mich ständig zu erklären, aber die Emotionen, die aufkamen, als ich hörte, dass ich die Ehefrau von jemandem war, entzogen mir die letzte Energie. Plötzlich holte mich alles ein. Die Reise, der Alkohol, der Schlafmangel. Meine Sicht verschwamm, und es summte in meinen Ohren. Ich wünschte, ich könnte mich setzen, und legte, eingelullt von Miquels Tippen auf der Tastatur beim Einchecken, den Kopf auf Nells Schulter. Worte schwebten an mir vorbei ... *Frühstück ... Sonnenliegen ... Ausflüge.*

»Lass uns gehen, Liebling.« Nell drückte mir einen Kuss auf den Scheitel. Gleichzeitig hob ich den Kopf, wischte mir, für den Fall, dass ich gesabbert hatte, über den Mund, dankte

Miquel und zwang meine Füße, sich zu bewegen. Ich spürte Blicke in meinem Rücken, als wir nach draußen gingen, wo die Luft noch immer warm war und Grillen uns auf ihrer Insel begrüßten.

Die Musik wurde leiser, als wir uns auf die Suche nach unserem Apartment machten und dabei das schwache Licht unserer Handybildschirme benutzten, um die Nummern auf den weiß getünchten Wänden lesen zu können. Aufblasbare Schwäne und Flamingos lagen auf Balkonen und zeigten, in welchen Apartments Kinder wohnten. Handtücher und Badesachen hingen auf ausziehbaren Wäscheleinen.

Sterne funkelten am Himmel, und in der Dunkelheit hörten wir zu unserer Rechten die Wellen ans unsichtbare Ufer rollen. Die warme Luft roch nach Strand.

»Hier ist es«, sagte Nell. Sie schloss die Tür auf und schaltete das Licht ein. »O Gott. Es tut mir leid, Anna.«

Ich drängte mich an ihr vorbei, um nachzuschauen, was sie meinte. Ein Spruchband, auf dem *Just Married* stand, war quer durchs Wohnzimmer gespannt, und Rosenblätter lagen auf dem Fußboden verstreut. Auf dem Couchtisch stand eine Flasche Sekt mit zwei Gläsern.

Ich war eine Braut ohne Ehemann und musste weinen.

»Entschuldigung«, erklang eine Stimme hinter mir. Ich wirbelte herum und wischte mir über die Augen.

Es war der junge Mann aus der Bar.

Adam. Es war Adam.

Kapitel 2

Adam

Vier Tage des Urlaubs waren vergangen, und wenn ich ehrlich sein sollte, fühlte ich mich ziemlich allein. Josh hatte gleich am ersten Tag eine Frau kennengelernt und verbrachte einen Großteil des Tages damit, ihre Kurven mit Sonnencreme zu massieren. Sie hatte eine Freundin, die mich jedes Mal hoffnungsvoll anlächelte, wenn sich unsere Blicke trafen. Sie schien ganz nett zu sein, aber Urlaubsflirts waren nicht wirklich mein Ding.

»Sie bietet es dir doch auf einem Silbertablett an«, hatte Josh gesagt.

Aber ich brauchte eine Art Verbindung. Sonst erschien es mir zu oberflächlich.

»Du bist schlimmer als eine verdammte Frau.« Josh überprüfte noch einmal seine Tasche auf Kondome. Wie verabredet, verließ ich das Zimmer und machte mich auf den Weg zur Bar. Seitdem wir angekommen waren, hatte ich kaum Zeit mit Josh verbracht. Das hier sollte eigentlich unser letzter Urlaub unter Kumpels sein, bevor ich mich in mein neues Leben stürzte, aber ich nahm es ihm nicht übel. Eigentlich war ich mir immer selbst genug.

Jetzt langweilte ich mich allerdings. Ich nahm einen weiteren Schluck Bier. Es war mein fünfter Becher. Zwar kostete es nichts, aber ich musste doppelt so viel trinken wie zu Hause, um etwas beschwipst zu sein. Die Musik war laut, doch das war in Ordnung. Ich unterhielt mich sowieso mit niemandem, und außerdem hatte ich eine kleine Schwäche für die Achtziger – etwas, womit mich Josh auch immer aufzog. Ich fragte mich manchmal, ob wir überhaupt Freunde geworden wären, wenn wir uns erst als Erwachsene kennengelernt hätten. Aber Josh war während dieser furchtbaren Zeit vor neun Jahren für mich da gewesen, und ich weiß nicht, was ohne ihn aus mir geworden wäre. Wo ich jetzt wäre. Obwohl er äußerlich den Eindruck vermittelte, ihm sei alles scheißegal, war er unglaublich loyal und wie ein Bruder für mich. Manchmal allerdings wie ein nerviger Bruder. Ich fragte mich gerade, ob ich schlafen gehen sollte und ob Josh unser Apartment wieder freigegeben hatte, als ich sie sah.

Manchmal ist es doch so, als würden sich sämtliche Scheinwerfer auf eine Person richten, die dann alle Blicke auf sich zog. So war es bei ihr. Alles andere verschwamm im Hintergrund. Ich nahm die Flut dicker, dunkler Locken wahr, die sich über ihre Schultern ergoss. Eine leuchtend pinkfarbene Blüte steckte hinter ihrem Ohr. Ein luftiges helles Kleid umspielte ihre Knöchel. Sie sah genau so aus wie Star in »The Lost Boys«, einer meiner absoluten Lieblingsfilme.

Star. Der Stern.

Und wie sie funkelte! Mir blieb die Luft weg, und ich war gespannt, mit wem sie gekommen war. Erleichtert ließ ich die Schultern sacken, als ich sah, dass es ein weiteres Mädchen war.

Allerdings bedeutete das nicht zwangsläufig, dass sie single war.

Nach meiner katastrophalen Beziehung mit Roxanne, die erst vor ein paar Monaten in die Brüche gegangen war, war ich überhaupt nicht auf der Suche.

Trotzdem.

Sie nippte an einem Glas, das fast so groß war wie ein Goldfischglas und in dem sich Cocktailschirmchen und aufgespießte Früchte drängten. Also hatte sie Sinn für Humor.

Ich lächelte sie an. Sie drehte sich weg, aber ich nahm es ihr nicht übel. Immerhin hatte ich noch zehn Tage Zeit, um sie kennenzulernen.

Und irgendwie wusste ich, dass es dazu kommen würde.

Die Menschenmenge hatte sich gelichtet, als sie ging. Das Entertainment – ich benutzte den Ausdruck ziemlich frei – war beendet. Ohne sie fühlte sich die Bar noch leerer an. Kälter. Ich knüllte meinen Plastikbecher zusammen und warf ihn in den Recyclingmülleimer, als ich ging. Sie stand mit ihrer Freundin an der Rezeption, und beide drehten mir beim Einchecken den Rücken zu. Plötzlich schien es lebenswichtig für mich zu sein zu fragen, zu welcher Uhrzeit ich in zehn Tagen mein Zimmer räumen musste, also stellte ich mich hinter sie, und ja, ich gebe es zu, ich atmete tief den Duft ihres Kokosnussshampoos ein. Schon damals war ich hingerissen gewesen. Allerdings katapultierte mich ein Wort in die Wirklichkeit zurück.

Flitterwochensuite?

»Wenn wir bitte unseren Schlüssel bekommen könnten. Meine Frau und ich sehnen uns nach einem Bett«, sagte die mit den kurzen blonden Haaren. Star legte den Kopf auf die Schulter ihrer Frau, und ich spürte, wie ich meine eigenen Schultern enttäuscht hängen ließ. Die Blüte löste sich aus ihren Haaren und schwebte unbemerkt zu Boden, von wo ich sie einfach aufheben musste. Als Star die Rezeption verließ, schaute ich ihr nach, und es fühlte sich an, als würde sie einen Teil von mir mitnehmen.

Ja, ich weiß, wie sich *das* anhört. Hatte ich schon erwähnt, dass ich ein unverbesserlicher Romantiker war?

Ich spürte Miquels Blick auf mir, während ich die Blüte traurig zwischen den Fingern drehte.

Oder ein unverbesserlicher Loser.

Es war nicht so, dass ich sie verfolgt hätte, ehrlich. Damals war ich vieles, aber garantiert kein Stalker. Wie es der Zufall wollte, lag ihr Apartment meinem und Joshs mehr oder weniger gegenüber. Eigentlich waren die beiden Apartments identisch, aber bei unserem blockierte ein riesiger aufblasbarer Flamingo, den Josh am ersten Tag gekauft hatte, fast unsere Apartmenttür. Ich hielt noch immer ihre Blüte in der Hand und wollte sie ihr zurückgeben. Mir war klar, dass sie eine Frau hatte, aber ich hoffte, dass wir Freunde werden konnten. Was ich so interessant an ihr fand, konnte ich gar nicht so genau sagen, aber da war … irgendetwas.

»Entschuldigung!«, rief ich, als ich mich ihr näherte. Erst als sie sich umdrehte, bemerkte ich, dass sie weinte. Mein Blick schnellte zu dem im Zimmer hängenden Just-Married-Spruchband und dann zur Sektflasche auf dem Tisch, bevor er wieder auf ihren traf.

»Entschuldigung …« Es war mir äußerst peinlich, solch einen emotionalen Moment unterbrochen zu haben. Was für eine Scheißaktion! Der glücklichste Tag in ihrem Leben, und irgendein komischer Kauz hielt ihr eine Blüte hin, während er idiotischerweise vor einem Busch stand, an dem mindestens dreißig identische purpurfarbene Blüten hingen. »Du hast das hier verloren.«

Sie drehte sich um und rannte ins Apartment, während ihre Freundin – ihre Frau – mir einen dermaßen vernichtenden Blick zuwarf, dass ich fast erwartete, die Pflanzen würden verkümmern und absterben. Gerne hätte ich es ihnen gleichgetan.

Ich machte mich aus dem Staub und ging zurück zu meinem eigenen Apartment. Drinnen hing ein roter BH aus Spitze über dem Sofa, und aus dem Schlafzimmer kamen Geräusche, die ich definitiv nicht hören wollte. Mir brummte der Kopf. Ich riss eine Flasche Wasser aus dem Kühlschrank und begab mich direkt wieder nach draußen. Durch das Fenster von Stars Apartment sah ich im Schein der Lampe die Schatten der Frauen, die sich innig umarmten. Mir wurde das Herz schwer. Vor nicht allzu langer Zeit hatte ich Roxanne in den Armen gehalten, aber besser niemanden im Arm als die falsche Person. Im Übrigen lag Roxanne jetzt in den Armen eines anderen – und in seinem Bett.

Ich vermied den von allen Touristen frequentierten Strand und lief zielstrebig auf die winzige Bucht zu, über die ich am ersten Abend gestolpert war, als Josh *Entertainment* gehabt hatte. Sie war nicht allzu weit entfernt, aber von der Straße her unerreichbar, und weil es weder einen Parkplatz noch Toiletten oder einen Imbiss gab, kam kaum jemand her. Sie war mein Lieblingsplatz.

Ich setzte mich in den feuchten Sand, und wegen der nächtlichen Brise bekam ich Gänsehaut auf den Armen. Ich wünschte mir, ich hätte jemanden, an den ich mich kuscheln könnte, und zwar nicht so, wie es Josh gerade in unserem Apartment tat.

Etwas Richtiges.

Statt an einer Flasche Sekt für zwei nippte ich an meiner einsamen Flasche Evian für einen und starrte den cremefarbenen Mond an. Eine Sternschnuppe erhellte den Himmel, und ich wünschte mir, richtig mit der jungen Frau sprechen zu können, die bereits zu viel Raum in meinem Kopf einnahm.

Ja, ich war ein unverbesserlicher Träumer.

Am nächsten Tag ging mein Wunsch tatsächlich in Erfüllung, aber die Umstände waren grässlich.

Verdammt grässlich.

Kapitel 3

Anna

Am ersten Tag meiner Flitterwochen wachte ich nach einem erbärmlichen Schlaf im Dunkeln auf. Sofort erinnerte ich mich daran, dass ich gestern nicht geheiratet hatte, und fühlte wieder den Schmerz, zwei Wochen vor meiner Hochzeit sitzen gelassen worden zu sein. Dass es Nell war, die neben mir in dem quietschenden Bett lag, das jedes Mal wackelte, wenn sich eine von uns bewegte. Nicht der Geruch nach Sex hing in den steifen weißen Laken, sondern ihr blumiges Parfüm. Als ich auf mein Handydisplay schaute, stellte ich überrascht fest, dass es schon nach acht war. Automatisch öffnete ich Facebook. Ich fragte mich, ob mein Ex seine Entscheidung bereits bereut hatte. Seine Profilseite zu besuchen war eine Qual, aber ich konnte es scheinbar nicht lassen und tat es mehrmals am Tag.

»Entfreunde dich von dem Vollidioten«, hatte mir Nell geraten, aber es war eine Sucht. Eine Wunde, die niemals heilen würde, weil ich immer wieder am Schorf kratzte, obwohl ich wusste, dass darunter alles roh und schmerzhaft war und wieder wehtun würde.

Er war gestern von Sonia auf einem Foto markiert worden, auf dem sie beide ausgestreckt auf einer Picknickdecke lagen. Er hatte es vorgezogen, auf einer Wiese zu liegen, anstatt mit mir vor den Altar zu treten, bereit, mich in guten wie in schlechten Zeiten zu lieben. Sandwiches und Chips bildeten ein Oval um einen riesigen Schokoladenkuchen. Ich fragte mich, wie lange es dauern würde, bis er ihr riet, die Finger von Süßigkeiten zu lassen. Er würde sie in die Taille kneifen und stöhnen, dass sie pummelig wurde. Ich sah mir das Foto genau an. Sie musste Kleidergröße vierzig tragen – genau wie ich. Nach all seinen spitzen Bemerkungen hatte ich gedacht, es sei mein Körper gewesen, der ihn abgestoßen hatte. Es war fast schlimmer, dass er sich für jemanden entschieden hatte, der die gleiche Figur hatte wie ich. Zu wissen, dass es nicht mein Äußeres gewesen war, das er nicht gewollt hatte, etwas, was ich hätte ändern können, sondern mein Inneres. Mein Wesen, das, was mich ausmachte, reichte ihm nicht. Ich reichte ihm nicht.

Der beste Tag aller Zeiten!!

Das hatte Sonia unter ihren Post geschrieben. Er hatte ihren Kommentar gelikt, aber nichts darauf erwidert. War es wirklich der beste Tag aller Zeiten für ihn gewesen? Besser als der Tag, an dem er mir einen Heiratsantrag gemacht hatte? Das war auch bei einem Picknick gewesen. Seine Spezialität. Und plötzlich schien alles so geplant worden zu sein. Eine Botschaft, dass ich leicht zu ersetzen war. Leicht zu vergessen.

»Mistkerl.«

»Entzückend«, murmelte Nell.

»Tut mir leid. Mir war nicht bewusst, dass ich es laut gesagt habe. Du bist also wach?«

»Gott weiß, warum. Es ist doch noch mitten in der Nacht.«

»Es ist Viertel nach acht.«

»Ist doch dasselbe.«

Strahlender Sonnenschein flutete das Zimmer, als ich die Fensterläden öffnete. Nell kreischte und zog sich die Bettdecke über den Kopf. Ich musste mehrmals blinzeln, bis ich den klaren blauen Himmel erkennen konnte.

»Das wird heiß heute«, sagte ich.

»Allerdings«, murmelte Nell unter der Decke. »Genau richtig für mich in meinem Bikini.«

Das All-inclusive-Frühstücksbüfett war klasse. Nell und ich beluden unsere Teller mit krossem Speck, dickflüssigem Ahornsirup, Waffeln, Eiern mit flüssigem Dotter, knusprigem Brot und Portionspackungen mit Orangenmarmelade und versicherten uns, dass wir die Kalorien beim Schwimmen wieder verbrennen würden. Nicht, dass ich ordentlich schwimmen konnte, aber im Wasser herumzulaufen straffte den Körper. Außerdem gab es hier ein Fitnessstudio. Yogakurse. Beachvolleyball. Ich würde wahnsinnig aktiv sein.

Um die Mittagszeit lag ich bereits seit zwei Stunden platt wie eine Flunder auf meinem Handtuch. Mein Jane-Eyre-Exemplar mit Eselsohren lag unangetastet neben mir. Eigentlich hatte ich vorgehabt, es in dieser Woche noch einmal zu lesen, bevor meine Schüler nächstes Schuljahr damit begannen, aber ausnahmsweise hatte ich die Arbeit, mein Zuhause und alles andere ausgeblendet. Der Sand schmiegte sich an meinen Körper und hielt mich mit seiner Wärme umfangen. Die zarte Haut um meine Brust herum begann zu brennen. Es kostete enorme Anstrengung, mich auf den Ellbogen abzustützen. Nell kreischte im Meer und sprang über kristallklare Wellen. Einem jungen Mann namens Josh rief sie zu, er solle aufhören, sie nass zu spritzen.

Ich bemerkte, dass ich angeschaut wurde, und tat so, als würde ich meinen Hut richten und meine Haare darunterstecken. Dabei drehte ich den Kopf von links nach rechts, bis ich ihn sah. Es war der Junge aus der Bar. Peinlich berührt erinnerte ich mich daran, wie ich letzte Nacht in Tränen aufgelöst davongelaufen war, als er versucht hatte, mir die Blüte zurückzugeben.

Instinktiv zog ich den Bauch ein und bedeckte meine käsigen, nicht gerade schlanken Beine mit dem Handtuch. Als ich dem Idioten, den ich fast geheiratet hätte, Alircia für unsere Flitterwochen vorgeschlagen hatte, sagte er, ich müsse mindestens sechs Kilos abnehmen, um halbwegs anständig in meinem Badeanzug auszusehen, von dem er immer meinte, ich sähe darin besser aus als im Bikini.

Ich hatte es versucht.

Hatte im Salat herumgestochert, während er Steak und Pommes verschlang. Saßen wir im Kino, war mein Schoß leer, während er einen riesigen Bottich buttrigen Popcorns auf seinem balancierte, dessen Duft mir das Wasser im Mund zusammenlaufen ließ. Nachdem er mich jedoch ausrangiert hatte, stopfte ich mich mit Eiscreme voll, um die Demütigung zu betäuben, und ich hatte wahrscheinlich die bereits abgenommenen Kilos und mehr wieder zugenommen. Es war nicht wichtig gewesen, was ich wog. Doch jetzt war es das. Fragte sich der Junge aus der Bar, weshalb ich die einzige Frau am Strand war, die einen Badeanzug trug? Und vermutete er, mein Körper wäre unter dem Stoff mit Fettröllchen übersät? Geschützt durch meine Sonnenbrille wagte ich einen weiteren Blick in seine Richtung. Doch anstatt mich entsetzt oder angeekelt oder sogar belustigt anzustarren, drückte sein Gesichtsausdruck etwas anderes aus. Bewunderung? Interesse? Auf keinen Fall war ich auf einen Urlaubsflirt aus, aber es gab mir dennoch Hoffnung, dass mein verletztes und angeschlagenes Selbstbewusstsein eines Tages wiederhergestellt sein würde. Ich konnte mich nicht daran erinnern, wann mich jemand das letzte Mal so angeschaut hatte. Überhaupt richtig angeschaut hatte.

Plötzlich wurde mir klar, dass mein Verlobter mich schon lange nicht mehr geliebt hatte, wenn er das überhaupt je getan hatte. Und zum ersten Mal hatte ich das Gefühl, noch einmal davongekommen zu sein.

Erschrocken bemerkte ich, dass ich den Typen anstarrte und er wusste, dass ich zu ihm schaute. Hitze stieg in mir auf, die nichts mit der Sonne zu tun hatte. Als er mich mit seinem Blick gefangen hielt, spürte ich darin eine Anziehungskraft. Ich wollte nur noch die Sonnencreme abwaschen, den auf meiner Haut klebenden Sand, all die Gefühle, die ich nicht haben wollte, und rannte ins Meer, vorbei an Nell, bis meine Oberschenkel, mein Hintern und meine Hüften vom Wasser bedeckt waren. Auch das Speckröllchen um meinen Bauch, das nie zu verschwinden schien, egal, wie viele Bauchmuskelübungen ich machte. Beim Gedanken an die Cellulitis an meinen Schenkeln zuckte ich zusammen. In meinem schwarzen Badeanzug fühlte ich mich zwischen der Fülle neonfarbener Bikinis furchtbar auffällig.

Trotz seiner perfekten blauen Farbe war das Meer kälter, als ich erwartet hatte. Ich hielt die Luft an und schmeckte die salzigen Wassertropfen auf meinen Lippen. Dann zählte ich gedanklich bis drei und tauchte unter die Wellen. Als ich wieder hochkam, strich ich die Haare zurück. Ich federte auf den Zehen und gewöhnte mich an meine kältere untere Körperhälfte, während die Sonne Schultern und Gesicht wärmte. Um meine Beine schlängelten sich Fische, die so groß waren, wie ich noch nie welche gesehen hatte. Die silbrigen Schuppen fingen das Licht ein und warfen Miniregenbogen über die Wellen. Während ich mich vorwärtsbewegte, fuhr ich mit den Händen durchs Wasser und lächelte begeistert, als die Fische an meinen Fingerspitzen vorbeistrichen. Morgen, so beschloss ich, würde ich einen Schnorchel kaufen. Ich könnte im seichten Wasser bleiben und die Fische füttern. Nicht mit Brot – ich wollte nicht, dass sie krank wurden –, aber ich würde vom Frühstück Gemüse mitbringen.

Ich ging weiter. Einen Schritt. Zwei. Blieb stehen, damit sich die kleinen Wellen um mich herum legten. Während ich einen Schwarm Brassen vorbeischwimmen sah, ging ich noch einen Schritt weiter. Plötzlich zerrte etwas an mir, und die Beine wurden mir unter dem Körper weggezogen. Zuerst war ich verwirrt, dachte, dass mir jemand einen Streich gespielt hätte. Ich schaute mich um und bemerkte, wie weit ich mich vom Ufer entfernt hatte. Panik stieg in mir auf. Ich war viel zu weit hinausgegangen und versuchte, mich auf den Strand zuzubewegen, indem ich mit den Händen das Wasser verdrängen und meinen Beinen wieder Schwung geben wollte, aber ich kam nicht von der Stelle. Nell war kaum mehr als ein Stecknadelkopf auf ihrem Handtuch und hörte nicht, dass ich ihren Namen rief. Ich wedelte mit den Armen in der Luft herum. Eine Welle zog mir die Beine unter dem Körper weg. Wasser drang in meinen Mund ein. Ich würgte, prustete. Tauchte auf, um Luft zu holen, und ging wieder unter.

»Hilfe!«, schrie ich jetzt. Doch was war meine Stimme verglichen mit der Weite des Meeres, das mich im Griff hatte.

Die Strömung zog mich wieder zurück. Jetzt trat ich auf der Stelle. Es war ermüdend. Mein Körper war erschöpft von der Anstrengung, an Land kommen zu wollen, und meine Augen brannten vom Salz und von den Tränen. Meine Kehle war rau vom Schreien und vom Salzwasser, das ich geschluckt hatte.

Es konnte sich nur um Minuten gehandelt haben, aber es fühlte sich an wie Stunden. Meine Glieder waren schwer vor Erschöpfung. Der Meeresgrund zog mich nach unten.

Ich spürte, wie ich unterging. Mich spiralförmig nach unten bewegte. Immer weiter. Das klare Wasser wurde trüb. Für den Bruchteil einer Sekunde ließ ich zu, dass mein Körper willenlos wurde. Gab auf. Ich öffnete die Lippen. Wasser floss meine Kehle hinunter. Meine Lunge brannte, als sie nach Luft rang. Eigenmächtig traten meine Beine adrenalingetrieben um sich, und meine Arme ruderten panisch herum. Mein Kopf durchbrach die Wasseroberfläche. Mein ganzer Körper zappelte wie ein Fisch am Angelhaken, und Panik zog jede Zelle zusammen. Ich war noch weiter vom Strand abgetrieben worden. Warum gab es hier keine Rettungsschwimmer? Warum half mir niemand?

Jetzt weinte ich und zitterte vor Angst, trotz der Sonne. Ich hob die Hand, und mein Körper ging unter wie ein Stein. Meine Finger griffen ins Leere, versuchten erfolglos, sich an etwas festzuhalten.

Doch es gab nichts, was mir half.

Wieder tauchte ich unter die Wasseroberfläche.

Meine Kraft schwand, und der Kampfgeist verließ mich.

KAPITEL 4

Adam

Sie machte einen so selbstbewussten Eindruck. Wie sie einen Badeanzug trug und keinen Bikini und sich nicht darum scherte, ob sie dazupasste, nicht versuchte, wie alle anderen auszusehen. Sie hatte Kurven an all den richtigen Stellen. Wie sie diese verdeckte, anstatt sie zur Schau zu stellen, ließ sie fast übernatürlich erscheinen. Mir kam das Wort *keusch* in den Sinn, aber ich rügte mich wegen meines altmodischen Idealismus, denn ich verklärte alles, wenn ich Gelegenheit dazu hatte. Sie ging voller Entschlossenheit und mit großen Schritten ins Wasser, hielt keinen Zeh hinein und kreischte nicht, es sei zu kalt, wie die anderen Frauen. Ihr Selbstbewusstsein war betörend. Es mochte taghell sein, aber sie strahlte wie ein Stern. Mein Mund konnte nicht anders und verzog sich wie ihrer zu einem Lächeln. Ich konnte nicht erkennen, was sie so aufmerksam betrachtete, aber es waren wahrscheinlich die Fische.

Ein Kreischen ertönte.

Die Blonde – Stars Frau – tollte mit Josh fröhlich in den Wellen herum. Wahrscheinlich dachte er, sie würde mit ihm flirten.

Trottel.

Mein Blick huschte zurück zu Star. Sie hüpfte auf und ab. Winzig im riesigen Meer, aber keinesfalls unscheinbar.

Josh und die Blonde rannten an den Strand und ließen sich ins Gespräch vertieft auf Handtücher fallen. Wieder starrte ich aufs Meer und schirmte mit der Hand die Augen ab, als ich sie nicht sofort entdeckte. Sie tauchte wieder auf und winkte. Zuerst dachte ich, sie würde der Blonden winken, ihr signalisieren, sie solle zurück ins Wasser kommen, aber dann verschwand sie wieder unter die Wasseroberfläche, und ich war mir nicht mehr so sicher. Beunruhigt sprang ich auf. Da stimmte etwas nicht. Ich wusste es. Wieder verschwand sie aus meinem Blickfeld. Wild mit den Armen schlagend kämpfte sie gegen die Strömung an, die sie, wie ich jetzt bemerkte, fest im Griff hatte. Aus Erfahrung wusste ich, dass sie hier stark war, dennoch sollte sie hindurchschwimmen können.

Warum schwamm sie nicht?

Erneut verschlang sie der Ozean. Ihren Körper, ihren Kopf, ihre zu Fäusten geballten Hände. Ich riss mir das T-Shirt vom Leib, kickte die Flipflops von den Füßen und rannte ins Meer. Im knietiefen Wasser stürzte ich mich in die Fluten. Das Wasser klatschte gegen meinen Bauch, und meine Arme durchschnitten die Wellen. Es konnte nur Sekunden gedauert haben, bis ich sie erreichte, doch es fühlte sich an wie eine Ewigkeit. Ihr Kopf schaute kaum aus dem Wasser, und Panik lag in ihrem Blick.

»Entspann dich einfach.« Ich schlang die Arme um ihre Taille. »Ich hab dich.« Sie zappelte wild und stieß mir die Fersen gegen die Schienbeine. Sie sagte nichts, wimmerte aber wie ein verängstigter junger Hund. »Mach dich locker, sonst ziehst du uns beide nach unten.« Sie war schlank und konnte nicht viel wiegen, doch ich hatte Mühe, mich über Wasser zu halten. Sie tat ihr Bestes, sich nicht zu bewegen, aber ihre Muskeln waren steif. Es war, als wollte man ein starres, unbiegsames Bügelbrett retten. Dann versuchte ich, ihren Kopf auf meine Schulter zu manövrieren. »Ganz ruhig.« Das hier war nicht damit vergleichbar, im Freibad einen Kumpel für mein Silberabzeichen zu retten. Trotz des Wassers schwitzte ich. Mit den Beinen machte ich Schwimmbewegungen aufs Ufer zu, während ich sie gegen meine Brust drückte und ihr Kopf auf meiner Schulter lag. »Ich hab dich«, sagte ich wieder. Und genau in dem Moment wurde mir klar, dass ich sie nie wieder gehen lassen wollte.

Die Arme umeinandergeschlungen stolperten wir im seichten Wasser auf die Füße. Ich war mir nicht sicher, wer wen stützte, als wir auf den trockenen Sand wankten. Ich konnte nicht glauben, dass sich die Leute immer noch lautstark unterhielten und Kinder ihre Eimer mit Wasser füllten. Niemand hatte bemerkt, dass jemand fast ertrunken wäre. Mein Adrenalin verebbte, und die Erinnerung an das, was vor ein paar Minuten geschehen war, verblasste. Trotzdem war es passiert.

»Bist du okay?«

Sie nickte, doch ich wusste, dass das nicht stimmte. Sie zitterte. Genauso wie ich.

»Anna! Ich hole mit Josh etwas zu trinken. Bin gleich zurück!«, rief die Blonde laut, bevor sie sich abwandte.

Anna. Sie hieß also Anna. Ich wollte, dass wir allein waren, aber sie brauchte Trost. Beschwichtigung. All das konnte ich ihr nicht geben. Ich konnte doch nicht nur wie ein Idiot der Blonden hinterherschauen.

»Möchtest du, dass ich deiner Frau erzähle, was passiert ist?«, fragte ich sie, als sie mit zitternden Knien und immer noch hustend auf ihr Handtuch sank.

»Meine Frau? Weshalb glaubst du …? Oh, wegen gestern Nacht.« Sie lächelte gequält. »Sie ist nicht meine … Ich bin nicht …« Wieder hustete sie und wischte sich mit dem Handrücken über den Mund.

Dieser Mund.

»Es ist schwer zu erklären«, sagte sie.

»Ich finde, es ist am besten, vorne anzufangen, Anna.« Ich setzte mich im Schneidersitz neben sie. »Ich bin übrigens Adam.«

»Ich möchte das nicht alles im Einzelnen erklären, aber Nell ist meine beste Freundin. Wir haben keine romantische … Ich habe keine romantische …« Sie fuhr mit dem Finger über das Ziffernblatt meiner Armbanduhr. »Ich hoffe, die ist wasserdicht – sie sieht alt aus.«

Sie wechselte das Thema. Eigentlich wollte ich wissen, weshalb sie mit ihrer Freundin in den Flitterwochen war, aber ich wollte sie nicht drängen. Sie sah so blass aus, und ihre Finger zitterten immer noch, als sie sie von meinem Handgelenk nahm.

»Das ist schon okay.« Ich lehnte mich zurück und stützte mich auf die Ellbogen, spürte den rauen Sand unter meinen Füßen, die warme Sonne auf der Haut, und Hoffnung. Ich spürte Hoffnung.

»Du Trottel«, hätte Josh gesagt, wenn er gewusst hätte, was ich dachte.

Und so verkehrt wäre das gar nicht gewesen.

»Danke«, sagte Anna leise. Wir hatten mindestens eine Viertelstunde Seite an Seite dagesessen und aufs Meer geschaut. Es war schwer, die Zeit abzuschätzen. Meine Uhr war nicht wasserdicht, und ich glaubte nicht, dass sie je wieder funktionieren würde. Wir waren beide in unseren Was-wäre-wenn-Gedanken versunken. Die Stille war eher kameradschaftlich als peinlich. »Du hast mir das Leben gerettet«, sagte sie.

»Du wärst auch so klargekommen.« Ich ließ Sand durch die Finger rieseln. »Wie fühlst du dich?«

»Besser. Beschämt. Ich bin keine gute Schwimmerin.«

»Sag bloß!«

Für den Bruchteil einer Sekunde schwebte ein Ausdruck von Unsicherheit über ihrem Gesicht, doch dann brach sie in

Gelächter aus. Auch ich begann zu lachen, und als Josh mit den Drinks zurückkam, krümmten wir uns, und ich hatte Seitenstiche.

»Was ist denn so lustig?«, wollte Josh wissen und verdeckte die Sonne, aber wir konnten es ihm nicht sagen. Konnten es nicht erklären. Bei Anna war es wahrscheinlich die Erleichterung, dass sie noch lebte. Und bei mir? War es das Gleiche.

»Ich bin Nell.« Die Blonde reichte Anna einen Plastikbecher Bier, bevor sie sich setzte und die Beine unter sich zog.

»Adam.« Ich nahm einen Schluck aus dem Becher, den Josh mir gereicht hatte. Das Bier war nicht stark und warm.

»Bist du so lässig wie dein Freund hier, Adam?«, fragte Nell.

»Leider nicht. Josh hat's drauf.«

»Denkt er jedenfalls.« Nell grinste.

»Ich glaube, ich habe mein Gegenstück gefunden«, sagte Josh.

Nell hob die Augenbrauen. »*Meinst* du?«

»Und wer bist du?« Josh hielt Anna die Hand hin.

»Anna.« Sie ergriff seine Hand, und er führte sie an die Lippen und drückte einen Kuss darauf.

»Ein wunderschöner Name für eine wunderschöne Frau.«

Nell legte die Hände um ihren Mund. »Schließt eure Töchter ein – Casanova ist in der Stadt.«

Josh verschlang Anna mit Blicken, und zweifellos gingen ihm anstößige Gedanken durch den Kopf.

»He! Benimm dich.« Ich trat mit dem Fuß nach ihm. Er starrte mich an, und ich schüttelte fast unmerklich den Kopf, woraufhin er kaum wahrnehmbar nickte. Dann wandte er seine Aufmerksamkeit wieder Nell zu. Manchmal wirkte er wie ein Idiot, aber wie bereits erwähnt, war er mir gegenüber loyal. Stand immer hinter mir.

Als er Nell fragte, ob sie Lust habe, noch einmal mit ihm schwimmen zu gehen, fragte ich Anna, ob sie mit mir spazieren gehen wolle, und versuchte, nicht zu viel hineinzuinterpretieren, als sie Ja sagte.

Barfuß schlenderten wir am Strand entlang und mieden die heranrollenden Wellen, die schäumend am Ufer ausliefen. Jetski sausten auf den Strand zu und wieder hinaus aufs Meer, als hingen sie an Gummibändern. Ich spürte das heiße Kribbeln eines Sonnenbrands im Nacken, aber noch etwas anderes. Ein Wohlgefühl. Das hatte ich bei Roxanne wirklich nie gehabt, die ständig nur auf ihr Äußeres – auf mein Äußeres – fixiert gewesen war. Die mich aufgefordert hatte, mich umzuziehen, bevor wir ausgingen, wenn das, was ich trug, nicht zu ihrem Outfit passte.

»Sollen wir da hinaufgehen?« Ich deutete auf einen Pfad, der vom Strand weg einen Hang hinaufführte.

Gemeinsam gingen wir darauf zu. Zwischen uns war kaum Abstand, als wir dahinschlenderten, und unsere Arme berührten sich fast. Ich hätte die Finger ausstrecken und ihre Hand ergreifen können, aber ich tat es nicht.

Wir machten eine Pause, als wir den Pfad erreichten, und wischten uns den Sand von den Füßen, bevor wir in unsere Flipflops schlüpften. Ihre waren silberfarben und funkelten. Meine waren von Primark. Weiß und aus Plastik. Roxanne wäre entsetzt gewesen.

Eine Reihe von Kiosken, die Postkarten, Eimer und Schaufeln verkauften, spendete Schatten, in den wir dankbar flohen. Der Hauch von Wärme war angenehmer als die brütende Hitze.

Ein Mann kam auf uns zu, hielt Anna ein Klemmbrett unter die Nase und schob ihr einen Stift in die Hand. Er tippte zweimal auf den Satz, der in gebrochenem Englisch ganz oben auf dem Blatt stand. Irgendeine Petition, um eine Schule für taube Kinder nicht schließen zu müssen. Verwirrt schaute Anna den Mann an. Er bedeckte seine Ohren mit den Händen.

»Sie sind taub«, sagte Anna.

Er nickte und bedeckte mit einer Hand seinen Mund.

»Sie können nicht reden?«

Er schüttelte den Kopf.

Annas Gesicht nahm einen traurigen Ausdruck an. »Das tut mir so leid.« Sie sprach langsam, deutlich. Formte jedes Wort übertrieben mit den Lippen. »Was brauchen Sie?«

Er verbog seine Finger, deutete Dinge an, die wir nicht verstanden.

»Ich kann nicht … Ich verstehe Gebärdensprache nicht«, sagte Anna.

Der Mann tippte wieder zweimal auf den Satz. Dieses Mal heftiger. Das Klemmbrett in Annas Händen bog sich durch. Er fuhr mit dem Finger hinunter zu einer leeren Stelle, bevor er auf Anna deutete.

»Sie möchten, dass ich unterschreibe?«

Er nickte. Mit den Händen beschrieb er Kreise, als wollte er noch mehr.

»Meine Adresse?«

Wieder nickte er. Tippte mit dem Finger zu heftig aufs Papier. Jetzt brachte er mich in Rage. Er mochte zwar taub sein, aber das war keine Entschuldigung für sein unhöfliches und einschüchterndes Verhalten.

»Du musst nicht …«, begann ich, aber Anna hatte schon angefangen, ihre Personalien aufzuschreiben.

Anna Adlington.

»Viel Glück.« Mit einem Lächeln gab sie ihm das Klemmbrett zurück. Sie wollte weitergehen, aber er legte ihr eine Hand auf die Schulter und hielt sie zurück. Dann rieb er Daumen und Zeigefinger zusammen, das allseits bekannte Zeichen für kaltes, hartes Bargeld.

»Oh, Sie wollen Geld!« Anna wurde rot. »Tut mir wirklich leid, aber ich habe meine Tasche nicht dabei. Adam … hast du …?«

Ich hatte meine Geldbörse mitgenommen, aber ich würde diesem Wichser mit dem aggressiven Verhalten nichts geben. Das hier war wahrscheinlich Betrug.

»Nein, habe ich nicht.« Ich fasste nach Annas Arm und wollte gehen, aber der Mann blockierte meinen Weg.

»Pass mal auf, Kumpel.« Ich drückte das Kreuz durch. »Wir geben dir kein Geld, verstanden?«

Der Mann begann zu schimpfen, und trotz der Sprachbarriere konnte ich mir denken, was er sagte.

»Geh aus dem Weg.« Ich hob die Hand und schirmte Anna mit dem anderen Arm ab. Er eilte davon.

»Er hat gelogen«, sagte sie leise. »Man kann wirklich niemandem trauen.« Ich hörte, wie ihre Stimme brach, und wusste, dass sie an denjenigen dachte, der ihr wehgetan hatte. So, wie ich an Roxanne dachte.

»Ich sollte besser zu Nell zurückgehen.« Sie wollte mir nicht in die Augen schauen und eilte davon.

»Anna.« Ich zögerte, als sie stehen blieb, war mir nicht sicher, was ich sagen wollte. Dass nicht alle Männer Mistkerle waren. Dass ich ihr nie wehtun oder sie belügen würde. Dass Zurückweisung auch für mich schlimm war, dass ich sie verstand. Weil ich Roxanne mit ihrem Chef im Bett erwischt hatte, ihre Beine um seine Hüfte geschlungen, während mir der Schmerz das Herz zerriss. Es gab so vieles, was ich sagen wollte, aber dann tat ich es doch nicht. Stattdessen fragte ich: »Ich würde sehr gerne später zu Abend essen. Mit dir, meine ich. Wir beide zusammen. Was meinst du?«

Es war verrückt zu fragen. Ein Urlaubsflirt stand bei mir nicht auf der Tagesordnung. Eine schnelle Affäre war nicht mein Stil, und ich hatte Pläne nach diesen zwei Wochen. Ein neues Leben wartete auf mich, in das keine Beziehung passte. Aber trotzdem fühlte sich in diesem Moment alles so richtig zwischen uns an. Ich wusste damals noch nicht, dass das ein Irrtum war.

Während ich auf ihre Antwort wartete, wusste ich nicht, dass es besser gewesen wäre, mich aus dem Staub zu machen.

Kapitel 5

Anna

»Nein, ich kann nicht mit dir essen gehen«, hatte ich gesagt, als Adam zum ersten Mal mit mir ausgehen wollte. Aber als er sich abwendete, entgingen mir sein »Entschuldigung« und der Anflug eines Sonnenbrands in seinem Genick nicht, und er erschien irgendwie verletzlich. Nicht so dreist wie sein Freund Josh. Ich war überhaupt nicht auf einen Urlaubsflirt aus, fühlte mich jedoch schäbig. Undankbar. Immerhin hatte er mir das Leben gerettet. Und er hatte sich dem nicht tauben Tauben in den Weg gestellt, als der begonnen hatte, mir Angst einzujagen.

»Adam, warte!«, rief ich. »Ja. Ja, ich gehe mit dir essen.«

Es war nur ein Essen, um Danke zu sagen. Nicht mehr.

Wir entschieden uns für die Terrasse und sahen gerade noch die letzten Strahlen der Sonne, bevor sie am Horizont verschwand. Lichterketten wanden sich um die Pergola. Kerzen flackerten auf jedem Tisch. Der Strand wurde von der Nacht verschluckt, aber wir hörten noch immer das leise Plätschern der Wellen. Schmeckten das Salz in der warmen Brise. Es war gnadenlos romantisch bis hin zu dem Musiker, der auf einem Barhocker sitzend leise auf einer Gitarre klimperte. Alles war flitterwochenperfekt, außer einem praktisch Fremden, der mein Glas nachfüllte.

Doch obwohl ich ihn erst ein paar Stunden kannte, kam mir Adam nicht wie ein Fremder vor.

Das hier ist kein Date.

Ich hatte die Speisekarte viel zu lange studiert, und mein Magen verkrampfte sich vor Aufregung. Es war normal, dass ich nervös war, schließlich wäre ich vorhin fast ertrunken. Doch jedes Mal, wenn ich den Blick hob und Adam anschaute, spürte ich … etwas.

»Haben Sie gewählt?« Der Kellner kam zum dritten Mal mit Bestellblock und gezücktem Stift an unseren Tisch.

»Für mich bitte einen Krabbensalat.« Ich konnte mich nicht daran erinnern, wann ich bei einem Date das letzte Mal etwa anderes als Salat bestellt hatte.

»Du wirst ein bisschen pummelig, Anna. Denk an unsere Hochzeitsfotos.«

Aber das hier war … war kein Date, und aus dem Restaurant roch es so lecker – nach Knoblauch, Öl und Kräutern. Wollte ich wirklich einen Teller voller Blätter? *Wäre* ich heute gestorben, dann hätte ich mein Leben gelebt und geliebt haben wollen. Ich hätte gewollt, dass man sich an mich als liebenswürdig, glücklich und lustig erinnerte. Nicht als eine Frau, die sich nie hatte gehen lassen und immer wieder versucht hatte, dieselben fünf Kilos loszuwerden.

»Entschuldigung, kann ich meine Bestellung noch einmal ändern?« Schnell überflog ich erneut die Speisekarte. »Ich nehme die Paella und als Beilage die mit Feta und scharfer Chorizo gefüllten Tomaten. Und könnte ich vorher bitte etwas Brot und Oliven bekommen?« Ich senkte die Speisekarte und straffte die Schultern in der Erwartung, in Adams Gesicht einen Ausdruck von Missbilligung zu sehen. Doch er lächelte.

»Das hört sich großartig an. Bitte das Gleiche für mich.«

Wir sahen beide dem Kellner nach, bis er im Restaurant verschwunden war.

Mein Mund war trocken. Ich nahm mein Glas und trank einen großen Schluck Sangria, während ich die anderen Gäste betrachtete. Das Paar, das sich so tief in die Augen schaute, dass es wahrscheinlich das Klimpern von Besteck auf Porzellan und das leise Gemurmel der Unterhaltungen gar nicht wahrnahm. Die ältere Dame, die allein aß und sichtlich Mühe hatte, bei Kerzenschein in dem Taschenbuch zu lesen, das gegen den Wasserkrug gelehnt war. Eine Witwe? Mindestens drei Generationen einer Familie saßen an einem langen Tisch auf der anderen Seite der Terrasse. Ein Luftballon mit der Aufschrift *Alles Gute zur goldenen Hochzeit* zog an seiner Schnur.

Was sahen diese Leute, wenn sie mich anschauten? Eine Frau, deren Verlobter keinen weiteren Tag mehr mit ihr hatte aushalten können, ganz zu schweigen von einem Leben lang? Ein Mädchen mit seinem Urlaubsflirt? Den Beginn von etwas?

Das hier ist kein Date.

»Also.« Adams Stimme katapultierte mich in die Gegenwart zurück.

»Entschuldigung, ich war mit meinen Gedanken ganz woanders.« Wieder nahm ich einen Schluck, stellte das Glas ab und fingerte am Rand der Serviette herum. Warum war ich so nervös?

»Verurteile mich nicht, Anna, aber …« Adam holte tief Luft. »Ich habe bereits mein Dessert gewählt.«

Ich lachte. »Ich auch. Limoncello und Pflaumenkuchen.«

»Bingo! Ich wusste, es gibt einen Grund, weshalb ich dich mag. Also auf freundschaftlicher Basis«, fügte er schnell hinzu. »Nicht …« Jetzt war er derjenige, der mit der Serviette spielte.

»Auf die Freundschaft?« Ich hob mein Glas, und wir stießen an, doch als sich unsere Blicke trafen, wurde ein unausgesprochener Trinkspruch zwischen uns ausgetauscht. Auf die zukünftigen Versionen von uns. Und schon damals wusste ich irgendwie, dass unser Leben in den kommenden Tagen, Wochen, Monaten, Jahren miteinander verbunden sein würde.

»Erzähl mir etwas über dich, Anna Adlington.«

Eine Platte mit Brot und Dips wurde serviert und gab mir Zeit nachzudenken. Was durfte er über mich wissen? Alles und nichts.

»Ich bin Englischlehrerin.«

»Grundschule?«

»Weiterführende.«

»Du magst also Herausforderungen?«

Mein Blick traf auf seinen. Sah er mich so? Furchtlos? Mutig?

»Herausforderungen mag ich tatsächlich.« Stimmte das? Flirtete ich? Ich fuhr fort: »Mein Dad ist Lehrer. *War.* War Lehrer.«

Adam schaute mich prüfend an. Er hätte annehmen können, dass mein Dad einen anderen Beruf ergriffen hatte oder in Rente gegangen war, aber irgendwie *wusste* er es einfach.

»Das tut mir so leid, Anna. Möchtest du über ihn reden?«

Eines hatte ich gelernt: Trauer ist den Leuten unangenehm. Verlust ist ein Thema, das man wechseln muss oder nur oberflächlich behandeln darf für den Fall, dass der Tod ansteckend ist. Keiner möchte darüber nachdenken. Darüber reden. Seine eigene Sterblichkeit hinterfragen. Trotzdem hatte Adam seine Hand auf meine gelegt und schaute mich unerschrocken an. Ich wusste, dass er mehr von mir sah als jeder andere hier.

»Danke. Nein.« Ich zog meine Hand weg, aber ich spürte noch immer die Wärme seiner Haut. Dann wand ich die Finger um den kalten Stiel des Glases, obwohl ich nichts lieber getan hätte, als sie mit Adams zu verschränken.

»Anna«, sagte er leise. »Ich …«

»Für Sie, Señorita.« Der Kellner stellte einen dampfenden Teller Paella vor mich. »Señor.«

Die Anspannung ließ nach, und ich nahm die Gabel in die Hand. »Mediterrane Gerichte esse ich am liebsten.«

»Ich auch.« Adam spießte eine Garnele auf. »Wir sind mit Joshs Eltern eine Woche nach Barcelona geflogen, als wir unser Abitur bestanden hatten, und zu Hause habe ich dann auch mal Paella gemacht.«

»War sie gut?«

»Mir war nicht klar, dass sich Reis beim Kochen ausdehnt, deshalb habe ich das ganze Paket hineingeschüttet, und zwar kein normales, sondern ein riesiges aus dem Abholgroßmarkt. Ich habe ungefähr eine Woche lang diese blöde Paella gegessen, aber dann waren die Meeresfrüchte nicht mehr gut … Sagen wir mal so: Das war nicht lustig.«

Ich lachte. »Aber es hält dich nicht davon ab, immer noch Paella zu essen?«

»Davon hält mich nichts ab. Was isst du am liebsten?«

»Eiscreme. Und du?«

»Pringles. Einmal gepoppt …«

Es war einfach, über Belangloses zu reden und den Funken zwischen uns zu ignorieren. Ich war mir nicht sicher, ob Adam ihn auch bemerkte. Er erzählte mir, dass er als Heranwachsender auf Musik und Filme aus den Achtzigern gestanden hatte.

»Ich fand ›Zurück in die Zukunft‹ mit Michael J. Fox super«, sagte ich. »Waren das die Achtziger?«

»Genau. Jeder liebt Marty.« Ungeniert sang Adam »The Power of Love« aus dem Film. Ich fiel in den Refrain mit ein und wusste, dass alle hier Fremde waren, die ich wahrscheinlich niemals wiedersehen würde.

»Dann weiß ich also, wohin es dich bei einer Zeitreise verschlagen würde. Oder in welche Epoche. Die Achtziger in …« Ich schaute ihn prüfend an. »Amerika? Hollywood?«

»Weil ich so gut aussehe wie ein Filmstar?« Adam strich sich die Haare zurück.

»Ich dachte eher, dass du dir anschaust, wo Filme gemacht werden, und nicht, dass du darin mitwirkst«, sagte ich lachend.

»Ist schon gut.« Adam gab vor, sich mit der Serviette eine Träne abzuwischen. »Ich würde gern mal nach Amerika fliegen. Eigentlich an all die Orte, für die ich Tickets verkaufe.« Ihm fiel mein fragender Gesichtsausdruck auf. »Ich bin Reiseverkehrskaufmann.«

»Klingt interessant.«

»Es ist Mittel zum Zweck. Ich habe gespart, um mir die Welt anzuschauen, und in einem Reisebüro zu arbeiten bedeutet, dass ich alles ordentlich planen kann und einen Mitarbeiterrabatt bekomme. Nächsten Monat geht's los.«

Ich zwang mich zu einem Lächeln. Eigentlich gab es keinen Grund für mich, enttäuscht zu sein. Schließlich würde ich ihn nach diesem Urlaub sowieso nicht wiedersehen. Trotzdem überkam mich Melancholie, als ich erfuhr, dass wir nicht einmal im selben Land sein würden.

Ich verzog den Mund zu einem noch breiteren Lächeln. »Wohin reist du?«

»Nach Thailand, Italien, China, Indien. Überallhin. Ich will alles sehen. Ich bin ein frustrierter Christoph Kolumbus. Erzähl mir etwas über dich, Anna Adlington.«

»Ich beherrsche Flöte bis zum Mittelstufenbereich.« Ich suchte in seinem Gesicht nach einer Reaktion. »Du siehst überwältigt aus. Aber das hier wird dich umhauen.«

Adam trommelte mit den Fingerspitzen auf dem Tisch herum.

»Ich kenne die Abseitsregel«, sagte ich triumphierend.

»Ich bin beeindruckt!«

Das hatte ich mir gedacht. Er hatte erwähnt, dass er Fußball liebte. Wir unterhielten uns weiter über Oberflächlichkeiten.

Dinge, über die man leicht reden konnte. Aber auch da war schon etwas mehr zwischen uns. Etwas Tieferes. Eine Anziehung, die ich mit aller Kraft zu ignorieren versuchte. Mein rationaler Verstand wies unaufhörlich darauf hin, dass er in einem Monat auf Reisen ging.

Das hier ist kein Date.

»Ich möchte dir etwas zeigen«, sagte Adam, nachdem wir die Rechnung geteilt hatten. Wir verließen das Restaurant und entfernten uns vorbei an verschiedenen Bars von unserer Ferienanlage. Wirte versuchten, uns mit der Aussicht auf Bier zum halben Preis und billige Cocktails hereinzulocken.

»Kommen Sie, kommen Sie. Foto. Foto.« Ein Mann führte uns zu einem einsamen Papagei, der in einem Käfig saß, der so klein war, dass der Vogel seine Flügel nicht ausbreiten konnte. Ein Käfig, der so übel roch, dass es mir den Magen umdrehte. »Sie zahlen. Ich Foto mache.«

»Nein.« Wie konnte jemand ein Tier so missbrauchen? Einen Vogel, dem die Hälfte seiner roten und grünen Federn fehlte. Mit einer Kette um den Fuß. Das Tier sah erbärmlich aus.

»Machen Sie ein Foto von mir«, sagte Adam.

Ich schaute still zu. Vorschnell urteilend. Ich hatte gedacht, Adam sei nett. Der Mann setzte den Papagei auf Adams Arm, trat zurück und hielt sich die Kamera vors Gesicht.

Es ging alles so schnell. Ich bekam kaum mit, was Adam tat, als seine Finger an der Kette um den Fuß des Vogels herumfummelten. Dann ein Flattern der Flügel und ein glückliches Krächzen, als der Papagei in den sich verdunkelnden Himmel hinaufflog.

Adam griff nach meiner Hand, und dann rannten wir los. Das wütende Geschrei des Fotografen ertönte hinter uns.

Ich hatte Seitenstiche, als Adam mich eine enge Gasse entlangführte, in der ich zu beiden Seiten die Wände der sie flankierenden weiß getünchten Häuser hätte berühren können, wenn ich die Arme ausgestreckt hätte. Am Ende der Gasse befand sich eine kleine Bucht, die mit einem Maschendrahtzaun geschützt war. Ein paar vereinzelte Vorhängeschlösser waren daran befestigt.

»Liebesschlösser!« Entzückt stürmte ich darauf zu und drehte die Schlösser gen Mondlicht, um die Namen, Initialen und Liebesversprechungen lesen zu können. Obwohl man mich abserviert hatte, war es gut, dass ich den Glauben an Romantik noch nicht ganz verloren hatte.

Adam schlenderte an den Strand, und als ich zu ihm stieß, hatte er das Hemd, das er offen über einem T-Shirt getragen hatte, ausgezogen und breitete es auf dem Sand aus. Er bedeutete mir, mich hinzusetzen. Ich zog meine Sandalen aus und steckte die Zehen in den feuchten Sand. Eine Zeit lang saßen wir da und lauschten den tosenden, ans Ufer rollenden Wellen, bis wir wieder zu Atem gekommen waren.

»Das war großartig«, sagte ich, als das Brennen in meiner Brust nachließ.

»Vielleicht auch nicht«, entgegnete Adam. »Der Vogel ist daran gewöhnt, Futter und Wasser zu bekommen. Angebunden zu sein. Es könnte sein, dass er in der Wildnis nicht überlebt, aber ich gehe davon aus, dass er lieber sein Glück versucht, als den Rest seiner Tage in einem kleinen schmutzigen Käfig zu verbringen. Außerdem kann er immer wieder zurückkommen, wenn er will. Wenn du jemanden liebst, gib ihn frei und so weiter.«

Ich fand es unmöglich loszulassen. Immer noch schaute ich zigmal am Tag auf die Facebook-Seite meines Ex. Als Kind hatte ich einmal einen Kater namens Pugwash gehabt. Er wurde alt. Krank. Als ich sechzehn war, sagte meine Mutter zu mir, dass es das Beste sei, ihn einschläfern zu lassen, aber ich schrie und weinte und war nicht damit einverstanden. In den darauffolgenden Tagen sah ich beschämt, wie Pugwash im Haus herumhumpelte, in dem er einmal problemlos herumgerannt war. Meine schuldbewussten Ohren lauschten auf sein trauriges Miauen, wenn er es nicht schaffte, auf die Fensterbank zu springen, wo er so gern den Verkehr beobachtete. Ich wusste, dass es das Beste für ihn wäre. Ich *wusste* es. Und trotzdem konnte ich mir ein Leben ohne ihn nicht vorstellen. Am Ende der Woche kam ich nach Hause und stellte fest, dass Mum die Entscheidung für mich getroffen hatte, ihn gehen zu lassen, als sie wusste, dass ich es nicht tun würde. Es nicht tun konnte.

»Du bist also ein richtiger Held«, sagte ich. »Du rettest Frauen vorm Ertrinken und befreist Vögel.«

»Oh, ich bin weit davon entfernt, perfekt zu sein«, warf Adam ein. »Ich lasse den Klodeckel offen, verteile Toastkrümel auf der ganzen Arbeitsfläche und tauche das Buttermesser in Marmite.«

»Bääääh, Marmite. Du hast recht. Du bist nicht perfekt.«

Unser Lachen erstarb, und die Stimmung änderte sich, als Adam fragte: »Also, Anna Adlington, die mich heute Abend so zum Lachen gebracht hat wie schon seit Monaten keiner mehr. Wer bist du eigentlich?«

Darauf wusste ich keine Antwort. Wer war ich?

»Ich … Das weiß ich nicht mehr.« Als Ehefrau wäre ich jemand gewesen. Doch jetzt hatten Selbstzweifel und Selbstverachtung die Stelle eingenommen, an der vorher mein Selbstbewusstsein gewesen war. Ich spürte, wie sich meine Kehle verengte, als die Worte verebbten. Adam gab mir einen Moment Zeit, mich zusammenzunehmen, bevor er leise sagte: »Ich wollte dich nicht durcheinanderbringen.«

»*Du* hast das nicht.« Ich gab ein hohles Lachen von mir. Ein Teil von mir wollte ihm alles erzählen, doch der Stachel, sitzen gelassen worden zu sein, saß einfach zu tief. Tat viel zu weh. Und dann gab es noch den Teil, den weitaus größeren, der mir immer noch das Gefühl gab, dass alles mein Fehler gewesen war, und ich hatte Angst, das Adam gegenüber einzugestehen. Angst, er würde ebenfalls davonrennen, wenn er den nicht liebenswerten Teil von mir kannte, den ich zu verbergen versuchte – den Teil, der es einfach machte, mich wegzustoßen.

»Er ist ein Blödmann. Wer auch immer dich gehen lassen hat.« Adam hatte mein Schweigen richtig gedeutet.

»Wenn du mit *gehen lassen* meinst, mir zwei Wochen vor meiner Hochzeit den Laufpass zu geben, damit ich meine Flitterwochen mit meiner besten Freundin verbringen muss, die vorgibt, meine Frau zu sein, um mich vor der Peinlichkeit zu bewahren, dem Hotelpersonal gegenüber Erklärungen abgeben zu müssen ... Wie auch immer, du hast ja gesagt, wenn man jemanden liebt ...«

»Hat er dich geliebt?«

»Nein.« Ich schlang die Arme um mich, schuf so eine körperliche Barriere, die meine Emotionen nicht herausließ.

Ich war nicht liebenswert.

»Hast du ihn geliebt?« Adams nachhakende Fragen waren weder provokant noch indiskret, sondern dezent und gut gemeint. Ich brauchte für meine Antwort nicht lange.

»Er war in einer schwierigen Zeit da. Mein Dad ... sein Herz ...«

Adam legte mir die Hand auf den Arm. Er sagte nicht, dass ich nicht über meinen Vater zu reden brauchte, wie es die meisten Leute taten, die hofften, ich würde das Thema wechseln, denen meine puren Emotionen peinlich waren und die Augenkontakt vermieden und von mir abrückten.

»Ich hatte danach das Gefühl, ich brauchte ihn und ... ich glaube ... teilweise ... wollte ich verheiratet sein. Wollte die Sicherheit haben, die meine Eltern hatten, jemanden, der mich genauso anschaute wie mein Vater meine Mutter. Ich glaube, ich wusste bei seinem Antrag schon irgendwie, dass er mich nicht liebte, aber ich vermutete sowieso, dass ich nie jemanden so sehr lieben würde wie meinen Dad. Ich trauerte zu dem Zeitpunkt noch … und tue es noch immer. Dabei ist es jetzt bereits fast zwei Jahre her.« Eigentlich hatte ich nicht darüber reden wollen, aber jetzt konnte ich nicht aufhören.

»Und wie geht es deiner Mutter?«, fragte er ehrlich besorgt.

»Sie ist … mehr oder weniger okay. Es war hart, aber sie weiß sich zu beschäftigen. Ich bin das erste Mal von ihr weg, seitdem wir ihn verloren haben. Jeden Tag rufe ich zu Hause an. Sie vermisst mich … und ihn.«

»Diejenigen, die die ewige Liebe finden, können sich glücklich schätzen.«

»Kann Liebe ewig währen?« Obwohl meine Eltern genau das bewiesen hatten, bezweifelte ich, dass ich je die ewige Liebe finden würde.

»Ich glaube schon. Ja. Weshalb sollte man nicht absolutes Vertrauen darin haben, seine Träume verwirklichen zu können? *Reach for the stars.*«

»Bezieht sich der Satz auf einen weiteren Achtzigersong?« Ich stieß ihn leicht an, um ihm zu zeigen, dass ich die Nase voll davon hatte, über Trauriges zu reden.

»Auf die Neunziger.« Mit weißen, im Mondlicht schimmernden Zähnen ließ er ein Grinsen aufblitzen. »Apropos Achtziger. Als ich dich zum ersten Mal sah, habe ich dir den Spitznamen *Star* gegeben.«

»Warum?«

»Weil du aussiehst wie Star aus ›The Lost Boys‹.«

»Nicht, weil ich so hell gefunkelt habe?« Ich legte die Hände auf die Wangen und imitierte ein Marilyn-Monroe-Lächeln.

»Deshalb auch.«

Die Stimmung wechselte von bedrückend zu locker und wieder zurück. Mir wurde schwindlig davon. Meine widersprüchlichen Emotionen verwirrten mich, und mein rationaler

Verstand sagte mir, dass es an der Schönheit der Umgebung, dem fehlenden Alltagsstress und der Vielzahl von anderen Dingen lag, die alle nichts mit Adam zu tun hatten, dass dieses brennende Verlangen in mir ausgelöst wurde. Mein Herz flüsterte mir zu, dass das hier genau *dieses* Gefühl war. So hätte ich mich fühlen müssen, als ich einwilligte, jemanden zu heiraten. Nur, dass ich es nicht gespürt hatte. Damals.

Die Meeresbrise wehte mir Haarsträhnen ins Gesicht, und Adam strich sie mir hinters Ohr.

»Star.« Das Wort klang so melodisch, wenn es von seinen Lippen kam.

Das hier ist kein Date.

Ich hätte gehen können, aber ich tat es nicht. Adam beugte sich vor, zögerte jedoch. Wartete darauf, dass ich ihn bat aufzuhören. Langsamer zu machen. Schneller. Aber meine Einwände, mein Verlangen, meine Logik und mein verzweifeltes Bedürfnis, berührt zu werden, blieben mir in der Kehle stecken.

Sein Mund strich über meinen, und die Welt hörte auf, sich zu drehen. Er schmeckte nach Sangria und Liebenswürdigkeit, und noch lange, nachdem der Kuss vorbei war, hielt ich die Augen geschlossen, um ihn zu genießen. Für einen perfekten Moment schaltete ich die Gedanken aus, die flüsterten, dass das hier nur vorübergehend sei. Dass ich ihn schon bald wieder gehen lassen müsse. Dass das hier eines Tages gut verpackt in der Erinnerungsschublade mit der Aufschrift *Urlaubsflirt* – vergänglich und bedeutungslos – liegen werde.

Schon jetzt wollte ich nicht mehr ohne ihn sein.

Kapitel 6

Adam

Unsere gemeinsame Zeit war wie ein Wirbelsturm gewesen. Seit dem ersten Abend am Strand, als ich Anna geküsst hatte, waren wir unzertrennlich. Josh und Nell freuten sich für uns. Die beiden hatten sich miteinander angefreundet, und deshalb lebte ich meine ganz eigene romantische Komödie aus. Wir hatten das ganze Touri-Programm mitgenommen: den Vulkan, den Lavatunnel und einen Besuch des unterirdischen Sees. Wir waren Hand in Hand über die Märkte geschlendert und hatten die Sonne auf- und untergehen sehen. Wir hatten über dieses und jenes gesprochen, nur nicht über die Zukunft. Aber wichtiger als alles andere war, dass wir gelacht hatten. Richtiges herzhaftes Gelächter, bis mir die Bauchmuskeln wehtaten.

Jeden Abend aßen wir zusammen, bevor wir uns in die kleine Bucht zurückzogen, wo wir im Sand lagen und uns ständig berührten. Ich liebte es, dass sie Körperkontakt suchte. Gerade jetzt hatte sie ihr Bein über meins gehängt, spielte mit den Fingern an den Knöpfen meines Hemdes und lehnte ihren Kopf an meine Schulter. Ich erzählte ihr von Roxanne. Von der Reiselust meiner Eltern. Geschichten aus Joshs und meiner

Kindheit, als wir in den Zaun zwischen unseren Gärten ein Loch geschnitten hatten, damit wir Tag und Nacht hindurchschlüpfen und Comics und Süßigkeiten teilen konnten. Später Dosen mit Apfelwein und Pornos. Darüber hatte sie gelacht.

»Als ich dich und Josh zum ersten Mal zusammen sah, habe ich nicht verstanden, weshalb ihr Freunde seid, denn ihr schient zu verschieden zu sein. Aber jetzt verstehe ich, wie viel er dir bedeutet«, hatte sie gesagt.

»Er ist Familie.« Ich hatte Anna bisher nichts von meinen Eltern erzählt, wollte nicht diesen mitleidigen Gesichtsausdruck heraufbeschwören, doch jetzt war der Urlaub fast zu Ende, und es schien der richtige Zeitpunkt zu sein. »Vor neun Jahren sind meine Eltern nach Australien gezogen.«

»Ohne dich?« Der Druck ihrer Finger um meine verstärkte sich. Ich konnte es kaum ertragen, ihr ins Gesicht zu schauen, aber als ich es tat, sah ich darin den Wunsch zu verstehen. Ihr Blick suchte meinen.

»Ja. Also sie wollten, dass ich mitkam. Die Familie meines Dads ist von dort, und seinem Vater ging es nicht gut. Es ist zu weit, um ab und zu hinzufliegen, deshalb …« Ich zuckte mit den Schultern.

»Aber da warst du doch nicht älter als …« Anna rechnete es im Kopf aus. »… als sechzehn.«

»Ja.«

»Das war aber jung. Warum bist du nicht mitgegangen?«

»Fast wäre ich es, aber der Gedanke, mit der Schule im Ausland weitermachen zu müssen, erschien so abschreckend. Josh schlug vor, ich solle zu seiner Familie ziehen. Ich verbrachte dort ohnehin viel Zeit. Nach endlosen Gesprächen zwischen meinen und Joshs Eltern wurde beschlossen, dass ich in England bleiben sollte, bis ich mit der Schule fertig war. Aber dann wollte ich auf dieselbe Universität gehen wie Josh. Meine Eltern waren kalt und distanziert. Ich habe mich ihnen nie besonders nahe gefühlt. Als meine Mum mit mir schwanger wurde, ließen sie sich dauerhaft nieder, aber vorher waren sie ständig herumgereist. Ich hatte das Gefühl, sie angebunden zu haben. Josh und seine Familie … da habe ich einfach hingehört. In sämtlichen Semesterferien haben sie mich ertragen, und nachdem ich meinen Abschluss gemacht hatte … Wer würde schon den grauen Himmel und die ständige Nässe Nordenglands gegen pralle Sonne und einen Strand vor der Haustür eintauschen, oder?«

»Stimmt.« Anna strich mit einem Finger über mein Handgelenk. »Aber jetzt hast du mit Josh zusammen eine Wohnung?«

»Ja, aber nur eine kleine. Trotz unserer Uniabschlüsse ist keiner von uns beruflich durchgestartet. Josh jobbt – er will sich an nichts und niemanden binden –, und ich habe mich so sehr darauf konzentriert wegzugehen, dass ich wahrscheinlich nicht das Beste aus der Zeit hier gemacht habe. Aber dir gefällt es, bei deiner Mutter zu leben, oder?«

»Ja, aber mit vierundzwanzig wieder nach Hause zu ziehen fühlt sich an wie ein Rückschritt.« Anna seufzte.

»Wo wohnt denn Nell? Kannst du nicht mit ihr eine WG gründen?«

»Nein. Sie hat mit einigen Kolleginnen ein Haus gemietet. Ich glaube, mit denen könnte ich nicht mithalten. Meine Leber zumindest auf keinen Fall.«

»Da wird sie sich mit Josh sicher einen harten Wettkampf liefern. Wo hast du sie kennengelernt?«

»Ach, das ist vielleicht eine Geschichte. Wir haben uns in den ersten Tagen an der Uni kennengelernt. Sie war das betrunkene Mädchen im Klo«, erzählte Anna.

»Wer war sie?«

»Du weißt doch. In einer Bar gibt es immer ein betrunkenes Mädchen, das eine völlig Fremde in der Toilette tröstet. Das sagt, dass sie toll aussieht. Dass sie toll *ist.* Dass der Idiot, der sie zum Weinen gebracht hat, die Tränen nicht wert ist.«

Ich nickte, obwohl ich überhaupt nichts verstand. Das musste so ein Mädchending sein. Und dennoch war es nicht schwer, sich Nell bestimmt und entschieden vorzustellen, die Fahne der Emanzipation der Frau hochhaltend.

»Und du hast wegen deines Verlobten geweint?«, fragte ich.

»Nein. Der kam später. Ich weinte über eine Zufallsbekanntschaft, die ich an diesem Abend gemacht hatte und die dann mit einer anderen rumgeknutscht hat. Ich war ein bisschen betrunken. Ziemlich betrunken. Es war Einführung der Erstsemester.« Anna schauderte.

»Ich möchte dich auch abknutschen.« Ich stürzte mich auf sie und bedeckte ihr Gesicht mit feuchten Küssen, während sie kreischte und Empörung vortäuschte.

Ich erinnerte mich an die Highlights unserer gemeinsamen Zeit, als ich an jenem Morgen duschte und mich anzog. Aus welchem Blickwinkel ich es auch betrachtete, Anna war perfekt für mich, und morgen reiste sie ab. Reisten wir beide ab.

Heute besichtigten wir allerdings noch das Haus irgendeines Schriftstellers, von dem ich noch nie etwas gehört hatte. Und da wir die Einzigen waren, die in seiner Bibliothek standen, hatten auch andere noch nie von ihm gehört.

»Stell dir vor, du schreibst eine Geschichte, die die Leute noch Hunderte von Jahren nach deinem Tod lesen.« Annas Gesicht strahlte, als sie die Schreibmaschine des Mannes ehrfurchtsvoll anstarrte. Ich las keine Bücher, aber ich verstand. Bei ihr lösten Worte die Gefühle aus, die bei mir durch Filme und Musik entstanden. Durch Reisen.

Und jetzt durch sie, aber das konnte ich ihr nicht sagen. In vierundzwanzig Stunden waren wir nicht mehr als eine Erinnerung.

Anna schaute sich im Zimmer um, bevor sie den Arm über das Absperrband streckte und mit den Fingern über die Tasten strich. »Die hat er einmal berührt. Wie glücklich muss er gewesen sein, hier zu sitzen und sich Charaktere auszudenken.«

»Hast du noch nie Lust gehabt zu schreiben?«, fragte ich.

»Doch, aber ich bin mir nicht sicher, was.«

»Hast du es versucht?«

»Nein.«

»Jeder hat etwas zu sagen. Man muss nur herausfinden, was dieses Etwas ist. Welches Buch würdest du schreiben, wenn du könntest?«

»Eine Liebesgeschichte.« Anna musste nicht lange überlegen. »Eine mit einem Happy End.«

»Ein klischeehaftes Ende.«

»Ein glückliches«, betonte Anna. »Hör mal, auf dieser Tafel steht, dass sein letztes Werk nie fertig geworden ist. Oder hat er es fertig geschrieben, und es wurde nie veröffentlicht? Ich werde aus der Formulierung nicht schlau.« Anna runzelte die Stirn, als sie den schlecht übersetzten Text auf der Tafel noch einmal las.

»Es muss dich doch ärgern, wenn du falsch geschriebene Texte liest, Fräulein Lehrerin«, neckte ich sie.

»Überhaupt nicht. Ich bin doch nicht die Grammatikpolizei«, sagte Anna leichthin. Inzwischen kannte ich sie aber besser und hob die Augenbrauen.

»Na gut, ein bisschen ärgert es mich schon«, räumte sie ein.

Ich verschränkte die Arme und wartete.

»Okay. Okay!« Anna grinste. »Es ärgert mich *wirklich*. Einmal habe ich mich sogar geweigert, in ein Steakhouse in London zu gehen, weil es Stephens Steaks hieß und man den Apostroph vergessen hatte.«

»Das ist ja schrecklich«, sagte ich.

»Ich weiß.«

»Stell dir vor, ein Steakhouse hieße Stephen's. Das würde doch kaum nach Wildem Westen schreien.«

»Hör auf!« Anna lachte. »Es muss doch auch etwas geben, was dich ärgert.«

»Leute, die glauben, die Achtziger seien uncool.«

»Oh.« Anna machte ein ernstes Gesicht. »Wir sind also wieder bei den Achtzigern. Schade, dass wir gehen müssen. Ist dir klar, wie spät es ist?« Sie schaute auf ihre Uhr.

»Nein«, sagte ich. Meine Uhr funktionierte nach ihrem Bad im Meer nicht mehr.

»It's Hammer time«, sang Anna, als sie die Hosenbeine ihrer Shorts – in einer, wie ich vorzog zu glauben, Hommage an MC Hammer und nicht als Veräppelung – zu den Seiten zog. »You can't touch this.«

Ich lachte, während ich ihr bei ihrem furchtbaren Tanz zuschaute. »Ich denke, Anna Adlington, du wirst feststellen, dass dieser spezielle Song aus den Neunzigern stammen könnte.«

»Sei still und *touch this*.« Anna schlang die Arme um meinen Hals und drückte ihren Körper an mich. Welche Einwände hätte ich da haben sollen?

»Das ist also der letzte Abend. Ist es albern zu fragen, welche Pläne du hast?« Josh klatschte sich Aftershave auf die Wangen. Er hatte es nicht geschafft, Nell um den Finger zu wickeln, aber sie hingen die meiste Zeit zusammen rum. Offensichtlich gaben sie sich nur gegenseitig Flankenschutz. Ich glaube, dass er nur deshalb immer noch an ihr interessiert war, weil sie sich nicht in ihn verknallt hatte. Ich zog den Reißverschluss der einzigen Jeans hoch, die ich mitgebracht hatte. Sie hatte purpurrote Flecken, weil ich unbeholfen ein Glas Sangria darübergeschüttet und die Flecken unter dem Wasserhahn nicht herausbekommen hatte.

»Anna und ich gehen zusammen essen.« Wir wollten noch einmal zum Restaurant am Meer, das wir jetzt als unseres bezeichneten.

»Du magst sie, oder?«, fragte Josh.

»Ich kann sie nicht ausstehen, deshalb verbringe ich all meine Zeit mit ihr.« Ich schnüffelte unter den Ärmeln meines roten T-Shirts, bevor ich es auf den Boden warf und das letzte saubere aus dem Koffer zog. Ich hatte immer noch nicht ausgepackt. Der Schrank war leer und der Boden mit Kleidung übersät. Wir waren solche Schweine.

»Ich meine, du magst sie *wirklich.*«

Ich wartete darauf, dass Josh eine sarkastische Bemerkung anfügte, aber das tat er nicht.

Ich wusste nicht, was ich sagen sollte. Er würde sich nur über mich lustig machen, wenn ich ihm erzählte, dass ich alles für sie tun würde, sogar den Mond vom Himmel holen, wenn ich könnte. Ich würde die Sterne abschrauben, die nicht so hell strahlten wie sie, und ihr das ganze Universum zu Füßen legen. Wenn ich könnte.

»Ja. Sie ist ganz okay«, sagte ich und band meine Turnschuhe zu.

»Verlieb dich bloß nicht, du Obertrottel.« Er schlug mir heftig auf die Schulter.

Ich erzählte ihm nicht, dass ich das bereits getan hatte.

Anna sah in ihrem langen türkisfarbenen Kleid, das um ihre Knöchel schwang, atemberaubend aus. Überirdisch und engelsgleich und zu gut für mich, einen verlotterten Proleten, der nicht mal eine anständige Hose und Schuhe eingepackt hatte. Kein Wunder, dass mich Roxanne für mein fehlendes Modebewusstsein gescholten hatte.

»Um der alten Zeiten willen.« Ich steckte ihr eine pinkfarbene Bougainvilleablüte ins Haar. »Bereit, Señorita.« Ich bot ihr den Arm an, und sie hakte sich ein.

Wir teilten die Rechnung nach zu viel Paella und Limoncello und Pflaumenkuchen – unser letztes Abendessen spiegelte unser erstes wider. Anna bestand immer darauf, selbst zu zahlen. Während sie auf der Toilette des Restaurants war, kaufte ich eine Flasche des roten Hausweins und bekam als Zugabe vom Kellner noch zwei Plastikbecher.

Anna hakte mich unter, und wir gingen automatisch zu der kleinen Bucht. Keiner sagte ein Wort. Es war das letzte Mal, dass wir diesen Weg zusammen gingen, und ich wollte jeden Moment genießen.

Am Ende des Fußwegs wanderte Annas Blick wie am ersten Abend und allen folgenden zu den Schlössern.

»Ich habe etwas für dich. Für uns.« Aus meiner Tasche zog ich ein Schloss und einen wasserfesten Filzstift.

»Ein Liebesschloss!« Unsicher schaute sie mich an.

»Ein Freundschaftsschloss.« Sie machte ein langes Gesicht, und ich hätte mich in den Hintern beißen können. »Anna, ich …«

Verlieb dich bloß nicht, du Obertrottel. Das hatte Josh gesagt. Er hatte recht. Es war der falsche Zeitpunkt für mich. Für sie. Unmöglich.

Mist.

»Das ist eine schöne Idee, Adam.« Sie nahm mir das Schloss aus der Hand. »Ein Symbol für unsere … Freundschaft. Was soll ich draufschreiben?«

»Wie wär's einfach nur mit *Adam & Anna*?« Unsere Namen passten zusammen wie die Teile eines Puzzles.

Anna nahm sich Zeit und schrieb in kursiver Schrift, bevor sie das Schloss an den Zaun hängte.

»Adam …« Ihr Blick traf auf meinen. In ihren Augen schimmerten Tränen.

Ich fühlte mich hilflos. Nutzlos.

»Anna, ich ...« Mit der Rückseite meiner Finger strich ich ihr über die Wange. Sie schüttelte fast unmerklich den Kopf, bevor sie sich zu einem Lächeln zwang.

»Wer zuletzt am Strand ist, gibt morgen am Flughafen ein Frühstück aus.« Und schon sprintete sie davon. Ich musste erst mit Weinflasche und Bechern hantieren, bevor ich ihr folgen konnte.

»He, das ist unfair!«

Sie hatte Vorsprung gewonnen und lachte. Ihre ausgebreiteten Arme und das schwingende Kleid erinnerten mich an den Vogel, den ich freigelassen hatte. Für eine Nanosekunde dachte ich darüber nach, sie auf der Stelle zu verlassen. Diesen Moment als die letzte Erinnerung an sie zu bewahren. Glücklich und frei.

Stattdessen jagte ich ihr hinterher. Ich machte eine große Show daraus, nach ihr zu greifen, aber sie im letzten Moment immer wieder entwischen zu lassen.

Schließlich ließen wir uns in den feuchten Sand fallen. Ich schraubte die Weinflasche auf, und wir prosteten uns wortlos zu.

Im Gegensatz zu den vorherigen Abenden schwiegen wir. Worte waren jetzt nicht angebracht.

Nachdem wir die Flasche Wein getrunken hatten, ließen wir uns nach hinten in den Sand fallen. Anna rollte sich auf die Seite, um mich anzuschauen. Mein Daumen strich über ihren, und irgendwie war das genug. Wir schliefen nicht miteinander. Nicht jetzt. Wir hatten es am Strand versucht und beschlossen, dass das Apartment besser dafür geeignet war. Es war wirklich nicht so romantisch, wie es in Filmen aussah. Der Sand gelangte in jede Ritze, und ich meine, in wirklich *jede*. Das war eine Erfahrung gewesen, die keiner von uns so schnell wieder machen wollte. Wir mussten eingedöst sein, denn als wir aufwachten, veränderte sich die Farbe des Himmels von Schwarz zu Grau zu Pink. Mein Blick war auf ihren gerichtet, teilte ihr wortlos all das mit, was ich sie wissen lassen wollte und nicht sagen konnte.

Die Luft war aufgeladen mit Hoffnung. Unsichtbar für das bloße Auge, aber trotzdem fühlbar. Ich schob sie beiseite.

Es war Zeit, sich zu verabschieden.

Kapitel 7

Anna

Das türkisfarbene Maxikleid, das ich in der kleinen Boutique des Hotels gekauft hatte, saß perfekt und war meine restlichen Euros wert gewesen. Heute war unser letzter Abend, und ich hielt es kaum aus. In den vergangenen zehn Tagen hatte Adam mein Selbstvertrauen Stück für Stück wiederaufgebaut, und ich hatte Angst, dass das wiedergefundene Selbstwertgefühl zu Staub zerfallen würde, wenn er ging. Wir hatten nicht darüber gesprochen, ob wir in Kontakt bleiben würden. Ich wollte es nicht. Schon bald würde er in der Welt herumreisen und neue Leute treffen. Wenn seine Textnachrichten dann immer weniger würden, täte der Gedanke, dass er mich vergessen hat, wieder so weh. Lieber ein sauberer Abschied, und hinterher konnte ich mich der Illusion hingeben, dass er an mich dachte.

Immer an mich dachte.

Genauso, wie ich an ihn denken würde.

Ich schminkte mir ein pinkfarbenes Lippenstiftlächeln und war entschlossen, die letzten wertvollen Stunden nicht mit Melancholie und Bedauern zu ruinieren.

Ich bedauerte nichts.

Es war das Beste für uns beide, wieder getrennte Wege zu gehen, und unvorstellbar, Adam zu bitten zu bleiben. Er würde Ja sagen und mich eines Tages dafür hassen – *falls* er Ja sagen würde.

Falls.

So ein kleines Wort, aber es enthielt so viele Möglichkeiten. Gegen meinen Willen wanderte mein Verstand in eine Zukunft, in der Adam und ich verheiratet waren und zwei Kinder und ein rosenüberwuchertes Häuschen hatten, aber das war nicht mehr als ein Tagtraum. Auch wenn wir uns wiedersehen wollten, wie sollte das funktionieren? Wir lebten vier Stunden voneinander entfernt, und womöglich würden wir nicht mehr das Gleiche füreinander empfinden, sobald wir wieder zurück in der realen Welt waren. Ich starrte aus dem Fenster auf den Flecken glitzernden Meeres, der zwischen den Apartments zu sehen war. Das hier war nicht die reale Welt. Nicht mein reales Leben.

Zum ersten Mal seit Tagen öffnete ich wieder Facebook. Ganz oben in meinem Newsfeed standen ein Update von meinem Ex – *Den Traum leben* – und ein Foto von ihm und Sonia, auf dem sie sich bei einem gemeinsamen Essen mit prickelndem Champagner zuprosteten. Auf seinem Teller häuften sich Fleisch und Bratkartoffeln. Auf ihrem war ein Salat zu sehen. Ich fühlte … ich zog das Foto auf, um zu sehen, ob ich mich getäuscht hatte, aber ich hatte recht. Ich fühlte nur noch Erleichterung, dass ich nicht mehr versuchte, jemand zu sein, der ich nicht war. Ohne zu zögern, klickte ich auf *Entfreunden*, denn ich wusste ganz genau, dass wir niemals Freunde gewesen waren, nicht so wie Adam und ich. So sollte eine Freundschaft sein. Ehrlich und lustig. In Zukunft würde ich mich mit weniger nicht mehr zufriedengeben.

»Was machst du?« Nell platzte aus dem Badezimmer herein. Sie hatte ein winziges weißes Handtuch um sich gewickelt, und ihre Arme und Beine waren goldbraun.

»Einen Schritt nach vorn«, antwortete ich und grinste. Dann schaltete ich mein Handy aus.

»Schön zu hören. Es ist also okay für dich, dass das der letzte Abend ist?«

»Ja.« Ich war zwar traurig, aber gleichzeitig froh, Adam kennengelernt zu haben. »Nell, möchtest du wirklich nicht, dass ich mit dir zu Abend esse?«

»Nee. Ich will doch der jungen Liebe nicht im Weg stehen.«

»Es ist keine Liebe.«

»Bist du dir sicher?« Nell stand hinter mir. Ihr Blick heftete sich im Spiegel auf meinen. »Es gibt einen Weg, damit es funktioniert. Wenn man will.«

Wenn.

»Es war wunderbar. Genau das, was ich brauchte. Ein Urlaubsflirt.«

»Wir wissen beide, dass es mehr ist. Du bist nicht der Typ für einen schnellen Flirt. Das Leben ist zu kurz, Anna. Das weißt du. Lass ihn dir nicht entgehen.«

»Er war ein Trostpflaster. Ich hätte mittlerweile verheiratet sein sollen.« Aber Nell kannte mich besser.

»Anna.« Sie wartete, bis ich die Mascarabürste zurück in den Behälter geschoben hatte. »Den Vollidioten hast du nie so angeschaut wie Adam. Es ist das erste Mal, dass ich dich richtig habe lächeln sehen, seitdem dein Dad verstorben ist.«

Im Spiegel sah ich, dass Tränen in ihren Augen glänzten. In meinen auch.

Zum Abendessen gab es der alten Zeiten wegen Paella. Während des Essens dachte ich über Nells Worte nach. Sollte ich um Adam kämpfen? Um uns? Ich wusste nur nicht, ob er genauso fühlte. Auf unserem Weg in die kleine Bucht war er schweigsamer als sonst. Ich auch.

»Anna«, sagte er, als wir den Zaun erreichten. »Ich habe etwas für dich. Für uns.« Er zog ein Vorhängeschloss aus der Tasche.

»Ein Liebesschloss!«

»Ein Freundschaftsschloss«, sagte er, und dann verstand ich. Er ließ mich gehen. Die Enttäuschung war eine bittere Pille, aber ich zwang mich zu einem Lächeln und schrieb unsere Namen auf das Schloss, bevor ich es an den Zaun hängte. Ich spürte, wie er mich beobachtete, und hob den Kopf. Er stand da, das Meer hinter sich. Die untergehende Sonne warf einen glühend orangefarbenen Heiligenschein um seinen Kopf. Nie würde ich Adam vergessen. Egal, was morgen oder nach diesem August geschehen würde, ich hatte immer noch das hier. Ihn. Jetzt. Ich würde jede letzte schmerzliche Minute auskosten. Heute war kein Abend für Traurigkeit. Eines hatte ich während der Zeit mit Adam gelernt: Es fühlte sich gut an, glücklich zu sein. Wir hatten so viel zusammen gelacht, und ich war froh darüber. Plötzlich war ich dankbar für die Zeit, die wir gehabt hatten und noch hatten, und dachte nicht darüber nach, dass sie bald vorbei sein würde.

»Wer zuletzt am Strand ist, gibt morgen am Flughafen ein Frühstück aus«, rief ich, rannte los und zog meine Freude wie einen Drachen hinter mir her.

Nachdem ich mich von ihm hatte fangen lassen, saßen wir da und tranken billigen Wein, der wie Essig schmeckte. Als die Sonne sank und der Himmel dunkel wurde, war ich auf angenehme Weise betrunken.

Wir lagen eng umschlungen da. Meine Finger schoben sich unter sein T-Shirt, strichen über den weichen Bauch und zeichneten auf seinem Unterarm das Muttermal nach, das einer Landkarte glich. Ich wollte mich an alles erinnern.

An jede Einzelheit.

Schließlich schliefen wir auf dem feuchten Sand ein. Unsere Körper blieben aneinandergeschmiegt. Auch wenn sich einer von uns umdrehte, richtete sich der andere so aus, dass wir nie getrennt voneinander waren. Seine Hand auf meiner Hüfte. Mein nach hinten gestreckter Arm auf seinem Oberschenkel.

Adam schlief noch, als ich aufwachte. Ich betrachtete ihn genau. Prägte mir seine Gesichtszüge ein. Ein Bild, auf das ich jederzeit würde zurückgreifen können.

Die fahle Sonne ging auf und schwächte die Dunkelheit, zog pink- und goldfarbene Streifen über den bedeckten Himmel, als die Nacht still in den Tag überging.

Unser letzter Tag.

Zeit, sich voneinander zu verabschieden.

Kapitel 8

Adam

Der Fahrer wuchtete unsere Koffer in den Gepäckraum. Ich warf einen letzten verweilenden Blick auf das Hotel, seine gekalkte Fassade und die farbenfrohen Blumen in Terrakottatöpfen. Es schien unmöglich, dass ich zwei Wochen lang hier gewesen war. Ich konnte mich kaum an die ersten vier Tage ohne Anna erinnern. Mein Urlaub hatte begonnen, als sie angekommen war.

Es fühlte sich an, als hätte mit ihrer Ankunft mein Leben begonnen.

Ich beobachtete, wie sie mit Nell in den Bus stieg, und folgte den beiden mit Josh. Schon jetzt schien es eine Distanz zwischen uns zu geben. Eine schönere letzte Erinnerung an uns wäre gewesen, wie ich sie beobachtet hatte, als sie ihren staunenden Blick auf den Sonnenaufgang richtete. Daran hätte ich mich festhalten können.

Der Flughafen war hell und freundlich und viel zu voll. Wir stellten uns am Check-in-Schalter an. Wir stellten uns bei der Passkontrolle an. Wir stellten uns für einen Kaffee an. Keiner hatte Hunger.

Wir setzten uns alle vier, bis die Durchsage ertönte, dass das Gate für mich und Josh geöffnet sei.

»Zeit für uns, Ad.« Josh stand auf und schob geräuschvoll den Stuhl zurück. Wir standen alle auf, und dann stießen Ellbogen und Nasen zusammen, als wir uns umarmten und küssten und uns eine gute Heimreise wünschten.

»Es muss kein Lebewohl sein«, flüsterte mir Nell unerwartet ins Ohr.

»Adam. Wir müssen los«, drängte Josh, aber ich bewegte mich nicht. Konnte es nicht. Was hatte Nell damit sagen wollen? Hatte Anna etwas angedeutet?

Das Verlangen, Anna in meine Arme zu ziehen und ihr ewige Liebe zu schwören, war überwältigend. Ich spürte, wie Josh mich anstarrte, und wusste, was er dachte.

Er dachte, ich sei ein Trottel.

»Anna …«

Ihr Blick traf auf meinen. In ihren Wimpern hingen unvergossene Tränen. Es gab nichts, was ich sagen konnte, um es leichter zu machen.

Die Erkenntnis, dass ich nie wieder ihren Namen auf meiner Zunge spüren würde, schnürte mir die Kehle zu.

Ich konnte sie nicht gehen lassen.

Ich würde sie nicht gehen lassen.

Die Durchsage forderte uns auf, an Bord zu gehen, aber sie klang so weit weg, denn die Welt bestand jetzt nur noch aus ihr und mir. Josh schlug ungeduldig unsere Bordkarten gegen seinen Oberschenkel, doch alles war so belanglos.

Alles, außer ihr.

Der Gedanke, ich könnte tatenlos zusehen, wie sie aus meinem Leben verschwand, schien so grotesk, wie gegen die Gezeiten zu kämpfen. Deshalb stellte ich das vernünftige Denken ein und erlaubte mir, mich der Vorstellung davon hinzugeben, wie es sein könnte.

Ich nahm ihre Hand.

»Ich möchte dich wiedersehen. Und zwar sehr gern.« Meine Stimme brach vor Nervosität. »Was ich versuche zu sagen, ist, dass das hier das Ende sein sollte, aber ich es nicht will. Das Ende, meine ich.«

»Aber was ist mit deinen Plänen? Den Reisen?« Sie suchte in meinen Augen nach einer Erklärung.

»Die Welt wird nicht untergehen, wenn ich noch einen Monat warte oder sogar ein Jahr. Oder vielleicht könntest du mitkommen. Das wäre ein Abenteuer.«

Ich hielt die Luft an, während ich auf ihre Antwort wartete.

Kapitel 9

Anna

Die Hitze erschlug mich, als ich aus dem klimatisierten Bus stieg und eifersüchtig die Stimmen der Neuankömmlinge vernahm, die bleich und hoffnungsvoll aus dem Flughafengebäude quollen und ausriefen, wie herrlich das Wetter sei. Es war den anderen Touristen gegenüber ungerecht, sich zu wünschen, es möge regnen, aber es hätte zu unserer Stimmung gepasst. Als würde eine höhere Macht, die größer war als Adam und ich, denselben Kummer spüren wie ich. Doch über uns erstreckte sich träge ein blauer Himmel. Die einzige schwarze Wolke war das Wissen, dass er gekommen war: der unausweichliche Abschied.

Wir hockten auf harten Stühlen, hatten unser Handgepäck unter den Tisch geschoben und nippten an bitterem Kaffee.

Ich sagte nichts. Konnte nichts sagen. Die vergangenen zehn Tage waren die besten meines Lebens gewesen. Der Gedanke, dass meine Zeit mit Adam, die mir alles bedeutet hatte, eines Tages verblassen würde, war unerträglich.

Über den Lautsprecher wurden Adam und Josh aufgefordert, an Bord zu gehen. Er stand auf. Gleich würde er gehen. In

Gedanken versuchte ich, mir ein Leben ohne ihn vorzustellen, aber es war zu schmerzhaft. Ich blinzelte unvergossene Tränen fort und nahm mir vor, nicht zu weinen.

Nein, das würde ich nicht tun.

Es folgten Umarmungen. Küsse. Und dann noch etwas.

Inmitten der Symphonie aus Flughafengeräuschen – den blechernen Lautsprecherdurchsagen, dem Rollen von Koffern, dem Quengeln müder Kinder – hörte ich ihn. Den Hauch einer Chance.

»Ich möchte dich wiedersehen«, sagte Adam. »Und zwar sehr gern.« Seine Hand lag feucht in meiner. »Was ich zu sagen versuche, ist, dass das hier das Ende sein sollte, aber ich es nicht will. Das Ende, meine ich.«

»Aber was ist mit deinen Plänen? Den Reisen?« Meinte er, wenn er zurückkam? Ich war mir nicht sicher.

»Die Welt wird nicht untergehen, wenn ich noch einen Monat warte oder sogar ein Jahr.«

Das war alles, was ich wollte, bis er sagte: »Oder vielleicht könntest du mitkommen. Das wäre ein Abenteuer.«

Sofort versuchte ich, mich aus seinem Griff zu befreien. »Ich … ich kann nicht.« Ich versuchte, nicht zu weinen. »Ich empfinde nicht das Gleiche.«

Er hielt mich fest und betrachtete mein Gesicht.

»Anna, wenn du mir sagst, dass du mich nicht mehr sehen willst, dann gehe ich. Aber wenn du nicht reisen willst, weil du deine Mutter nicht allein lassen möchtest, dann werde ich bleiben.«

Es schnürte mir die Kehle zu. Wie konnte es sein, dass er mich so gut kannte? Andererseits konnte ich doch seine Pläne nicht ruinieren. Seine Reise.

»Ich möchte bleiben und deine Mum kennenlernen«, sagte er. »Und ich möchte mehr über deinen Dad erfahren. Du musst nur Ja sagen.«

Wieder sammelten sich Tränen in meinen Augen, aber dieses Mal hielt ich sie nicht zurück. »Ja«, flüsterte ich und dann lauter: »Ja!«

Ich warf mich in seine Arme und befürchtete keine Sekunde lang, dass er unter meinem Gewicht zusammenbrechen würde. Ohne jeden Zweifel wusste ich, dass er mich immer auffangen würde.

Vor Freude und Hoffnung zersprang mir fast das Herz. Es sang so laut, dass andere Passagiere stehen blieben und das Paar anlächelten, das so verliebt ineinander war, dass kein Blatt Papier mehr zwischen die beiden passte. Sie hatte ihre Beine um seine Taille geschlungen und ihr Gesicht an seinem Hals vergraben, während er sie herumwirbelte. Wir waren *dieses* Paar. Unbefangen und schamlos. In diesem Moment war unsere Liebe vollkommen. Unsere Hoffnungen für die Zukunft unendlich. Es gab keinen Anfang und kein Ende. Einfach nur das zweifelsfreie Wissen, dass es immer ein *Wir* gäbe, egal, welche Steine uns das Leben in den Weg legen würde.

Niemals, so dachte ich, würde es eine Zeit geben, in der wir nicht zusammen wären. Als er mich herumwirbelte, war mir schwindlig vor Freude. Jetzt ist mir schwindlig vor Kummer. Hätten wir gewusst, was vor uns lag, wären wir diesen Schritt trotzdem gegangen?

Ich bin mir nicht sicher.

Kapitel 10

Adam

»Du siehst scheiße aus.« Josh stand hinter mir. Ich versuchte, mich mit zittriger Hand zu rasieren. In ein paar Stunden musste ich Anna Adlington gegenübertreten und mein schäbiges Verhalten erklären.

Ich betrachtete mein Spiegelbild. Vor zehn Monaten in Spanien hatte meine Haut einen warmen Braunton gehabt, jetzt war sie blass. Fahl. Dunkle Tränensäcke hingen unter den Augen, und eine tiefe Sorgenfalte hatte sich zwischen den Augenbrauen gebildet. Blutgetränkte Fetzen eines Papiertaschentuchs zierten mein Kinn an der Stelle, wo ich mich mit der Rasierklinge geschnitten hatte.

Scheiße fühlte ich mich auch und konnte mich nicht daran erinnern, wann ich das letzte Mal richtig geschlafen hatte.

»Willst du wirklich nicht, dass ich heute mitkomme?« Josh legte mir die Hand auf die Schulter. »Ich kann dich fahren und dich dann allein lassen. Du bist kaputt, und es ist ein langer Weg.«

Ich schüttelte den Kopf. Vier Stunden. Vier Stunden lagen zwischen Anna und mir. An einem guten Tag schaffte ich die

Fahrt in drei Stunden und achtundvierzig Minuten. An einem besonders schlechten Tag brauchte ich fast fünf Stunden. Die Entfernung zwischen uns war ein Problem. Angesichts meiner vor Müdigkeit brennenden Augen und der sich nach Ruhe sehnenden Knochen schien es jetzt lächerlich, dass wir nie daran gedacht hatten, dass es eines werden könnte.

Wir konnten uns nicht an jedem Wochenende sehen, denn ich musste einmal im Monat samstags arbeiten. Wenn wir zusammen waren, benotete Anna oft Klassenarbeiten oder plante zukünftige Schulstunden, und wenn sie eine Pause machte, kam es nicht immer zu spontanem, zügellosem Sex, wie es in den Anfängen einer Beziehung sein sollte. Da Anna mit ihrer Mutter zusammenlebte, hatten wir nicht so viel Privatsphäre, wie mir lieb gewesen wäre. Ich will keinen falschen Eindruck erwecken. Mrs Adlington – Patricia – war reizend. Obwohl sie immer noch der zutiefst erschütterte Ausdruck von Trauer umgab, weil sie ihren Mann verloren hatte, als dieser erst neunundvierzig gewesen war, und obwohl sie außerdem die Last zu tragen hatte, sich um ihre eigene Mutter kümmern zu müssen, die erste Anzeichen einer Demenz zeigte, war sie liebenswürdig und lustig und hatte mich mit offenen Armen willkommen geheißen. Oft blieb Patricia samstagabends bei ihrer Mutter, damit Anna und ich Zeit für uns allein hatten, aber es war nicht dasselbe – zu versuchen, sich auf einem fremden cremefarbenen Sofa zu entspannen, auf dem ich weder essen noch trinken durfte, umgeben von zu viel Dekoartikeln in Form von Katzen und Fotos von Annas Dad, der von den Wänden auf uns herabstarrte. Manchmal wünschte ich mir einfach meine eigene Wohnung. Mein eigenes Sofa. Chicken Korma vor dem Fernseher, anstatt am Tisch sitzen zu müssen. Aber Anna fuhr kein Auto, und so lastete die Fahrt auf meinen Schultern, die vor Erschöpfung ganz verspannt waren.

Das *Wir* von Alircia, das erzählt und gelacht und *gelebt* hatte, war den Menschen, zu denen wir geworden waren, abhandengekommen. Wir hatten gedacht, wir könnten die Statistik bezwingen, und irgendwie hatten wir das auch. Weniger als fünfzig Prozent der Paare, die in einer Fernbeziehung lebten, blieben zusammen, und die Paare, die es nicht geschafft hatten, waren durchschnittlich viereinhalb Monate zusammen gewesen. Wir hatten es bereits auf zehn gebracht, was eine Art Rekord war.

Auf dem Display meines Handys leuchtete ein Foto von Anna auf. Sie stand in dem türkisfarbenen Kleid, das sie an unserem letzten Abend auf Alircia getragen hatte, am Strand und sah so wunderschön aus, dass es mir das Herz zerriss.

Ich nahm das Gespräch nicht an.

»Gleich wird sie es bei mir versuchen«, meinte Josh, und Sekunden später klingelte sein Handy. Er las in meinem Gesicht und tippte auf der Schaltfläche auf *Ablehnen*. Das war nicht fair. Schon seit Tagen vermied ich es, mit Anna zu reden, und sie machte sich Sorgen. Sie wusste, dass etwas nicht stimmte. Ich hatte die merkwürdige Nachricht gesendet:

Mir geht's gut. Sorry, habe zu tun. Rufe dich bald an.
Muss Akku aufladen.

Aber das war Quatsch gewesen, und sie wusste es wahrscheinlich.

Die Wahrheit war, dass ich sie mied, seitdem mir ein neuer Job angeboten worden war.

Es war nicht so, dass ich danach gefragt hatte. Der Geschäftsführer des Reisebüros war auf einen Plausch an meinem Schreibtisch stehen geblieben. Wir diskutierten bei einem Kaffee über Fußball, als er beiläufig erwähnte, dass er nach einem Reiseberater suche.

»Du bist nie losgezogen, um dir die Welt anzuschauen, oder, Adam?«

»Nee, aber es ist ja noch Zeit.«

»Was wäre, wenn die Zeit jetzt gekommen ist?«

Er bot mir auf der Stelle den Job an.

»Du wirst individuelle Pakete für Firmenkunden und Wohlhabende zusammenstellen. Das ist dem, was du zurzeit machst, nicht ganz unähnlich, nur in größerem und teurerem Umfang. Du musst allerdings die Ferienorte in- und auswendig kennen. Einige Kunden werden Fünf-Sterne-Luxus wollen, andere einen maßgeschneiderten Urlaub. Ich möchte, dass du das arrangierst und die Orte ausbaldowerst. Nimm dir so viel Zeit, wie du brauchst, um geeignete Unterkünfte zu finden – von Luxushotels bis zu Jurten abseits der ausgetretenen Pfade.« Er machte eine Pause und wartete auf meine Reaktion.

»Ich … ich fühle mich geschmeichelt, dass Sie dabei an mich denken, aber …«

»Kein Aber. Du bist perfekt. Ein intelligenter Hochschulabsolvent, der es liebt zu reisen.«

Anna liebte ich auch, aber die erwähnte ich nicht.

»Das ist die Chance deines Lebens.« Er klopfte mir auf die Schulter. »Denk drüber nach, aber nicht zu lange.«

Ich hatte an nichts anderes gedacht. Mein Traum war mir auf einem Silbertablett serviert worden. Ich wäre doch ein Idiot, wenn ich die Gelegenheit nicht ergriff.

Ich besprach es mit Josh und mit seinen Eltern. Ich besprach es mit jedem, außer mit der einen Person, mit der ich hätte reden sollen – Anna. Aber jetzt war ich bereit. Ich war bereit, etwas Neues und Mutiges und Gewagtes zu versuchen.

Ich hob meine Hand, um auf die Armbanduhr zu schauen, bevor mir einfiel, dass ich sie gar nicht mehr hatte. Mein Handgelenk war nackt.

»Es ist elf«, sagte Josh.

»Ich … ich sollte lieber fahren.«

»Solltest du Anna nicht besser mitteilen, dass du kommst?«

»Nein.« Wenn ich mit ihr redete, würde sie ahnen, dass etwas nicht stimmte, und das war kein Gespräch, das man am Telefon führen konnte.

»Du machst das schon richtig.« Josh klopfte mir ein letztes Mal auf die Schulter.

Als ich auf der Autobahn fuhr, fragte ich mich, ob sie verstehen würde, wie viel es mir bedeutete.

Ich fragte mich, ob sie mich immer noch lieben würde.

Ich fragte mich, ob sie weinen würde.

Kapitel 11

Anna

Eigentlich verbrachte ich gern Zeit mit meiner Großmutter, aber heute war ich geistesabwesend. Dachte an jemand anderen.

»Wenn du gehen und bei diesem jungen Mann sein musst …« Nan lächelte gütig. Ich konnte spüren, wie Mum hinter mir den Kopf schüttelte und Nan signalisierte: *Erwähne Adam nicht!*

»An diesem Wochenende sehe ich ihn nicht, Nan.« Ich war mir nicht sicher, ob ich ihn je wiedersehen würde.

»Du wirst ihn noch früh genug sehen«, sagte Mum schnell. Sie versuchte, mich aufzuheitern, aber es klang trotzdem abweisend. »Ich mache uns ein paar Sandwiches.« Sie verschwand in der Küche.

»Wenn du dich mit Adam gestritten hast, dann bring das wieder in Ordnung. Das Leben ist zu kurz.« Nan bekam feuchte Augen, und ich wusste, dass sie an Großvater dachte. Er war schon vor Jahren gestorben, aber sie vermisste ihn immer noch. Das taten wir alle. Dann entstand eine Pause, in der wir beide unseren Gedanken nachhingen und in den Garten starrten, der eine unbeschreibliche Frühlingsfarbenpracht bot.

Nan schaute direkt auf das Wirrwarr gelber und pinkfarbener Blumen, die in ihren Töpfen um Platz kämpften, aber an ihrem Gesichtsausdruck erkannte ich, dass sie nur die Vergangenheit sah. Gern wollte ich daran teilhaben.

»Nan?« Auf dem Sofa zog ich die Beine unter mich. »Wenn du gewusst hättest, wie sehr es wehtut, Großvater zu verlieren, hättest du dich dann trotzdem in ihn verliebt?«

»Anna, man kann sich nicht aussuchen, in wen man sich verliebt. Ich wusste bereits am allerersten Abend, an dem wir uns kennenlernten, dass ich den Rest meines Lebens mit ihm verbringen würde.«

»Erzähl mir noch einmal von eurem Kennenlernen.«

»Du willst doch wohl nicht mein Gedächtnis testen, oder?« Nan kniff die Augen zusammen. »Denn egal, was dieser Arzt sagt, der aussieht, als hätte er noch nicht mal die Schule verlassen, mir fehlt nichts.«

»Ich höre es einfach so gern.« Ich war eine hoffnungslose Romantikerin, obwohl ich mich hoffnungsloser denn je fühlte und einen Blick auf mein Handy warf. Nichts.

»Ich war Kellnerin, und Großvater kam zum Mittagessen herein. Ich servierte ihm Fleischklopse mit Soße, und er fragte mich, wann meine Schicht zu Ende sei. Die hatte aber gerade erst begonnen, und so saß er fünf Stunden da, trank Kaffee und wartete auf mich. Punkt fünf, als ich fertig war, ging er hinüber zur Jukebox, wählte Elvis' ›Love Me Tender‹ aus und forderte mich zum Tanz auf. Es war kein Tanzlokal, aber wir tanzten trotzdem zwischen den Tischen, während mich mein Chef wütend anstarrte. Bevor das Lied zu Ende war, hatte ich mich Hals über Kopf in deinen Großvater verliebt.«

Ihrer Geschichte zuzuhören machte mich immer emotional, aber heute spürte ich mehr als je zuvor Nans Hoffnung, ihre Freude, ihre Gewissheit. Genauso hatte ich mich am

Flughafen mit Adam gefühlt. Wie konnten wir uns so sehr getäuscht haben? Ich wischte mir über die Augen.

»Anna. Wenn es so sein soll, wird es so sein«, sagte Nan.

»Bitte schön.« Mum stellte ein Tablett auf den Sofatisch. Auf einem Teller stapelten sich Eiersandwiches. Der Geruch drehte mir den Magen um. Aus Höflichkeit nahm ich eins und knabberte an der Kruste herum, aber ich konnte es nicht essen. Jedes Mal, wenn ich an Adam dachte – also quasi die ganze Zeit –, überkamen mich ein Angstgefühl und Übelkeit.

»Ich habe keinen Hunger.« Ich stand auf. »Ich beziehe dein Bett, Nan.«

»Du bist ein liebes Mädchen, Anna. Ich hoffe, Adam weiß, dass er sich glücklich schätzen kann.«

Ich drehte mich schnell um, bevor sie mich durchschaute. Adam hatte wahrscheinlich viele Gefühle, aber ob eines davon mit *glücklich* zu bezeichnen war, wusste ich nicht.

»Sollen wir auf dem Nachhauseweg Essen vom Imbiss mitnehmen?« Es war fast sechs, als wir uns von Nan verabschiedeten. Sie aß mit Mrs Percival, der Witwe von nebenan. Ich war nicht wirklich hungrig, aber wenn ich nicht bald etwas zu essen bekäme, würde ich umkippen, und Mum und Nan würden sich nur noch mehr Sorgen um mich machen. Kabeljau in knusprigem Backteig und Pommes frites mit Salz und Essig spendeten vielleicht ein bisschen Trost.

»Lass uns noch nicht ans Essen denken«, sagte Mum.

»Aber es ist fast Abendessens…«

»Ich sagte, lass uns abwarten.«

Dieses schnippische Verhalten kannte ich gar nicht von Mum, aber es musste schwer für sie sein mitanzusehen, wie meine Großmutter ihr immer mehr entglitt. Von jetzt an würde es nur noch schlimmer werden. Ich warf einen Blick auf ihr Profil, während sie fuhr. Ihre Kiefermuskeln waren angespannt, und die Finger umklammerten fest das Lenkrad.

»Nan machte heute einen guten Eindruck, findest du nicht?« Bisher hatte sie Mum und mich immer erkannt. Manchmal war es schwer zu glauben, dass etwas mit ihr nicht stimmte.

»Du hast recht. Oft denke ich, der Arzt hat sich geirrt. Wir werden doch alle vergesslich. Manchmal geht man in ein Zimmer und weiß nicht mehr, was man dort wollte. Oder mache ich mir etwas vor, Anna? Ihr scheint es doch gut zu gehen, oder? Jedenfalls meistens.« Ihre Frage klang verzweifelt, und das tat mir im Herzen weh.

»Das stimmt, aber wenn eine Zeit kommt, in der es ihr nicht … gut geht … dann werden wir für sie da sein. Du und ich.«

»Ich gebe mein Bestes für euch beide«, sagte Mum leise.

»Das weiß ich.«

»Auch wenn es nicht immer so aussieht. Ich tue, was ich für richtig halte.«

»Mum. Alles, was du tust, ist richtig. Bitte mach dir keine Sorgen.« Seitdem Dad von uns gegangen war, hatte sich etwas an unserer Beziehung geändert. Oft war ich es, die sie beruhigte. Ihr einen Rat gab. Ich war Tochter, Mutter, Freundin, Erwachsene und Kind. Alles in einem.

Wir hielten vor ihrem Haus an, und ich wollte aussteigen.

»Warte.« Mum hielt mich am Arm fest. »Ich habe mein Handy bei Nan vergessen.«

»Musst du es denn heute Abend noch holen?« Das war eine dumme Frage. Es konnte sein, dass Nan Mum brauchte. Sie anrief.

Ich wollte mich gerade wieder anschnallen, da sagte sie: »Du brauchst nicht mitzukommen. Geh ins Haus und nimm ein Bad oder so.«

»Schon gut. Ich leiste dir Gesellschaft.«

»Nein, Anna.« Wieder dieser scharfe Ton. Sie konnte mir nicht in die Augen schauen. »Geh rein.«

Besorgt fügte ich mich, jetzt wieder eindeutig das Kind, und versuchte, nicht zu viel hineinzuinterpretieren. Wir alle brauchten ab und zu Abstand, aber es fühlte sich an, als brauchte im Moment jeder Abstand von mir: Mum, Adam.

Ich steckte den Schlüssel ins Schlüsselloch und drückte die Haustür auf. Im Flur roch es nach Knoblauch, und ich versuchte, mich daran zu erinnern, was wir gestern Abend gegessen hatten. Im Geiste ging ich den Inhalt des Kühlschranks durch und fragte mich, ob ich daraus irgendein Gericht zubereiten konnte, bevor Mum nach Hause kam. Erschöpft streifte ich die Schuhe von den Füßen und trottete barfuß in die Küche.

Und da war er.

Adam.

Kerzen flackerten auf dem Tisch. Zwischen Mums besten Porzellantellern stand eine Vase mit blassrosafarbenen Rosen.

Er kam auf mich zu, und ich machte einen Schritt zurück. Tagelang hatte er mich ignoriert und jetzt … *das hier*. Was auch immer *das hier* war.

»Ich habe nicht … Ich … Wie bist du …« Ich leckte mit der Zunge über meine trockenen Lippen. Offenbar hatte ich die grundlegende Fähigkeit des Sprechens verloren.

»Deine Mutter hat mir einen Schlüssel überlassen.« Er wischte sich die Hände an der Schürze ab und schien nervös zu sein.

»Sie wird gleich zurückkommen.« Mein Blick fiel auf die beiden Tischsets.

»Nein, wird sie nicht. Sie bleibt über Nacht bei deiner Großmutter.«

»Warum?«

»Um uns Zeit zu geben. Damit wir reden können. Ich habe Paella gemacht. Den Reis und so habe ich abgewogen. Tut mir leid, aber als Nachtisch gibt es Zitronenkuchen mit Baiserhaube. Limoncello und Pflaumenkuchen lagen etwas außerhalb meiner eingeschränkten Fähigkeiten.« Er schenkte mir ein Lächeln, aber ich erwiderte es nicht. Er hatte mir wehgetan, und ich fühlte mich von Mum und ihm hintergangen, weil sie hinter meinem Rücken agiert hatten.

Adam zog einen Stuhl vor, der über den Küchenboden schrammte, und gab mir ein Zeichen, mich hinzusetzen. Ich ließ mich auf die hölzerne Sitzfläche sinken und nahm automatisch einen Schluck aus dem Glas, das er mir in die Hand drückte.

Wortlos trug er das Essen auf. Leuchtend gelben Reis und blassrosa Garnelen. Ich nahm einen Bissen, aber er blieb mir im Hals stecken – zusammen mit all den Fragen, die ich stellen wollte. Ich legte meine Gabel hin, und er tat das Gleiche.

»Es tut mir leid«, sagte er.

Ich spürte ein Engegefühl in der Brust. Was tat ihm leid? Mich ignoriert zu haben? Oder etwas anderes? Es musste einen Grund dafür geben, dass er meine Anrufe nicht angenommen hatte.

»Ich kann das nicht mehr. Diese langen Fahrten hierher und wieder zurück. Immer, wenn es möglich ist, irgendwo Zeit abzuknapsen. Keinen eigenen Rückzugsort zu haben.«

So etwas hatte ich erwartet. Mich dafür gewappnet, aber dadurch wurde es nicht leichter.

»Mir ist ein Job angeboten worden. Als Reiseberater. Zuerst würde ich monatelang reisen, aber auch danach regelmäßig weg sein. Es gibt ein anständiges Gehalt, und alle Kosten werden übernommen.«

Es gab so vieles, was ich hätte sagen können, aber ich schwieg. Wenn ich geredet hätte, wäre ich in Tränen ausgebrochen, und das wollte ich nicht. Ich wollte ihm nicht die Freude nehmen. Das war Adams Traum gewesen, und ich musste ihn unterstützen. Auch wenn ich mir nicht sicher war, ob dieses

Essen ein Abschiedsessen war oder am Ende die Frage stand: Wirst du auf mich warten?

»Es war eine Entscheidung, die ich nicht leichtfertig getroffen habe. Es tut mir leid, dass ich dir nichts davon erzählt habe, aber …«

Ich nickte und signalisierte, dass ich verstanden hatte. Er schaute mich an, und in seinen Augen hatten sich ebenfalls Tränen gesammelt. Für ihn war das hier auch nicht leicht.

»Ich habe das Angebot ausgeschlagen«, sagte er leise.

»Warum?« Meine Stimme war ein Flüstern.

»Weil das Reisen ein Traum von mir *war*, aber manchmal ändern sich Träume auch, und jetzt, Anna, bist du es. Du bist alles, was ich je wollte. Und will.«

»Aber du hast gesagt … du kannst so nicht mehr weitermachen.«

»Ja.« Er stand auf und kam zu mir. Ging in die Hocke und nahm meine Hand in seine. »Ich will keine Fernbeziehung mehr, Anna. Ich möchte, dass dein Gesicht das Letzte ist, was ich sehe, bevor ich abends einschlafe. Dass deine Stimme das Letzte ist, was ich höre. Ich möchte dich. Richtig.« Er ging auf die Knie, und noch bevor er einen Ring aus der Hosentasche gezogen hatte, weinte ich.

»Anna Adlington, würdest du mir die große Ehre erweisen, meine Frau zu werden?«

Hätte ich den perfekten Moment festhalten können, dann wäre es dieser gewesen.

»Ja.« Ich warf mich in seine Arme, und er fiel nach hinten. »Ja!« Ich bedeckte sein Gesicht mit Küssen. Seine Hände fuhren durch meine Haare, und seine Lippen fanden meine. Ich fummelte an seinem Gürtel herum, und er öffnete den Reißverschluss meines Kleides. Es war nur gut, dass Mum nicht nach Hause kam.

Später, als ich mich oben unter meine Bettdecke kuschelte, hob ich die Hand und spreizte die Finger. Als der kleine Diamant an meinem Ringfinger unter dem Schein der Lampe funkelte, lächelte ich.

»Hier.« Adam reichte mir einen Teller mit Zitronen-Baiser-Kuchen und schlüpfte neben mir ins Bett. »Tut mir leid, dass er kalt ist, zukünftige Mrs Curtis.«

»Macht nichts. Dafür bist du ziemlich heiß, zukünftiger Ehemann.«

Ich nahm einen Bissen, hatte aber immer noch keinen richtigen Appetit. Mir fiel ein, dass meine Regelblutung noch nicht eingesetzt hatte. Mir ständig schlecht war. Adam und ich hatten noch nicht über Kinder, über eine eigene Familie gesprochen. Unsere Fernbeziehung war so belastend gewesen, dass wir noch keine richtigen Zukunftspläne geschmiedet hatten.

Ich warf einen verstohlenen Blick auf ihn, als er sich eine Gabel voller Kuchen in den Mund schob. Einen Test hatte ich noch nicht gemacht. Sollte ich etwas sagen?

Wenn ich schwanger sein sollte, würde er sich doch freuen, oder?

Kapitel 12

Adam

Als ich Anna an jenem Abend den Heiratsantrag machte, erwartete ich noch nicht, dass wir sechs Monate später tatsächlich heiraten würden. Aber damals hatte ich auch nicht erwartet, dass sie mir erzählen würde, dass sie vermutete, schwanger zu sein.

»Bitte sag etwas«, hatte sie mich gedrängt und dabei die Ecke des Bettbezugs immer wieder um ihren Finger gewickelt.

»Ich … Ich …« *Das sind die besten Neuigkeiten, die ich je gehört habe. Wir werden das besser hinbekommen als meine Eltern. Ich werde dich immer lieben*, aber »Heilige Scheiße!« war alles, was ich tatsächlich herausbrachte.

»Adam!«

»Tut mir leid, das ist … großartig, Anna. Wirklich. Großartig.« Ich hatte gar nicht gewusst, wie glücklich mich der Gedanke machte, Vater zu werden, bis wir am nächsten Tag in der Drogerie einen Test kauften, wie Teenager kicherten und dann herausfanden, dass es falscher Alarm gewesen war.

»Oh.« Annas Enttäuschung war deutlich in ihrer Stimme zu hören. »Dann war wohl der Stress schuld an meinem Unwohlsein und dem unregelmäßigen Zyklus.«

Ich hatte sie fest an mich gedrückt und war mir wie ein Schuft vorgekommen. Die Sorge darüber, dass ich sie möglicherweise verlassen würde, hatte das verursacht. Aber später hatten wir darüber geredet. Richtig. Wir wussten jetzt ohne jeden Zweifel, dass wir Kinder wollten.

»Wir sollten zuerst heiraten«, sagte Anna.

»Je eher, desto besser. Noch in diesem Jahr.«

Also wurde es eine Winterhochzeit. Zuerst hatten wir uns Sorgen über eventuellen Schnee und mögliches Eis gemacht, aber britische Sommer waren auch kein Garant für schönes Wetter. Sonnenschein kann man nicht buchen, und ich legte keinen Wert darauf, dass es perfekt war. Schließlich heiratete ich die perfekte Frau, und alles andere war sekundär.

»Nervös?« Josh reichte mir eine Dose Fosters. Es war zwar erst zehn Uhr morgens, aber ich konnte nicht widerstehen und riss den Verschluss auf. Ein paar Stunden waren noch totzuschlagen, bevor wir in der Kirche sein mussten.

»Ja. Ein bisschen. Ist schon komisch, oder? Wie viel sich geändert hat.«

»Absolut. Wer hätte gedacht, dass ein Urlaub zu dem hier führen würde.« Josh gestikulierte in seiner neuen Wohnung herum.

»Bereust du es nicht, umgezogen zu sein?« Anna und ich hatten unser erstes kleines Eigenheim in der Nähe ihrer Mutter gekauft. Josh war für ein paar Wochen in unserer alten Wohnung geblieben, hatte dann aber beschlossen, auch weiter nach Norden zu ziehen.

»Nee, ich war bereit für einen Tapetenwechsel, und du magst zwar ein Trottel sein, aber …« Er trank einen Schluck

Bier. »Jemand muss auf dich aufpassen, und ich bin dein Trauzeuge.« Er rückte seine Krawatte gerade.

»Das bedeutet nicht, dass du mit der ersten Brautjungfer rummachen musst.« Obwohl er sich nach Kräften bemühte, hatte Nell seinem Charme bisher widerstanden.

»Ein Kuss. Wenn sie mich nur einmal küssen würde, dann würde ich als glücklicher Mann sterben.«

»Sie würde dich bei lebendigem Leibe verspeisen.«

»Vielleicht. Und was ist mit dir? Bereust du es?«

»Nein …« Ich verstummte.

»Was soll das bedeuten? Ist Anna glücklich?«

»In den letzten Tagen ist sie seltsam gewesen. Wirklich seltsam. Sie war wegen der Hochzeit so begeistert, aber jetzt weint sie ständig, wenn sie denkt, ich sei nicht in der Nähe. Jedes Mal, wenn ich versuche, mit ihr über den heutigen Tag zu reden, macht sie dicht.«

»Meinst du, sie hat erkannt, dass du ein Trottel bist, und wird das Weite suchen?«

»Mach darüber bloß keine Witze.«

»Kumpel, das sind bloß die Nerven. Anna liebt dich, Gott weiß, warum, aber …«

Das Klingeln meines Handys unterbrach ihn. Ich nahm das Gespräch an. Hörte zu. Es drehte mir den Magen um, als ich die Neuigkeiten erfuhr.

Schlechte Neuigkeiten.

Die schlimmsten.

Kapitel 13

Anna

Es war egal, dass mein Kleid zerknitterte und mein Augen-Make-up verlief. Ich lag zusammengerollt auf dem Bett und lauschte Adams großem Kummer am anderen Ende der Leitung.

»Tut mir leid«, sagte ich erneut. Doch das schien nicht genug zu sein. Es war nicht genug.

Schließlich verabschiedeten wir uns voneinander, und ich stand auf. Langsam strich ich über den zerknitterten Stoff meines Kleides. Als ich mein Spiegelbild sah, die traurigen Augen, die mich anstarrten, wandte ich mich ab und ging die Treppe hinunter, um die Nachricht Nell und Mum zu überbringen.

»Hallo!« Nell schaute vom Bildschirm des Laptops auf. Sie und Mum versuchten, den Blumenkranz zu binden, der auf YouTube so einfach ausgesehen hatte. Ich wollte den kompletten Boho-Beach-Babe-Look. Eine Anspielung auf den Ort, an dem wir uns ineinander verliebt hatten. Mein Kleid war cremefarben wie die Gischt, luftig und locker. Anstelle von High Heels trug ich Sandalen, und meine Fußnägel waren goldfarben lackiert wie die Farbe des Sandes.

»Mensch, Anna! Das ist unmöglich«, sagte Nell. »Wir haben nur noch zwei Stunden, bis wir in der Kirche sein müssen. Bist du dir sicher, dass ich nicht zu Claire's Accessoires flitzen soll, um ein Diadem zu holen?«

Ich antwortete nicht.

»Anna? Was ist los?«, fragte Mum.

»Es … es ist wegen Adam. Seine Eltern sind gestern nicht geflogen. Sie werden nicht zur Hochzeit kommen.«

»Welch ein Jammer.« Mum legte den Arm um mich. »Sie sind bestimmt völlig aufgelöst.«

»Adam vermutet, sie hätten nie die Absicht gehabt zu kommen. Er ist am Boden zerstört. Seit Jahren hat er sie nicht gesehen, und sie hatten versprochen, bei der Hochzeit dabei zu sein. *Ihr Sohn* heiratet! Wie können sie das verpassen?«

Es war schwer zu verstehen, weshalb sie nicht kommen wollten. Mein Dad hätte alles gegeben, um heute hier zu sein. Die ganze Woche hatte ich mich zunehmend schlechter gefühlt, weil er nicht derjenige sein würde – konnte –, der mich an Adam übergab. Ich hatte viele Tränen geweint, wenn Adam nicht in der Nähe gewesen war. Ich wollte dem sich nähernden großen Tag nicht den Glanz nehmen, und jetzt *das*. Man konnte meinen, wir wären verflucht. Nur ein Elternteil von vieren würde dabei sein.

»Wir wissen nicht, ob sie tatsächlich nie vorgehabt haben zu kommen, und ich bin mir sicher, sie haben ihre Gründe«, sagte Mum.

»Aber Mum, Adam ist so aufgelöst. Ich weiß nicht, wie ich ihm helfen kann.« Ich fühlte mich machtlos. Meine unzureichenden Mitleidsbekundungen und »Ich bin jetzt deine Familie« schienen einfach nicht genug gewesen zu sein.

»Du kannst ihm nicht immer helfen. Nell, kommst du ohne mich klar? Kann ich mit Anna nach oben gehen und ihr etwas zeigen?«

»Sicher.«

»Vergiss den Blumenkranz, Nell«, sagte ich unglücklich. Er schien nicht mehr wichtig zu sein.

»Garantiert nicht.« Nell war jetzt auf einer Mission. »Ich gebe nicht auf. Schau mal, wenn ich die Rosen einfach auf den Kranz klebe, Jasminranken herumbinde und alles mit cremefarbenem Band umwickele, dann sollte es doch gehen. Verdammt!« Ein Dorn hatte sich in ihre Haut gebohrt, und sie lutschte am Zeigefinger.

»Du wirst dein ganzes Kleid vollbluten. Also ehrlich …«

»Anna.« Nells Blick traf auf meinen. »Ich hab doch die hier.« Sie zupfte eine weitere altrosafarbene Blume vom schrumpfenden Haufen. »So, du kleines Miststück. Wenn du dich nicht benimmst, schneide ich dir den Kopf ab. Ich habe hier eine Rosenschere. Und glaub nicht, dass das leere Worte sind.«

Ich wusste, dass sie es durchziehen würde.

Im ersten Stock setzte ich mich auf Mums Bett, während sie etwas aus ihrem Schmuckkästchen nahm und mir in die Hand drückte.

»Eine Münze?« Ich verstand nicht.

»Nicht irgendeine Münze, sondern die Münze, die Großvater Harry in die Jukebox warf, um an dem Tag, an dem er Nan kennenlernte, Elvis zu spielen.«

»Wirklich?« Ich drehte das Geldstück in der Hand und spürte die ganze Geschichte, die in seinem kalten, harten Metall verborgen war.

»Ich weiß nicht«, sagte sie. »Großvater sagte, er habe den Besitzer gebeten, die Münze herauszufischen, damit er sie als Erinnerung an den Augenblick behalten konnte, in dem er sich verliebt hatte. Ob es tatsächlich genau die Münze ist oder nicht, werden wir nie erfahren, aber wichtig ist, was sie symbolisiert.«

Ich verstand immer noch nicht ganz.

»Ich habe es dir noch nie erzählt, Anna, aber Nans Eltern haben sie verstoßen.«

»Warum?«

»Weil sie mit mir schwanger wurde, bevor sie verheiratet war.«

Instinktiv legte ich mir die Hand auf den Bauch, erinnerte mich an die Zeit, als ich vor ein paar Monaten überzeugt davon gewesen war, schwanger zu sein.

»Es war eine andere Zeit, Anna. Ein richtiger Skandal. Nan war am Boden zerstört. Großvater versuchte, mit ihren Eltern zu reden, aber sie gaben nie nach. Nan erzählte mir, dass sie ständig geweint habe, bis Großvater ihr diese Münze gab und ihr erzählte, sie sei aus der Jukebox. ›Ich kann nichts machen, um dir den Schmerz zu nehmen‹, hatte er gesagt, ›aber trag diese Münze bei dir, und wann immer du dich verloren oder einsam fühlst, reib darüber und sei dir bewusst, dass ich an dich denke. Immer.‹« Mum strich mir die Haare aus dem Gesicht und umfasste mit beiden Händen meine Wangen. »Wir können nicht immer für diejenigen, die wir lieben, Dinge in Ordnung bringen, Anna, und sie können das auch nicht immer für uns, aber manchmal reicht es schon, wenn man weiß oder sich erinnert, dass es jemand Besonderen gibt, der uns liebt und uns zuhört.«

»Ich hatte das Gefühl, Adam am Telefon im Stich zu lassen. Ich wusste nicht, was ich sagen sollte.«

»Manchmal muss man nichts sagen. Als die Brauerei Großvater kündigte, kam er nach Hause und saß, den Kopf in die Hände gestützt, auf der Schwelle der Hintertür. Weißt du, was Nan getan hat?«

»Nein.«

»Sie gab ihm die Münze und setzte sich dazu. Saß bei ihm und hielt seine Hand. Im Laufe der Jahre wanderte das Geldstück zwischen ihnen hin und her, und als … als dein Vater starb, gab Nan sie mir.«

In meinen Augen sammelten sich Tränen.

»Und jetzt, Anna, gebe ich dir die Münze.« Sie drückte meine Finger zusammen, damit sie das Geldstück umschlossen.

»Aber …«

»Pst. Manchmal muss man nichts sagen.«

Und dann saßen wir schweigend auf dem Bett, das sie mit Dad geteilt hatte. Mein Kopf ruhte auf ihrer Schulter, bis Nell ins Zimmer geplatzt kam und triumphierend den Blumenkranz schwenkte.

Alles würde gut werden.

In dem Moment, in dem ich Adam am Altar stehen sah, vergaß ich alles. Ich hakte Mum unter, als wir langsam den Gang entlangschritten. Mir war gleichzeitig leicht und schwer ums Herz. Ich vermisste Dad, war aber froh um Mum und aufgeregt, weil ich Adams Frau werden würde. Sein Blick war auf meinen geheftet, bis ich bei ihm ankam.

»Ich erkläre es dir später«, flüsterte ich ihm ins Ohr und drückte ihm die Münze in die Hand.

Wir versprachen uns, in guten und in schlechten Zeiten füreinander da zu sein, und ich glaube nicht, dass einer von uns mitbekam, wer anwesend war und wer nicht. Es gab nur ihn und mich.

Es würde immer nur ihn und mich geben.

Beim Empfang spielte Flamencomusik, während wir das Hochzeitsessen einnahmen: natürlich Paella und Limoncello und Pflaumenkuchen. Während der Reden trank ich zu viel Sangria und erwartete, dass Joshs laut und frech sein würde, aber sie war kurz und kam von Herzen. Dann stand Mum auf und sprach.

»In der kurzen Zeit, in der ich ihn kennengelernt habe, ist mir Adam ans Herz gewachsen. Bevor er Anna einen

Heiratsantrag machte, kam er zu mir und bat mich um ihre Hand. Nicht viele junge Männer tun das heute noch, und ich habe die Geste geschätzt. Annas Vater hätte diese Geste ebenfalls sehr geschätzt, und ich weiß, dass er Adam genauso gemocht hätte wie ich.« Ich nickte. »Aber das Wichtigste ist, dass sich die beiden lieben, und jeder Narr kann das sehen.«

»Sogar ich.« Josh hob sein Glas.

»Lasst uns anstoßen. Auf Mr und Mrs Curtis.«

Mrs Curtis.

Ich bekam das Lächeln nicht mehr aus meinem Gesicht.

Dann war es Zeit für den ersten Tanz. Wir hatten Josh und Nell erzählt, welches Lied wir dafür ausgewählt hatten und warum, aber ich wollte, dass es für Mum und Nan eine Überraschung war. Wir hatten uns für »Love Me Tender« entschieden. Adam zog mich in seine Arme, und wir schwebten über die Tanzfläche, während wir uns ab und zu küssten. Nach den ersten Takten beobachtete ich, wie Josh zielstrebig auf Nell zuging. Auch wenn es nicht Tradition gewesen wäre, dass der Trauzeuge mit der ersten Brautjungfer tanzte, wollte er es gerne. Nan saß am Rand der Tanzfläche und schaute so wehmütig drein, dass Josh zögerte, als er an ihr vorbeiging. Mit einem letzten sehnsüchtigen Blick auf Nell reichte er Nan die Hand. Sie strahlte über das ganze Gesicht, als Josh sie auf die Tanzfläche führte.

Lächelnd löste ich mich von Adam und gab Mum ein Zeichen zu kommen und mit mir zu tanzen, während Adam Nell aufforderte.

Ich konnte meinen Blick nicht von Adam abwenden, als er Nell über die Tanzfläche wirbelte, und ich erinnere mich jetzt deutlich an das Glück, das mich erfüllte, als ich zu ihnen schaute.

Mein Mann. Meine beste Freundin.

Nie hätte ich gedacht, dass ich ihn verlieren würde.

Sie beide verlieren würde.

TEIL 2

»Wir können nicht immer für diejenigen, die wir lieben, Dinge in Ordnung bringen.«

PATRICIA ADLINGTON – ANNAS MUTTER

Kapitel 14

Adam

Es gab einen Pub, der The Star hieß. Er war eigentlich eine Absteige, aber in der ersten Zeit nach meinem Umzug – mittlerweile war es mehr als zwei Jahre her – musste ich über den Namen lächeln, wenn ich daran vorbeifuhr.

»Hast du Lust, etwas trinken zu gehen?«, hatte ich Anna gefragt, als ich nach Hause kam. »Es gibt einen Pub, der nach dir benannt ist, Star!«

»Ich lebe meinen Traum«, hatte sie gesagt und gelacht.

Die Fußböden klebten immer, und der ganze Laden stank nach Zigarettenqualm. Trotzdem kamen wir regelmäßig her, um mit Josh und Nell Poolbillard zu spielen. Nicht viele Pubs hatten noch Spielräume oder dunkle Holzbalken, die wie Streifen an der Decke verliefen. Dieser Pub unterschied sich von den anderen in der Stadt, die Teil einer Kette waren. Hier wurden wir größtenteils von der älteren Kundschaft ignoriert, die auf Barhockern an der Theke saß und an schaumigen Bieren nuckelte, uns aber vor dem knisternden Feuer hinlümmeln ließ, wo wir ohne zu laute Musik oder maßlos überteuerte Bierpreise plaudern konnten.

Heute Abend war Anna zerstreut. Sie griff nach ihrem Glas Orangensaft und stellte es sofort wieder auf den ramponierten Mahagonitisch, der auf seinen spindeldürren Beinen wackelte. Ich wusste, dass sie über ihren morgigen Termin nachdachte. Unseren morgigen Termin. Es hing viel davon ab, aber im Moment wollte ich einfach nur entspannen und mich amüsieren.

»He.« Ich stieß sie leicht mit dem Ellbogen an. »Du bist dran.«

Sie nahm ihren Queue und beugte sich über den Tisch. Dabei spannte ihr Jeansrock. Ich konnte es mir nicht verkneifen, auf ihren Po zu starren. Vor unserer Hochzeit hatte ich mich gefragt, wie es wohl wäre, für den Rest meines Lebens mit ein und derselben Frau zu schlafen, aber ich fand sie immer noch so attraktiv wie eh und je. Sogar noch attraktiver.

Anna streckte die Zunge heraus, wie sie es immer machte, wenn sie sich konzentrierte. Sie versetzte der weißen Kugel einen Stoß und lochte eine gelbe ein.

»Das wäre sehr beeindruckend«, sagte ich, »wenn wir nicht die roten hätten.«

»Mist! Wirklich? Tut mir leid.«

»Wir dachten, ihr beiden Loser bräuchtet eine Chance!«, rief ich hinüber zu Josh und Nell, und Nell schleuderte keinen ihrer üblichen sarkastischen Kommentare zurück. Sie war den ganzen Abend über ebenfalls schweigsam gewesen. Wir alle führten einen weiteren Stoß aus, und dann war Anna wieder dran.

»Rot?«, fragte sie.

»Rot.« Ich versuchte, mich nicht zu ärgern. Es war nur natürlich, dass sie wegen morgen besorgt war, allerdings war sie immer besorgt. Ich wollte nur einen Abend, an dem ich nicht darüber nachdenken musste.

Dann sah ich, wie sie eine rote Kugel gegen die schwarze stieß, die wiederum in der Tasche versenkt wurde und Josh und Nell zum Sieg verhalf.

»Das war Verschwendung von fünfzig Pence«, sagte ich leichthin.

»Wenn dir das Geld so viel bedeutet …«, blaffte Anna.

»He.« Ich hob die Hände. »Ich hab doch nur Spaß gemacht.«

»Nein. Ich gebe dir deine fünfzig Pence zurück.« Sie zog den Reißverschluss ihrer Geldbörse auf und kippte einen Haufen Münzen auf den Tisch. Und da war sie – die Münze ihres Großvaters, die seit unserer Hochzeit mehrere Male zwischen uns hin- und hergereicht worden war. Wir starrten beide darauf, bis Anna alles wieder in ihre Geldbörse schaufelte – außer der Münze ihres Großvaters. Die steckte sie mir in die Tasche. Sie schlang die Arme um meinen Hals und vergrub ihr Gesicht an meiner Schulter.

Über Annas Kopf hinweg sah ich die Sorgenfalte zwischen Joshs Augenbrauen. Er war beunruhigt darüber, wie wir uns anzickten, aber ich konnte nicht erwarten, dass er verstand, unter welchem Druck wir standen. Er formte mit dem Mund »Drinks?«, und ich nickte.

»Are You Lonesome Tonight?« ertönte aus der Jukebox. Das war zwar nicht unser Lied, aber nahe genug dran, und so drückte ich Anna an mich und begann, mich im Takt zu wiegen.

»Ich bin nicht in Stimmung.« Anna schob mich weg. *Das bist du nie*, erwiderte ich, jedoch nur gedanklich.

Wir lungerten auf unserem üblichen Sofa herum und schauten zu, wie die Flammen im Kaminrost tanzten. Josh kam mit den Getränken auf einem Tablett zurück. Ich starrte durstig auf sein schäumendes Helles, bevor ich mir meine Limonade nahm.

»Also.« Nell pulte an einem Bierdeckel herum. Sie zog eine Pappschicht nach der anderen herunter. »Ich habe Neuigkeiten.«

»Welche?« Anna nahm ihr behutsam den Bierdeckel weg und hielt ihre Hand. Ich glaube, wir alle erwarteten wegen Nells düsterem Gesichtsausdruck, dass es schlechte Neuigkeiten sein würden.

»Ihr kennt doch Chris, oder?«

Ich nickte. *Kennen* war ein bisschen zu viel gesagt. Sie hatte ihn ein paarmal zum Poolbillard mitgebracht, aber es war unangenehm gewesen, weil Josh ihn so angestarrt hatte, und außerdem konnte man mit fünf Leuten kein Doppel spielen. Es hatte uns nichts ausgemacht, als er nicht mehr mitgekommen war. Nells Lover überstanden eigentlich nie mehr als drei Dates.

»Ich ziehe mit ihm zusammen.«

»Was?« Anna sah verletzt aus, und ich nehme an, es war auch für sie das erste Mal, dass sie davon hörte.

»Es ist alles so schnell gegangen.« Nell zuckte mit den Achseln. »Ich hatte keine Zeit, es dir zu erzählen.«

Josh stakste davon, und ich konnte seinen Schmerz nachempfinden. Er hatte einen einzigen Kuss auf unserer Hochzeit eingefordert, aber seitdem war nichts zwischen den beiden gelaufen. Allerdings wusste ich, dass er darauf hoffte, eines Tages mehr für sie zu sein als nur ein Freund. Minuten später kehrte er mit einer Flasche Sekt und vier Gläsern zurück.

»Das sind ja tolle Neuigkeiten.« Er ließ den Korken knallen, und vielleicht war nur ich es, dem sein verräterisch verkrampfter Kiefer auffiel, der zeigte, dass Josh das alles andere als toll fand.

Er goss den schäumenden Sekt ein, und wir stießen auf Nell und Chris an und versicherten ihr, dass wir ihn gern besser kennenlernen wollten. Der Alkohol stieg mir sofort in den Kopf, weil ich so lange keinen mehr getrunken hatte. Anna rührte ihr Glas kaum an. Ich wusste, dass es ihr nichts ausmachen würde, nachher nach Hause zu fahren. Mittlerweile hatte sie den Führerschein gemacht.

»Das ist also okay für euch?«, fragte Nell uns alle, aber sie schaute Josh dabei an.

»Wenn du ihn magst, mögen wir ihn auch.« Josh hob sein Glas. »Aber wenn er dir wehtut, breche ich ihm sämtliche Knochen.«

Auf der Heimfahrt war ich benommen. Josh und ich hatten zusammen die Flasche geleert, und hinter meinen Augen spürte ich die ersten Anzeichen von Kopfschmerzen.

Ich warf einen verstohlenen Blick auf Anna, die sich über das Lenkrad beugte und der man die Anspannung deutlich anmerkte.

»Du kannst mir nicht vorwerfen, dass ich heute Abend etwas getrunken habe«, sagte ich.

»Ach, kann ich das nicht?«, blaffte sie.

»Anna, es ist gut ein Jahr her.«

»Bei mir auch! Glaubst du nicht, dass es mir fehlt? Nein, natürlich nicht. Du denkst immer nur an dich!«, rief sie, und ich konnte nicht anders und brüllte zurück.

»Das ist nicht fair, und das weißt du!« Ich kämpfte darum, meine Fassung wiederzugewinnen. »Ich möchte ein Baby genauso sehr wie …«

»Tatsächlich? Kaum zu glauben. Darauf käme man nicht, wenn man gesehen hat, wie du den Alkohol in dich hineingekippt hast.«

»Was sind schon ein paar Gläser Sekt?«

»Woher willst du wissen, weshalb ich nicht schwanger werde? Woher sollen wir das wissen?« Sie riss das Lenkrad herum, wir kamen von der Straße ab und rumpelten über einen holprigen Weg bis auf eine Lichtung im Wald. Es war stockdunkel unter den hoch aufragenden Bäumen. Anna drehte sich zu mir, aber anstelle von Wut sah ich in ihrem Gesicht nur Traurigkeit. »Woher sollen wir das wissen?«, sagte sie noch einmal. Dieses Mal leise.

»Wir werden es morgen erfahren.« Ich dachte wieder an den Termin beim Fertilitätsspezialisten.

»Ich habe solche Angst.«

»Anna, ich …«

»Schh.« Sie löste ihren Sicherheitsgurt und kletterte unbeholfen über die Mittelkonsole auf meinen Schoß. Dann küsste sie mich. Ich hielt ihr Gesicht zwischen den Händen und erwiderte den Kuss. Leidenschaftlich. Daraufhin löste sie auch meinen Sicherheitsgurt. Ich hob mein Hinterteil an und schob die Jeans nach unten, bevor ich ihre Bluse aufknöpfte und meine Hände unter ihrem Rock über ihre Schenkel strichen. Meine Finger spürten, wie sehr sie mich wollte.

Das hier war, wonach ich mich gesehnt hatte.

Begehrt zu werden. Gebraucht. So zu fühlen, wie wir es getan hatten, bevor wir uns auf eine App verließen, die uns sagte, wann wir uns berühren sollten.

Das hier hatte ich vermisst.

Sie.

Uns.

Es war vier Uhr nachmittags, und noch immer hatte ich einen widerlichen Geschmack im Mund. Unser Termin war in einer Viertelstunde. Anna sollte eigentlich längst hier sein. Ihr Unterricht war um drei Uhr vorbei gewesen.

Wo war sie?

Wieder schaute ich auf mein Handy, aber sie hatte keine Nachricht gesendet. Weitere fünf Minuten vergingen, und ich fragte mich, ob ich uns anmelden sollte, als ich sie auf mich zurennen sah.

»Bist du …?«

»Lass uns reingehen«, stieß sie atemlos hervor.

Wir sagten an der Anmeldung Bescheid, dass wir da seien, und wurden gebeten, auf den harten grauen Stühlen zu warten, die zu den grauen Wänden und dem grauen Boden passten. Das hier sah aus wie ein Ort, an dem Träume begraben wurden.

»Hattest du einen schönen Tag?« Ich versuchte, Anna von ihren Gedanken abzulenken. Genauso wie ich mich von meinen Gedanken ablenken wollte.

»Nicht wirklich.« Sie strich sich eine Locke hinters Ohr. »Du weißt doch, dass ich mir um Jemma Sorgen gemacht habe, oder?«

»Ja.« Jemma war eine Schülerin aus der elften Klasse. Anna hatte bemerkt, dass sie sich zurückzog, und befürchtete, dass sie gemobbt wurde.

»Sie bat mich heute nach Unterrichtsschluss um ein Gespräch. Deshalb bin ich auch zu spät gekommen. Sie ist schwanger.«

»Oh, Anna.«

»Sie möchte, dass ich ihr helfe, die Schwangerschaft abzubrechen.« Annas Stimme klang ausdruckslos, gefühllos, aber ich wusste, wie durcheinander sie innerlich war.

»Mr und Mrs Curtis?« Wir wurden in ein Zimmer zitiert.

Dort setzten wir uns, und Anna schob ihre Hand in meine.

»Hallo«, sagte Dr. Bowman. »Ich habe die Ergebnisse Ihrer Laparoskopie, Anna. Wir vermuteten wegen Ihrer starken Periode und der Schmerzen, die Sie jedes Mal haben, dass Ihre Unfähigkeit, schwanger zu werden …«

»Unfähigkeit?«, platzte ich heraus, doch Anna drückte meine Hand.

»Entschuldigung. Dass die erfolglosen Versuche, in den letzten achtzehn Monaten schwanger zu werden, auf eine Endometriose zurückzuführen sind, und die Ergebnisse bestätigen das. Verstehen Sie beide, was Endometriose bedeutet?« Er machte eine Pause.

»Ja«, sagte Anna zur gleichen Zeit, wie ich »Gewissermaßen« sagte.

»Die Gebärmutterschleimhaut – das Endometrium – wächst an anderen Stellen, zum Beispiel in den Eileitern oder Eierstöcken. Die Schleimhaut wird zwar abgestoßen, aber anders als bei den Zellen in der Gebärmutterhöhle, die den Körper durch eine Monatsblutung verlassen, kann sie nirgendwohin.«

»Und deshalb ist Anna nicht schwanger geworden?«

»Nicht unbedingt, aber es kann durchaus einen Anteil haben an ihrer Unfäh… den erfolglosen Versuchen, schwanger zu werden. Manchmal kommt es bei der Endometriose zu Verwachsungen, die das Ei daran hindern, den Eileiter entlangzuwandern.«

Ich schaute zu Anna. Ihr Gesicht war kalkweiß. Ich konnte sehen, dass sie in Tränen ausbrechen würde, wenn sie jetzt etwas sagte.

»Können wir irgendetwas tun?«, fragte ich.

»Ein operativer Eingriff zur Entfernung der Verwachsungen würde sicher die Chancen einer Schwangerschaft erhöhen. Eine Garantie gibt es dafür allerdings nicht. Aber Anna hat das Alter auf ihrer Seite und kann noch auf natürlichem Wege schwanger werden.«

»Wir …« Anna holte tief Luft. »Wir wollen die Operation.«

»Die Operation kann weitere Probleme verursachen: Infektionen, Blutungen, Schädigung betroffener Organe.«

»Wir wollen die Operation«, wiederholte Anna.

Zu Hause deckte ich Anna auf dem Sofa mit einer Decke zu und kochte ihr eine heiße Schokolade. Sie stand unberührt auf dem Sofatisch, und schmelzender Milchschaum lief an der Tasse herunter auf die Glasplatte.

Ich hob die Decke an und schlüpfte darunter.

»Anna …«

»Nicht«, flüsterte sie. »Lass es einfach.«

»Aber es ist nicht dein Fehler.« Ich fühlte mich hilflos, weil ich wusste, wie elend ihr innerlich zumute sein musste. Wäre es andersherum, würde ich mich zu Recht oder Unrecht schuldig fühlen.

»Ich kann nicht darüber reden. Noch nicht. Bitte dräng mich nicht.«

Da ich nicht wusste, was ich tun sollte, griff ich in meine Tasche und zog die Münze ihres Großvaters heraus. Sie nahm sie dankbar und umschloss sie mit der Hand.

Damals hatte ich gedacht, wir würden klarkommen. Es war tröstlich zu wissen, dass wir ein gutes, unterstützendes Netzwerk um uns herum hatten, aber zu dem Zeitpunkt wusste ich noch nicht, dass dieses Netzwerk zerbröckeln würde.

Ich wusste nicht, was uns am nächsten Tag erwartete.

Kapitel 15

Anna

Ich hatte eine schlaflose Nacht. Im Bett legte ich mir die Hände auf den Unterleib und stellte mir vor, wie sich unter meiner Haut die Verwachsungen bildeten. Die Verwachsungen, die schuld daran waren, dass ich nicht schwanger wurde. Neben mir schlief Adam, und ich hasste ihn dafür, dass er nicht wach war. War es ihm egal? Ich starrte ihn durch die Dunkelheit an, bis sich meine Augen mit Tränen füllten.

Natürlich war es ihm wichtig.

Das wusste ich ohne jeden Zweifel. Er würde mir das niemals vorwerfen, und trotzdem hatte ich das Gefühl, dass es meine Schuld war. Mein verdammter gestörter Körper war dafür verantwortlich.

Tränen des Selbstmitleids flossen, und ich ließ sie fließen, vergrub mein Gesicht im Kissen und ließ den Schaumstoff meinen Kummer aufnehmen. Ich hatte Angst. Angst vor der Operation. Angst, dass sie nicht helfen würde. Angst, dass Adam mich wegen einer anderen, die schwanger werden konnte, verlassen würde. Jedes mögliche Problem, das mir in den Sinn kam, türmte sich in der Dunkelheit vor mir auf.

Als das trübe Grau der Morgendämmerung den Himmel erhellte, hatte ich mir geschworen, nicht zuzulassen, dass dieses Problem zwischen mir und Adam stehen würde. Ich würde verhindern, dass es zu unserem Mittelpunkt wurde, dass meine endlosen Ängste seine Ängste wurden. Er war mein Das-Glas-ist-halb-voll-Optimist, und für mich war wichtig, dass er so blieb.

Trotzdem wollte ich mit jemandem reden. Es wäre nicht fair, Mum damit zu belasten. Wir hatten ihr nicht einmal erzählt, dass wir es versuchten, denn wir wollten nicht jeden Monat dieselbe Frage hören – werde ich Großmutter? Es würde eine nette Überraschung für sie sein, wenn es passierte. Ich war froh, dass sie nichts wusste.

Leise zog ich eine Trainingshose an und band mir die Turnschuhe zu. Die kalte Luft füllte meine Lunge, und ich rannte und rannte, bis ich auf Nells Türschwelle stand. Hier konnte ich hemmungslos weinen, meine Zweifel vor ihr ausbreiten und sicher sein, dass sie unvoreingenommen zuhören und nicht versuchen würde, zu urteilen oder die Sache in Ordnung zu bringen. Mich in Ordnung zu bringen.

Chris machte die Tür auf. Mit nacktem Oberkörper und tief auf den Hüften sitzender schwarzer Jogginghose.

»Anna.« Er verbarg ein Gähnen, indem er sich die Hand vor den Mund hielt. »Ist alles okay?«

»Ja. Tut mir leid, es ist früh.« Blöderweise hatte ich nicht daran gedacht, dass er hier sein könnte. »Ist Nell wach?«

»Jetzt wahrscheinlich schon«, meinte er, war jedoch nicht unfreundlich. »Komm rein.«

Ich folgte ihm in die Küche. In der Spüle stapelte sich schmutziges Geschirr, höchstwahrscheinlich von Nells Mitbewohnerinnen. Sie kochte selten. Doch sie zog ja schon bald in Chris' Haus.

»Gratuliere übrigens«, sagte ich, während er den Wasserkocher füllte. »Das sind tolle Neuigkeiten.«

»Danke.« Er drehte sich mit einem breiten Grinsen im Gesicht um. »Ich kann es kaum glauben – ich werde Vater!«

Es war wie ein Schlag in die Magengrube. Ich sank auf den Küchenstuhl, während Chris weiterredete. »Ich weiß, es war nicht geplant, aber Nell wird die beste Mum aller Zeiten werden, meinst du nicht auch?«

»Ich … ich muss gehen. Tut mir leid, aber mir fällt gerade … etwas ein.« Ich eilte auf die Haustür zu und erreichte sie im gleichen Augenblick wie Nell das Ende der Treppe.

»Ist alles okay, Anna? Es ist furchtbar früh!«

»Ich war gerade joggen, aber …«

»Joggen? Jetzt weiß ich, dass etwas nicht stimmt. Mist. Du hast gestern deine Laparoskopie-Ergebnisse bekommen, oder? Tut mir leid, dass ich nicht daran gedacht habe.«

»Schon gut. Du hast wegen deines … deines Umzugs viel im Kopf.«

»Wie sind denn deine Ergebnisse ausgefallen?« Sie schaute mich besorgt an.

»Gut. Alles bestens.«

»Das ist fantastisch!« Ihr Mund verzog sich zu einem breiten Grinsen. »Du könntest also jederzeit schwanger werden?«

Ich schluckte den Kloß in meinem Hals herunter. »Nein. Wir haben beschlossen zu warten. Wir sind noch so jung, und ich will mindestens Abteilungsleiterin sein, bevor ich Mutterschaftsurlaub nehme, oder sogar stellvertretende Schulleiterin. Es besteht keine Eile.« Mein Lächeln war gekünstelt, und mein Gesicht glich einer Maske.

»Oh«, sagte sie. »Ich verstehe, dass du in die Fußstapfen deines Vaters treten und Schulleiterin werden möchtest, aber ich dachte …«

»Dann hast du dich geirrt.«

Sie schaute mich einen Moment eindringlich an. Ich hielt den Blickkontakt und war sicher, dass sie den ganzen Schmerz in mir sehen konnte.

»Es reicht uns zu wissen, dass es keine medizinischen Gründe gibt, die gegen eine Schwangerschaft sprechen, wenn es an der Zeit ist«, sagte ich.

Sie wartete darauf, dass ich noch etwas hinzufügte, und als ich das nicht tat, fragte sie: »Bist du sicher, dass alles in Ordnung ist, Anna? Du würdest es mir doch erzählen, wenn es nicht so wäre, oder?«

»Natürlich.« Dieses Mal brachte ich kein Lächeln zustande. »Wir erzählen uns doch alles.«

»Immer«, sagte sie. Ich verstand nicht, weshalb sie mir ihre Schwangerschaft verschwieg, und das tat weh.

In unserer Beziehung zueinander veränderte sich etwas. Nell entfernte sich von mir.

Sie hatte mich belogen, und ich hatte sie belogen.

Von dem Tag an änderte sich alles. Es war nicht so, dass ich es ihr übel nahm, aber jedes Mal, wenn sie über ihren Bauch strich, sich über Rückenschmerzen, schlechte Haut und morgendliche Übelkeit beklagte, tat es weh. Ich wollte das so sehr. Ich wollte alles.

Sieben Monate später wurde Alfie geboren, und ich verliebte mich sofort in ihn. Ich redete mir ein, dass es genug war, Ersatztante zu sein. Ich wollte auch nicht eifersüchtig darauf sein, dass Nell neue Freundinnen hatte, die alle Teil des Erstgebärendenklubs waren, von dem ich nicht wusste, ob ich ihm je beitreten würde. Ich versuchte, Nell in meinem Leben zu behalten, aber sie wurde verschlungen von schlaflosen Nächten und Babyschwimmen und -massage und -yoga und einer Million anderer Dinge, von denen ich nicht gewusst hatte, dass Babys sie brauchten.

Drei Monate später wurde Nell wieder ungeplant schwanger, und es war hart. Es war so verdammt hart, unsere Freundschaft aufrechtzuerhalten, dass ich aufhörte, es zu versuchen. Ich wusste zu dem Zeitpunkt nicht, welche Tragödie auf mich wartete. Ich wusste damals nicht, wie sehr ich sie nach *jenem* Tag brauchen würde.

Wie sehr Adam und ich sie brauchen würden.

Kapitel 16

Anna

Fünf Jahre. Seit fast fünf Jahren waren wir verheiratet. Sechzig lange Monate, in denen ich Adam nicht hatte geben können, was er wollte. Was wir beide mehr als alles andere wollten.

Wir waren zu zweit. Wir waren immer noch zu zweit. Nicht zu dritt oder zu viert. Kein Kinderwagen versperrte unseren Flur. Unser Wohnzimmer war unglaublich sauber. Es gab kein Plastikspielzeug, das am Ende des Tages in Aufbewahrungsboxen geworfen wurde. Das freie Zimmer beherbergte haufenweise Krempel anstelle eines Kinderbetts. Seit meiner Endometriosediagnose waren bei mir zweimal operativ Verwachsungen entfernt worden, und ich hatte Fertilitätsmedikamente genommen. Der Arzt hatte gesagt, ich *könne* schwanger werden, aber …

Mein Blick schweifte zu dem gerahmten Schwarz-Weiß-Foto unseres Hochzeitstages, das am Fuß unseres Bettes an der Wand hing. Es war das Letzte, was wir sahen, wenn wir das Licht ausschalteten, und das Erste am nächsten Morgen. Früher brachte mich das Foto zum Lächeln, jetzt machte es mich traurig. Das Bild war so intim. Wir standen uns gegenüber, und unsere Köpfe berührten sich an der Stirn.

Ich hatte mich schön gefühlt. Jetzt war alles hässlich. Unsere Hochzeit überschüttet von einem Konfettiregen zerplatzter Träume.

Wütend rieb ich mit dem Wattepad über meine Haut, entfernte sämtliche Spuren des Make-ups, das ich für die Arbeit aufgetragen hatte. Ich löste den Verschluss der silbernen Kette, die ich an den meisten Tagen trug. In meinem Schmuckkästchen lag der goldene Sternanhänger, den mir Adam an unserem ersten gemeinsamen Weihnachtsfest geschenkt hatte. Mir zog sich schmerzhaft der Magen zusammen. Er hatte mich ewig nicht mehr *Star* genannt. Ich hätte die Kette wirklich irgendwohin legen sollen, wo ich sie nicht jeden Tag anschauen musste, aber ich wusste, dass das keine Lösung war. Aus den Augen war definitiv nicht aus dem Sinn.

Ich zog die Schubladen meiner Frisierkommode auf. Unter einem Haufen Unterwäsche, die einmal schwarz und spitzenbesetzt gewesen war, jetzt aber ausgewaschen und nicht mehr ganz weiß und aus Gründen der Praxistauglichkeit und nicht des Vergnügens gekauft war, lag es dort wie ein schmutziges Geheimnis. Behutsam nahm ich das Päckchen heraus und entfernte Seidenpapier, das so schnell zerriss, wie mein Herz zerbrach. Darin lag ein winziger zitronengelber Schlafanzug, auf dem sich Bären tummelten, und der farbenfrohe Plüschpapagei, den wir aus einer Laune heraus an dem Wochenende gekauft hatten, an dem wir aus unseren Flitterwochen heimgekehrt waren und mit der Familienplanung begonnen hatten.

»Dieser Papagei sieht aus wie der, den wir in der Woche freigelassen haben, als wir uns kennenlernten«, hatte Adam gesagt. »Unser zukünftiges Kind muss den unbedingt haben. Wir sollten ihn Percy nennen.« Meine Erinnerung stand mir immer noch deutlich vor Augen. Wie ich vorsichtig die Einkaufstüte trug, als wäre sie so wertvoll wie das Baby, von dem wir dachten, dass wir es bekommen würden. Adam legte schützend den Arm um mich. Zu Hause streckte ich mich der Länge nach mit Papagei Percy in der Hand und dem Schlafanzug auf dem Bauch auf dem Teppich aus, während Adam Holzscheite ins Feuer warf.

»Wirst du mich auch dann noch lieben, wenn ich fett bin?« Ich grinste und wartete auf seine witzige Antwort.

»Ich werde dich immer lieben«, sagte er und ging vor mir in die Hocke. Meine Flapsigkeit verflog, als er mich lange und stürmisch küsste. Seine Hände knöpften meine Bluse auf. Finger strichen federleicht über meinen flachen Bauch. Unsinnigerweise hatte ich gedacht, ich würde an jenem Abend schwanger werden. Alles war zu perfekt, um nicht zu geschehen. Danach zog Adam die Decke von der Rückenlehne des Sofas und deckte uns damit zu. Wir stießen mit Holunderblütensirup auf unsere Zukunft an. Ich war fest entschlossen, keinen Alkohol mehr zu trinken, und Adam schwor, mich darin zu unterstützen, indem er auch nichts mehr trank.

»Was denkst du über Namen?« Ich kuschelte mich an ihn.

»Ich mag sie ziemlich gern. Es wäre doch verwirrend, wenn wir sie nicht hätten.«

»Blödmann. Wie wäre es mit Charlotte?«

»Zu formell. Iris?«, schlug er vor.

»Zu altmodisch. Harry?«

»Zu magisch.«

Ich stieß ihn an.

»Was ist?«, sagte er und rieb sich die Schulter. »Das war der Name deines Großvaters, oder?«

Mein Handy klingelte und riss mich aus meinen Erinnerungen. Es war Mum.

»Hallo, ich habe gerade an dich gedacht. Na ja, an Großvater.«

»An was genau?«, fragte Mum.

»An seinen Namen.« Sobald ich das gesagt hatte, hätte ich mir am liebsten in den Hintern getreten.

»Du denkst über Namen nach? Musst du mir etwas sagen?« Mum klang so hoffnungsvoll.

»Mum, du weißt doch, dass wir erst mit der Familienplanung beginnen, wenn ich erreicht habe, was ich beruflich erreichen möchte.« Es tat mir jedes Mal weh, wenn ich sie über die letzten Jahre belogen hatte, aber ich ertrug es nicht, jeden Monat mit ihrer Enttäuschung konfrontiert zu werden … zusammen mit meiner eigenen. Ich hatte ihr nie erzählt, dass wir versuchten, schwanger zu werden. Nell auch nicht. Sie war so sehr mit Alfie und Emily beschäftigt. Zwei Kinder unter fünf – sie nannte es einen Albtraum, für mich war es ein Traum.

»Dein Vater wäre stolz auf dich, wenn du Jahrgangsstufenleiterin werden würdest, aber mehr als alles andere hätte er gewollt, dass du glücklich bist. Den richtigen Zeitpunkt für Kinder gibt es nicht, Anna.«

»Ich weiß. Eines Tages werden wir welche bekommen. Ich ver…«

Das Zuschlagen der Haustür bewahrte mich davor, ein Versprechen abzugeben, das ich nicht halten konnte.

»Adam ist da. Kann ich dich zurückrufen?« Ich wollte den Schlafanzug wegräumen, bevor er hochkam.

»Schon gut. Ich sollte dir nur von Nan ausrichten, dass später auf BBC eine Sendung über einen Mann kommt, der zu Fuß die Welt erkundet hat. Sie dachte, Adam könnte das gefallen.«

»Danke.« Ich beabsichtigte nicht, mir die Sendung anzusehen. Und Adam brauchte keine weitere Erinnerung an das Leben, das er für mich aufgegeben hatte. Er arbeitete nicht mehr im Reisebüro, sondern bei der Stadtverwaltung. Eine Arbeit, die er zwar nicht hasste, die ihm aber auch nicht sonderlich gefiel.

Wir verabschiedeten uns, und nachdem ich alles zurück in die Schublade gestopft hatte, trottete ich nach unten und wünschte mir, Adam und ich könnten über unsere Enttäuschungen genauso bereitwillig reden wie über unsere Träume, aber das schien unmöglich zu sein. Oder vielleicht wollten wir es auch gar nicht. Hatten Angst davor, was wir sagen oder hören würden. Gab er mir die Schuld? Sicherlich tat er das, und ich hätte seine Anschuldigungen einfach nicht ertragen. Dennoch gelobte ich auf dem Weg in die Küche, mir einen Ruck zu geben. Doch stattdessen erwischte ich mich dabei, wie ich blaffte: »Hast du die Sachen von Tesco mitgebracht, um die ich dich gebeten hatte?« Mein Blick huschte in der Küche umher und suchte nach Einkaufstüten.

»Mist. Nein. Tut mir leid. Schlechter Tag. Ich …«

»*Jeder* Tag scheint bei dir ein schlechter Tag zu sein«, konterte ich und wusste, dass heute Abend nicht der richtige Zeitpunkt für ein sinnvolles Gespräch sein würde. Wieder einmal.

»Auch dir einen guten Abend.« Adam drehte mir den Rücken zu und wusch seine Hände in der Spüle, bevor er den Wasserkocher einschaltete. Ich verschränkte die Arme und wartete auf den Augenblick, in dem ihm auffiel, dass er die Milch vergessen hatte.

»Eine Sache. Ich habe dich um eine einzige Sache gebeten«, sagte ich und versuchte, die Tränen zurückzuhalten, die sich in meinen Augen gesammelt hatten. Wir wussten beide, dass ich nicht den Einkauf meinte, und ich wusste, dass ich aufhören sollte, ihn zu reizen. Doch meine Hormone spielten verrückt, meine Periode stand an, und ich konnte einfach nicht anders. Ich hätte mir nicht die Babysachen anschauen sollen. Und wieder fragte ich mich, ob wir nicht eine IVF versuchen sollten, aber ich hatte solche Angst, dass sie nicht funktionierte, und genauso viel Angst, dass es klappte. Oft bemühte ich mich, das Gefühl zurückzugewinnen, das ich verspürt hatte, wenn ich

Adam in den ersten aufregenden Tagen angeschaut hatte. Doch der Junge aus der Bar war mir durch die Finger geglitten, und an seiner Stelle stand jetzt dieser hilflose Mann vor mir, der so müde aussah.

»Anna, es ist nicht meine Schuld …«

»Das ist es nie, Adam.«

»Nicht *alles.*« Sein Blick traf auf meinen. »Aber egal, was ich tue, ich kann dich nicht glücklich machen.«

»Na, dann solltest du gehen. *Das* würde mich glücklich machen.« Ich wischte mir mit dem Handrücken über den Mund. Die gehässigen Worte, die mir gerade über die Lippen gekommen waren, hatten einen bitteren Geschmack der Schande hinterlassen. »Tut mir leid.« Ich konnte ihm nicht in die Augen schauen. »Ich meinte es nicht so.«

Ich warf mich in seine offenen Arme. So war es immer. Wir stritten, und dann versöhnten wir uns wieder. Es war ermüdend.

»Wenn wir keinen Tee trinken können, dann eben Wein. Donnerstag ist der neue Freitag.« Adam zog eine Flasche Malbec aus dem Regal, während ich zwei Gläser aus dem Schrank holte. In den Anfängen unserer Schwangerschaftsbemühungen hatten wir nicht getrunken. Als die Zeit verging, kam es nur ab und zu vor. Nach zwei Jahren dann nur am Wochenende. Aber die Wochenenden erstreckten sich von Freitagmittag bis Sonntagabend, und schon bald danach war es das Gläschen zur Entspannung. Adam entkorkte die Flasche, während ich mir alles verkniff, was ich noch sagen wollte. Jetzt war nicht der richtige Zeitpunkt.

Es gab ihn nicht.

Meine Großmutter hatte einmal ein gelbes Sofa besessen. Sie und Großvater hatten in den Anfängen ihrer Ehe fast ein Jahr lang darauf gespart. Jahre des Familienlebens hinterließen ihre Spuren darauf, und die Sprungfedern bohrten sich durch die erschlafften Polster. Die Armlehnen waren abgenutzt und verblasst. Nachdem Nan Großvater verloren hatte, war Mum in Sorge darüber gewesen, dass sie nicht allein würde leben können. »Zusätzlich zu allem anderen, was mit diesem Sofa nicht stimmt, geht von ihm eine Brandgefahr aus. Du brauchst ein modernes aus nicht brennbarem Material«, hatte meine Mutter beharrt. Nan kaufte tatsächlich eine *Klubgarnitur*, wie sie es nannte, aber sie hatte Angst, die Couch zu ruinieren. Sie weigerte sich, die Schutzhülle zu entfernen. Wenn ich sie besuchte, hockte ich auf dem Rand des Sofas, weil ich Angst hatte, das Plastik einzureißen und zu zerstören, was darunter war. Und so fühlte ich mich jetzt die ganze Zeit. Als säße ich mit angespannten Muskeln und konstantem Lächeln halb schwebend auf der Lüge, die unsere Ehe war. Hatte Angst, dass die Wahrheit herausplatzen würde, wenn ich zu viel Druck ausübte. Wir waren nicht in der Lage, ein Baby zu zeugen, und egal, wie oft wir uns versicherten, dass wir einander genügten, ich glaubte nicht, dass das stimmte.

Nicht mehr.

Kapitel 17

Adam

Für mein erstes Glas Malbec brauchte ich drei Sekunden. Dann schenkte ich mir ein weiteres ein. Wenn ich trank, konnte ich nicht zurückblaffen. Einen weiteren Streit ertrug ich nicht.

Nichts, was ich tat, war mehr gut genug. Als Anna an jenem Morgen pinkfarbene Waffeln auf die Liste geschrieben hatte, hätte ich wissen müssen, dass es wieder auf ihre Periode zuging. Dass ich noch vorsichtiger um sie herumschleichen musste, als ich es ohnehin schon tat.

Fünf Jahre. Fünf Jahre versuchten wir schon, schwanger zu werden.

Wann sagt man, dass es genug ist? Lass uns eine Pause einlegen und für eine Weile nur *wir* sein.

Es brach mir das Herz, dass ich Anna nicht geben konnte, was sie wollte, und ja, ich durchschaute ihre spitze Bemerkung ›Ich habe dich um eine einzige Sache gebeten‹. Wir beide wussten, dass sie nicht den Einkauf meinte. Trotz der Endometriose fühlte ich mich voll verantwortlich. Als wäre ich kein richtiger Mann. Verstandesmäßig wusste ich, dass ich mit einer anderen die Chance auf eine Familie hätte, aber nicht ein Mal hatte ich daran gedacht, Anna zu verlassen. »Na, dann solltest du gehen. *Das* würde mich glücklich machen«, hatte sie gesagt, aber ich wusste, dass sie es nicht so meinte. Ich hoffte, dass sie es nicht so meinte. Ich glaube, sie fühlte die Schuld genauso wie ich. Dass sie keine richtige Frau war, aber das war sie von Kopf bis Fuß. Daran wurde ich jedes Mal erinnert, wenn die App auf ihrem Handy piepte, um ihr anzuzeigen, dass sie einen Eisprung hatte, und wir die Treppe hinauf ins Bett stolperten, während ich mich gedanklich darauf vorzubereiten versuchte: zehn Minuten bis zum Schlussapplaus.

Wir waren in einer Klinik gewesen, die die Qualität meiner Spermien untersucht hatte. Man hatte mir einen Plastikbecher gegeben und mich in einen Raum voller Pornos geführt, aber es war Anna gewesen, an die ich gedacht hatte. Barfuß auf unserer Hochzeitsfeier. Blumenkranz im Haar. Schallend über etwas lachend, was Nell gesagt hatte.

Ich vermisste Nell.

Josh vermisste sie auch. »Könnten wir nicht wieder zusammen rumhängen?«, hatte er gefragt.

»Josh! Nell ist jetzt verheiratet. Wird Zeit, dass du dich anderweitig orientierst, Kumpel.«

»Aufgeben ist keine Option«, hatte er entgegnet.

Hatte Anna ihre Freundschaft zu früh aufgegeben? Ich wünschte, Nell wäre hier, um Anna durch diese Zeit zu helfen, und glaubte, sie wäre zur Stelle, wenn Anna ihr gegenüber ehrlich gewesen wäre. Aber das konnte oder wollte sie nicht, und indem sie Nell ausschloss, war zwischen uns allen eine Kluft entstanden. Nells und Chris' Freundeskreis hatte sich auf andere Eltern ausgeweitet, während unser soziales Umfeld ständig schrumpfte.

Wäre Anna ohne mich glücklicher? Könnte sie mit dem Sperma eines anderen schwanger werden? Könnte sie auch ohne IVF ein Baby bekommen? Vielleicht waren wir auf dem Gebiet einfach nicht kompatibel. Es erfüllte mich mit Selbstverachtung, dass ich der Grund für ihr Elend sein konnte. Dass ich unter einer aufgestellten Leiter hindurchgegangen war, eine schwarze Katze meinen Weg gekreuzt hatte – alles Dinge, die Unglück brachten. Wenn ich ehrlich sein sollte, war der Groll nicht nur einseitig. Ich hatte viel für sie aufgegeben. Meine Pläne, die Welt zu bereisen. Den neuen Job, der mir angeboten worden war. Meine Freunde, als ich mein Dorf verlassen hatte. Manchmal stellte ich mir vor, wie ich vor sechs Jahren am Flughafen stand. Anna auf der einen Seite und all meine Hoffnungen und Träume auf der anderen. Würde ich das alles wieder aufgeben? Egal, wie sehr wir auch stritten und wie viele Tage, manchmal Wochen ohne ein sinnvolles Gespräch vergingen, ich wusste, dass ich es tun würde. Unsere gemeinsame Zeit war nicht nur schlimm. Es war nur so, dass die schlechten Zeiten so verdammt furchtbar waren, aber hin und wieder erhaschte ich einen flüchtigen Blick auf die alte Anna. Letztes Wochenende waren wir zum Beispiel auf der Verlobungsparty eines Kollegen von mir gewesen, und im Hinterzimmer des Pubs hatte ein Billardtisch gestanden.

»Hast du Lust?«, hatte ich sie gefragt. Es war ungefähr zwei Jahre her, seitdem wir das letzte Mal gespielt hatten.

»Leg los.« Sie kickte ihre High Heels von den Füßen, zog ihr enges schwarzes Kleid hoch und schlug mich dann dreimal hintereinander vernichtend. Danach tanzten wir zu S Club 7, griffen beide nach den Sternen und taumelten um zwei Uhr morgens mit einer weißen Plastiktüte voller Kebab und Pommes frites nach Hause. Im Schneidersitz saßen wir auf dem Boden des Wohnzimmers und zupften Fleisch aus dem Pitabrot.

»Das könnten wir nicht machen, wenn wir Kinder hätten«, sagte ich in meinem betrunkenen Zustand. Idiotischerweise. Ich hatte es nicht so gemeint, wie es sich angehört hatte, aber die Stimmung war ruiniert. Doch in den wertvollen Stunden bevor ich ins Fettnäpfchen getreten war, hatten wir gelacht. Richtig gelacht.

»Hast du Hunger?«, fragte Anna jetzt, aber ich war schon einen Schritt weiter und vermutete, dass der Lachs auf der Einkaufsliste fürs Abendessen gedacht gewesen war.

»Süßsaures Hühnchen?« Ich wedelte mit der Speisekarte wie mit einer Art weißer Flagge.

Sie legte sich eine Hand auf den Bauch. »Ich weiß nicht, ob ich heute Abend Lust auf Chinesisch habe.« Vor ihrer Periode fühlte sie sich oft aufgebläht. Sie trug ihren Menstruationspyjama. Völlig ausgeleiert und verschlissen. Ich wollte sie nicht fragen, ob ihre Periode schon eingesetzt hatte. Wollte nicht, dass sie mir wieder den Kopf abriss.

»Und worauf hättest du Lust?« Ich wackelte verführerisch mit den Augenbrauen, aber sie lachte nicht und riss mir auch nicht die Kleider vom Leib. Das würde sie erst tun, wenn sie die blöde App dazu aufforderte.

»Curry?«, fragte sie.

Knoblauchfahne und Salat aus rohen Zwiebeln.

»Perfekt«, sagte ich.

Nachdem ich die Bestellung telefonisch durchgegeben hatte, duschte ich schnell und schrubbte meine Hände, die immer noch nach Öl rochen. Ich war spät zu Hause gewesen, weil ich noch einem älteren Ehepaar beim Wechseln seines platten Reifens geholfen hatte. Blöderweise war das praktisch vor Tesco gewesen, aber bis ich die beiden wieder auf den Weg geschickt hatte, war mir die Einkaufsliste entfallen gewesen.

Als ich nach einem Paar sauberer Socken suchte, fiel mir auf, dass eine von Annas Schubladen nicht richtig zugeschoben war. Ein Stück Seidenpapier schaute heraus. Ich ließ die Schultern noch tiefer hängen. Sie hatte hier allein gesessen und den Schlafanzug angeschaut, den wir gekauft hatten. Kein Wunder, dass ihre Laune so mies war. Ich wünschte, wir könnten darüber reden, aber was sollten wir schon sagen? Ich fühlte mich schuldig. Sie fühlte sich schuldig.

Am besten war es, wenn ich mich ganz normal benahm. Ich wusste, dass die Spannung nachlassen würde. Das tat sie immer. Ich zog meine Jogginghose und das mit Bolognesesoße beschmierte Sweatshirt an. Anna war nicht die Einzige, die sich keine Mühe mehr gab. Endeten so sämtliche Ehen? Bequeme Kleidung. Bequemes Essen. Bequemlichkeit auf der ganzen Linie.

Vielleicht würde es heute Abend anders werden. Ich klatschte mir hoffnungsvoll Aftershave auf die Wangen, als es an der Haustür klingelte. Anna verteilte das indische Hühnercurry auf den Tellern, als ich wieder nach unten kam.

»Lust auf einen Film?« Auf der Suche nach etwas Sehenswertem scrollte ich durch mein Tablet.

»Aber nichts zu Schmalziges.«

»›Oben‹?« Ich wusste, dass der Film kitschig war, und ich hätte wahrscheinlich einen der Bourne-Filme oder einen Dan Brown auswählen sollen, etwas viel Maskulineres, aber ich liebte die Disney-Geschichte von Ellie und Carl, und wir hatten den Film ewig nicht mehr gesehen. Außerdem wollte auch ein kleiner Teil von mir Anna daran erinnern, dass ein Paar ein langes und glückliches Leben ohne Kinder führen konnte.

»Okay«, seufzte Anna, und ich wusste, dass sie nur damit einverstanden war, weil sie dachte, sie müsse ihre Bissigkeit mir gegenüber wiedergutmachen. Mir war das recht. Ich nahm, was ich kriegen konnte. »Aber bettele diesmal nicht um einen Hund.«

»Gut. Aber wenn ich jemals einen sprechenden Golden Retriever wie Dug finde, gehört er uns.« Ich lächelte, aber es machte mich traurig, dass wir einen Hamster anstelle eines Hundes gekauft hatten. Wir hatten nach einem Baby die Anschaffung eines Welpen geplant gehabt. Wenn Anna zu

Hause wäre und der Hund in den Haushalt käme, wüsste er, an welcher Stelle der Rangordnung er stünde. Ich kannte meinen Platz bereits.

Der Film begann. Als Hammie endlose Runden in seinem Rad lief, das bei jeder Drehung quietschte, drehte ich die Lautstärke höher. Ich reichte Anna ein Taschentuch, denn egal, was sie sagte, die Anfangsszene nahm sie jedes Mal mit. Der einsame alte Mann, der um seine verstorbene Frau trauerte. Sie kuschelte sich an mich, und ich belud ein weiteres Fladenbrot mit Mangochutney und reichte es ihr.

Als wir das an Ballons gebundene Haus durch die Lüfte gleiten sahen, warf ich einen verstohlenen Blick auf Anna. Sie war meine Ellie. Die einzige wahre Liebe meines Lebens. War ich ihr Carl? Wenn ich je ohne sie wäre, dann wüsste ich nicht, was ich täte. Ich wäre derjenige, der in einem Sessel über unseren Fotoalben weinen würde.

»Adam?«, fragte Anna, als Carl nicht mehr danach strebte, den Ort zu besuchen, von dem Ellie und er geträumt hatten, und stattdessen ein neues Leben für sich aufbaute.

»Ja.« Ich zog sie eng an mich heran.

»Glaubst du immer noch, dass man denjenigen, den man liebt, freigeben sollte?«

Es fuhr mir in den Magen. Was fragte sie da? Weshalb fragte sie das?

»Ich glaube …« Sorgfältig dachte ich über meine Worte nach, bevor ich antwortete. »Ich glaube … ja.« Bei dem Gewimmel tiefgründiger Worte und Phrasen in meinem Kopf konnte ich nur Ja sagen. Kein Wunder, dass wir jeden Abend vor dem Fernseher aßen.

Wir gingen zu Bett, und ich schaute sie an, als sie schlief, denn so traurig es auch war, das tat ich immer noch.

Wenn du jemanden liebst, gib ihn frei.

Der Gedanke, ohne sie zu sein, schnürte mir die Kehle zu.

Wollte sie gehen?

Ich wusste nicht, wie ich das in Ordnung bringen sollte. Wie ich uns in Ordnung bringen sollte.

Das kannst du nicht, flüsterte mir die Nacht ins Ohr.

Ich kehrte der Nacht den Rücken zu. Kehrte Anna den Rücken zu.

Das Mondlicht fiel durchs Fenster auf unser Hochzeitsfoto, das einmal Glücksgefühle in mir ausgelöst hatte, wenn ich darauf schaute, aber jetzt machte es mich traurig und verzweifelt. Frustriert und wütend.

All das und noch mehr.

Du weißt, was du tun musst, Adam, flüsterte die Finsternis noch einmal.

Ich wusste es.

Aber konnte ich es wirklich tun?

Kapitel 18

Anna

Der Wecker schrillte um sieben Uhr. Es fühlte sich an wie mitten in der Nacht. Adam stolperte hinüber zum Fenster und riss die Vorhänge auf, aber der dunkle Winterhimmel draußen verbesserte meine Laune nicht. Ich hatte rasende Kopfschmerzen von zu vielen Gläsern Malbec und einen bitteren Knoblauchgeschmack im Mund.

»Ich mache Tee.« Adam pfiff, als er seine Hausschuhe anzog. Seine morgendliche Fröhlichkeit machte mich wütend.

»Als ob Tee helfen würde«, blaffte ich.

»Kater? Ich habe dir vom letzten Glas abgeraten.«

Und genau deshalb hatte ich trotzig die Flasche geleert. Meistens benahm ich mich wie ein aufsässiger Teenager und nicht wie eine Ehefrau, aber scheinbar konnte ich nichts dagegen tun.

»Na ja, wenn du, wie versprochen, Milch gekauft hättest, hätten wir die Flasche überhaupt nicht geöffnet.« Ich konnte es nicht lassen.

»Mein verdammter Fehler! Ich hätte es wissen müssen. Alles ist mein verdammter Fehler.«

»Nicht alles.«

Aber das meiste.

Er stürmte aus dem Schlafzimmer und fluchte, als er sich auf dem Flur den Zeh am Karton mit dem Bücherregal stieß, auf dem sich eine Staubschicht gebildet hatte, während es darauf wartete, aufgebaut zu werden. Wir hatten es vor sechs Monaten gekauft. Unser winziges Haus war voller halb fertiger Projekte, über die wir endlos stritten. Adam bestand darauf, die Sachen *in seinem eigenen Tempo* zu erledigen, aber das tat er nie. An den Wochenenden wollte er lieber entspannen, als wäre er der Einzige, der Vollzeit arbeitete. Entweder lag er samstags auf dem Sofa und schaute Fußball oder spielte am Sonntagmorgen selbigen mit Josh. Nach dem Spiel rekelte er sich in der Badewanne und stöhnte bei jeder Bewegung. Natürlich war ich es, die seine schweißnassen Sportklamotten wusch und die Dreckklumpen vom Fußboden entfernte.

Ich war erwachsen geworden und Adam nicht. Oder vielleicht hatten wir uns einfach in entgegengesetzte Richtungen entwickelt. Vielleicht passierte das, wenn man schon so früh zusammengekommen war. Damals hatte ich noch nicht gewusst, dass es mir eines Tages Spaß machen würde, durch Kunstgalerien zu schlendern und Herrenhäuser zu besichtigen. Dass ich mich nach einem Garten sehnen würde, der groß genug war, dass ich ihn gestalten konnte, und nicht wie unserer die Größe eines Handtuchs hatte. Ich hatte nicht gewusst, dass Adam keine anderen Interessen entwickeln würde als die, die er hatte, als wir uns kennenlernten. Sport. Von all den Orten zu träumen, die er immer hatte besuchen wollen, aber zu denen er nie gereist war und jetzt wahrscheinlich nie reisen würde. Es war mir unglaublich romantisch vorgekommen, als er unsere Beziehung vor seine eigenen Wünsche gestellt hatte, aber jetzt fragte ich mich, ob wir nicht die allzu bequeme Ausrede dafür waren zu bleiben, wo er war. Das war einfacher. Adam war nie gut darin gewesen, Dinge zu organisieren.

Das war nicht ganz wahr. An unserem ersten Valentinstag hatte er einen Stern nach mir benennen lassen – ich hatte darüber gelacht, dass er ihn *Star* getauft hatte –, und in jener Nacht waren wir mit Gummistiefeln und mehreren Schichten Kleidung auf den Hügel gestapft, und er hatte mir durch ein geliehenes Teleskop mein Geschenk gezeigt.

»Woran erkenne ich, welcher meiner ist?«, fragte ich.

»Daran, dass du immer heller strahlst als der Rest.«

War es falsch zu wollen, es gar zu erwarten, dass das Leben so weiterging? Ich wusste, dass es nichts mit großen romantischen Gesten zu tun hatte, sondern dass es um die kleinen Dinge ging. Aber Adam schien sich auch darum nicht mehr zu bemühen. Seine am Kühlschrank hängende To-do-Liste war so lang geworden, dass ich sie frustriert zerknüllt und weggeschmissen hatte, weil ich es nicht mehr ertragen hatte daraufzuschauen.

Auf dem Wecker schienen grell die Zahlen 7.15. Wenn ich mich nicht beeilte, würde ich zu spät kommen. Im Badezimmerspiegel sah ich, dass meine Haare ein verfilztes Durcheinander waren. Ich war über die Jahre versucht gewesen, sie schneiden zu lassen, um meine Locken zu bändigen, aber jedes Mal, wenn ich es vorschlug, war Adam so aufgebracht gewesen, dass ich sie lang gelassen hatte. Es war albern, aber ein Teil von mir spürte, dass ich etwas von seiner Liebe für mich abschneiden würde, wenn ich zum Friseur ginge. Dass noch mehr von dem Mädchen fehlen würde, in das er sich verliebt hatte.

Graues Morgenlicht fiel durch das Schlafzimmerfenster, als ich mich an meinen Frisiertisch setzte und sorgfältig das Make-up auswählte. Seit der Ernennung unseres neuen Schulleiters, Ross, hatte ich mehr auf mein Aussehen geachtet. Er war jung und dynamisch und hatte in seiner letzten

Stelle eine erfolglose Lehranstalt wieder in die Spur gebracht. Der Gedanke an seine tiefblauen Augen, die mich immer eindringlich anschauten, ließ mich meine Wangen betonen, zwei Schichten Mascara anstelle von einer auf die Wimpern auftragen und meinen Lidschatten und das Rouge verblenden, damit es natürlich aussah. Kaum zu sehen. Ich brauchte eine Ewigkeit dafür.

Unten nahm ich schnell die currybefleckten Teller von gestern Abend vom Couchtisch im Wohnzimmer mit. Adam war direkt an ihnen vorbeigegangen. An der Wand hing die gerahmte Abbildung meines Sternes. Jeden Tag war ich versucht, sie abzunehmen, denn sie war eine schmerzliche Erinnerung daran, wie wir einmal gewesen waren. Aber ich wusste, dass man die verblasste Tapete um den Rahmen herum sehen würde, wenn ich sie von der Wand nahm. Genauso wie das Mädchen am Strand von Alircia, barfuß im goldenen Sand, verblasst war. Doch ein Teil von mir wollte immer noch an ihr festhalten. An Adam festhalten – dem Jungen aus der Bar –, sonst wäre ich doch längst gegangen, oder?

* * *

Nachdem die Schulglocke geläutet hatte und die Kinder nach draußen gestürmt waren, schlenderte Ross in mein Klassenzimmer. Instinktiv fuhr ich mir mit der Hand über die Haare.

»Musst du sofort nach Hause?«, fragte er. »Oder hast du Lust auf den Pub?« Wir waren von gemeinsamen Kaffeepausen im Lehrerzimmer zu lockeren Panini-Mittagessen im Coffeeshop in der Nähe der Schule übergegangen. Wir waren vertraut miteinander, aber heute war es das erste Mal, dass er vorschlug, sich außerhalb der Schulzeiten zu treffen.

»Ich muss noch eine Menge Klassenarbeiten korrigieren.« Ich klopfte auf die Englischhefte, die sich auf meinem Schreibtisch stapelten, und wusste, dass ich seine Frage nicht beantwortet hatte. Geschäftig räumte ich meine Stifte zusammen und strich Blätter glatt, während sich mein Kopf und mein Herz einen Kampf lieferten. »Ein schneller Drink wird nicht wehtun.« Ich wusste nicht, ob ich ihn oder mich überzeugen wollte.

Im Pub war es ruhig. Ich kam nicht umhin, mich umzuschauen, als Ross am Tresen unsere Bestellung aufgab, denn ich hatte Angst, ich könnte jemanden treffen, den ich kannte. Meine Schuldgefühle sagten mir, dass ich etwas Falsches tat, obwohl ich das im Grunde genommen nicht tat. Aber bei unseren gemeinsamen Essen hatten wir aufgehört, über die Arbeit zu reden, und begonnen, über uns zu sprechen. Wir waren jetzt nicht mehr nur Kollegen, sondern etwas anderes. Freunde? Ich machte mir etwas vor, denn eigentlich bewegte ich mich auf dünnem Eis.

»Worauf sollen wir trinken?« Ross schenkte uns aus einer Flasche Merlot ein.

»Dass wir einen weiteren Tag überstanden haben?« Ich hob mein Glas.

Ross lachte. »Ja, und du weißt ja wohl, was die Leute über den Lehrerberuf sagen.«

»Nein, was?«

»Es wäre ein perfekter Job, wenn bloß die verdammten Kinder nicht wären.«

Ich überflog die Speisekarte und fragte beiläufig: »Möchtest du welche? Kinder?« Ich wusste, dass er keine hatte.

»Um Gottes willen! Nein. Ich glaube, wir sehen das Beste in ihnen – den Ehrgeiz, die Neugier –, aber auch das Schlechteste. Ich fühle mich privilegiert, dabei zu helfen, die Zukunft junger

Menschen mitzugestalten, aber wenn ich nach Hause gehe, will ich abschalten. Ist das furchtbar egoistisch?«

Es war furchtbar verlockend, aber das sagte ich ihm nicht. Ich stellte mir vor, mit jemandem zusammen zu sein, der kein Kind wollte, dann brauchte ich mich auch nicht schuldig zu fühlen. Ich leerte mein Glas und hielt es Ross hin, damit er nachschenkte. »Wir haben alle ein Recht darauf, ein wenig egoistisch zu sein, nicht wahr? Nicht jeder will eine Familie.«

»Und du, Anna?« Er legte eine Pause ein, bis mein Blick auf seinen traf. »Was willst du?«

Das war eine heikle Frage.

»Ich … ich weiß es nicht.«

»Kommst du nächste Woche mit zur Konferenz in Derbyshire?«

»Ich habe noch nicht mit Adam darüber gesprochen.«

»Aber du brauchst nicht seine Erlaubnis, oder? Es ist ein pädagogisches Seminar. Arbeit, Anna.« Doch wir wussten beide, dass es mehr war als das. Wir waren unbestreitbar voneinander angezogen. Und diese Anziehung bedeutete, dass zwei Nächte in einem Landhotel eine furchtbare Idee waren. Die Konferenz war für Schulleiter und deren Stellvertreter. Nicht für Personal auf meiner Ebene. Er wollte mich dort haben, weil er mich wollte, und wenn ich ehrlich bin, wollte ich ihn, aber …

»Ich bin mir nicht sicher, ob das eine gute Idee ist.« Ich hatte mir gesagt, dass es eine Grenze sei, die ich nicht überschreiten würde, aber seitdem er mich vor zwei Wochen gefragt hatte, war ich auf der Suche nach neuer Kleidung. Neuer Unterwäsche. Schwelgte in möglichen Szenarien.

»Es wäre gut für dich. Für uns.« Ross legte seine Hand auf meine. Sie war zu schwer. Zu heiß. Zu alles Mögliche, was Adam nicht war, aber ich zog meine nicht weg, weil ich wusste, dass ich seine auch danach immer noch spüren würde.

»Anna«, flüsterte er. »Anna. Warum bist du so unglücklich?«

Ich merkte, wie ich mich ihm öffnete. Nicht in Bezug auf meine Unfruchtbarkeit oder auf Adam – das wäre illoyal gewesen –, aber im Hinblick auf den Druck, den ich verspürte, weil ich mich um meine Mutter kümmern musste, seitdem mein Vater gestorben war. Weil ich dem Erbe gerecht werden musste, Schulleiterin zu werden. Weil ich mich darum sorgte, dass meine Großmutter immer vergesslicher wurde. Er hörte zu. Genauso wie Adam es einst getan hatte. Am Strand von Alircia.

Ross wischte mir mit dem Daumen eine Träne von der Wange.

»Tut mir leid«, sagte ich. »Das hier sollte doch Spaß machen.«

»Ich weiß! Verdammt, das war das letzte Mal, dass ich mit dir ausgegangen bin. Das nächste Mal frage ich Maude, die alte Schulköchin. Die sieht völlig zügellos aus.«

Ich lachte, und das geschah nicht oft.

»Ich sollte jetzt besser gehen.« Ich stand auf und warf mir den Gurt meiner Handtasche über die Schulter.

»Bleib doch noch auf ein Glas.« Er schwenkte die Flasche. Es war gefährlich. Ich sollte nach Hause gehen. »Ich darf den Rest nicht trinken. Ich muss noch fahren. Es wäre Verschwendung«, sagte er.

»Na gut.« Als Ross zur Toilette ging, hämmerte ich eine SMS an Adam in mein Handy und teilte ihm mit, dass es nach der Arbeit noch eine Lehrerkonferenz gäbe. Ich glaubte es fast selbst, bis Ross sich wieder setzte. Nicht auf den Stuhl mir gegenüber, sondern dieses Mal neben mich. Sein Schenkel drückte gegen meinen.

»Es ist schön hier«, sagte er. »Manchmal lebe ich gern allein, aber manchmal gehe ich in ein leeres Haus zurück und fühle mich einsam.«

»Warst du mit jemandem zusammen? Seit deiner Scheidung?«

»Nein. Ich habe ausgeharrt, bis ich die Richtige traf. Es ist zermürbend, wenn man mit der Falschen zusammen ist.«

»*Habe* ausgeharrt?«

»Glück kann an völlig unerwarteten Orten auf einen warten, Anna. Die Frage ist nur, ob man mutig genug ist, es anzunehmen.«

Ich schüttete den Wein hinunter. Das warme Gefühl, das der Alkohol erzeugte, löste meine Zunge. »Ich möchte glücklich sein, aber ich bin nicht mutig genug.«

»Ich glaube, du bist stärker, als du denkst.« Ross legte seine Hand auf mein Knie.

War ich das?

Es würde Mut erfordern zu gehen, aber auch zu bleiben.

Als ich an Adam dachte, stand ich auf. Ich war verloren, einsam, todunglücklich, aber meinen Mann zu belügen, das war ein neuer Tiefpunkt.

»Ich sollte gehen.« Dieses Mal meinte ich es auch so.

»Kann ich dich nach Hause bringen?«, fragte er.

»Ja, gerne.« Ich lotste ihn nicht zu unserem Haus, sondern in die benachbarte Straße und fragte mich, warum ich mich nicht von ihm vor der Tür absetzen ließ, wenn es nur ein Drink unter Freunden gewesen war. Aber ich wusste, warum.

Als ich meinen Sicherheitsgurt löste, beugte er sich zu mir herüber und umfasste mein Gesicht mit beiden Händen.

»Anna.«

Er küsste mich.

Und ich ließ es zu.

Adam lag ausgestreckt auf dem Sofa. »Wie war's?«

»Was?«

»Die Lehrerkonferenz?«

»Oh, die.« Ich war gefangen im Netz meiner Lügen. War mir nicht sicher, was ich sagen sollte, aber Adam hatte seine Aufmerksamkeit wieder dem Fernseher zugewendet. Ich kuschelte mich in den Sessel und sah, wie mein Handydisplay aufleuchtete, als Ross mir unzählige SMS schickte.

Tut mir leid.

Tut mir nicht leid.

Ich hätte dich nicht küssen sollen.

Ich musste dich küssen.

Ich will dich.

Ich glaube, ich bin dabei, mich in dich zu verlieben.

Willst du mich?

Und die letzte war es, die mich ins Chaos stürzte. Wollte ich ihn? Oder wollte ich das hier nicht – mein Blick huschte zu Adam. Er war auf den Fernsehbildschirm konzentriert.

Meine Gedanken schweiften zu Ross. Zu seinen Händen, seinem Lachen, seinen Lippen. Er war nicht mein Junge aus der Bar. Er wäre anders.

Aber vielleicht wäre das besser.

Während ich in der Küche darauf wartete, dass das Wasser kochte, spritzte ich mir kaltes Wasser ins Gesicht, das vor Scham wegen des unerlaubten Kusses brannte. Wegen der Tatsache, dass ich ihn gewollt hatte. Weil ich den Kuss genossen hatte und mit den Fingern durch seine Haare gefahren war, als ich ihn erwiderte.

Zurück im Wohnzimmer streckte mir Adam mein Handy entgegen. »Du hast eine SMS bekommen.«

Ich riss es ihm aus der Hand und betrachtete sein Gesicht, suchte nach Anzeichen dafür, dass er die SMS gelesen hatte. Dann steckte ich das Handy in meine Hosentasche wie ein schmutziges Geheimnis, das ich zu verbergen versuchte.

Willst du mich? Das hatte Ross gefragt.

Später im Bett betrachtete ich die Fragen immer noch aus sämtlichen Blickwinkeln, als Adam sich mir näherte. Sofort verkrampfte sich mein ganzer Körper.

Er drückte seine Lippen auf meine, aber alles, was ich spürte, waren Ross' Lippen. Seine Hände strichen über meinen Rücken, doch alles, was ich fühlte, waren Ross' Hände.

»Ich bin nicht in Stimmung. Tut mir leid.« Behutsam stieß ich Adam weg, und er murmelte etwas vor sich hin. Ich verstand es nicht, aber wahrscheinlich verdiente ich es. Die Wahrheit war, dass ich Adam nicht wollte, bis ich einen Eisprung hatte, und auch dann war keine Leidenschaft dabei. Sex war jetzt eine Aufgabe, die man auf einer endlosen Liste profaner Dinge abhakte.

Den Geschirrspüler ausräumen – abgehakt.

Versuchen, ein Baby zu machen – abgehakt.

War es falsch, sich nach etwas Aufregendem zu sehnen?

Jemandem, der mich erregte?

Ich durchdachte alles, bis Adam einschlief. Und dann griff ich nach meinem Handy.

Willst du mich? Das hatte Ross gefragt.

Ich schrieb ihm meine Antwort.

Kapitel 19

Adam

Die Morgendämmerung schob die Dunkelheit beiseite, als mein Handy unter dem Kissen vibrierte. Ich hatte den Alarm ausgeschaltet, weil ich nicht riskieren wollte, Anna aufzuwecken. Wollte nicht, dass sie es wusste. Noch nicht. Ich betrachtete sie im Schlaf. Ihre Gesichtszüge waren völlig entspannt.

Meine Gewissheit von gestern Abend schwankte. Ich überlegte es mir ungefähr vier Millionen Mal pro Minute anders.

Konnte ich es tun?

Sollte ich?

Anna und ich waren schon so lange unglücklich, und in vielerlei Hinsicht schien es das Richtige zu sein, aber … ich war mir nicht sicher. Es war noch früh am Morgen, aber ihr Handy leuchtete bereits mit einer SMS auf. Ich schaute auf das Display, und dann war ich mir sicher.

Ich schlich durchs Haus, stopfte Sachen in meinen alten Rucksack und betete, dass sie nicht aufwachte. Als ich alles

Notwendige beisammenhatte, warf ich einen letzten verweilenden Blick auf meine Frau. Ich dachte darüber nach, ihr einen Abschiedskuss zu geben, doch stattdessen schlüpfte ich aus der Haustür und schloss sie leise hinter mir.

Kapitel 20

Anna

Das Bett war kalt und leer, als ich aufwachte. Im Haus war es zu still. Ich fragte mich, wo Adam war, und versuchte, mich daran zu erinnern, ob er erwähnt hatte, dass er weggehen würde, aber wir hatten gestern Abend kaum miteinander gesprochen.

Ich griff nach meinem Handy. Eine SMS von Ross war eingegangen. Sie lautete: *Falls du je deine Meinung ändern solltest …* Kurz bereute ich es, aber ihm einen Korb gegeben zu haben war richtig gewesen. Er war nicht die Lösung. Aber ich wusste auch nicht, was die Lösung war.

Lang und träge erstreckte sich der Samstag vor mir. Es war absurd, dass mich mein Wecker während der Woche immer aus dem Schlaf riss, und an den Wochenenden war ich unwahrscheinlich früh wach. Ich stand auf. Früher wären wir liebend gerne im Bett geblieben. Hätten fettige Finger von gebuttertem Toast gehabt und heiße Zungen vom Kaffee, später von Küssen. Wir nahmen an, unsere eigennützigen Zeiten seien wertvoll und kurz und schon bald werde am Fußende unseres Bettes ein Babykörbchen stehen. Ein Kleinkind, mit dem wir in den Park gingen. Wochenenden würden wir mit dem Füttern von Enten, mit Radfahren und dem Ausstechen von Lebkuchenmännern verbringen, in deren Teig wir Smarties drückten. Badezeit. Bettzeit. Alles würde sich um sie drehen. Die Kinder, die wir noch nicht in die Welt gesetzt hatten.

Um zehn Uhr hatte ich geduscht, mich angezogen, die Bettwäsche gewechselt und Hammies Käfig sauber gemacht, während er in seinem Plastikrad herumflitzte. Immer noch gab es kein Lebenszeichen von Adam. Ich hatte ein unangenehmes Gefühl in der Magengegend und zündete eine Vanille-Duftkerze an, bevor ich die Rechnungen hervorzog, die wir immer neben die Mikrowelle steckten. Ich konnte genauso gut etwas Nützliches mit meiner Zeit anfangen, bevor Adam nach Hause kam. Das Haus fühlte sich anders an ohne ihn. Für einen Moment tat ich so, als würde er nie wieder heimkommen.

Dann solltest du gehen. Das würde mich glücklich machen, hatte ich Mittwochabend gesagt, aber würde es das wirklich? Ich fühlte nicht mehr dasselbe, wenn ich Adam anschaute, aber hatten meine Scham und mein Schuldgefühl meine Sicht getrübt? Nie hatten wir so sehr gestritten, wie wir es jetzt taten. Wären wir getrennt glücklicher? Wäre Adam es? Sollte ich ihn freigeben? Uns beide? Es war schwer, nicht mehr an Vertrautem festzuhalten. An Bequemem. Ich erinnerte mich daran, wie ich in das Fell meines alten Katers Pugwash geweint hatte, davor zurückschreckte, ihn gehen zu lassen, obwohl ich wusste, dass es das Beste für ihn war. Ich wollte, dass er keine Schmerzen mehr hatte, war aber unfähig, mir ein Leben ohne ihn vorzustellen.

Ich öffnete die Küchenschublade, um unseren Bankordner herauszuholen. Doch er lag nicht *unter* den sauberen Geschirrtüchern, die ich gestern Morgen dort hineingetan hatte, sondern darauf.

Ein ungutes Gefühl erfasste mich, als ich den Inhalt überflog. Unser Sparbuch fehlte. Ich fröstelte. Adam musste es mitgenommen haben, aber warum?

Er verlässt dich.

Der Gedanke schoss mir durch den Kopf.

Ich griff nach dem Handy und rief ihn an. Sein Foto lächelte mir vom Display entgegen. Sicher gab es eine harmlose Erklärung. Adam würde nicht das Geld ausgeben, das wir für unsere Familie gespart hatten.

Er würde es nicht einfach nehmen.

Meine Handfläche war schweißnass, als sich der Anrufbeantworter einschaltete.

Er hatte meinen Anruf nicht angenommen.

Zur Mittagszeit war Adam immer noch nicht zu Hause. Ich hatte ihn unaufhörlich angerufen und machte mich mit verschiedensten Theorien verrückt, denn die Tatsache war zu schmerzhaft, um sie zu ertragen. Adam hatte unser Sparbuch mitgenommen, ohne es mit mir zu besprechen.

Mum konnte ich nicht anrufen. Sie und Nan waren mit dem Bus zu einem Markt gefahren, den Nan mochte, weil dort Wolle in allen erdenklichen Farben verkauft wurde. Ich war nicht mitgefahren, weil ich so erschöpft gewesen war, aber jetzt war ich am Verzweifeln und bereute es. Nach einem Moment des Zögerns rief ich Nell an.

»Hallo Anna! Ich wollte dich auch schon die ganze Zeit anrufen.« Sie klang erfreut, mich zu hören.

»Hast du Zeit zum Reden?«

»Ja. Ich muss nur … O Gott, Emily, mal nicht das Sofa an! Alfie, halt deine Schwester davon ab. Nein, nicht mitmachen! Chris?«, rief sie. »Tut mir leid, Anna. Kann ich dich in einer Minute zurückrufen?«

»Klar.«

Doch das tat sie nicht.

Am frühen Nachmittag ging ich die Wände hoch. Ich hatte Bauchkrämpfe, und mir fiel ein, dass ich nicht genug Tampons hatte. Außerdem hatte ich keinen Schwangerschaftstest gemacht.

Jeden Monat spielte ich dieses einsame Vielleicht-diesmal-Spiel. Alle vier Wochen schwor ich mir, dass ich es nicht mehr tun würde, aber ich konnte es mir nicht verkneifen, an dem Tag, an dem meine Periode fällig war, einen Test zu machen. Trotz der Endometriose war mein Zyklus ziemlich regelmäßig geblieben, und es war ein Ritual geworden, das zu brechen ich mich fürchtete. Nicht, dass es mir Glück gebracht hätte, aber wenn ich es nicht beibehielt, hätte ich das Gefühl, die Hoffnung aufgegeben zu haben, und Hoffnung war alles, was ich hatte.

In der ersten Zeit war ich immer in die kleine Drogerie am Ende der Straße gegangen. Die Verkäuferin hatte mich die ersten Male bei meinen Einkäufen verschwörerisch angegrinst. Aber Monate wurden zu einem Jahr, und sie konnte mich beim Bedienen nicht mehr anschauen. Anstelle eines Lächelns breitete sich eine verlegene Röte um ihren Hals aus. Ich hatte gelernt, nie zweimal hintereinander in dasselbe Geschäft zu gehen.

»Nur diese beiden?« Das Kaugummi kauende Mädchen hob mit Blick auf mein widersprüchliches Duo aus Tampax und einem Clearblue-Schwangerschaftstest die gepiercten Augenbrauen.

»Ja.« Ich wühlte in meinem Portemonnaie nach Geld und zögerte, als meine Finger über Großvaters Münze strichen. Ich konnte mich nicht mehr an das letzte Mal erinnern, als Adam sie mir gegeben hatte, und wünschte, ich könnte sie ihm jetzt geben, damit er wusste, dass ich an ihn dachte. Mir Sorgen um ihn machte.

Um uns.

Verlegen zog ich die Tüte vom Tresen, die meine Einkäufe und meine Scham enthielt. Ich schleppte meine Misserfolge aus dem Laden und trug meine Unzulänglichkeiten wie einen Mantel. Über die Jahre musste ich über fünfhundert Pfund für Tests ausgegeben haben. Es gab so vieles, was wir mit dem Geld hätten tun können. Ich dachte wieder an unser Bankkonto, als ich Adam entdeckte. Er kam aus dem Maklerbüro, lächelte und sah so glücklich aus wie schon seit Monaten nicht mehr. Über seiner Schulter hing ein Rucksack. Was war darin? Kleidung? Jedes Mal, wenn ich mich an meine schroffen Worte erinnerte, überkam mich Bedauern.

Dann solltest du gehen. Das würde mich glücklich machen.

Panische Gedanken schossen mir durch den Kopf. Er hatte das Geld von unserem Sparbuch genommen und ein Haus gemietet.

Der Junge aus der Bar hatte mich verlassen.

Ich öffnete den Mund, um nach ihm zu rufen, doch die Emotionen schnürten mir die Kehle zu, und ich konnte nicht sprechen.

War das nicht mein innigster Wunsch?

Wenn du jemanden liebst, gib ihn frei.

Weitere Stunden vergingen, bevor Adam nach Hause kam, und mittlerweile war ich überzeugt, er käme nicht zurück. Ich hatte die leere Schachtel des Schwangerschaftstests ganz unten in den Mülleimer gestopft, genauso wie ich manchmal die Verpackung der pinkfarbenen Waffeln versteckte wie ein schändliches Geheimnis. In meinem Kopf hatte ich endlos geprobt, was ich sagen wollte, und mir eingeredet, ich würde ruhig und beherrscht sein. Dieser Moment konnte über den Erfolg oder Misserfolg unserer extrem zerbrechlichen Beziehung entscheiden.

»Können wir reden?«, platzte ich heraus, sobald er durch die Haustür kam.

»Ich zuerst.« Er sah so ernst aus.

Sag's nicht.

Er zog am Kragen seines Polohemdes, und ich wusste, dass er nervös war.

Sag's nicht.

»Ich muss dir etwas sagen. Ich glaube, es wird dich schockieren. Aber …« Er zupfte an einem losen Faden herum und riss ihn ab. Tränen sammelten sich in meinen Augen – würde unsere Ehe genauso leicht entzweireißen wie Baumwolle?

Sag's nicht.

Kapitel 21

Adam

»Ich habe heute mit Ross gesprochen«, sagte ich wieder. »Mit deinem Schulleiter«, fügte ich hinzu. Anna wusste, wer er war. Weshalb sagte sie nichts? Sie wurde immer blasser und schwankte leicht. Ich hielt sie am Ellbogen fest und führte sie ins Wohnzimmer. Dass ich die Bombe im Flur hatte platzen lassen, konnte ich selbst nicht glauben. Manchmal war ich wirklich ein Trottel.

»Warum? Was hat er gesagt?« Ihre Stimme war kaum zu hören.

»Er sagte, es sei in Ordnung, dass du einige Zeit freinimmst.«

»Und ich brauche freie Zeit, weil …?«

»Weil …« Tat ich das Richtige? Jetzt war es zu spät. »… wir am Montag noch einmal nach Alircia fliegen.«

»Am Montag, aber das ist …« Sie sah erstaunt aus. Ich wurde aus ihrem Gesichtsausdruck nicht schlau. Konnte nicht beurteilen, ob sie es gut oder schlecht fand.

»Übermorgen.« Ich zog den Kragen meines Polohemdes vom Hals weg, weil ich das Gefühl hatte, dass er mich würgte.

»Aber … Wie?«

»Ich habe alles geklärt. Bevor du aufgewacht bist, habe ich die Reisepässe und das Bankzeug herausgekramt, damit es eine Überraschung wird. Ich bin den ganzen Tag herumgerannt und habe mit meinem Chef und auch mit Ross gesprochen. Wir haben beide zwei Wochen Urlaub und werden in der Ferienanlage wohnen, in der wir uns kennengelernt haben. Wo wir in den Flitterwochen waren. Wir werden an unserem fünften Hochzeitstag dort sein.«

»Aber …«

»Ich weiß, dass du die Insel genauso sehr magst wie ich. Heute Morgen habe ich dein Handy gesehen. Du hast als Bildschirmschoner wieder das Foto von der kleinen Bucht.« Ich nahm ihre Hand. »Von unserer Bucht.«

»Ich habe an Alircia gedacht. An alles. Aber …«

»Schh.« Ich strich ihr eine Haarsträhne hinters Ohr, die ihr ins Gesicht gefallen war. »Es ist eine Gelegenheit, um Zeit miteinander zu verbringen, Anna. Wir brauchen das. Wir haben uns das verdient. Ich habe schon unser Geld in Euro getauscht und muss nur noch die Auslandskrankenversicherung im Reisebüro bestätigen, wenn ich online keine günstigere finde.«

Hammie klapperte geräuschvoll mit den Zähnen an der Wasserflasche. »Und was ist mit …?«

»Ich habe bei Josh im Immobilienbüro vorbeigeschaut. Er arbeitet dort diese Woche aushilfsweise. Morgen kommt er vorbei und nimmt Hammie mit zu sich. Komm schon, sag Ja. Du hast so hart gearbeitet.«

»Ich kann nicht … Adam, Ross …«

»Ich weiß, dass noch Unterrichtszeit ist, aber er war wirklich großartig. Zuerst ein bisschen schockiert, aber dann hat er mir ausdrücklich aufgetragen, dir auszurichten, dass er das versteht und dass er möchte, dass du glücklich bist.« Es war gut, dass er das gesagt hatte, damit Anna sich wegen des verpassten Unterrichts nicht aufregte.

»Hat Ross das wirklich gesagt?«

»Ja, er ist ein netter Kerl.«

Sie fing an zu weinen. »Ja. Ja, lass uns verreisen.«

Ich wischte ihr mit dem Daumen die Tränen ab. »Aber du hast gesagt, du wolltest reden.«

Kurz sah sie besorgt aus. »Nein. Nicht jetzt.«

Ich zog sie an mich. »Es wird toll werden, Anna. Alles wird gut. Alles.« Meine Stimme klang fest, und meine Versprechen waren so eng aneinandergereiht, dass sie nichts trennen konnte.

Ich würde nicht zulassen, dass uns etwas trennte.

Das hatte ich sowieso nicht beabsichtigt.

Kapitel 22

Anna

Das Meer war unglaublich blau. Die funkelnden Wellen winkten uns zu, als sie an den honigfarbenen Sandstrand rollten. Vor ein paar Stunden waren wir gelandet, und nachdem wir ausgepackt hatten, machten wir einen Spaziergang. Die nachmittägliche Hitze drängte uns zurück, als wir uns über den Hang zu unserer kleinen Bucht schleppten. Das war der Ort, an dem ich zum ersten Mal gemerkt hatte, dass ich ohne Adam nicht leben wollte. Es war touristischer geworden, seitdem wir das letzte Mal auf unserer Hochzeitsreise hier gewesen waren. Wo einst weiß gekalkte Häuser gestanden hatten, gab es jetzt einige Läden und Bars.

»Meinst du, unser Schloss ist noch da?« Ich nickte in Richtung der Myriaden von Vorhängeschlössern, die als Liebesbekundungen an den Zaun geklemmt worden waren, der an den Strand grenzte.

»Ich bezweifele es. Wahrscheinlich haben sie Massen entfernt, um Platz für neue zu schaffen. Das ist eine Touristenattraktion. Der Souvenirladen dort drüben verkauft sie für zehn Euro.« Er deutete auf eine Werbetafel. »He!« Ihm fiel auf, wie mir die Gesichtszüge entglitten. »Sei nicht traurig.«

Aber ich war nicht nur traurig, weil ein Teil unserer Geschichte überschrieben worden war, ich war auch nervös. Ich hatte Bammel vor dem, was ich sagen musste. Bammel vor seiner Reaktion.

»Hast du Lust auf ein Eis?«, fragte er.

»Nein. Aber eine Flasche Wasser wäre gut.«

Mein Mund war trocken. Zu voll mit Worten, die ich nicht aussprechen konnte.

Während Adam im Laden war, starrte ich in die Ferne. Eine Jacht schaukelte auf die Insel gegenüber zu.

»Bitte sehr.« Adam reichte mir eine Flasche Evian. »Und das ist für dich. Uns.« Er hielt mir eine knisternde Tüte hin. Darin lagen ein Schloss und ein Stift.

»Können wir das später machen?« Ich schob ihm die Tüte wieder zu.

»Anna, was ist los?« Er schaute mich so besorgt an. So voller Liebe.

Ich musste es ihm sagen.

Heute.

Jetzt.

»Nichts … Ich … Lass uns das Schloss anbringen. Kannst du es beschriften?«

»Was soll ich draufschreiben?« Mit den Zähnen zog Adam die Kappe vom Stift. »Adam und Star?«

Er hatte mich schon so lange nicht mehr Star genannt. Sicher lag es daran, dass wir wieder hier waren und die Nostalgie uns das Gefühl gab, dass sich nichts geändert hatte, obwohl sich natürlich alles geändert hatte. Mehr, als er ahnte. Warum konnte ich es ihm nicht einfach sagen?

»Ich glaube …« Tief atmete ich die salzige Luft ein. Die Sonne versank am Horizont und brannte als feuerroter Ball in der Mitte des Meeres. In der Ferne klimperte ein Gitarrist eine Ballade. Die spanischen Worte, die er sang, verstand ich nicht, aber ich spürte die Emotionen.

Alle.

Ich hatte den perfekten Moment gewollt, und das hier war er. Perfekter wurde er nicht. »Ich glaube, du solltest *Adam & Anna* schreiben und darunter noch Platz lassen.«

»Für ein Herz?«

»Für einen weiteren Namen.«

»Das verstehe ich nicht.« Sein Blick schweifte von meinem Gesicht zu der Hand, die ich schützend auf meinen Bauch gelegt hatte. »Bist du … Du bist nicht …«

»Doch, bin ich.«

Die Sonne bewegte sich weiter, und der Himmel färbte sich korallfarben.

Plötzlich weinte er, und auch mir kamen die Tränen. Obwohl ich wusste, dass es unmöglich war, und obwohl ich wusste, dass ich erst in der sechsten Woche schwanger war, hätte ich schwören können, dass ich spürte, wie das Baby – unser Baby – in mir Freudensprünge machte.

Alles würde gut werden. Ohne den Druck, schwanger werden zu müssen. Die niederschmetternde Enttäuschung, wenn es wieder nicht geklappt hatte. Es würde alles gut werden.

Das musste es.

Kapitel 23

Adam

Ich streckte die Hände gen Himmel und brüllte: »Ich werde Vater!« Meine Euphorie wurde von der salzigen Meeresbrise davongetragen und streifte leicht eine Gruppe Touristen, die Schnappschüsse vom Sonnenuntergang machten. Sie drehten sich um und lächelten. Teilten meine Freude.

Unsere Freude.

»Ich werde Vater!« Ich konnte nicht aufhören, es zu sagen. Dann hob ich Anna hoch und wirbelte sie herum, bis mir von der Bewegung schwindlig wurde, schwindlig von ihren Neuigkeiten, schwindlig von der Verantwortung. »O Gott.« Ich setzte sie behutsam ab, ließ sie jedoch nicht los. »Ist dir schlecht? Musst du dich setzen?«

»Mir geht's gut.« Sie lachte. »Ein bisschen müde, aber sonst geht's mir gut.«

Sie sah wirklich blass aus, aber da war noch etwas in ihrem Gesichtsausdruck. Erleichterung? Sie konnte doch nichts anderes vermutet haben, als dass ich völlig aus dem Häuschen sein würde.

»Aber wann … Wie?« Ich klang wie ein Vollidiot. Aber … verdammt! Wir bekamen ein Baby!

»Ich hab's am Samstag herausgefunden. Es war furchtbar, es vor dir geheim zu halten. Ich werde … ich werde nie wieder etwas vor dir geheim halten.« Sie sah so ernst aus. »Aber ich dachte, hier wäre der perfekte Ort, um es dir zu sagen – hier hat unsere Geschichte begonnen.«

»Und jetzt beginnt ein völlig neues Kapitel. Teil zwei!« Ich hob das Schloss und den Stift vom Boden auf, wo ich beides hatte fallen lassen.

Adam, Anna

&

schrieb ich auf das Schloss, bevor ich es ihr reichte. Als sie es am Zaun befestigte, legte ich meine Hand auf ihre, genauso wie bei unserer Hochzeit, nachdem ich ihr den Ring an den Finger gesteckt hatte.

Meine Frau.

Bald würde ich sagen können: Meine Frau und mein Kind.

»Verdammter Glückspilz«, würde Josh sagen.

Und er hätte recht.

Die Aufregung weckte mich. Anna schlief noch. Ihr Haar lag aufgefächert auf dem Kissen. Leise zog ich die Shorts und das T-Shirt von gestern an und ging zu dem Laden, in dem ich gestern das Liebesschloss gekauft hatte. Dort hatte ich das perfekte Geschenk für meine Frau gesehen, nur hatte ich das zu dem Zeitpunkt noch nicht gewusst. Als ich mit einem lilafarbenen Samtsäckchen in der Tasche zurückkehrte, hoffte ich, wieder ins

Bett schlüpfen zu können, um noch mit Anna zu kuscheln, aber sie war bereits angezogen, und so gingen wir zum Frühstück.

»Kann ich dir noch Tee holen? Oder Toast?«, fragte ich zum hundertsten Mal.

»Mir geht's gut«, sagte sie wieder, aber so sah sie nicht aus. Ich nervte sie mit meinem ständigen Getue, aber ich konnte nicht anders. Als sie letzte Nacht eingeschlafen war, hatte ich *Schwangerschaft* gegoogelt und erfahren, dass das Baby ungefähr sieben Millimeter lang war und die Größe einer Erbse hatte. Nächste Woche wäre es bereits doppelt so groß.

»Hast du es schon deiner Mum erzählt?« Mir fiel ein, dass ich vielleicht nicht der Erste gewesen war, den sie eingeweiht hatte.

»Noch nicht, aber ich werde es ihr sagen, sobald wir wieder zu Hause sind.«

Ich hatte eine Reihe von Leuten, denen ich es erzählen wollte. Josh, seinen Eltern. Meinen Eltern.

»Dadurch wirst du vielleicht Nell wieder näherkommen.«

»Das hoffe ich.« Anna sah entspannt aus. Sie wirkte wie ein anderer Mensch. »Ich will es allerdings nicht vor der Ultraschalluntersuchung in der zwölften Woche verbreiten.«

»Wir brauchen es niemandem zu sagen, bis du bereit dazu bist.« Mir gefiel es, ein Geheimnis zu haben, das nur wir beide teilten. »Aber die japanischen Touristen von gestern Abend wissen es, und der Barmann, der Rezeptionist …«

»Du konntest dich nicht beherrschen!« Ihre Mundwinkel gingen leicht nach oben. »Aber wenn etwas schiefgeht …«

»*Nichts* wird schiefgehen«, sagte ich, als könne die Bestimmtheit, mit der ich das sagte, einen Einfluss darauf nehmen.

Wir hatten zu lange darauf gewartet.

Meine Frau und mein Kind.

Ich würde mein Leben geben, um sie zu beschützen.

* * *

»Mist! Von wegen ruhiger Vormittag.«

Es war erst elf Uhr, aber der unserem Hotel am nächsten gelegene Strand, Pacifico, war ein Gewimmel aus Lärm und Farben. Musik und Gelächter. Rote und grüne Wimpel hingen zwischen Holzpfählen, die in den Sand gerammt worden waren. Ein Grill verströmte den Geruch von gebratenem Fleisch, und eine provisorische Theke war beladen mit goldfischglasgroßen Cocktailgläsern, die mit milchiger Piña colada gefüllt und mit Ananasstückchen, Strohhalmen und pinkfarbenen Papierschirmchen dekoriert waren.

»Möchtest du noch fünfzehn Minuten bis zu unserer Bucht weiterlaufen, wo es ruhiger ist, oder zurück zum Hotel und am Pool liegen?«, fragte ich sie.

Culture Club fragte: »Do you really want to hurt me?«

»Und dich von kostenlosem Alkohol und all der furchtbaren Musik der Achtziger wegzerren, die du so liebst?« Anna gestikulierte mit ihrem zusammengerollten Handtuch herum. Es war das Einzige, was ich sie hatte tragen lassen, und auch nur deshalb, weil sie meinte, ich sähe aus wie ein Esel, der unter der Last von Sonnencreme, Windschutz, Büchern, Fotoapparat, Hüten und Luftmatratze zusammenzubrechen drohe.

»Wie ein Dummkopf, meinst du?«, hatte ich gefragt.

»Eher wie ein Muli.«

Wir breiteten unsere Handtücher aus und legten uns darauf. Ich ließ träge warmen, trockenen Sand durch die Finger rieseln.

»Entschuldigung, Sir? Freie Fahrt mit der Jacht?« Der Mann vor mir trug ein marineblaues Polohemd, auf dem ein rotes WLJ-Logo prangte. Er gestikulierte in Richtung einer Jacht.

»Wo ist der Haken?«

»Kein Haken. Die Einführung von Websters Luxusjachten. Wir vermieten unterschiedlich große Jachten für Urlaube und private Veranstaltungen. Heute bieten wir den Leuten eine

Kostprobe und fahren sie zur gegenüberliegenden Insel. Wir bringen sie später wieder zurück. Es gibt noch ein paar Plätze auf der Jacht, die gleich in See sticht. Eine wahre Schönheit. Vierzig Passagiere und mehrere Crewmitglieder sind an Bord.«

»Anna?«

»Ich hab's hier so gemütlich.«

»Aber wir wollten doch sowieso zu der Insel. Ich war noch nie auf einer Jacht. Das wäre doch eine Erfahrung, die wir nicht vergessen werden.«

»Okay.« Anna griff nach ihrem Sarong. »Dann sollte es aber auch unvergesslich sein.«

Die Jacht war größer, als man von Land aus hatte erkennen können. Auf ihrer glänzenden weißen Seite stand in geschwungener Schrift *Maria*. Die Gäste rekelten sich auf gepolsterten Sitzen, und die Frauen in Bikinis und mit Sonnenbrillen neigten ihre Gesichter gen Himmel, während eine Brise ihre Haare stylte. An Bord gab es einen kleinen Pool, der zwar nicht groß genug war, um darin zu schwimmen, aber trotzdem beachtlich aussah. Ein Kellner bot uns Drinks von einem Silbertablett an – Sekt für mich, Orangensaft für Anna – und informierte uns, dass der Pool abends abgedeckt werden könne, um als Tanzfläche zu fungieren.

»Daran könnte ich mich gewöhnen.« Ich hob mein Glas und prostete Anna zu. »Auf uns.«

»Auf uns drei«, sagte Anna und grinste. »Sollen wir uns mal umschauen?« Wir gingen ein paar Treppenstufen hinunter. Die Kabinentüren waren geöffnet, damit wir uns alles anschauen konnten.

»Ein Doppelbett.« Ich setzte mich darauf und hüpfte auf und ab.

»Was hast du erwartet? Etagenbetten?«

»So ungefähr. Josh würde alles dafür geben, das hier zu sehen.«

»Alles? Das ist es aber nicht wert«, meinte Anna.

Wir setzten unsere Erkundungstour fort. Es gab eine Bar mit weichen Sofas und einem Flachbildfernseher. Musik erschallte aus diskret positionierten Sonos-Lautsprechern. Etwas Lautes mit einem hämmernden Bass.

»Möchtest du dich setzen?«

»Nein, lass uns frische Luft schnappen«, sagte Anna. An Deck atmete sie tief ein. Ich fragte mich, ob sie an morgendlicher Übelkeit litt. Dann führte ich sie zum spitz zulaufenden Teil der Jacht. Nach ganz vorne. Ich stellte unsere Gläser ab, bevor ich ihre Arme zu den Seiten ausbreitete und ihre Taille umfasste. Dann sang ich Celine Dions Lied aus »Titanic«.

»Idiot.« Sie lehnte ihren Kopf zurück an meine Schulter. Der Wind wehte mir ihre Haare ins Gesicht – sie rochen immer noch nach Kokosnuss. Ich schob meine linke Hand zu ihrem Bauch, der jetzt noch flach war, aber sich laut Google in den nächsten Wochen wölben würde. Noch nie war ich glücklicher gewesen und wusste, dass diese Reise unvergesslich werden würde.

»Ich liebe dich.« Ich küsste ihren Hals.

»Ich liebe dich auch.«

Sie stolperte, als sich die Jacht plötzlich auf die Seite legte. Mit der freien Hand griff sie nach der Reling. »Was war das?«

»Keine Ahnung.« Ich schaute mich um. Niemand sah besorgt aus.

»Ich hoffe, wir geraten nicht in Seenot«, meinte sie.

»Nein, das werden wir nicht. Die Jacht wird nicht schlappmachen. Weißt du, was auch nicht schlappmachen wird?«

»Dein Herz?«

»Ja. Weil ich jede Nacht …«

Ein Ruckeln.

Geschrei.

Zwei Kellner rannten übers Deck, riefen sich auf Spanisch etwas zu, was ich nicht verstand. Einer verlor dabei seine Fliege.

»Adam?«

»Es ist nichts.« Doch daran bekam ich langsam Zweifel.

Plötzlich ertönte ein Alarm. Ein schrilles Piepen, das von allen Seiten auf uns niederging.

»Adam, das Boot legt sich auf die Seite.«

Beunruhigt sahen wir dabei zu, wie unsere Gläser langsam über das hölzerne Deck rutschten, bevor sie ins Meer fielen.

»Komm.« Ich nahm ihre Hand. Es war nicht so, dass sich eine Katastrophe anbahnte – immerhin sah ich in zwei Richtungen Land –, aber irgendetwas stimmte nicht. Ich wäre glücklicher gewesen, wenn Anna eine Schwimmweste getragen hätte. Und sicherer hätte ich mich gefühlt, wenn sie für die nächsten neun Monate komplett in Watte gepackt worden wäre.

Die Jacht schwankte stark. Anna fiel auf die Knie. »Adam?« Jetzt geriet sie in Panik. Ich hörte es an ihrer Stimme. Um uns herum war es laut. Das Zerschellen von Gläsern, Sekt, der sich übers Deck ergoss, das Piepen des Alarms. Geschrei, gestresste Worte auf Spanisch. Die Crew rannte in alle Richtungen.

»Ist schon in Ordnung.« Ich half ihr auf.

»Verdammt! Wir sinken!«, brüllte jemand, und sofort begann ein Kind zu weinen.

Das war zu viel. Das Weinen, das Schreien, der permanente Alarm.

Denk nach, Adam.

»Ich bin gleich wieder zurück.«

»Lass mich nicht allein.« Jetzt weinte Anna. Ich lief zu einem der Catering-Angestellten und packte ihn am Arm.

»Meine Frau. Sie kann nicht schwimmen. Schwimmweste?«

Er stammelte mit weit aufgerissenen Augen eine Antwort auf Spanisch.

»Wo ist das verdammte Rettungsboot?«, schrie eine Frau. »Wir werden sterben!«

Am liebsten hätte ich ihr zugerufen, sie solle die Klappe halten. Dass wir so dicht an beiden Inseln seien, dass keiner sterben werde, aber über den Krach hinweg hörte ich, wie Anna nach mir rief. Schnell wollte ich zu ihr zurück, aber das Boot hatte jetzt noch mehr Schlagseite, und ich verlor den Halt und fiel hin. Ein Schmerz schoss durch meine Hüfte. »Bleib, wo du bist!«, rief ich und hob den Kopf, denn ich wusste, dass Anna versuchen würde, zu mir zu kommen. Doch ich wollte, dass sie sich an der Reling festhielt, wollte, dass sie sicher war.

Ich krabbelte auf allen vieren. Meine Hände griffen ins Wasser, das das Deck flutete. Die Jacht neigte sich langsam immer mehr. Wenn das so weiterging, würde sie bald vollständig kippen. Ich erreichte Anna.

Sie kauerte am Boden, klammerte sich an der Reling fest und hyperventilierte.

Neben ihr schwenkte ein Junge im Teenageralter sein Handy herum. »Das ist so verdammt cool. Mein Kanal wird total viele Aufrufe bekommen.«

Es war alles zu viel. Der Alarm musste abgestellt werden. Das Piepen verstärkte die Panik nur noch.

Das Aufblitzen einer Leuchtfackel. Ihr roter Schweif durchschnitt den blauen Himmel.

Ich hörte ein Platschen. Irgendjemand war über Bord gesprungen und schwamm aufs Ufer zu.

Jedes Mal, wenn sich die Jacht im Wasser bewegte, wurde sie härter von den Wellen getroffen. Salzwasser mischte sich mit der Angst in meiner Kehle.

Habseligkeiten rutschten auf dem Deck herum. Zu meinen Füßen lag ein Teddybär mit einer gelben Schleife um den Hals.

»Ein paar letzte Worte?« Der Teenager richtete sein Handy auf Anna und filmte ihre Verzweiflung.

»Verpiss dich!« Ich schlug ihm das Handy aus der Hand.

Die Leute, die gesprungen waren, hatten die richtige Idee gehabt. Wir sanken schnell, zu schnell.

»Was … was tun wir jetzt?« Anna konnte zwischen ihren Schluchzern kaum reden.

»Wir sind nicht weit vom Ufer entfernt. Wir können schwimmen«, rief ich über den Alarm hinweg.

»Aber ich kann nicht …«

»Aber ich kann. Ich halte dich fest.« Einen richtigen Plan schien es nicht zu geben. Wir waren näher an der Insel, die wir vorhin verlassen hatten. Ich konnte es schaffen. Auch mit Anna.

Ich war sicher.

»Komm schon.« Ich kletterte über die Reling. Die Jacht hatte jetzt akute Schlagseite. »Anna?« Ich streckte ihr die Hand hin. »Spring.«

»Ich kann nicht.« Sie legte beide Hände auf ihren Bauch.

Es war meine Aufgabe, sie zu beschützen. Meine Frau. Meinen Sohn oder meine Tochter. Der Gedanke war sowohl berauschend als auch angsteinflößend, und die Liebe, die ich spürte, war echt. Ich würde uns retten. Auf jeden Fall.

»Doch, du kannst. Ich halte dich.« Ich würde sie nicht loslassen, keinen von beiden. Ich war so stark wie Samson.

»Ich kann nicht … Adam …«

Der Alarm piepte im Takt mit meinem Herzen, das mir bis zum Hals schlug. Was würde ich tun, wenn sie sich weigerte zu springen?

»Anna, bitte«, sagte ich ruhig, als meine Füße unter der Wasseroberfläche strampelten wie der sprichwörtliche Schwan. Ich streckte die Arme aus. »Vertrau mir. Bitte, Star. Tu es für mich.«

Sie schwang ein Bein über die Reling und zögerte.

»Ich habe solche Angst«, flüsterte sie.

»Ich weiß, aber ich passe auf, dass dir nichts passiert. Versprochen.«

Langsam, zaghaft, kletterte sie weiter, bis sie auf der anderen Seite der Reling stand. Wieder schlingerte die Jacht.

Anna schrie auf.

Rutschte aus.

Fiel mit einem lauten Platsch ins Wasser und verschwand unter einer Welle. Ich tauchte und konnte sie sinken sehen. Tiefer und tiefer. Ich schwamm so schnell wie nie zuvor, bis ich sie in den Armen hielt. Beide. Meine Frau und mein Kind. Sie zappelte. Trat wild mit den Beinen um sich, zog uns beide wieder nach unten. Ich durchbrach die Wasseroberfläche. Immer wieder kämpfte ich mich mit ihr nach oben.

»Anna! Hör auf zu zappeln!«, schrie ich, als wir erneut das Sonnenlicht sahen. »Entspann dich. Verkrampf dich nicht so. Ich verspreche dir, dass du sicher bist. Star. Entspann dich.« Und plötzlich tat sie, was ich verlangte.

Andere Passagiere schwammen jetzt an uns vorbei, aber ich hielt ein gleichmäßiges Tempo. Die Insel, die wir vor Kurzem verlassen hatten, schien nicht allzu weit entfernt zu sein, aber es dauerte eine Ewigkeit, bis wir seichtes Wasser erreichten, aufstanden und Hand in Hand an den Strand stolperten, wo wir uns in den Sand fallen ließen.

Mein Brustkorb brannte, als stünde er in Flammen. Jeder Atemzug tat weh. Ich hatte Mühe zu sprechen.

»Bist du okay?«, fragte ich sie. »Du musst untersucht werden. Du und das Baby.« Auch an Land war ich furchtbar besorgt um sie beide, und mir wurde klar, dass ich das immer sein würde. Als Vater und Ehemann sollte ich das auch.

»Ich bin okay, aber … aber Adam …« Sie hielt sich die Hände vors Gesicht, und ich schlang meine Arme um sie. Hielt sie fest, als sie weinte.

»Schh«, beruhigte ich sie. Über ihre Schulter hinweg konnte ich ein kleines Rettungsboot voller Leute sehen, das gen Ufer fuhr, aber eine Person hing immer noch an der Reling der Jacht. War es ein Schwimmer? Ein Erwachsener? Vor meinem geistigen Auge sah ich den Teddybären mit der hoffnungsvollen gelben Schleife um den Hals, dessen Fell vom Meerwasser durchnässt gewesen war.

»Ich muss zurück.«

»Adam! Nein!« Anna klammerte sich an meinen Arm.

»Da ist noch jemand an Bord. Was ist, wenn er nicht schwimmen kann? Denk daran, wie verschreckt du warst, Anna.«

»Bitte tu es nicht!« Ihre Finger gruben sich in mein Handgelenk. »Du bist nicht dafür verantwortlich.«

»Anna, an Bord waren *Kinder.*«

Ich schaute ihr so lange in die Augen, bis sie mein Handgelenk losließ und nickte. »Sei vorsichtig.«

Ich gab ihr einen innigen Kuss. »Ich liebe dich, Star.« Und dann rannte ich zurück ins Meer und schwamm zur Jacht.

Aber ich war müde. Meine Beine taten weh. Mein Körper war erschöpft.

Gedanklich zählte ich die Schwimmstöße. Langsam. Methodisch. Ich hatte die Hälfte der Strecke zurückgelegt, und der Drang, mich auszuruhen, war unermesslich, aber Anna war dort hinten am Strand, allein und verängstigt, und so durchschnitten meine Arme weiter das Wasser, stießen meine Beine kräftig zu.

Zurück an der Jacht streckte ich die Hand nach der vergessenen Passagierin aus. Es war eine ältere Dame, die sich auf den Knien verzweifelt an der Reling festklammerte.

»Springen Sie!«, rief ich.

»Ich kann nicht schwimmen.« Ihre Stimme klang hauchdünn.

»Keine Angst. Ich bin ein kräftiger Schwimmer.« Aber das Adrenalin, das durch meine Venen gebrandet war, sickerte ins Salzwasser. Ich wusste nicht, wie lange ich noch durchhalten würde.

Ich war müde.

So müde.

Kapitel 24

Anna

Trotz der Hitze, die die Sonne ausstrahlte, zitterte ich. Meine Zähne schlugen aufeinander, und meine Beine waren wacklig, zu instabil, um mich zu tragen.

Adam.

Ich war zu schwach, um aufzustehen, und kniete mich hin. Ich hielt mir die Hand über die Augen, um sie vor der Helligkeit zu schützen, die von den Wellen reflektiert wurde. Adam war fast an der Jacht. Andere Schwimmer waren dicht hinter ihm und versuchten, ebenfalls zu helfen. Touristen, der Typ von der Bar, das Mädchen, das Burger auf dem Grill gedreht hatte. Der Mann, der Adam das Flugblatt über den Jachttrip in die Hand geschoben hatte, stand da und schaute zu. Ich starrte ihn wütend an. Machte ihn dafür verantwortlich.

In meiner Brust hüpften Was-wäre-wenn-Fragen wie ein Ball an einem Gummiband herum, wurden mit jeder Sekunde mehr, drückten mir die Brust ab und erschwerten mir das Atmen.

Adam.

Er schaffte es. Ein kleiner, auf dem Wasser tanzender Punkt. Er sprach mit jemandem. Ich konnte nicht genau sehen, ob es ein Mann war oder eine Frau, ein Erwachsener oder, wie Adam befürchtet hatte, ein Kind, aber die Person bewegte sich nicht. Kannte ihn nicht wie ich. Vertraute ihm nicht.

Er war erst kurze Zeit weg, aber es fühlte sich an wie eine Ewigkeit.

Bitte, bettelte ich und war mir nicht sicher, ob ich wollte, dass die Person ins Wasser sprang oder dass Adam umdrehte und zurückkam. Beides, denke ich.

Bitte.

Doch die Person bewegte sich immer noch nicht. Die Jacht schwankte bedrohlich und lag jetzt fast völlig auf der Seite. Ich konnte kaum hinschauen, aber wegschauen konnte ich auch nicht.

Nein. Bitte. Nein.

Der Gummiball in meiner Brust explodierte, und mit Entsetzen sah ich mit an, was geschah. Kurze, scharfe Peitschenhiebe in mein Herz.

Der Stahlmast in der Mitte der Jacht fiel, fiel direkt auf Adam.

Ich schrie seinen Namen.

Mein Gebrüll kam von so tief aus dem Herzen, war so schmerzhaft, dass ich mir sicher war, mein Baby müsse es gehört haben. Gefühlt haben. Ich hielt mir die Hände vor den Mund, als der Mast Adam traf.

Er verschwand unter Wasser.

Ich hielt den Atem an, während ich darauf wartete, dass er wieder auftauchte.

Doch das tat er nicht.

Mein Junge aus der Bar war weg.

Kapitel 25

Adam

Ich bekam einen Schlag auf den Schädel. Der Geschmack von Blut im Mund. Farben leuchtend und matt. Licht und Dunkelheit. Ein Kaleidoskop des Schmerzes.

Wasser im Mund und in den Augen.

Wasser in der Nase und den Ohren.

Mit den Armen und Beinen schlug ich wild um mich. Ich sank immer tiefer. Benommen. Desorientiert. Meine Lunge brannte, meine Brust war wie zugeschnürt.

Die Farbe des Wassers wechselte von Blau zu Grau zu fast Schwarz. Ich drehte mich um die eigene Achse. Wand mich im Meer. Alles stand kurz davor zu explodieren. Mein Schädel, mein Brustkorb. Mein Körper brannte.

Anna.

Ich versuchte zu schwimmen, fühlte mich aber so seltsam.

Konnte nicht klar denken. Konnte meine Beine nicht dazu animieren, mich zurück an die Wasseroberfläche zu strampeln.

Ich sank. Wie ein Stein. Voller Schmerz und Bedauern und Angst.

Ich ertrank, aber mein Leben lief nicht wie ein Film vor mir ab. Ich hatte nur einen einzigen Gedanken im Kopf.

Anna.

Ich war schwer und leicht und hier, aber auch nicht.

Trieb dahin. Immer weiter. Arme und Beine gespreizt.

Schwerelos.

Ein Gefühl der Ruhe überkam mich.

Und dann spürte ich überhaupt nichts mehr.

Kapitel 26

Anna

Adam.

Ich durfte ihn nicht verlieren. Nicht jetzt, wo unsere Zukunft endlich so strahlend und vielversprechend vor uns lag, weil all unsere Träume wahr werden sollten.

Adam.

Wie hatte ich jemals glauben können, dass ich ihn nicht mehr wollte?

Ich wollte ihn.

Oh, wie sehr ich ihn wollte.

Die anderen Schwimmer hatten die Jacht erreicht und tauchten, doch sie kamen ohne ihn wieder an die Wasseroberfläche.

Adam.

Der Strand hatte seine Farbe verloren. Seine Geräusche. Urlauber starrten reglos und schweigend hinaus aufs Meer wie Schaufensterpuppen.

»Er hat ihn!«, schrie jemand. Adams Kopf tauchte auf, und ein Schluchzer kämpfte sich meine Kehle hinauf.

»Bring ihn zurück!«, schrie ich und winkte mit beiden Händen. *Schnell, schnell.*

Ich ging auf und ab.

Ein Schritt.

Zwei.

Drei.

Umdrehen.

Ein Tiger im Käfig. Angespannt. Bereit loszuspringen, sobald sie flacheres Wasser erreichten. Bereit, meinen Mann mit Liebe und Küssen zu überschütten.

Schließlich kamen sie näher, aber Adam stand nicht auf. Sie mussten ihn auf den Sand schleifen und ließen ihn fallen.

Adam.

Ich fiel neben ihm auf die Knie. Schüttelte ihn. *Wach auf. Wach auf.*

»Er atmet nicht!« Verzweifelt suchte ich die Menschenmenge ab. Die entsetzten Gesichtsausdrücke. Die Handykameras. Warum half niemand?

»Bitte.« Wieder schüttelte ich Adam, weinte jetzt heftiger. »Hilft denn niemand?«

»Lassen Sie mich mal sehen.« Eine Frau kniete sich mir gegenüber. Ihre Finger untersuchten Adams Mundhöhle, bevor sie seinen Puls am Hals prüften.

»Adam. Er heißt Adam.« Es war wichtig, dass sie das wusste, aber sie antwortete nicht. Stattdessen atmete sie in seinen Mund – in den Mund, der mir einen Abschiedskuss gegeben hatte. Sie verschränkte die Hände und drückte kräftig auf seinen Brustkorb.

Wie konnte sein Herz aufgeben, wenn es so voller Liebe für mich war? Für unser ungeborenes Kind.

Sein Gesicht war blass. Der Sand, einst goldfarben, war rot vom Blut, das aus einer Wunde an seinem Kopf tropfte.

Ich wartete darauf, dass er nach Luft rang, wie man es immer in Filmen sah. Auf Wasser, das er ausspie und das ihm über die schönen Lippen rann.

Doch nichts dergleichen geschah.

Adam.

Bitte verlass mich nicht.

TEIL 3

»Aufgeben ist keine Option.«

JOSH QUIGLEY – ADAMS BESTER FREUND

Kapitel 27

Anna

Der Geruch in Krankenhäusern war überall gleich auf der Welt. Scharf und klinisch. Desinfektionsmittel gemischt mit Bleichmitteln, Kummer mit einem Anflug von Angst.

Adam war nicht aufgewacht.

Ich klammerte mich an der kratzigen grauen Decke fest, die man mir um die Schultern gelegt hatte, und wünschte mir, es wäre die Hand meines Mannes, die ich hielt. Fast musste ich rennen, um mit dem fahrbaren Krankenbett mitzuhalten, das den Flur entlanggerollt wurde, den kaltes Neonlicht erhellte. Ärzte und Krankenschwestern versperrten mir die Sicht, als sie Adam stießen und stupsten und in einer Sprache drauflosquasselten, die ich nicht verstand. Sie hätten sagen können, dass Adam keine Überlebenschance hatte, sie hätten das Fernsehprogramm von gestern Abend diskutieren können oder was sie zum Abendessen kochen würden. Ich bekam nichts davon mit.

Noch nie hatte ich solche Angst gehabt.

»Wohin bringen Sie ihn?«, fragte ich. »Warum wacht er nicht auf?«

Wieder und wieder blieben meine Fragen unbeantwortet.

Das Bett durchbrach polternd Doppeltüren, und die Räder quietschten auf dem Linoleum. Ich versuchte, ihm zu folgen, aber eine hübsche Krankenschwester mit einem schwingenden Pferdeschwanz packte mich am Ellbogen.

»Bitte.« Ich versuchte, mich loszureißen, aber ihr Griff war fest.

»Englisch?«

Ich nickte.

»Du kommen.«

»Aber Adam …«

»Er versorgt. Wir gucken du okay.«

Ich brauchte niemanden, der mir sagte, dass ich okay sei, denn das war ich nicht. Ich stand kurz vor einem Zusammenbruch. Ich hielt mich vor dem Raum auf, in den Adam gebracht worden war, und fragte mich, was dort drinnen geschah, aber mein medizinisches Wissen beschränkte sich auf das Schauen der Serie »Grey's Anatomy« am Samstagabend. Meine Spanischkenntnisse waren nicht existent.

Eine Frau eilte mit einem gequälten Gesichtsausdruck und einem Baby auf dem Arm an mir vorbei. Sofort legte ich behutsam die Hand auf meinen Bauch.

»Ich … Ich bin schwanger«, sagte ich zu der Krankenschwester.

»Du mitkommen.« Ihre Stimme war jetzt weicher. Ich ließ mich von ihr wegführen.

Man hatte in meine Augen, meinen Hals und meine Ohren geschaut, und eine Blutdruckmanschette war fest um meinen Arm gewickelt. Auch meine Körpertemperatur war gemessen worden. Eine Ultraschalluntersuchung hatte ich ebenfalls gehabt. Mir wurden Tee, Kaffee und ein Teller mit Fisch und Gemüse angeboten, der meinen Magen in Aufruhr versetzte. Ich trug einen geliehenen Krankenhauskittel, der zu kurz und zu eng war, aber immerhin trocken. Mir war alles angeboten worden, nur nicht das eine, was ich wirklich wollte: die Zusicherung, dass mein Mann wieder in Ordnung kommen würde.

In Ordnung war.

Das Familienwartezimmer war klein und stickig. Die Wände waren schmutzig orangefarben, und auf dem Boden lagen glänzend weiße Fliesen, die von dunkleren Fugen verbunden wurden. In der Ecke stand ein roter Eimer mit einem Wischmopp. Hier roch es nach Zitrone. Ich sank in einen zu weichen, zu niedrigen Sessel. Meine Knie berührten fast mein Kinn. Auf dem Tisch lagen ein Stapel Zeitschriften, die ich nicht lesen konnte, und ein Reiseführer über Alircia, den ich zwar lesen konnte, aber nicht wollte. Es tat weh, die Fotos all der Orte zu sehen, die wir bei unserem vorherigen Urlaub besucht hatten: den Vulkan, den Lavatunnel, den unterirdischen See. Es gab noch so viele Dinge, die ich mit Adam tun wollte. So viele Orte, an denen wir noch nicht gewesen waren. Ich weigerte mich zu glauben, er würde nicht mehr aufwachen, und trotzdem pochte die Sorge unerbittlich in meinen Schläfen.

Ich sehnte mich danach, mit jemandem zu reden. Das taten sie doch immer in TV-Dramen, oder nicht? Leises Gemurmel und Verzweiflung flossen durch eine Telefonleitung. Aber mit wem? Schon seit Jahren hatte Adam keine enge Beziehung mehr zu seinen Eltern. Ein Anruf bei meiner Mutter würde Erinnerungen an Dads eiligen Transport ins Krankenhaus wachrufen, und sie würde sich hilflos fühlen, weil sie so weit weg war. Sie konnte nicht hergeflogen kommen, weil sie sich um Nan kümmern musste. Ich würde es Mum bald erzählen, aber erst, wenn ich dabei nicht mehr in Tränen ausbrach. Sie würde nicht wissen, wie sie damit umgehen sollte.

Ich wusste nicht, wie ich damit umgehen sollte.

Mir fiel ein, dass ich Nell anrufen könnte, aber ein Teil von mir wollte glauben, dass das hier alles nicht geschah. Dass es erst wahr werden würde, wenn ich es laut aussprach. Außerdem wusste ich noch nichts Konkretes und konnte bisher nur spekulieren. Ich schwankte zwischen dem Gedanken, dass es Adam gut ging und er aufrecht im Bett sitzen und Witze machen würde, und der Überzeugung, dass er es nicht geschafft hatte und niemand mir das sagen wollte.

Keine Neuigkeiten sind gute Neuigkeiten.

Das war ein alberner Spruch – einer, der für mich nie einen Sinn ergeben hatte –, aber er war alles, an das ich mich klammern konnte. Wenn mir noch niemand gesagt hatte, dass Adam gestorben war, dann musste er noch leben.

Oder etwa nicht?

Das Zuschlagen einer Tür weckte mich auf. Der Schock hatte den Schlaf herbeigewunken. Ich saß in unbequemer Stellung in dem Sessel und hatte den Kopf gegen die Wand gelehnt. Dabei hatte ich mir den Hals verrenkt, und um meinen Mund klebte eine Speichelkruste.

Es war eine andere Krankenschwester. Nicht die, die meine Tests durchgeführt hatte. Sie ging vor mir in die Hocke und nahm meine Hand.

»Anna.« Sie nickte, als sie meinen Namen aussprach.

Ich hielt den Atem an und wartete darauf, dass sie etwas sagte.

»Ich kann Sie jetzt zu Adam bringen.« Sie sprach Englisch mit starkem Akzent.

»Ist er … Ist er …«

»Er hat keine Beschwerden.«

Ich hatte Angst zu fragen, was das bedeutete. Stattdessen ließ ich mir von ihr auf die Beine helfen, die kribbelten, weil sie eingeschlafen waren. Ich wünschte, ich könnte das gleiche taube Gefühl auf mein Herz übertragen.

Das Krankenhaus war ein Labyrinth. Wir liefen kreuz und quer durch verwinkelte Korridore, und neugierige Blicke folgten mir, der sichtlich aufgebrachten Frau im schlecht sitzenden Krankenhauskittel.

Er hat keine Beschwerden.

Das hatten sie über meinen Dad gesagt, nachdem er den Herzinfarkt erlitten hatte, und dann hatten sie Mum nach Hause geschickt, damit sie sich ausruhte. Er war vier Stunden später gestorben. Allein.

Die Krankenschwester verlangsamte ihre Schritte und blieb vor einer Tür stehen.

»Hier ist unsere Intensivstation. Anna, erschrecken Sie sich nicht, wenn Sie ihn sehen.«

Vorhin hatte ich Angst gehabt, jetzt geriet ich in Panik.

Sie deutete mir durch Handzeichen an, als Erste hineinzugehen. Zögernd trat ich ein. Beim Anblick von Adam stolperte ich rückwärts und trat ihr auf die Zehen.

»Schon gut.« Sie streichelte meinen Arm. Ich hatte die Hände vor den Mund geschlagen.

Aber es war nicht gut. Überhaupt nicht gut.

Kapitel 28

Anna

Da war er also – Adam –, nicht wiederzuerkennen und doch vertraut. Unter einer erschreckenden Anzahl von Kabeln und Schläuchen lag er still da. Reglos.

»Ich weiß, dass das Furcht einflößend aussieht, aber alles hier ist zu Adams Wohl.« Die Hand der Krankenschwester lag noch immer auf meinem Arm. »Das ist das Beatmungsgerät.« Sie deutete auf eine Maschine. »Sie sorgt dafür, dass Sauerstoff durch Adams Blutbahnen zirkuliert.«

»Sie atmet für ihn? Kann ... kann er nicht ...«

»Der Arzt wird mit Ihnen reden, sobald er kann. Der Monitor dort überwacht die Vitalfunktionen.«

»Warum piept er nicht?« Ich hatte reichlich Arztserien gesehen. Es war so still.

»Adam wird hier nicht allein bleiben, deshalb sind die Monitore auf lautlos gestellt. Ein Alarm ertönt, wenn die Werte außerhalb der gesetzten Parameter fallen.«

Wenn.

»Er hat auch einen ZVK, einen zentralen Venenkatheter«, sie deutete auf einen Schlauch, »und hiermit misst man den zentralen Venendruck.« Ich konnte mich nicht auf das konzentrieren, was sie sagte, denn ich war nicht in der Lage, meinen Blick von Adam loszureißen, ich wollte, dass er sich bewegte. Die Augen öffnete.

Er tat es nicht.

Die Tür ging auf, und ein Mann mit dunklen buschigen Augenbrauen und einem ernsten Gesicht kam herein. Ein Mann, der meine Zukunft sichern oder zerstören konnte.

»Mrs Curtis.« Er streckte mir die Hand hin. »Ich bin Dr. Acevedo.« Sein Englisch war perfekt. »Wir haben einige Tests bei Ihrem Mann durchgeführt …«

»Welche Art von Tests?«

»Eine CT-Aufnahme von Adams Kopf, Röntgenaufnahmen seiner Brust und Bluttests. Die CT-Aufnahme zeigt Blutungen im Gehirn. Wenn jemand Gehirnblutungen hat, kann das zu erhöhtem Druck führen, deshalb liegt höchste Priorität auf der Reduzierung des Druckes, der nicht mehr ansteigen sollte. Wir haben Adam sediert und beatmen ihn, weil das dabei helfen kann, dass der Druck nicht weiter steigt, aber es ist keine Garantie.«

»Und was meinen Sie? Wird er wieder gesund?«

»Mrs Curtis, das kann man in diesem Stadium unmöglich sagen. Was wir wissen, ist, dass sich Adam eine Kopfverletzung zugezogen hat und länger unter Wasser war, als es uns lieb gewesen wäre. Das Gehirn wurde mehrere Minuten lang nicht mit Sauerstoff versorgt. Es ist unklar, ob Adam einen bleibenden Schaden erlitten hat. Wir tun, was wir können.«

»Also …«

Bleibender Schaden.

Noch nie hatte ich mich so überfordert gefühlt.

»Aber auch wenn er … er *wird* doch wieder gesund, oder?« Ich verlangte Unmögliches. »Er ist jung, und er ist fit und …« Ein Wirrwarr von Worten purzelte aus meinem Mund. Wenn ich doch nur den Arzt davon überzeugen konnte, dass Adam nicht hier sein sollte, dann würde er es auch nicht müssen. Ich spielte meinen Trumpf aus. »Er wird bald Vater.« Das, so hoffte ich, würde etwas bewirken und den Arzt dazu bewegen zu sagen: »Oh, okay, na dann bringe ich ihn wieder auf die Beine.« Doch das sagte er nicht. »In diesem Stadium ist es unmöglich, Prognosen zu stellen.« Er blickte mir ins Gesicht. »Es tut mir leid. Ich weiß, dass das nicht die Neuigkeiten sind, die Sie hören wollten. Wahrscheinlich ist es am besten, wenn Sie zurück in Ihr Hotel gehen und sich ausruhen. Jemand wird ständig bei Ihrem Mann sein.«

»Ich glaube … Ich glaube, ich werde einfach eine Weile hier sitzen, wenn das in Ordnung ist.«

»Natürlich.« Er nickte.

»Kann ich … Kann ich ihn berühren?« Ich warf einen Blick zum Bett und auf die Schläuche und Kabel, die aus Adams Hand, Mund und Bauch kamen. Sie waren überall.

»Ja.« Seine Stimme war jetzt einfühlsamer. »Wenn Sie vorsichtig sind, kann nichts passieren. Aber bitte versuchen Sie, sich auszuruhen. Es ist verständlich, dass Sie hier sein wollen, aber Sie müssen auf sich aufpassen. Denken Sie an Ihr ungeborenes Kind.«

Und das gab mir den Rest.

»Ich werde morgen wieder mit Ihnen sprechen.« Zögernd blieb er an der Tür stehen. »Mrs Curtis, es tut mir leid, dass ich Sie darum bitten muss, aber könnten Sie bitte in der Aufnahme Angaben zu Ihrer Auslandskrankenversicherung machen. Dann kann sich morgen früh gleich jemand darum kümmern. Das klingt gefühllos, ich weiß, aber es ist notwendig.«

»Ja. Mache ich«, sagte ich. Ich hatte keine Versicherungspolice, aber ich erinnerte mich daran, dass Adam gesagt hatte, er würde die Versicherung über das Reisebüro abschließen.

Noch jemand, den ich anrufen musste.

Noch etwas, was ich tun musste, obwohl ich einfach nur weinen wollte.

Draußen stieß die Dunkelheit wie eine Faust das letzte Tageslicht fort. In Adams Zimmer war es dunkel, und nur das Licht vom Flur, das durch das Fenster fiel, erhellte es. Aber mir gefiel es so. Nachdem Dr. Acevedo gegangen war, hatte ich mich vorsichtig Adams Bett genähert und fast Angst gehabt vor dem Mann, mit dem ich seit fünf Jahren verheiratet war. Er war so verletzlich, wie ich ihn noch nie zuvor gesehen hatte. Ich hatte mich gesetzt und gespannt nach einem flackernden Augenlid oder der kleinsten Bewegung eines Fingers oder Zehs Ausschau gehalten. Mein Kopf dröhnte vor Schock und Traurigkeit und Angst.

»Wach auf. Adam, bitte wach auf«, flüsterte ich eindringlich. So, wie manchmal mitten in der Nacht, wenn ich dachte, etwas gehört zu haben. Adam war dann immer sofort wach und tappte in Boxershorts die Treppe hinunter. Doch nie war da jemand, und Adam hatte sich in unseren ersten gemeinsamen Jahren niemals darüber beschwert, aufgeweckt worden zu sein. In letzter Zeit hatte er auf dem Weg zurück ins Bett geschnaubt und geseufzt, und ich hatte gereizt gefragt, ob er lieber weiterschlafen und ermordet werden wolle. Er hatte sich dramatisch herumgerollt, die Bettdecke bis zum Kinn hochgezogen und behauptet, ich sei albern.

»Adam«, flüsterte ich erneut. Es wäre mir egal gewesen, ausgiebig von ihm beschimpft zu werden, wenn es mir nur gelungen wäre, ihn zu wecken. Mir waren die kleinen Dinge egal, denn das Wichtigste war, dass er aufwachte und wir nach Hause gehen konnten. »Wach auf«, flüsterte ich wieder und ignorierte den mitleidigen Gesichtsausdruck der Krankenschwester, die wie eine Statue in der Ecke des Zimmers blieb.

Doch das tat er nicht.

Ich redete unaufhörlich und erinnerte ihn daran, dass er ein Leben hatte, in das es sich lohne zurückzukommen. Als unsere gemeinsamen Erinnerungen erschöpft waren, als *ich* von unseren Erinnerungen erschöpft war, griff ich wahllos auf Länder zurück und sprach von seinen Plänen, sie zu besuchen. »Frankreich. Erinnerst du dich daran, dass dort deine Reise beginnen sollte, Adam? Du wolltest Froschschenkel und Croissants essen und NotreDame besichtigen.« Manchmal hatten wir darüber gesprochen, zu zweit Adams Traumreise anzutreten, bevor wir eine eigene Familie gründeten, aber ich hatte nicht von zu Hause weggewollt. Von meiner Familie und von meinen Freunden. Es war nicht nur der Gedanke gewesen, dass Mum allein lebte, ohne Dad, und sich um Nan kümmern musste, ich hatte zudem die Aussicht, monatelang aus einem Rucksack leben zu müssen, eher abschreckend als spannend gefunden. Ich fragte mich, ob Adam es je bereut hatte, diese Reise nicht angetreten zu haben. Ob er je bereut hatte, mich kennengelernt zu haben. »Wir könnten jetzt verreisen«, bot ich an. »Du, ich und das Baby. Das Abenteuer unseres Lebens. Darauf hatte Nell im Flugzeug bei unserer ersten Reise hierher angestoßen. Habe ich dir das eigentlich je erzählt? Das ist es, oder? Das Abenteuer unseres Lebens. Du und ich.« Wir waren zwar nicht gereist oder hatten etwas Bemerkenswertes getan, aber wir hatten ein gemeinsames Leben gelebt und ein neues geschaffen, das in mir wuchs.

Stunden später schwieg ich. Ich war hin und wieder eingedöst, jetzt aber wieder wach. Durch das gräuliche Licht konnte ich Adams Gesichtszüge kaum ausmachen. Ich hielt seine Hand und gab acht, wo ich ihn berührte. Dann schloss ich die Augen und strich mit meinem Daumen über seinen. Als der Tag anbrach, gab es nur ihn und mich. Ich hatte mich in der Nacht an die Geräusche auf dem Flur gewöhnt. Das Quietschen der Rollwagen, die über den Korridor geschoben wurden, das

Geplapper der Krankenschwestern, das gelegentliche schallende Gelächter – alles verbannte ich in den Hintergrund. Es war nur ein statisches Rauschen. Seltsamerweise fand ich es beruhigend.

»Okay, mein Herr. Ich hab's verstanden. Ich halte erst mal die Klappe und lasse dich schlafen. Du musst nach all den Heldentaten von gestern erschöpft sein. Ich kann gar nicht fassen, dass du mich zweimal vor dem Ertrinken gerettet hast. Aber bald wird es Zeit aufzustehen. Du kannst nicht den ganzen Tag faul im Bett rumliegen. In einigen von uns wächst neues Leben, erinnerst du dich? Und wenn du nicht aufwachst, sitzt du mit einem Kind da, das Charlotte oder Harry heißt. Und beide Namen gefielen dir nicht.«

Ich ging gedanklich fünf Jahre zurück. Damals hatten wir gedacht, es würde alles mühelos klappen, doch das Puzzleteil, das wir zur Gründung einer Familie noch brauchten, hatte uns fast auseinandergebracht. Ich versuchte, mich an unsere glückliche Zeit zu erinnern. Aber ich konnte es nicht. Es war unmöglich, sich auf etwas anderes zu konzentrieren als das Hier und Jetzt. Die Angst, dass ich Adam verlieren würde. Das quälende, nagende Gefühl in meinem Magen, dass ich es war, die das hier verursacht hatte. Göttliche Fügung. War es nicht das, was ich letzte Woche, letzten Monat, letztes Jahr geglaubt hatte zu wollen? Ohne ihn zu sein? Und jetzt, wo ich mit dieser Aussicht konfrontiert war, merkte ich, dass ich zu sehr klammerte.

Zu fest.

Am nächsten Tag war Adam immer noch sediert. Lag einfach so da, und obwohl ich wusste, dass es so sicherer war, damit der Druck in seinem Gehirn nicht zunahm, sehnte ich mich danach, dass die Ärzte ihn aufweckten. Die Krankenschwester drängte mich, zurück ins Hotel zu gehen, um zu duschen und mich auszuruhen, aber ich redete mir ein, dass wir sowieso nur noch eine Nacht hier verbringen würden. Dass Adam morgen aufwachen und wir beide das Krankenhaus verlassen würden. In der zweiten Nacht ließ ich mich neben seinem Bett nieder und versuchte, ein wenig zu schlafen.

Mein Herz klopfte. Zunächst war ich mir nicht sicher, was mich aus meinen unruhigen Träumen gerissen hatte. Es war nicht die Krankenschwester gewesen, die ihre regelmäßigen Kontrollen durchführte. Adams Maschinen leuchteten noch immer und waren nach wie vor auf lautlos gestellt. Kein Alarm war ausgelöst worden. Und dann spürte ich es. Ein Krampf in meinem Bauch. Kein plagender Einmal-im-Monat-Krampf oder wenn man zwei Tage nicht ordentlich gegessen hatte, sondern Stahlfäuste, die mein Inneres verdrehten. Ich brach in Schweiß aus. Der Krankenhauskittel, den ich immer noch trug, klebte an mir. Ich atmete stoßweise und hektisch. Krümmte mich im Sessel und wartete darauf, dass der Schmerz aufhörte. Als er es endlich tat, hob ich vorsichtig den Kopf. Wo war die Krankenschwester? Eigentlich sollte doch permanent jemand bei Adam im Zimmer sein. Ich wollte, dass sich mein schmerzgeschwächter Körper erhob, damit ich die Krankenschwester holen konnte, aber wieder schlug der Schmerz zu. Außer Atem verschränkte ich die Arme über dem Bauch und ließ mich nach vorne fallen, sodass mein Kopf fast in meinem Schoß lag. Die Krämpfe waren heftig, und ich stellte mir vor, dass Wehen sich so anfühlen mussten. Mein Körper mühte sich damit ab, etwas auszustoßen.

Nein.

Zwischen meinen Beinen wurde es feucht. Jetzt weinte ich. Der Schmerz war körperlich und seelisch unerträglich.

Nein.

Wellen der Übelkeit schlugen über mir zusammen. Ich übergab mich auf den Boden. Zitternd griff ich nach dem Notrufknopf und schlang fest die Arme um mich, als könnte ich mich dadurch zusammenhalten.

Als könnte ich mein Baby in mir behalten.

»Bitte«, keuchte ich, als die Krankenschwester ins Zimmer geeilt kam und das Licht anschaltete. »Bitte. Irgendetwas stimmt nicht mit mir.«

Ich stand auf, um auf sie zuzugehen, aber unter meinen Füßen schwankte der Boden. Das Letzte, an das ich mich erinnern konnte, bevor mich die Dunkelheit verschlang, war mein Versuch, mit Gott zu verhandeln, dass er mein Baby beschützte. Mein Leben gegen das meines Kindes eintauschte. Adams Leben eintauschte.

Doch sobald mir dieser Gedanke kam, hasste ich mich dafür und versuchte, ihn zurückzunehmen. Ich wollte sie beide. Brauchte sie beide.

Adam, stirb nicht.

Er war das Letzte, was ich sah, bevor mir schwarz vor Augen wurde.

Mein letzter bewusster Gedanke.

Kapitel 29

Anna

Vorhänge raschelten um das Bett neben meinem. Es war Besuchszeit auf der Station, und als glaubte sie, der hauchdünne blassgrüne Stoff könnte ihre Stimmen verschlucken, schwatzte die Familie laut in einer Sprache, die ich nicht verstand. Auch wenn sie Englisch gesprochen hätten, wäre ich wahrscheinlich nicht in der Lage gewesen, ihre Worte zu verstehen. Mein Verstand war nur mit einer einzigen Sache beschäftigt.

Ich hatte unser Baby verloren.

Ich hatte geweint, gebettelt und dem Arzt Geld geboten, damit er das Leben rettete, das immer schwächer wurde, aber es war zu spät gewesen. Nach der Untersuchung hatte man mich vor die Wahl gestellt. Ich konnte abwarten, ob all das Schwangerschaftsgewebe – zu hören, wie mein Baby bezeichnet wurde, bewirkte einen neuen Weinkrampf – natürlich abgestoßen wurde, was Wochen dauern konnte, oder ein Medikament nehmen, das den Vorgang auf ein paar Stunden beschränkte. Widerwillig entschied ich mich für Letzteres. Je früher der *Vorgang*, wie es der Arzt nannte, vorbei war, desto schneller konnte ich wieder zu Kräften kommen, denn ich musste für

Adam stark sein. Aber ich hatte die Tablette nicht herunterbekommen. Ich hatte geschluchzt, gewürgt und immer wieder den Kopf geschüttelt, und schließlich hatte sich die Tablette unter meiner Zunge aufgelöst, und heute … heute fühlte ich mich alles andere als stark.

Ich wartete darauf, dass mir die Krankenschwester etwas zum Mittagessen brachte. Wenn ich aß, so hatte sie mir versprochen, würde mich der Arzt entlassen, und ich könnte direkt zu Adam gehen. Zweimal hatte sie für mich nach ihm gesehen und mir ausgerichtet, dass seine Sedierung abgesetzt worden war. Er atmete eigenständig, was ich für ein gutes Zeichen hielt, aber weshalb wachte er nicht auf?

Ich rollte mich auf die Seite, kehrte der Uhr den Rücken zu, die mich mit ihren ach so langsamen Zeigern verspottete. Auf der anderen Seite des Fensters erstreckte sich ein wolkenloser blauer Himmel. Urlauber würden dankbar sein für *einen weiteren Strandtag*. Es war kaum zu glauben, dass Adam und ich vor nur achtundvierzig Stunden genauso gedacht hatten.

Eine Brise streichelte mein Gesicht, aber nichts konnte meine Augen kühlen, die vom Weinen heiß und verquollen waren. Irgendwie schlief ich ein.

»Anna.«

Als ich meinen Namen hörte, setzte ich mich mit klopfendem Herzen auf. Sofort dachte ich an das Schlimmste. »Ist Adam …«

»Keine Veränderung. Ich habe Ihnen Mittagessen gebracht.«

Ich setzte mich, abgestützt durch Kissen im Rücken, auf, als die Krankenschwester ein Tablett auf Rädern über mein Bett schwenkte. Der Teller, der vor mich gestellt wurde, war voller Mozzarella, Blattsalat und dicker Scheiben saftiger Tomaten, die mit Basilikum bestreut waren.

»Danke. Und wenn ich gegessen habe, kann ich gehen?«

»Ja, ich hole Ihnen ein paar Schmerzmittel, die Sie mitnehmen können, und noch einige Monatsbinden.«

»Ich habe keine Kleidung«, würgte ich hervor.

»Ich bringe Ihnen welche.« Sie tätschelte meine Hand, bevor sie ging.

Mir war schlecht von den Medikamenten, von der Erschöpfung, von allem, was passiert war, aber ich schnitt ein kleines Stück Mozzarella ab und kaute es unaufhörlich, bis praktisch nichts mehr übrig war, das ich herunterschlucken konnte. So machte ich weiter, bis der Teller leer war. Dann schwang ich die Beine aus dem Bett und wankte ins Badezimmer. Mit den Fingerspitzen berührte ich die Wand, um das Gleichgewicht zu halten. Im Bad fiel ich auf die Knie und erbrach alles, was ich gegessen hatte, bis nur noch Gallenflüssigkeit in der Kehle brannte. Danach ging ich zurück ins Bett und gab vor, es ginge mir gut. Schon bald ließen sie mich gehen.

Doch statt direkt zur Intensivstation zu eilen, stand ich draußen auf dem Flur und holte tief Luft, um meine wackeligen Beine unter Kontrolle zu bekommen.

Bitte.

Tief Luft holen und langsam wieder ausatmen.

Bitte, lass ihn aufgewacht sein.

Ich legte die Hand auf die Türklinke und zwang meinen Mund zu etwas, das einem Lächeln ähnelte, damit er nicht sah, wie besorgt ich gewesen war.

»Das Beatmungsgerät ist weg.« Adam atmete allein. Ich grinste die Krankenschwester an, aber ihr finsterer Gesichtsausdruck vertrieb das Lächeln von meinem Gesicht.

»Mrs Curtis …«

»Nennen Sie mich bitte Anna. Ist er …«

Immer noch Adam?

»Ich hole Dr. Acevedo. Er möchte mit Ihnen sprechen.«

Sobald sie gegangen war, sank ich auf ihren immer noch warmen Stuhl.

»Adam …« Ich geriet ins Stocken. Wusste nicht, was ich sagen sollte. Konnte er mich hören? Ich wollte ihm nicht erzählen, dass ich das Baby verloren hatte, nicht so, aber …

Ich überlegte immer noch, als die Tür geöffnet wurde.

»Dr. Acevedo.« Ich stand auf, und mir wurde flau im Magen.

»Bitte setzen Sie sich.« Er gestikulierte in Richtung des Stuhles, und ich wusste, dass das, was er mir gleich sagen würde, nicht die guten Neuigkeiten sein würden, nach denen ich mich sehnte.

Der Kloß in meinem Hals wurde größer.

»Wir haben die Sedierung abgesetzt, und wie Sie sehen können, ist Adam nicht aufgewacht. Das bedeutet nicht, dass er das nicht noch tun wird, aber zurzeit liegt er im Koma.«

»Aber er atmet doch eigenständig. Das muss …«

»Tut mir leid, dass ich keine besseren Neuigkeiten habe.«

Wir schauten beide auf Adam. Für mich ergab das keinen Sinn. Mein Puls galoppierte. Ich fühlte mich, als würde ich gleich zusammenbrechen.

»Koma?« Ich hatte Schwierigkeiten, mich daran zu erinnern, was ich über diesen Zustand wusste. Es war ein Ausdruck, den ich schon hundertmal gehört hatte – im Fernsehen, in Kinofilmen –, aber im Augenblick wusste ich nicht mehr genau, was es war.

»Es ist von einem griechischen Wort abgeleitet und bedeutet Schlafzustand. Adams Hirnverletzung hat zu einer Beeinträchtigung seines bewussten Handelns geführt. Sein Gehirn ist aktiv, aber nur auf Basisniveau.«

»Genau. Also …« Mir kam keine einzige intelligente Frage in den Sinn. Koma war so ein harmloses Wort, doch die Folgen waren unvorstellbar. Noch nie hatte ich solche Angst gehabt.

Ich starrte Adam an.

»Aber er wird doch wieder aufwachen, oder?« Hinter meinen Augen und in meiner Kehle brannte es.

»Normalerweise dauern Komata zwischen zwei und vier Wochen. Je länger ein Patient im Koma liegt, desto geringer ist die Chance, daraus zu erwachen oder zu überleben.«

»Aber er wird doch innerhalb eines Monats aufwachen, oder?«

»Mrs Curtis.« Dr. Acevedo wich meinem Blick aus. »Ob sich jemand von einem Koma erholt, hängt weitgehend von Schweregrad und Ursache ab. Wenn man bedenkt, dass Adam einen Schlag auf den Kopf bekommen hat, einen Sauerstoffmangel hatte, als er unter Wasser war, nach Absetzen der Sedierung nicht aufgewacht ist, und die Ergebnisse der Tests … dann müssen Sie vorbereitet sein. *Falls* Adam aufwachen sollte, wird er körperliche, geistige oder psychologische Beeinträchtigungen haben.«

Der Gedanke war entsetzlich. »Also … auch wenn …« Ich ballte die Hände zu Fäusten. »Auch wenn Adam aufwacht, ist er vielleicht nicht mehr … derselbe?«

»Ähnliche Erfahrungen zeigen, dass …«

»Unabhängig von Ihren Erfahrungen denke ich nicht, dass Sie genug Zeit hatten, eine ordnungsgemäße Behandlung durchzuführen.« Meine Stimme klang hoch. Aufgebracht. »Sie *müssen* etwas tun können.«

»Ich wünschte, ich könnte es, aber in diesem Stadium gibt es nichts, was wir tun können, außer ihn beschwerdefrei zu halten und zu ernähren. *Falls* Adam aufwacht, würden wir natürlich weitere Tests durchführen.«

Ich hielt seinen Pessimismus nicht mehr aus. »Wenn wir zu Hause wären, in England, würde man dort etwas anderes machen?«

»Es gibt nichts, mit dem man einen Patienten aus dem Koma holen kann. Es ist ein Geduldsspiel.«

Jetzt hatte ich das Gefühl zu ertrinken. Ich wollte, dass Adam sich bewegte, aufsetzte und die Schläuche und Kabel von seinem Körper riss. Ich wollte, dass er bewies, dass dieser verdammte Arzt unrecht hatte.

Doch er tat es nicht.

»Kann Adam uns hören?«

»Das kann man unmöglich sagen. Manchmal wachen Patienten auf und erinnern sich an Gespräche, die an ihrem Bett geführt worden sind. Tut mir leid.« Er zuckte mit den Schultern.

»Und was passiert jetzt?«

»Jetzt? Ich würde vorschlagen, dass Sie sich ausruhen. Sie hatten selbst eine harte Nacht. Es sei denn, Sie haben noch Fragen.«

Ich wollte fragen, weshalb das gerade ihm passieren musste. Mir. Uns. Was geschehen würde, wenn Adam nicht nach Tagen, Wochen oder Monaten aufwachte.

Jahren.

Ich wollte alles wissen. Hätte am liebsten die medizinische Terminologie und die Wissenschaft zerlegt, um alles zu verstehen. Adam war keine Statistik, kein Zustand. Er war … er war Adam. Mein Adam. Aber ich war nicht bereit, all die Antworten zu hören, und konnte mir nicht vorstellen, all die Dinge auszusprechen, die ich sagen musste.

Dr. Acevedo blieb einen Augenblick am Fuß von Adams Bett stehen und nahm das Klemmbrett mit den Notizen, die ich nicht entziffern konnte. Doch selbst wenn ich Spanisch hätte lesen können, wäre mir dadurch nichts klarer geworden.

»Ich muss noch zu anderen Patienten, Anna«, sagte Dr. Acevedo, als ich schockiert schwieg. »Haben Sie noch einen Wunsch?«

Es gab so vieles, was ich mir wünschte. Ich wünschte mir, dass Adam aufwachte und wieder mein Mann war. Mich bei der Trauer um unser verlorenes Kind unterstützte. Ich wollte Dr. Acevedo fragen, ob er diese Dinge garantieren konnte, aber stattdessen gab ich die britische Standardantwort: »Nein. Alles okay, danke.«

Ich war eine Lügnerin.

Aber ich würde nicht weinen.

Ich schaute Dr. Acevedo nach, als er ging.

Ich würde nicht weinen.

Und dann folgte ich ihm aus der Tür. Ging zurück in unser Apartment, um das Reiseversicherungsunternehmen anzurufen und dafür zu sorgen, dass Adam zurück nach England geflogen wurde, wo sicher etwas für ihn getan werden konnte. Es war nicht hoffnungslos. Das war es nicht.

Ich würde nicht weinen.

Die nette Krankenschwester hatte mir das Geld für ein Taxi gegeben und eine Tasche voller Binden, und nachdem ich den Ersatzschlüssel von der Rezeption geholt hatte, war ich zurück in unserem Apartment. Alles war genau so, wie wir es verlassen hatten. Adams Kleidungsstücke ein Durcheinander in und um seinen offenen Koffer herum. Meine Sachen ordentlich ausgepackt. Im Schrank hing das türkisfarbene Kleid, das ich an unserem letzten Abend getragen hatte, als wir uns hier kennengelernt hatten. Ich hatte vorgehabt, es noch einmal anzuziehen und Adam in dasselbe Restaurant zu führen.

Es war eiskalt. Ich richtete die Fernbedienung auf die an der Wand brummende Klimaanlage und wickelte die weiße Baumwollbettdecke um meine Schultern.

Ich fror immer noch.

Noch nie hatte ich mich so verloren gefühlt. So allein.

Ich wusste nicht, wo ich anfangen sollte. Meine Tasche war mit der Jacht gesunken. Zum Glück lagen mein Bargeld und mein Reisepass im Safe auf dem Boden des Schrankes. Anders als mein Handy, das auf dem Boden des Meeres lag. Ich rief in der Rezeption an und bat darum, die Telefonnummer unseres Reiseveranstalters vor Ort zu googeln.

Der brauchte eine Ewigkeit, um zurückzurufen, aber als er es tat, gab ich ihm eine Kurzversion dessen, was passiert war, und erklärte ihm, weshalb er die Reiseversicherungspolice in die Ferienanlage mailen sollte.

»Es tut mir leid, Mrs Curtis. Buchungsinformationen kann ich nur dem Hauptreisenden preisgeben.«

»Das ist mein Mann, Adam.«

»Ja. Kann ich mit ihm sprechen?«

»Haben Sie nicht *zugehört*? Er liegt im *Koma.*«

»Das tut mir leid.«

»Können Sie mir Angaben zur Reisever…«

»Tut mir leid. Ich darf nur mit dem Hauptreisenden sprechen.«

Ich verlangte die Managerin, und nur die Wut hielt meine Tränen zurück. Als sie ans Telefon kam, erzählte ich ihr mit viel mehr Selbstbeherrschung, als ich fühlte, von Adams Zustand.

»Oh, das tut mir leid, Mrs Curtis. Welch ein Beginn Ihres Urlaubs. Werden …«

»Können Sie in unserer Reiseversicherung nachschauen …«

»Sprechen darf ich nur mit …«

»Dem Hauptreisenden. Ja, das weiß ich. Aber der liegt im *Koma.*«

»Ja. Natürlich. Tut mir leid. Einen Augenblick bitte.« Sie tippte auf der Tastatur herum. »Stimmt. Mr Curtis hat die Reise gebucht und vollständig bezahlt und gesagt, er werde noch einmal anrufen, um eventuell die Reiseversicherung zu bestätigen – wir empfehlen, nicht das Land ohne eine zu verlassen –, aber …«

»Aber?«, fragte ich mit einem flauen Gefühl im Magen.

»Er hat nie zurückgerufen. Tut mir leid, Mrs Curtis. Es sieht so aus, als hätten Sie keinen Versicherungsschutz.«

Das Bett neigte sich. Ich schloss die Augen, bis das Schwindelgefühl vorbei war. »Aber … er liegt im Krankenhaus. Ich kann es mir nicht leisten …«

»Tut mir leid. Da kann ich nichts machen.«

»Aber das muss doch schon einmal vorgekommen sein. Werden die Ärzte sich jetzt weigern, Adam zu behandeln? Ihn aus dem Krankenhaus werfen?« Ich stand kurz vor einem hysterischen Anfall.

»Ohne Versicherung hat Mr Curtis weiterhin einen Anspruch auf medizinische Grundversorgung, aber zusätzliche Behandlungen oder Tests und natürlich der Rücktransport ins Heimatland sind nicht gedeckt …«

Ihre Worte trafen mich mit voller Wucht.

Der Rücktransport ins Heimatland ist nicht gedeckt.

Ich konnte Adam nicht nach Hause fliegen lassen.

Ich hatte eine Gänsehaut und saß noch immer auf dem Bett. Umklammerte weiterhin den Hörer. In ihm surrte jetzt der Ton, der besagte, dass der andere Gesprächsteilnehmer aufgelegt hatte, und ich stellte den Hörer zurück in seine Ladeschale.

Was sollte ich jetzt tun?

Nach dem Gespräch mit Dr. Acevedo und dem düsteren Bild, das er gemalt hatte, wünschte ich mir sehnlichst, in einem Krankenhaus in England zu sein, aber wie bekam ich Adam ohne Versicherung zurück in die Fürsorge des staatlichen Gesundheitsdienstes? Es musste Tausende, wenn nicht sogar Hunderttausende kosten, einen Komapatienten mit all den medizinischen Geräten und mindestens einer Krankenschwester nach Hause zu fliegen.

Was sollte ich jetzt tun?

Alles war falsch, und ich konnte es nicht in Ordnung bringen. Ich wünschte mir, mein Dad wäre noch am Leben. Er hätte uns irgendwie nach Hause bekommen. Bestimmt konnte die Regierung helfen. Andere Leute mussten doch vor uns in einer ähnlichen Lage gewesen sein. Aber wie lange würde das dauern?

Zu lange.

Flüchtig dachte ich an Ross. Als Schulleiter verdiente er gut und hatte keine Familie, die er unterstützen musste. Er hatte wahrscheinlich das Geld, aber würde er auch helfen?

Konnte ich ihn fragen?

Erschöpft stolperte ich unter die Dusche. Wollte mich aufwärmen. Mich sauber fühlen. Den Krankenhausgeruch abschrubben und frische Kleidung anziehen. Meine Kleidung.

Während ich meine Haare einschäumte, dachte ich wieder an Ross. Wäre es ihm gegenüber gerecht, mich an ihn zu wenden, obwohl ich wusste, welche Gefühle er für mich hatte? Wäre es Adam gegenüber gerecht, Hilfe von einem Mann anzunehmen, den ich geküsst hatte?

Gedanklich ging ich die Möglichkeiten durch, bis das Wasser kalt wurde. Ich trat aus der Dusche und hüllte mich in ein flauschiges weißes Handtuch.

Wieder auf dem Bettrand sitzend, griff ich erneut zum Telefon, um ein Gespräch zu führen.

Sobald ich eine Verbindung hatte, stammelte ich: »Ich bin's. Ich brauche dich.«

Kapitel 30

Anna

Nach dem Telefonat war ich mit neuer Energie zurück zum Krankenhaus geeilt. Ich war nicht allein. Hilfe nahte. Ich hatte Adam aus »Von Mäusen und Menschen« vorgelesen, das ich zurzeit mit meiner Klasse durchnahm, aber den traurigen Teil mit dem Hund ausgelassen. Adam hätte ihn gehasst. Jetzt war es spät. Draußen auf dem Flur waren die Lichter gedimmt, und schließlich nickte ich ein.

Der Sand war warm unter meinen Füßen.

Adam hielt sich die Hand über die Augen, als er hinauf in den Himmel schaute. Ich folgte seinem Finger, um zu sehen, worauf er zeigte. Ein Papagei, der mit seinen roten und grünen Flügeln schlug, schwang sich hinauf in die Lüfte. »Wenn du jemanden liebst, gib ihn frei«, sagte Adam.

Ich wachte schweißgebadet auf und versuchte, den Traum aus meinem Kopf zu bekommen.

Ich werde dich nicht aufgeben, Adam. Niemals.

Würde er hingegen vielleicht mich aufgeben, wenn er wieder zu Bewusstsein kam? Wie würde er sich fühlen, wenn er erfuhr, dass ich unser Baby verloren hatte? Sein Baby. Würde er mir die Schuld geben, wie ich mir die Schuld gab? Würde ihm nach seiner Nahtoderfahrung bewusst werden, dass das Leben zu kurz war, um weitere fünf Jahre zu versuchen, ein Kind zu bekommen? Würde er mich für eine Frau verlassen, die mühelos schwanger werden konnte? Ich hatte gedacht, aus uns zwei würden drei werden. Der Gedanke, ich würde vielleicht immer allein bleiben, war herzzerreißend. Behutsam legte ich mir die Hände auf den Bauch. Ich würde nie Gelegenheit haben, das Leben kennenzulernen, das in mir gewachsen war, aber das hielt mich nicht davon ab, es zu vermissen. Mit jedem Atemzug hob und senkte sich mein Bauch, und ich stellte mir vor, es wäre mein Baby, dass sich unter meinen Händen bewegte.

Irgendwann musste ich wieder eingeschlafen sein, denn das Nächste, was ich wahrnahm, war ein Räuspern. »Dr. Acevedo. Ist alles …«

»Alles in Ordnung.« Er hatte die Angst in meiner Stimme gehört. »Waren Sie die ganze Nacht hier? Sie sollten nach Hause gehen. Sich ausruhen.«

Aber zu Hause war fast dreitausend Meilen weit weg, und nach Ruhe stand mir überhaupt nicht der Sinn. Ich rieb mir den Nacken, drückte die Fingerspitzen in die verspannten Muskeln. Der Arzt führte seine Kontrollen durch und sagte mir, dass sich nichts verändert habe. An seinem Tonfall erkannte ich, dass er das für schlecht hielt, aber ich war dankbar, dass sich nichts verschlimmert hatte.

Minuten nachdem er das Zimmer verlassen hatte, wurde die Tür wieder aufgerissen.

»Mrs Curtis?« Der Mann, der in der Tür stand, hatte blasse Haut und grüne Augen, die mich hinter einem runden Brillengestell intensiv musterten. Außerdem hatte er einen beruhigenden britischen Akzent. Sein Bart war grau gefleckt, und ich nahm an, er war in den Vierzigern. Ich erinnerte mich nicht daran, ihm schon einmal begegnet zu sein, aber so viele Leute waren bereits in Adams Zimmer gewesen, dass ich den Überblick verloren hatte.

»Ja.« Ein Schauder durchlief mich. Das Wissen, dass mein Leben im Begriff war, sich noch einmal zu ändern.

»Ich bin Dr. Chapman. Oliver. Können wir reden?«

»Ja.«

Er warf einen Blick auf die Krankenschwester. »Sollen wir irgendwohin gehen? In die Cafeteria?«

»Ich möchte Adam nicht allein lassen.«

»Ich denke, es wäre am besten, wenn wir uns irgendwo unter vier Augen unterhalten könnten.«

Er hatte irgendetwas an sich, was mein Vertrauen erweckte. Vielleicht erinnerte er mich an England. Ich gab Adam einen Kuss und sagte ihm, dass ich gleich zurück sei. Dann folgte ich Oliver aus dem Zimmer, bevor ich abrupt kehrtmachte und an Adams Seite zurückeilte. Ich fischte Großvaters Münze aus meiner Geldbörse und legte sie auf Adams Nachttisch. Wenn er aufwachte, würde er wissen, dass ich an ihn gedacht hatte.

Schweigend gingen wir nebeneinander her. Der Geruch von gebratenem Speck wehte uns auf dem Flur entgegen, und ich spürte ein heißes, heftiges Verlangen nach meiner Heimat. Nach Brunch am Sonntag in unserem örtlichen Café und danach, Bohnen mit einer dicken Scheibe Weißbrot vom Teller zu wischen. Nach dampfendem Cappuccino im Pappbecher und dicken Scheiben Karottenkuchen mit Frischkäseglasur, die zum Mitnehmen nach Hause vorsichtig in eine Schachtel gepackt wurden. Mich überkam ein Gefühl der Benommenheit, und ich stützte mich an der Wand ab, woraufhin mich Oliver besorgt anschaute.

»Lassen Sie uns hinsetzen.« Er führte mich zu einem Tisch. Als er mir die Speisekarte reichte, schüttelte ich den Kopf. Ich brachte keine Energie auf, sie zu lesen. »Sie müssen essen.«

»Mir ist alles recht.« Essen hatte seinen Geschmack verloren. Anstatt mich weiter mit Fragen zu löchern, nickte er und schlenderte hinüber zum Tresen, um Minuten später mit Rühreiern auf Toast und einer Tasse Tee zurückzukommen.

Er wartete, bis ich mit dem Essen fertig war, Messer und Gabel beiseitegelegt und den Teller weggeschoben hatte.

»Mrs Curtis.« Er setzte seine Brille ab und rieb sich über den Nasenrücken.

»Nennen Sie mich Anna.«

»Anna.« Wieder folgten ein paar Sekunden Stille. »Es tut mir so leid, was mit Ihrem Mann …«

»Adam.« Ich wollte ihn zu einem realen Menschen machen, keine Nummer oder ein Nachname. Eine Person.

»Ich habe mitbekommen, dass Dr. Acevedo mit Ihnen über Adams Prognose gesprochen hat …«

»Ich verstehe … nicht.« Ich versuchte, stark zu sein, aber trotzdem sammelten sich Tränen in meinen Augen. »Es muss doch eine Möglichkeit geben, Adam aufzuwecken.« Ich schnappte mir eine Serviette vom Tisch und wischte mir damit über die Wangen.

»Es tut mir furchtbar leid, aber die gibt es nicht. Ich bin vom Chapman Institut für Hirnforschung.« Er setzte seine Brille wieder auf und schob die Bügel hinter die Ohren. »Wir sind ein Forschungszentrum im Norden der Insel. Ein Zusammenschluss von Wissenschaftlern, Ingenieuren, Mathematikern und Physikern. Wir erforschen die anspruchsvollsten wissenschaftlichen Fragen.«

»Aha.« Ich drehte eine Serviette zwischen den Fingern und war mir nicht sicher, weshalb das für mich relevant sein sollte.

»Wir konzentrieren uns darauf, die Geheimnisse des Gehirns zu enträtseln.« Er beugte sich mit leuchtenden Augen vor. »Ich bin zuversichtlich, dass wir im Laufe der Zeit die Behandlungsmethoden für neurodegenerative Krankheiten wie Alzheimer und Hirnerkrankungen wie Autismus und Schizophrenie verbessern können.«

»Wie?«

»Es gibt verschiedene Möglichkeiten. Wir verfügen über Spitzentechnologie und haben das beste Equipment vor Ort.

Wir wissen, dass das menschliche Gehirn über mindestens einhundertdreiunddreißig verschiedene Zellarten verfügt und jede Zelle eine eigene Funktion hat. Sie arbeiten zusammen, um Sinneseindrücke, Motorik und letztendlich das Bewusstsein zu steuern. Indem wir Themen wie …«

»Warten Sie.« Mein Tonfall war scharf. »Bitte sagen Sie mir jetzt nicht, dass ich Ihnen Adam als Studienobjekt überlassen soll. Sein Gehirn, um damit zu *experimentieren*!« Ich sprang auf, und mein Stuhl fiel polternd zu Boden. »Sie wollen ihn aufschneiden.« Ich war wütend.

»Nein!« Er stand auf und wedelte mit den Händen herum. »Um Gottes willen, nein. Tut mir leid. Ich kann mich schlecht ausdrücken. Das ist oft so bei Wissenschaftlern. Bitte setzen Sie sich.«

»Ich glaube nicht …«

»Bitte geben Sie mir noch fünf Minuten.«

Ich schaute demonstrativ auf meine Uhr, bevor ich mich wieder setzte und die Arme vor der Brust verschränkte.

»Im Institut sind wir explorativ. Aufgeschlossen. Die Wissenschaft erklärt noch nicht alles. Sie kann es schlichtweg nicht. Erst kürzlich haben wir zwei neue Arten von Neuronen im menschlichen Gehirn entdeckt, die … Tut mir leid, ich verliere den Faden. Es gibt vieles, was wir verstehen, und vieles, was wir nicht verstehen. Das Bewusstsein ist etwas, was wir nicht ganz verstehen und vielleicht nie ganz verstehen werden. Adam liegt im Koma, aber bedeutet das, dass sein Verstand ein weißer Fleck ist? Kann er im Moment seine Erinnerungen einschätzen? Was fühlt er? Ist da nichts, oder ist da etwas?«

»Ich weiß nicht … Ich …« Warum erzählte er mir so etwas? »Wollen Sie mir damit sagen, dass Adam immer noch in der Lage ist zu denken?«

»Vor ein paar Jahren entwickelte ein japanischer Neurowissenschaftler namens Yukiyasu Kamitani künstliche Intelligenz, um Bilder im Verstand eines Menschen zu rekonstruieren. Es gab eine Studie mit Patienten, die am Locked-in-Syndrom litten. Durch Algorithmen war ein Computerlabor in der Lage zu interpretieren, was der Verstand als Standbilder *sah*. Wir haben das Ganze noch einen Schritt vorangetrieben, und ich glaube, wir haben Technologien entwickelt, die bewegte Bilder schaffen werden, sodass wir einen Gedankenstrom betrachten können wie … wie in einem Film. So kann man es am besten beschreiben. Es könnte ein Weg sein – zumindest besteht die Möglichkeit –, um herauszufinden, was Locked-in-Patienten, solche, die Demenz haben oder im Koma liegen, im Geiste sehen. Ob von ihnen noch etwas übrig ist.« Wieder setzte er seine Brille ab.

»Das hört sich alles zu weit hergeholt an. Zu sehr nach Frankenstein.« Ich schaute mich in der Kantine um, erwartete, dass jemand mit einer versteckten Kamera hervorsprang. Das hier musste ein riesengroßer Scherz sein.

»Die meisten Leute wären geschockt, wenn sie wüssten, welche Fortschritte die Wissenschaft gemacht hat. Klonen. Gesichtstransplantationen. Dinge, die früher Thema in schlechten Science-Fiction-Filmen waren, sind jetzt machbar. Und ich glaube, wir haben …«

»Sie sagen immerzu *glaube*.«

»Es ist immer noch unerprobt.«

Wütend sprang ich auf, stemmte die Hände auf den Tisch und beugte mich zu Oliver vor.

»Sie wollen es an Adam testen? Ich kann nicht glauben …«

»Ich verspreche Ihnen, dass ich nichts ohne Ihre Erlaubnis machen würde. Nichts weiter. Nur diese eine klinische Studie. Ich kann Ihnen garantieren, dass es ihm nicht wehtun wird, und Sie werden natürlich über alle Ergebnisse informiert.«

»Auf gar keinen Fall.«

»Es ist bahnbrechend. Sie könnten …«

»Bitte sagen Sie mir nicht, was ich tun könnte. Oder tun sollte. Adam ist mein *Mann* und kein Meerschweinchen.«

»Das weiß ich doch. Hören Sie, Anna. Ich kann mir nicht vorstellen, was Sie gerade durchmachen, aber …« Er fummelte in seiner Hosentasche herum und zog eine Visitenkarte heraus. »Bitte denken Sie einfach darüber nach.« Er drückte sie mir in die Hand. »Wir haben hochmoderne medizinische Geräte. Adam würde optimal versorgt werden, besser als hier, und für Sie hätten wir auch eine Unterkunft. Sie wären Tag und Nacht nur Minuten von seinem Bett entfernt.«

»Das ist mir egal.« Ich wollte mich gerade abwenden, aber was er dann sagte, ließ mich innehalten.

»Ich würde danach die Kosten für seinen sofortigen Heimflug übernehmen.« Er bemerkte mein Zögern. »Anna. Wenn es noch etwas in Adams Bewusstsein gibt, möchten Sie dann nicht wissen, was es ist?«

Ich. Ich musste in seinen Gedanken sein. An mich musste er sich erinnern. Ich glaubte nicht, dass ich etwas anderes ertragen würde.

»Tut mir leid. Ich kann Ihnen nicht helfen.«

Ohne mich umzuschauen, ging ich davon.

Zurück an Adams Bett kochte ich vor Wut. Vor Empörung. Wieder ging die Tür auf. »Hören Sie, ich habe Ihnen doch bereits gesagt …«, fing ich an, aber es war nicht Dr. Chapman. »Du bist gekommen!«

Auch nach unserem Telefonat war ich mir nicht sicher gewesen. Ich war so erleichtert.

»Hast du je bezweifelt, dass ich kommen würde?« Mit offenen Armen fielen wir uns um den Hals, waren ein Wirrwarr aus Gliedmaßen und drückten uns fest.

»Adam ist … Er ist …«

»Schh.« Sanfte Finger strichen über mein Haar. »Jetzt bin ich hier. Alles wird gut.«

Und von Nells Armen, von ihrer Stärke umschlungen, fühlte ich das erste Mal, dass sie recht haben könnte.

Kapitel 31

Oliver

Gut gemacht, Chapman, dachte Oliver. *Da hast du ja schönen Mist gebaut.* Er war noch nie sehr gut darin gewesen, sich auszudrücken, über seine Gefühle zu reden. Clem, seine Frau, hatte ihn immer ausgelacht.

»Du bist so unbeholfen!«

»Absolut.« Er hatte gegrinst.

»Völlige soziale Inkompetenz.«

»Stimmt. Aber du liebst mich trotzdem.«

»Da hast du recht.« Sie hatte einen Finger auf ihre Lippen gedrückt und ihn geküsst, bevor sie mit der Fingerspitze über Olivers Mund gestrichen hatte. Er hatte einmal genickt. Eine stille Zustimmung, dass er wusste, wie sehr sie ihn liebte. Dass er sie ebenfalls liebte. Es war bei zahlreichen Veranstaltungen, die sie besuchen mussten, ihr Zeichen geworden. Veranstaltungen, bei denen Oliver überfordert gewesen war und unfähig, mit dem Small Talk mitzuhalten. Mit der Politik. Die Fliege um seinen Hals fühlte sich an wie ein Käsedraht. Sein Blick suchte quer durch den Veranstaltungssaal nach ihrem, denn sie stand immer bei den anderen Frauen. Sie drückte dann den Finger auf ihren Mund, und Oliver nickte.

Ihre Liebe war damals bunt und lebendig gewesen.

Oliver parkte seinen Corsa auf dem üblichen Platz hinter dem Institut, neben den Mülleimern. Meilenweit von der alten Heimkommensroutine entfernt, bei der er mit seinem Jaguar knirschend die Auffahrt entlanggefahren war. Clem hatte mit einem Glas Whisky und ihrem wunderbaren, strahlenden Lächeln im Schatten der Haustür gestanden und ihn empfangen. Honigfarbenes Licht hatte sich um ihre Schultern ergossen.

Jetzt begrüßte ihn Sofia, seine Assistentin.

»Wie ist es … Oh, Oliver.«

Er brachte kein Lächeln zustande.

»Du darfst den Mut nicht verlieren.« Sie kannte ihn so gut. »Es wird andere Patienten geben …«

»Ich weiß«, seufzte Oliver. Er erklärte ihr nicht, dass er einerseits enttäuscht war, weil er nach Jahren harter Arbeit endlich so weit war, mit den klinischen Studien zu beginnen, und er gedacht hatte, eine Versuchsperson gefunden zu haben – und dass ihn andererseits die Ähnlichkeiten zwischen Anna und Clem verwirrt hatten.

»Ich ziehe mich um.«

Seine Unterkunft war beengt. Muffig. Die Klimaanlage in diesem Teil des Gebäudes kaputt. Irgendwann würde er es schaffen, sie reparieren zu lassen, aber jetzt machte ihm die Unannehmlichkeit nichts aus. Sie war ihm fast recht. Er ging davon aus, dass er sie verdiente. Außerdem war er aus dem Nichts gekommen.

Er könnte außerhalb des Instituts wohnen, irgendwo, wo es wesentlich geräumiger war, aber er zog es vor, jeden Penny in das Institut zu stecken. Außerdem erinnerte ihn das winzige Wohnzimmer, das auch als Esszimmer diente, oft daran, wo er aufgewachsen war. An den Ort, an dem er wahrscheinlich sein gesamtes Erwachsenenleben verbracht hätte, wäre da nicht seine kurze wunderbare Beziehung mit Clem gewesen.

Oliver band seine Krawatte ab. Er trug selten eine, aber er hatte einen guten Eindruck machen wollen.

Es war ruhig in dieser Wohnung, die er nicht wirklich ein Zuhause nennen konnte, und das nicht nur wegen der schlichten Einrichtung. Er vermisste Clem, die auf ihrem Klavier klimperte und die knisternde und knackende Billie-Holiday-Songs von ihrem Plattenspieler mitsummte. Er konnte sich in der Stille nicht entspannen – sie erinnerte ihn eindrücklich daran, dass er allein lebte –, doch er fühlte sich in Gesellschaft anderer auch nicht recht wohl.

Im Badezimmer spritzte er sich kaltes Wasser ins Gesicht und schloss die Augen, als er sich an Annas Wut erinnerte. Das erste Zusammentreffen war immer schwierig, aber er hätte es trotzdem besser hinbekommen können. Die erste Begegnung mit Clem war genauso katastrophal gewesen. Der Freund ihres Vaters hatte eine Wohltätigkeitsveranstaltung organisiert. Seine Frau hatte einen Schlaganfall erlitten, und er wollte sowohl Geld sammeln als auch die Öffentlichkeit für die Hirnforschung sensibilisieren. Olivers Chef, Mateo, hatte eine Rede halten sollen, aber sich in letzter Minute eine Halsentzündung zugezogen und Oliver gebeten einzuspringen. Oliver stand unter den grellen weißen Lichtern auf der Bühne. Am schweißnassen Rücken klebte das Hemd, und seine Stimme war ein einziges Gestammel. Er befand sich völlig außerhalb seiner Komfortzone, und zwar bereits, bevor er die Frau in der ersten Reihe entdeckte, die in einem seegrünen Kleid strahlte und deren dicke Haare sich über ihre Schultern ergossen.

»Und Meerjungfrau«, rutschte es ihm heraus, bevor er sich selbst korrigierte: »Und mehr noch fragt man sich …«, und der Rest der Rede sprudelte wie Kauderwelsch aus ihm heraus. Danach sprach die Frau ihn an.

»Das war eine tolle Rede.«

Er wartete auf eine Pointe, aber die kam nicht.

»Es muss so bereichernd sein zu wissen, dass man etwas bewirkt. Die Welt braucht mehr Leute wie Sie.« In ihren Augen erschien ein wehmütiger Ausdruck. »Glauben Sie, Sie werden je ein Heilmittel für Parkinson finden? Mein Großvater litt darunter. So eine grausame Krankheit.«

»Ja.« Oliver hätte am liebsten ihre Hand genommen und ihr erzählt, dass sein Onkel auch Parkinson hatte und er sie verstand, aber er mochte keinen Körperkontakt, und deshalb versuchte er, sie stattdessen mit Worten zu beruhigen und ihr zu erklären, dass in ihrer Lebenszeit sicher ein Heilmittel gefunden werden würde. Er wollte ihr über die erstaunlichen Fortschritte berichten, die beim Erforschen der Krankheitsursache gemacht worden waren. »Kann ich Ihnen etwas zu trinken holen …« Er verstummte allmählich, als sie ein Glas Sekt vom Tablett eines vorbeigehenden Kellners nahm. »Tut mir leid, ich bin ein Idiot.«

»Das finde ich nicht.« Ihr Blick aus blauen Augen fing seinen ein. »Erzählen Sie mir, weshalb Sie glauben, dass ein Heilmittel gefunden werden wird.«

Er begann zu erzählen. Fachausdrücke entschlüpften ihm, aber sie nickte und bat ihn, Dinge, die sie nicht verstand, zu erklären, und er verliebte sich augenblicklich in sie. Er war erstaunt, dass sie das Gleiche fühlte.

Clem war Erbin. Es gab viel Gerede, als ihre aufkeimende Beziehung bekannt wurde. Oliver wurde als jemand gebrandmarkt, der nur aufs Geld aus war. Er wusste, was ihre Freunde und Familie über ihn dachten. Wie ihr Flüstern verklang, wenn er sich ihnen näherte – *Oliver, alter Junge, super, dich zu sehen* –, und ihre dröhnenden, heiteren Stimmen nicht vom Misstrauen in ihren Augen ablenkten.

Oliver fragte sich, was sie wohl denken würden, wenn sie sähen, wie er jetzt lebte. Vermutlich würden sie sich über seinen leeren Kühlschrank und seine zerknitterte Kleidung freuen.

Aber besorgt war nicht nur Clems Seite gewesen.

»Du bist jetzt vielleicht glücklich, aber eine langfristige Zukunft gibt es für euch beide nicht«, hatten seine freimütigeren Freunde zu ihm gesagt. »Du bist etwas Neues, ihre wilde Seite. Du wirst nie richtig in ihre Welt passen. Sie wird deiner überdrüssig werden, und was dann?«

Aber zwischen Oliver und Clem hatte es keine Kluft gegeben, immer nur ein Wir, das jedes Mal stärker wurde, wenn jemand versuchte, sie auseinanderzubringen.

Anna hatte etwas an sich, was ihn an Clem erinnerte. Das trotzige Recken des Kinnes. Ihre Loyalität Adam gegenüber. Ihr Verlangen, ihn zu beschützen. Er glaubte, Anna würde Adam nicht so einfach gehen lassen, wie Clem ihm durch die Finger geglitten war. Von einer Sekunde auf die andere einfach weg.

Er wusste, dass er es nicht tun sollte, er wusste, er sollte zurück zur Arbeit gehen, aber er konnte nicht anders, öffnete das Sideboard und zog ihr Hochzeitsalbum heraus. Berührte ihre Fotos, wie er einst ihr Gesicht berührt hatte. Manchmal konnte er sie noch riechen, die berauschende Mischung aus Jasmin und Limette. Dann war es, als wäre sie nur kurz weggegangen. Er war endlos auf ihre Rückkehr wartend zurückgelassen worden.

Oliver zog den weißen Laborkittel an, der genauso ein Teil von ihm geworden war wie seine Haut, doch anstatt zurück ins Forschungslabor zu eilen, nahm er ein Glas aus dem Schrank.

Anna.

Clem.

Er goss sich etwas zu trinken ein. Keinen Whisky, sondern Orangensaft. Alkohol rührte er nie an.

Nicht mehr.

Kapitel 32

Anna

Nell war überhaupt nicht so unbeholfen, wie ich es gewesen war, als ich Adam das erste Mal komatös in seinem Krankenbett hatte liegen sehen. Die ganzen Geräte schüchterten sie nicht ein. Sie hielt sofort seine Hand und sprach genauso entspannt mit ihm, als säße sie auf einem Barhocker und würde ihm bei einem Glas Wein von ihren Neuigkeiten berichten.

»Also hat die Flugbegleiterin die andere herübergewinkt und geflüstert: ›Ein Pärchen ist gerade gemeinsam auf die Toilette gegangen. Ich glaube …‹ Und dann hat sie einen Blick auf die ältere Dame neben mir geworfen und mit gesenkter Stimme gesagt: ›Ich glaube, er *beruhigt* sie.‹ ›O nein, meine Liebe‹, rief die ältere Dame. ›Ich glaube, Sie werden feststellen, dass die beiden Sex miteinander haben. Das ist der Mile High Club. Sind Sie Mitglied, meine Liebe?‹, fragte sie mich. ›Mein Arthur und ich haben es einmal versucht, aber wir haben es nicht hinbekommen. Schauen Sie, wegen meiner Arthritis.‹ Sie hob die Hand und versuchte, ihre Finger zu bewegen. ›Ich bin nicht sehr gelenkig.‹ Ich weiß nicht, wer verlegener war, die Flugbegleiterin oder das Pärchen, als es aus der Toilette kam und feststellte, dass alle es anstarrten.« Nell lachte. »Wie auch immer. Ich bin wieder auf Alircia! Es ist herrlich draußen. Aber du siehst ziemlich blass aus, Adam. Du solltest deinen faulen Hintern aus dem Bett bewegen und in die Sonne hinausgehen.« Sie teilte ihm die Fußballergebnisse mit – daran hatte ich nicht gedacht – und sagte schließlich zu ihm, dass sie mich für eine Weile entführen würde. »Ich passe auf sie auf und bringe sie bald zurück.« Dann drückte sie ihm einen Kuss auf die Stirn.

Nell sah so müde aus, als sie ihren Koffer hochhob. Sie hatte für mich genauso alles stehen und liegen lassen, wie sie es getan hatte, als ich vor all den Jahren verlassen worden war. Trotz der Distanz, die zwischen uns entstanden war, war sie jetzt hier.

Sie war immer da, ohne Fragen zu stellen oder zu urteilen.

»Können wir irgendwo miteinander reden?«, fragte sie, und ich nickte. Nicht nur über Adam mussten wir reden.

Im Hotel lud Nell ihr Gepäck in unserem Apartment ab, und dann gingen wir für ein spätes Mittagessen ins Restaurant. Die Büfetttische bogen sich unter der Last des Essens. Ich lief ziellos mit leerem Teller daran entlang und war mir nicht sicher, was mir bekommen würde.

»Setz dich hin«, bestimmte Nell. »Ich bringe dir ein paar Häppchen, und du kannst dir etwas aussuchen.«

Am Nachbartisch schlug ein Kleinkind mit seinem Plastiklöffel auf das Tischchen am Hochstuhl. Plötzlich holten mich die Emotionen der vergangenen Tage ein, und ich begann, so heftig zu weinen, dass ich befürchtete, nicht wieder aufhören zu können.

»Anna?« Nell stellte die Teller auf den Tisch. »Lass uns zurück ins Apartment gehen.«

»Tut mir leid«, sagte ich, als ich auf dem braun karierten Sofa im offenen Wohnbereich saß. Nell öffnete die Kühlschranktür, und der Ich-liebe-Alircia-Magnet verrutschte, als sie eine Flasche Wasser aus der Tür nahm.

»Du brauchst dich doch nicht zu entschuldigen. Mein Gott, ich würde …«

»Es war der Anblick des Babys.« Wieder flossen Tränen. »Ich … Ich war schwanger.«

»Schwanger? Warte. Was? Du *warst* schwanger?« Nell wischte mir mit einem Taschentuch die Tränen ab.

»Herausgefunden habe ich es, erst kurz bevor wir hierhergekommen sind. Ich wollte es dir erzählen, wenn wir wieder zu Hause gewesen wären, aber … aber …«

»O Anna.« Nell zog mich näher zu sich heran. Ich erlaubte mir noch einmal, die Fassung zu verlieren. Es war so schwer gewesen, sich zusammenzunehmen. »Ich hatte keine Ahnung, dass ihr es wieder versucht habt.«

Das ließ noch mehr Tränen fließen. Eigentlich hatte ich nie Geheimnisse vor Nell gehabt, aber ich hatte sie belogen. »Wir haben nie aufgehört, es zu versuchen.« Ich konnte sie nicht anschauen, denn ich wusste, ich würde Verwirrung und Enttäuschung sehen. Doch es wäre das Schuldgefühl, das ich in ihrem Gesichtsausdruck erkennen würde, weil sie mühelos zwei Kinder bekommen hatte, während ich es nicht mal zu einem gebracht hatte, was ich nicht ertragen könnte.

»Du meinst … Ich dachte … Herrgott, Anna. Die ganze Zeit? Fünf Jahre?«

»Ja.«

Sie war fassungslos. Ihr stand der Mund offen, und sie suchte nach Worten. »Aber … aber dann bist du schwanger geworden. Auf natürlichem Wege?«

»Ja. Ich hatte es gerade erst Adam erzählt. Was wird er bloß denken, wenn er aufwacht?«

»Ich nehme an, etwas Ähnliches wie du gerade. Er wäre am Boden zerstört.«

»Was ist, wenn …« Meine Stimme klang heiser. »Was ist, wenn es mein Fehler war?« Ich schlug die Hände vors Gesicht.

»Anna.« Nell zog meine Hände herunter. »Was auf der Jacht passiert ist, war nicht dein Fehler.«

»Das meine ich nicht.« Ich schämte mich dermaßen, dass ich sie nicht anschauen konnte. »Ich habe Alkohol getrunken, Nell. Wir haben ein paar Tage zuvor jeder eine halbe Flasche Malbec getrunken, bevor ich herausfand, dass ich schwanger war, und dann noch ein paar Gläser Merlot im Pub.«

»Ach, Süße. Das ist doch kein Grund. Hast du mit einem Arzt gesprochen?«

»Die Ärztin meinte ...« Ich schniefte. »Dass es bedauerlich sei, aber dass so etwas passiere.«

»Es ist sehr traurig, aber so ist es. Oft gibt es keinen Grund dafür.«

»Es ist nicht nur der Alkohol.« Ich wusste nicht, ob ich es ihr erzählen sollte. Sie wartete und verschränkte ihre Finger mit meinen. »Ich ... ich habe jemand anderen geküsst, Nell. Ich dachte, ich würde Adam nicht mehr wollen.«

Wenn sie schockiert war, dann zeigte sie es nicht. »Ein Kuss führt doch nicht zu einer Fehlgeburt.«

»Aber es fühlt sich an wie eine Bestrafung. Das Baby. Der Unfall. Das Universum lässt mich allein, so wie ich dachte, es sein zu wollen, aber ... Nell, ich wollte dieses Baby unbedingt. Ich möchte Adam zurück. Ich liebe ihn so sehr.«

Nell ließ es mich herausweinen, bis meine Brust heiß und meine Augen so geschwollen waren, dass ich kaum mehr etwas sah. Vor dem Fenster wurde gelacht und geplaudert. Zwei kleine Kinder trugen einen riesigen aufblasbaren Flamingo zum Strand.

Ich putzte mir die Nase. »Als ich die Ergebnisse meiner Laparoskopie bekam, wollte ich dir davon erzählen, aber Chris rutschte heraus, dass du schwanger seist. Ich war so schockiert. Traurig, dass du es mir nicht erzählt hattest, und, wenn ich ehrlich bin, neidisch. Ich wollte mich dir anvertrauen, glaubte aber nicht, dass du mich verstehen würdest. Als du all diesen Müttergruppen beigetreten bist, fühlte ich mich so ausgeschlossen. Es war einfacher, dich nicht mehr so oft zu sehen. Dir zu erzählen, ich sei so beschäftigt mit meiner Karriere, aber das war es nicht. Nie.«

»Du hättest es mir erzählen sollen.«

»Ich weiß, aber ich wollte nicht, dass du dich irgendwie schuldig fühlst. Dass du erreicht hattest, was mir nicht gelungen war. Und … und weil ich mich geschämt habe. Ich habe mich nicht mehr als vollwertige Frau gefühlt. War dir unterlegen.«

Nell hielt meine Hand fest, ihre Stirn lag besorgt in Falten, und Tränen sammelten sich in ihren Augen. »Du musst mich gehasst haben. Ich habe mich während meiner Schwangerschaft immer nur beklagt, hatte die Nase voll davon, dass sich mein Körper anfühlte, als gehöre er mir nicht mehr. Hab rumgemeckert, wie viel Babys kosten und wie wenig Schlaf ich bekam. In den letzten Jahren hat sich mein ganzes Leben nur um die Kinder gedreht.«

»Wie es sein sollte.«

»Und ich habe *dich* beneidet.«

»Du *mich*? Weshalb?«

»Ich habe fünf Jahre keine Nacht durchgeschlafen. Alfie wacht zu unmöglichen Zeiten auf und meint dann, es sei lustig, in unserem Bett herumzuspringen. Emily darf keine Sekunde allein gelassen werden. Ich kann mich nicht daran erinnern, wann ich das letzte Mal in Ruhe auf der Toilette war. Dann kommt das Wochenende, und Chris ist erschöpft von den ganzen Überstunden, die er macht, muss aber mit den Kindern helfen, weil ich es ehrlich gesagt nicht schaffe. Ich habe immer gedacht: Anna und Adam haben es gut. Die können in Ruhe im Bett liegen, zum Mittagessen in den Pub gehen und ihre Mahlzeit aufessen, bevor sie kalt wird. Ich kann das nicht, weil die Bedürfnisse eines anderen immer vor meinen eigenen kommen. Manchmal schaue ich Chris an und denke, dass er sich das so nicht vorgestellt hat, und ich frage mich, ob er nicht lieber mit einer anderen zusammen wäre. Mit irgendeiner, die nicht ständig voller Babyerbrochenem ist und …«

Jetzt weinte Nell.

»Glaub das nicht. Er liebt dich so sehr.«

»Ich kann nichts dagegen tun.« Sie wischte sich über die Augen.

»Bei mir ist es genauso. Wenn wir bei euch waren und ich Adam auf dem Boden mit Alfie und Emily habe spielen sehen und Adam dich angelächelt hat, dann habe ich gedacht, er würde sich wünschen, er hätte dich genommen und nicht mich. Dass er an jenem Tag am Strand das falsche Mädchen ausgesucht hat.«

»Das darfst du niemals denken. Ich kenne kein Paar, das besser zueinanderpasst als ihr. Wen hast du geküsst?«

»Meinen Chef, Ross. Nur einmal. Ich bin blöd gewesen, aber ich habe seit meiner Heirat einen Teil von mir selbst verloren. Ross gab mir die Chance, mich neu zu erfinden. Adam kennt mich so gut. Zu gut. Er weiß, was ich wirklich will und … es ist hart gewesen, weißt du? Ihn mit deinen Kindern zu sehen. Er wäre ein wunderbarer Vater gewesen.«

»Er *wird* ein wunderbarer Vater sein.«

»Eines Tages.« Ich klopfte auf den Holztisch, damit es wahr wurde. »Es tut mir so leid, dass wir uns auseinandergelebt haben, Nell. Ich hatte keine Ahnung, dass du auch nicht glücklich warst.«

»Das Gras auf der anderen Seite und all der Mist.« Ihre Augen waren rot umrändert, und meine sahen wahrscheinlich genauso aus. »Ich habe dich vermisst.«

»Ich dich auch.« Ich breitete die Arme aus, und wir drückten uns wie schon lange nicht mehr.

Später ging Nell los, um Essen zu besorgen, und kam mit Tellern zurück, auf denen sich Spiegeleier und Pommes frites türmten. »Dieser ganze Informationsaustausch hat mich hungrig gemacht. Und du brauchst auch ein paar Kohlenhydrate und Proteine.«

Nach ein paar Bissen legte ich Messer und Gabel hin, aber Nell animierte mich, weiter zu essen, und schob etwas Spiegelei auf meine Gabel.

»Das muss ich vielleicht in Zukunft machen«, sagte ich leise.

»Was?«

»Adam füttern, wenn er … wenn er aufwacht und nicht mehr derselbe ist.«

»So darfst du nicht denken. Die blöden Ärzte müssen einen immer auf das Schlimmste vorbereiten.«

Niedergeschlagen schob ich meinen Teller weg. Nell schob ihn wieder vor mich.

»Noch ein bisschen Ei, Anna«, sagte sie. »Du brauchst Nährstoffe. Mein Gott, ich habe mich in eine Mutter verwandelt. Apropos Mütter …«

»Ich weiß.« Ich hatte meiner noch nicht erzählt, was passiert war. »Ich rufe sie später an. Ich bin noch nicht in der Lage dazu, denn sie wird weinen, und dann weine ich auch.«

»Ja. Und dann fühlst du dich schrecklich, weil sie sich solche Sorgen um dich macht. Aber wir machen uns tatsächlich Sorgen um dich. Ich weiß, dass Adam derjenige ist, der im Krankenhausbett liegt, aber du sitzt da mit all den Sorgen um die praktischen Dinge, und da du mir jetzt von dem Baby erzählt hast …«

»Ich werde ihr die Fehlgeburt verschweigen. Bitte erzähl es niemandem. Meinst du, ich sollte es Adam erzählen, während er …?«

»Glaubst du, er kann dich hören?«

»Ich weiß es nicht. Vorhin war ein Mann bei mir, Oliver Chapman vom Chapman Institut für Hirnforschung. Er scheint zu glauben, dass er herausfinden kann, ob bei Adam noch Hirntätigkeit vorhanden ist.« Ich berichtete von unserem Gespräch.

»Hm. Vielleicht lohnt es sich, ihn anzuhören.«

»Meinst du nicht, es klingt ein bisschen …« Ich knabberte an der wunden Haut um meinen Daumennagel. Hätte ich Oliver besser zuhören sollen? »Ich habe das gar nicht aufnehmen können und ihn auch gar nicht richtig verstanden. Er schien sich unwohler zu fühlen als ich.«

»Ich glaube, Wissenschaftler sind manchmal ein bisschen merkwürdig. Sie verbringen wahrscheinlich mehr Zeit mit Reagenzgläsern als mit realen Menschen. Lass uns ihn mal googeln.« Nell zog ihr iPad aus dem Handgepäck. »Also.« Sie hielt es so, dass wir beide die Ergebnisse sehen konnten. Es gab unzählige Links zu Forschungsstudien, und das machte mir Hoffnung, dass man Oliver eventuell glauben konnte. Vielleicht konnte er mir und Adam *tatsächlich* helfen.

Nell öffnete einen Artikel mit dem Titel: *Ist das das Ende des einst brillanten Chapman?* Während ich las, überkam mich ein komisches Gefühl.

Oliver hatte gelogen.

Kapitel 33

Oliver

Oliver erinnerte sich so deutlich an den Tag, der alles veränderte. Auf dem Festland hatte eine Wohltätigkeitsgala stattgefunden. Oliver hätte eigentlich hingehen müssen, aber er war intensiv mit seiner Bewusstseinsforschung beschäftigt gewesen und auf der Suche nach einem Weg, eine Verbindung zu Patienten herzustellen, die an Parkinson-Demenz litten wie sein Onkel. Als er ins Schlafzimmer geschlendert kam, um sich umzuziehen, spürte Clem seine Abneigung, das Projekt zu verlassen. Sie hatte am Frisiertisch gesessen und Rouge auf ihre Wangen aufgetragen, aber Oliver wusste, wie blass sie unter dem Rosarot war. In letzter Zeit hatte sie sich zu viel zugemutet.

Sie fing seinen Blick im Spiegel auf. »Bleib hier und arbeite.«

»Nein, ich möchte dich begleiten.«

Sie riss die Augen auf, und beide lachten sie.

»Okay, *möchte* ist ein bisschen übertrieben, aber …«

»Kein Aber.« Sie war aufgestanden und hatte einen Schal um ihre Schultern drapiert, die er küssen wollte. Ihr schwarzes Kleid hing locker an ihr herunter. Sie hatte Gewicht verloren.

An diesem Wochenende würde er ihr Lieblingsessen kochen: Lammkarree mit cremigem Kartoffelpüree.

»Du holst dein Arbeitspensum nach. Ich bin so stolz auf dich. Das wäre dein Onkel auch. Verlier das nicht aus den Augen«, sagte sie, obwohl sie wusste, dass er nur quälend langsam vorankam.

»Ich weiß. Es ist nur, dass … all die Leute, die davon profitieren würden, wenn ich einfach nur den Durchbruch schaffe.«

»Und deshalb liebe ich dich. Du wirst nicht von deinem Ego angetrieben, sondern von dem Verlangen zu helfen. Mach dich wieder an die Arbeit. Ich werde es hinter mich bringen, den Leuten Honig ums Maul zu schmieren, und dann werden wir beide am Wochenende freihaben, um uns zusammen eine schöne Zeit zu machen.«

»Ooh! Eine schöne Zeit!« Oliver wackelte mit den Augenbrauen, als er seine Arme um ihre Taille schlang und sie an sich zog.

»Vielleicht beginnt die bereits, wenn ich nach Hause komme.« Sie spielte an einem Knopf seines Hemdes herum. »Bleib bloß auf.«

Er beugte sich vor, um sie zu küssen, überlegte es sich dann jedoch anders.

»Ich will dein Make-up nicht ruinieren. Du bist wunderschön, weißt du das?«

»Du bist aber auch nicht so schlecht.«

»Auch wenn ich nicht gesellschaftsfähig bin?«

»Gerade, weil du nicht gesellschaftsfähig bist. Ich werde so schnell es geht zurück sein. Es wird nicht spät werden, denn ich bin völlig erschöpft.«

Oliver sah durchs Fenster, wie sie ins Taxi stieg. Sie drückte einen Finger auf ihre Lippen, und Oliver nickte einmal. Es war das letzte Mal, dass er sie sah, ohne dass das Damoklesschwert ihrer Diagnose über ihnen hing. In jener Nacht war sie zusammengebrochen und ins Krankenhaus gebracht worden.

»Es ist Krebs«, sagte der Arzt nach einer Reihe von Tests.

Oliver hatte das Gefühl, den Boden unter den Füßen zu verlieren. Er griff nach ihrer Hand und fragte nach dem Behandlungsplan.

Der Arzt schaute kurz zu Boden, bevor er wieder Olivers Blick begegnete, und der wusste, dass das, was jetzt kam, nichts Gutes sein würde.

»Es ist leider Stadium vier. Wir können zwar einiges tun, um …«

»Das kann nicht sein. Sie hat keine Symptome …« Aber noch während Oliver das sagte, wusste er, dass es eine Lüge war. Ihre ständige Erschöpfung. Ihr Gewichtsverlust. Ihre Bauchschmerzen. Ihre bleichen Wangen. Er hatte das alles auf ihre geschäftige Lebensweise geschoben, hatte sich von ihr versichern lassen, dass sie nicht zum Arzt zu gehen brauche. Ihr gehe es gut, hatte sie gesagt.

Gut.

Sie starb.

»Tut mir leid«, sagte sie, als hätte sie ihn enttäuscht, obwohl es doch andersherum war. Er arbeitete im medizinischen Bereich, Herrgott noch mal! Wie hatte ihm das entgehen können? Trotzdem konnte er es nicht glauben, war sicher, dass irgendwie ein Wunder geschah.

Doch das geschah nicht.

»Mir tut es auch leid«, flüsterte er stets, wenn sie schlief.

Es war beängstigend, wie schnell sie immer schwächer wurde. Schon nach wenigen Wochen saß und schlief er neben ihrem Bett, während sie immer wieder das Bewusstsein verlor. Im Delirium war wegen der Schmerzen und Medikamente. Es war eine Qual für ihn, dass er nicht wusste, was sie dachte und fühlte. Gab sie ihm die Schuld? Er tat das sehr wohl. Eine frühere Diagnose hätte vielleicht viel ausgemacht. Aber er war zu sehr mit seiner Forschung beschäftigt gewesen, als dass er etwas bemerkt hätte. Was war er nur für ein Ehemann? Er verdiente ihre Liebe nicht, und er wusste auch nicht, ob sie ihn überhaupt noch liebte.

Seine Schuldgefühle nahmen zu und weiteten seine Haut, drangen bis in die Knochen vor, bis sein ganzer Körper vom Druck der Gefühle schmerzte.

»Clem.« Immer wieder sagte er ihren Namen, als könne er sie am Leben halten, indem er ihren Namen lebendig hielt.

Doch das konnte er nicht.

Es geschah an einem Vormittag. Draußen schien die Sonne, und die Vögel sangen. Ein Rasenmäher brummte in der Ferne. Es war ein Bilderbuchtag mit flauschigen weißen Wolken und Temperaturen, die Lust auf Eiscreme machten. Ein Tag der Möglichkeiten. Sie schlug die Augen auf, und ihr Blick war auf ihn gerichtet. Sie fokussierte ihn richtig. Oliver spürte einen Hoffnungsschimmer. Sie kam zu ihm zurück.

»Clem?«

Sie antwortete nicht. Oliver wusste nicht, ob sie es nicht wollte oder konnte. Stattdessen hob sie den Finger und drückte ihn auf ihre Lippen. Das war ihr Ich-liebe-dich-Zeichen. Es war ihr Abschied. Er nickte nur einmal, und in seinem Hals bildete sich ein Kloß.

Sie war ihm entglitten, aber Oliver hielt weiter ihre Hand, sagte weiter ihren Namen.

Sie war von ihm gegangen.

Nachdem Clem gestorben war, konnte Oliver seine ständigen Fragen über das Bewusstsein nicht auf sich beruhen lassen. Was geschah mit jemandem, der nicht mehr kommunizieren konnte? Konnte er noch denken? Fühlen? Sich erinnern? Oliver wollte nicht denken oder fühlen oder sich erinnern. Er versuchte, seinen Schmerz mit Whisky zu betäuben, aber es funktionierte nicht bei seinen Gedanken. Mit dem Glas in der Hand geisterte er in ihrem großen Haus umher und kam nicht zur Ruhe. Konnte nicht schlafen. Was hatte Clem in den letzten Wochen gedacht, als sie immer wieder das Bewusstsein verloren hatte? Wie viel einfacher wäre es gewesen, wenn es einen Weg gegeben hätte, miteinander zu kommunizieren? Einen Weg, der ihn die Dinge in ihrem Kopf hätte verstehen lassen. Er hatte sich das nicht nur für sie gewünscht. Er zerbrach sich den Kopf darüber, ob sie ihn dafür verantwortlich gemacht hatte, nicht darauf bestanden zu haben, dass sie zum Arzt ging. Ob sie aufgehört hatte, ihn zu lieben. War sie in den letzten schmerzgeplagten Wochen voller Liebe oder Hass gewesen? Hatte sie sich mit Gedanken an ihn, an sie beide getröstet? Gedanken an ihren Hochzeitstag, barfuß am Strand, wo schaumige Wellen aufgeregt auf sie zugerollt waren, als sie sich für ein gemeinsames Leben entschieden hatten, das nur der Tod hatte scheiden können.

Der Alkohol säuerte seinen Atem, brannte in der Kehle.

Scheppernd warf er eine weitere leere Flasche in die Recyclingtonne und schraubte den Verschluss einer neuen auf.

»Es muss so bereichernd sein zu wissen, dass man etwas bewirkt«, hatte sie an dem Abend zu ihm gesagt, an dem sie sich kennenlernten. »Die Welt braucht mehr Leute wie Sie.«

Wenn sie ihn jetzt sehen könnte, wäre sie so traurig.

So beschämt.

Aber der Zeitungsartikel brachte die Wende. Ein Foto von ihm in einem zerknitterten, fleckigen Hemd. Zerzaustes, ungekämmtes Haar. *Ist das das Ende des einst brillanten Chapman?* Das war die Frage, die ein Reporter gestellt hatte.

Konnte er etwas bewirken? Der Mann sein, den Clem gewollt hatte? Der Mann, der er geglaubt hatte zu sein? Es war zu spät für sie, für ihn, aber was wäre, wenn er anderen helfen konnte? Er hatte vorher über das Bewusstsein geforscht. Sollte er weitermachen? Konnte er das?

»Ich bin so stolz auf dich«, hatte ihre Stimme aus der Vergangenheit gehallt.

Statt den Whisky in sein Glas zu schütten, hatte er ihn in die Spüle gegossen und war in sein Büro gewankt, wo er am späten Nachmittag mit einem bitteren Geschmack im Mund, sein Gesicht auf den Schreibtisch gedrückt und mit an der Wange klebenden Papieren aufgewacht war. Er schwor sich, nie wieder Alkohol anzurühren und Clem weiterhin stolz zu machen.

Jetzt, als er seinen Orangensaft austrank, dachte Oliver über die Trauer nach, die er gefühlt hatte. Immer noch fühlte. »Ich kann mir nicht vorstellen, was Sie gerade durchmachen«, hatte er zu Anna gesagt, doch das war eine Lüge gewesen. Er wusste besser als jeder andere, wie es sich anfühlte, wenn man den Menschen verlor, den man mehr als alles andere auf der Welt geliebt hatte. Er hatte diese Erfahrung ebenfalls gemacht. Vielleicht hätte er ihr die Wahrheit sagen sollen.

Er wollte Anna die Antworten und den Trost geben, nach denen er sich einst selbst gesehnt hatte.

Wenn sie ihm nur vertrauen würde.

Kapitel 34

Anna

»Ich kann mir nicht vorstellen, was Sie gerade durchmachen«, hatte Oliver zu mir gesagt, als wir uns getroffen hatten, aber das wusste er ganz genau. Warum war er nicht einfach ehrlich gewesen? Den Artikel zu lesen erfüllte mich mit überwältigender Traurigkeit. Seine Geschichte war ganz anders als meine und dennoch auffallend vertraut. Liebe. Verlust. Der unvorstellbare Schmerz, am Bett eines Menschen zu sitzen und zu wollen, dass er zurückkommt. Gesund wird. Die Hilflosigkeit. Er hatte sie ebenfalls gespürt. Alles hatte er gespürt.

Hatten er und Clem eine Familie geplant? Ich legte mir behutsam die Hände auf den krampfenden Bauch. Meine Nan hatte immer gern gesagt: »Du kannst nicht vermissen, was du nie hattest.« Aber das stimmte nicht. Oliver musste um die Zukunft trauern, die sie geplant hatten. In meinem Geist machte er den Sprung vom Wissenschaftler zum Mann. Wirkte nicht mehr seltsam, sondern einfach nur unglaublich traurig. Jetzt verstand ich, weshalb er in seiner Forschung so getrieben war. In meinem Kopf formte sich ein Bild, wie er bei Clem im Hospiz gesessen hatte. Ihr Körper vor ihm, aber ihre Seele irgendwo ganz anders. Oliver, der seine Brille auf der Nase hochschob, während er versuchte, in ihrem Gesicht zu lesen. Ihre Gedanken zu erraten. Unfähig zu wissen, was sie dachte.

Fühlte.

Wollte.

»Sie sehen so glücklich zusammen aus, oder?« Auf einem Foto von ihrem Hochzeitstag war Oliver kaum wiederzuerkennen. Nicht, weil er keinen Bart trug, sondern wegen seines strahlenden Lächelns. Das Meer funkelte hinter ihnen, und eine Brise zerzauste Clems lange Haare.

Nell scrollte weiter nach unten. Da war ein Foto von Clems Beerdigung. Oliver war einer der Sargträger. Ihr Sarg auf seiner linken Schulter. Verzweiflung stand ihm ins Gesicht geschrieben.

»Ich glaube, er will wirklich helfen«, sagte ich.

»Vielleicht. Ich werde mal den japanischen Neurowissenschaftler googeln.«

Nell fand einen Artikel über seine Arbeit. Sie las viel schneller, als es meine müden Augen vermochten.

»Mein Gott, das hört sich an wie aus einem Film. Es gibt etwas, was die Bilder im Kopf einer Person entziffern kann. Ist schon verrückt, dass es auf diesem Gebiet vorangeht, und du und ich, wir haben keine Ahnung davon. Es hört sich so futuristisch an.«

»Ich glaube nicht, dass Dr. Acevedo denkt, irgendetwas würde sich noch in Adams Kopf regen. Und dass Adam je wieder aufwachen wird, glaubt er sicher auch nicht. Er ist nicht unbedingt der positivste Mensch.«

Nell öffnete YouTube und schrieb: *Wunder aus Koma erwacht*, woraufhin eine Flut von Ergebnissen angezeigt wurde.

»Sieh mal, Dr. Acevedo weiß nicht alles.«

Es gab Videos von Patienten, die nach zwei, zwölf oder zwanzig Jahren aufgewacht waren. Wir schauten uns einen Clip nach dem anderen an. Patienten, die den Grenzen medizinischer Theorien trotzten, indem sie erzählten, dass sie alles hatten hören können, was um sie herum geschehen war, dass sie in der Lage gewesen waren zu denken, zu träumen und zu hoffen. Dr. Acevedo mochte nicht alles wissen, aber Oliver …

»Ich kann gar nicht aufhören, mir das anzuschauen.« Nell blinzelte Tränen fort. »So viele Menschen, die bereits abgeschrieben gewesen waren. Sie sind alle zurückgekommen.«

Ich würde nicht kampflos zulassen, dass Adam abgeschrieben wurde. »Ich möchte das Chapman Institut besuchen. Mehr herausfinden. Kommst du mit?«

»Versuch mal, mich davon abzuhalten.«

Ich streckte die Hand nach dem Apartment-Telefon aus.

»Warte.« Nell zog ein neues Handy aus ihrer Handtasche. »Das hier ist für dich. Ich habe es vom Flughafen und schon ein paar Nummern eingegeben. Einschließlich Joshs.«

»Es wird ihm das Herz brechen, wenn ich es ihm erzähle.«

»Möchtest du, dass ich ihn anrufe, damit du nicht immer wieder darüber reden musst?«

»Nein, ich kann nicht alles aufschieben.«

»Wir müssen uns auch ein anderes Hotel suchen. Als in der Küche unser Mittagessen zubereitet wurde, habe ich an der Rezeption gefragt, ob du deinen Aufenthalt verlängern kannst, aber sie sind nächste Woche völlig ausgebucht.«

»Mist.« Ohne die Reiseversicherung würde meine Unterbringung nicht übernommen werden. Wir hatten noch ein paar Ersparnisse, aber ich wusste nicht, wie lange sie reichen würden. Meine Gedanken huschten zu den Videos, die wir gerade angeschaut hatten: *zwei Jahre, zwölf Jahre, zwanzig Jahre*. Wie lange würde Adam wohl im Krankenhaus sein?

»Wir werden euch beide nach Hause bringen«, sagte Nell.

»Ich bin mir nicht sicher, wie das ohne Versicherung funktionieren soll. Die paar Tausend Pfund auf unserem Bankkonto werden das nicht einmal annähernd decken. Mum hat kein Geld. Dad hatte keine Lebensversicherung. Deshalb haben Adam und ich auch darauf geachtet, dass wir beide eine haben.«

»Vielleicht lohnt es sich, mit der Versicherung zu reden. Einige Policen beinhalten eine Auszahlung bei kritischer Erkrankung.«

»Bei uns nicht.« Ich glaubte sowieso nicht, dass es sich um eine kritische Erkrankung handelte. Sie würden sagen, dass es Hoffnung auf völlige Genesung gäbe.

»Egal. Ich könnte eine Crowdfunding-Kampagne starten. Eine Wir-bringen-Adam-heim-Aktion.«

Heim. Ein Wort. Aber diese vier Buchstaben gaben so viel Trost.

»Wenn, und es ist ein großes, fettes Wenn, wir Oliver mit hinzuziehen, dann hat er mir eine Unterkunft und die Übernahme unserer Reisekosten versprochen.«

»Lass mich ihn anrufen. Ich möchte ihm auf den Zahn fühlen.« Während Nell unseren Besuch im Chapman Institut am nächsten Tag organisierte, spülte ich mit Wasser zwei Schmerztabletten hinunter.

»Ist dir sehr unwohl?«, fragte Nell, als sie aufgelegt hatte.

»Ich fühle mich …« Meine Finger wanderten zu meinem Bauch. Verloren. Leer. Beraubt. Es war zu schwer auszudrücken. »Ich glaube, ich nehme ein Bad. Warum rufst du nicht Chris an und erkundigst dich, wie es den Kindern geht?«

»Ich packe aus und mache das später.«

»Nell … Ruf ihn jetzt an.«

Nicht immer gab es ein Später.

In der Badewanne schlief ich mehrmals fast ein, aber hinterher saß ich in sauberen Shorts und frischem T-Shirt auf dem Sofa, aus meinen nassen Haaren tropfte mir kaltes Wasser auf den Rücken, und mein Verstand hüpfte von einem ängstlichen Gedanken zum nächsten.

»Und was, wenn Oliver ein Spinner ist?« Ich versuchte, meine Hoffnungen nicht auf ihn zu setzen. »Wenn die Studie gefährlich ist? Wenn …«

»Wie wäre es, wenn du versuchst, dich einfach für eine Weile zu entspannen?«

Ich zog auf dem Sofa die Beine unter mich und legte den Kopf auf Nells Schulter. »Danke, dass du gekommen bist.«

»Schon gut. Ich wünschte nur, wir wären unter anderen Umständen wieder hier. Aber wer weiß. Adam kann jeden Moment aufwachen, und dann können wir morgen alle am Strand sitzen und Cocktails schlürfen.«

Sie verschränkte ihre Finger mit meinen, und zum ersten Mal seit Tagen spürte ich einen Funken Hoffnung, der anhielt, bis das Telefon klingelte.

Es war das Krankenhaus.

Kapitel 35

Oliver

Oliver war überrascht gewesen, als er gestern Nachmittag einen Anruf von Nell bekommen hatte.

»Anna hat mir alles erzählt.« Ihr Ton war barsch gewesen, fast streitlustig. Für den Bruchteil einer Sekunde hatte Oliver geglaubt, dass sie anrief, um ihm zu sagen, er solle sich von Anna und Adam fernhalten.

»Es klingt bescheuert, aber wir haben uns Ihre Website angeschaut und außerdem über den Durchbruch gelesen, den japanische Neurowissenschaftler erzielt haben.«

»Ich kann alles durchsprechen mit …«

»All diese Forschungen über das Bewusstsein. Der Fortschritt. Wie kommt es, dass die meisten Leute nichts davon wissen?«

»Es ist kein Geheimnis. Das meiste steht im Internet. Wenn man sich nicht für Wissenschaften interessiert, dann sucht man nicht danach …«

»Es ist faszinierend«, sagte Nell. »Ich kann gar nicht aufhören zu googeln. Wussten Sie, dass in einer Studie herausgefunden wurde, dass siebzig Prozent der Teilnehmer, die sich in einem Locked-in-Zustand befanden und von denen die Ärzte glaubten, sie hätten keine Wahrnehmung, bei Einsatz der richtigen Geräte tatsächlich kommunizieren konnten?«

»Ähm, ja. Das weiß ich.«

»Wenn man einen Algorithmus trainiert, Hirnaktivität zu übersetzen, dann können wir die Bilder sehen, die sich im Kopf von jemandem befinden.«

»Ja. Wir haben das einige Schritte weiterentwickelt …«

»Und auf YouTube gibt es massenhaft, wirklich massenhaft Leute, die aus Komata erwacht sind, nachdem man ihnen eine Schlaftablette gegeben hatte. Haben Sie das auch schon versucht?«

»Nein. Ich glaube …«

»Außerdem …«

»Nell. Wollen Sie und Anna nicht vorbeikommen und sich alles anschauen? Einen Blick auf unsere Arbeit werfen?« Olivers Handfläche war vor Nervosität schweißnass. Das Telefon rutschte ihm fast aus der Hand.

»Wir verpflichten uns zu nichts.«

»Natürlich nicht. Wir unterhalten uns nur.«

»Auch wenn wir einverstanden sind, wird es Bedingungen geben.«

»Natürlich.«

»Und … und wenn Sie Adam wehtun, dann werde ich Sie zur Strecke bringen. Ich habe …«

»Fähigkeiten?«, fiel Oliver ihr ins Wort. »Hören Sie, das hier ist kein Liam-Neeson-Film. Das hier ist das echte Leben. Adams und Annas Leben, und ich nehme das nicht auf die leichte Schulter. Ich bin … Ich habe ein gewisses Maß an Verständnis dafür, wie Anna sich gerade fühlt.«

Nell brauchte eine Sekunde, um zu antworten. »Wir haben das über Ihre Frau gelesen. Tut mir leid. Es ist nur, dass …« Nells Stimme zitterte.

»Die Menschen, die Sie lieben, sind in einer furchtbaren Lage, und Sie wissen nicht, wie Sie ihnen helfen sollen. Ich habe verstanden. Hören Sie, alles, was ich sagen kann, ist, kommen Sie her und lernen Sie mich kennen. Keiner wird Anna zu irgendetwas zwingen. Das verspreche ich Ihnen.«

»Gut. Morgen um zehn Uhr.«

Sie waren spät dran. Er hoffte, dass sie noch kamen. Und er betete, dass sich Adams Zustand nicht verändert hatte. Sofort schimpfte Oliver mit sich. Natürlich wäre er froh, wenn Adam aufgewacht war, aber es gab immer noch die andere Möglichkeit.

Dass Adam vielleicht gestorben war.

Wieder schaute er auf seine Uhr. Es war fast elf Uhr.

Wo waren sie?

Kapitel 36

Anna

Nell und ich stürzten aus dem Taxi, denn wir waren furchtbar spät dran bei unserem Treffen mit Oliver. Wir hatten ihn nicht angerufen, um es zu erklären, aber ich war mir sicher, dass er verstehen würde.

Unter den gegebenen Umständen.

Das Institut war ein weitläufiges weißes Gebäude am äußersten Zipfel der Insel. Der einzige Hinweis auf seine Identität war ein kleines diskretes Silberschild mit Namen und Logo. Dahinter lagen das glitzernde Meer und ein Himmel, so blau, dass man nicht sehen konnte, wo das eine endete und das andere begann. Die Hitze war erbarmungslos. Da es mittlerweile auf Mittag zuging, wurde sie immer schlimmer. Draußen war es unerträglich, aber trotzdem trödelte ich, denn ich wusste, dass ich mich, sobald ich hineinging, auf einem Pfad befand, von dem es kein Zurück mehr gab.

»Es ist nur eine Unterhaltung«, versicherte mir Nell.

»Ich weiß, aber …« Ich konnte nicht in Worte fassen, welche Angst ich hatte, dass ich der Studie zustimmen, sie funktionieren und herausgefunden werden würde, dass es in Adams

Kopf keine Regung mehr gab oder, falls es eine gab, dass kein einziger Gedanke mir galt. »Ich glaube nicht, dass ich hineingehen kann.« Ich setzte mich auf die niedrige Mauer, stützte den Kopf in die Hände und holte tief Luft, während Nell mir mit der Hand über den Rücken strich.

»Mrs Curtis?«

Ich schaute auf und sah eine Frau um die vierzig, die ein makelloses, kurzärmeliges weißes Kleid trug. »Ich bin Sofia. Alles okay mit Ihnen?« Erst da bemerkte ich die diskreten Überwachungskameras, die hoch oben an den Ecken des Gebäudes installiert waren. Ich war nervös, weil ich beobachtet worden war.

Ein Affe im Käfig, der genau studiert wird, ohne dass er es merkt.

Was hatte ich mir dabei gedacht herzukommen?

»Dr. Chapman erwartet Sie«, sagte Sofia und drehte sich mit wippendem Pferdeschwanz wieder zum Gebäude um.

»Wir können sofort gehen, wenn du willst.« Nell streckte mir die Hand hin, und ich ergriff sie.

Drinnen war es zum Glück kühl. Hell und freundlich. Glänzende Grünpflanzen standen auf polierten Böden. Die Luft war angereichert mit Orangenduft. Ich hatte Krankenhausgeruch erwartet.

»Ich freue mich, dass Sie gekommen sind.« Oliver führte uns in sein Büro, und wir setzten uns.

»Tut uns leid, dass wir so spät dran sind. Wir hatten eine harte Nacht im Krankenhaus und haben heute Morgen verschlafen«, sagte ich. »Adam … Adam hatte …« Ich war nicht stark genug, es zu sagen.

»Adam hatte einen Herzstillstand«, erklärte Nell.

»Das tut mir leid. Wie geht es ihm jetzt?«

»Er ist stabil, aber Dr. Acevedo sagt … er sagt …« Wieder schaute ich zu Nell.

»Dr. Acevedo gibt Adam eine dreiprozentige Chance, wieder gesund zu werden. Abgesehen von seiner Kopfverletzung hat das Wasser, das er geschluckt hat, als er fast ertrank, sein Herz extrem belastet, und nach seinem Herzstillstand …«

Auf dem Tisch standen drei Flaschen Evian. Ich nahm eine und trank einen Schluck.

»Er scheint keine Hoffnung zu haben«, sagte ich, als ich mich wieder gefasst hatte.

»Ärzte gehen von ihren bisherigen Erfahrungen aus. Sie malen manchmal extrem schwarz-weiß.«

»Glauben Sie …« Ich ließ meine Frage unausgesprochen.

»Ich weiß es wirklich nicht. Statistisch gesehen sieht es nicht vielversprechend für Adam aus. Ich wünschte, ich könnte Ihnen etwas anderes sagen, aber …«

»Wir haben einiges auf YouTube angeschaut. Es gibt so viele Fälle, in denen Patienten aufgewacht sind.« Ich suchte Bestätigung, dass das tatsächlich vorkam. Bei Adam vorkommen würde.

»Und es gibt furchtbar viele, die es nicht tun. Das Letzte, was ich möchte, ist Ihnen falsche Hoffnungen machen. Ich kann Adam nicht aus seinem Koma aufwecken, aber wir haben unser Testverfahren ohne einen Kandidaten so gut wir konnten abgeschlossen, und Adam entspricht perfekt unseren Kriterien. Ich würde Ihnen gern sagen, dass ich Adam heilen kann, aber im Moment gibt es nichts, was das kann. Allerdings würde ich gern sein Bewusstsein erforschen, um herauszufinden, ob es da noch etwas gibt. Es wäre bahnbrechend, wenn dem so wäre, und wir könnten einsatzbereite Ausrüstung entwickeln, die so vielen Patienten und ihren Familien zugutekäme. Die meisten Ärzte werden Ihnen erzählen, dass Adams Verstand frei von Gedanken sei, aber …«

»Die Hirnforschung belegt, dass Ärzte nicht immer recht haben«, fiel Nell ihm ins Wort. »Können Sie uns zeigen, wo Sie forschen?«

»Ja, natürlich. Anna?«

Zeit schindend trank ich einen weiteren Schluck Wasser, bevor ich aufstand. Mein Herz schlug wild. Ich folgte Oliver auf den Flur und war unsicher, was uns erwartete. Reihenweise Käfige und Tiere? Gehirne in Gefäßen?

»Ich werde Sie heute nicht mit den Details langweilen, aber das sind unsere Labore.« Während wir über den Flur gingen, deutete Oliver auf Räume mit Glasfronten. Ich musste einfach stehen bleiben und hineinschauen. Alles sah so normal aus. Ein Mann saß auf einem Hocker an einem Labortisch und tippte auf der Tastatur seines Laptops herum. Man sah eine Reihe von Computerbildschirmen, und nichts sah so aus, wie ich es mir vorgestellt hatte.

Das Atmen fiel mir ein bisschen leichter.

»Wie lange sind Sie schon hier?« Nell stellte sämtliche Fragen.

»Das Institut gibt es schon sieben Jahre, aber wir sind erst drei in diesem Gebäude.«

Während wir weitergingen, erzählte uns Oliver von den jüngsten Durchbrüchen, die seinem Team gelungen waren. Bisher hatte ich an Oliver nur in Verbindung mit dem gedacht, was er für Adam tun konnte, aber als ich ihm zuhörte, wurde mir klar, dass die hier betriebene Forschung viele Leben ändern konnte.

Die Welt ändern konnte.

»Es ist schwer, sich den Tag vorzustellen, an dem progressive neurologische Krankheiten ausgelöscht sein werden.« Nell war äußerst engagiert. »Demenz und Parkinson scheinen heute so alltäglich zu sein. Wir haben sie fast als normalen Teil des Alterns akzeptiert.«

»Ich bin mir sicher, dass uns große Veränderungen bevorstehen.« Oliver öffnete eine Tür. »Vielleicht nicht alle während meiner Lebenszeit, aber der Fortschritt ist bahnbrechend. Nicht nur unserer, sondern der überall auf der Welt.« Er gestikulierte herum. »Hier würden Sie und Adam wohnen.«

Ich betrat das Zimmer. Es ähnelte einem Hotel. Ölgemälde mit Strandszenen an hellen blaugrauen Wänden. Ein Couchtisch und zwei gemütliche Sessel neben offenen Schiebefenstern. Von hier aus konnten wir das Meer sehen. Es riechen. Hören. Die Brise spüren. Vier Türen zweigten von diesem Raum ab.

Hinter der ersten stand ein riesiges Bett. Maschinen, die ich aus dem Krankenhaus kannte.

»Hier würde Adam schlafen.«

Der nächste Raum war auch ein Schlafzimmer, in dem ein Doppelbett und ein Schrank standen. »Hier wäre Ihr Zimmer«, erklärte Oliver. Die nächste Tür führte in ein großes Badezimmer mit einer frei stehenden Dusche und einer Badewanne. »Es ist wichtig, dass Sie sich wohlfühlen, Anna. Es ist eine schwere Zeit, das Warten.«

»Wir haben das über Clem gelesen«, sagte ich. »Tut mir so leid, dass Sie sie verloren haben.«

»Es ist zum Teil der Grund für … Meine Arbeit über das Bewusstsein ist … Sie wurde inspiriert durch meinen Onkel, der Parkinson-Demenz hatte, aber jetzt … ist sie sogar noch wichtiger, als ich dachte … wegen … wegen …«

Er fuhr nicht fort. »Ihrer Frau«, beendete ich den Satz für ihn und verstand Olivers Entschlossenheit herauszufinden, ob es über den Bereich dessen hinaus, was wir bereits wussten, noch etwas gab.

»Ja. Ihr Tod hat … Die Forschung war schon immer meine Leidenschaft, aber nachdem sie … nicht mehr da war, hatte ich so viel Zeit und einen Haufen Geld, wenn ich ehrlich sein soll. Ich wollte mein eigenes Institut gründen. Das hier ist mein … mein Lieblingsprojekt. Es fühlt sich so persönlich an. Und bis vor Kurzem so unerreichbar. Aber ich habe einen Durchbruch geschafft.«

»Erzählen Sie uns mehr über Ihre Studie«, unterbrach ich ihn. Ich merkte, dass Oliver ein Freund verworrener Antworten war.

»Natürlich.« Er führte uns durch die letzte Tür. In diesem Raum war es kälter. Steriler. Ich schauderte, als ich auf die Maschine in der Mitte starrte. Ich wusste, dass es eine Art Scanner war, den ich schon bei »Grey's Anatomy« gesehen hatte, aber noch nie so einen großen. Da gab es eine flache Liegefläche, die dann wohl in der großen Röhre verschwand.

»Das sieht aus wie ein Polo-Minzbonbon«, bemerkte Nell.

Sie hatte nicht ganz unrecht, wenn es Hunderte von Malen größer wäre und aufrecht stehen würde.

»Das ist ein hochmoderner fMRI, also ein funktioneller Magnetresonanztomograf, der stellvertretend die neuronale Aktivität der Blutversorgung im Gehirn misst. Er ist größer und leistungsstärker als das Standardgerät und hat stärkere Magnete, was eine bessere Auflösung und eine schnellere Auslesung ermöglicht. Die visuelle kortikale Aktivität, die er misst, wird decodiert, um eine Schichtaufnahme zu liefern, die eine Rekonstruktion der …«

»Hui!«

Oliver verstummte allmählich, als Nell sich mit der Hand über den Kopf strich, was so viel bedeutete wie: Ich kann Ihnen nicht mehr folgen.

»Entschuldigung«, sagte er. »Im Grunde genommen haben Wissenschaftler einen Weg gefunden, Informationen aus unterschiedlichen Ebenen des visuellen Systems des Gehirns zu extrahieren, und Algorithmen geschaffen, um Vorstellungsbilder zu interpretieren und zu reproduzieren. Bei bisherigen klinischen Studien – der Arbeit von Yukiyasu Kamitani zum Beispiel – werden die Bilder über einen Computer zurückgeführt und können dann mithilfe des Konsolenraums dort drüben betrachtet werden.« Er deutete auf ein kleines Fenster, hinter dem sich ein weiterer Raum befand. »Ich glaube, dass wir mit der neuen Technik im von mir erwähnten fMRI-Scanner nicht nur Standbilder sehen werden, sondern … Ich glaube, am einfachsten ist es mit dem Schauen eines Filmes zu vergleichen.«

»Dann kann ich also auf einem Bildschirm sehen, was Adam denkt?« Es war kaum zu glauben.

»Möglicherweise ja.«

»Sie sagen immer möglicherweise oder theoretisch oder eventuell.«

Oliver schob seine Brille auf der Nase hoch. Ich fragte mich, weshalb er sich von seinem vielen Geld keine kaufte, die passte. »Ich will Ihnen nichts versprechen, was ich nicht halten kann. Was ich Ihnen aber sehr wohl sagen kann, ist, dass es erste, wirklich positive Indizien gibt, uns bisher aber ein Testsubjekt gefehlt hat …« Er bemerkte, wie ich die Lippen zusammenpresste, um mich davon abzuhalten, ihm wütend klarzumachen, dass Adam *kein* Testsubjekt war. Oliver hatte jedoch so offen über seine fehlenden Umgangsformen gesprochen, und ich wusste, dass er es nicht böse gemeint hatte.

»Ich hab's wieder getan, oder? Tut mir leid. Normalerweise arbeite ich nicht mit Menschen.«

»Das ist eine Menge zu verdauen«, sagte Nell. »Die Gedanken, die wir auf einem Bildschirm sehen können …«

»Da ist noch mehr«, fiel Oliver ihr ins Wort. »Es sollte für eine Person – mich in diesem Fall – auch möglich sein, eine fMRI-kompatible VR-Brille zu tragen, die theoretisch Gefühle aufnehmen kann, die Adam verspüren könnte. Ich möchte die Ergebnisse nicht nur auf einem Computer betrachten.«

»Unser Freund Josh hat eines dieser Oculus Quest VR Gaming Headsets«, erzählte Nell. »Ich hab's ausprobiert, und es hat alle Sinne einbezogen. War so real. Als wäre man irgendwo anders. Ist das so ähnlich?«

»Mit dem Zusatz der Gefühlserkennung ist es so viel mehr als das. Maschinen sind künstlich intelligent. Sie können die Nuancen dessen, was ein Mensch fühlt, nicht wahrnehmen. Indem ich mich zusätzlich mit dieser Brille mit Adams Bewusstsein verbinde, kann ich es regelrecht in mich aufnehmen. Natürlich nur, wenn dort noch Aktivität stattfindet. Ich werde in der Lage sein zu erfahren …«

Schmecken, berühren, fühlen.

Wissen.

Es war alles zu viel.

Ich ließ mich in den Sessel fallen und versuchte, mir Adam hier vorzustellen. Meine Sachen im Raum nebenan.

»Müssen Sie auch im Scanner sein?«, fragte ich. »Könnte Adam verschmelzen mit …«

»Um Gottes willen, nein. Es ist nichts dergleichen.«

»Ich habe ›Die Fliege‹ gesehen und …«

»Es besteht nicht die geringste Gefahr, dass jemandem die Zähne ausfallen oder Flügel wachsen.«

»Aber … wird Adam …« Meine Fragen schnürten mir die Kehle zu. Es gab so vieles, was ich fragen wollte, aber ich hatte fast Angst vor den Antworten. »Ist … ist es gefährlich?«

Oliver schwieg.

»Ja?«, bohrte ich.

»Das sollte es nicht sein. Ich bin mir fast sicher.«

»Fast?« Fast reichte nicht.

»Ein fMRI-Gerät ist für die Mehrheit der Patienten ungefährlich – es gibt keine Strahlung. Die Magneten können bestimmte Erkrankungen beeinflussen, aber nichts davon trifft auf Adam zu. Ich habe eine Kontaktperson im Krankenhaus und hatte Adams Tauglichkeit bereits geprüft, bevor ich an Sie herangetreten bin. Allerdings wurden noch keine Tests durchgeführt. Unser fMRI verfügt über viel stärkere Magnete als ein normales Gerät und birgt dadurch eventuell ein kleines Risiko.«

»Wie klein?«

Eine dreiprozentige Überlebenschance.

»Vernachlässigbar. Wir werden Adams Herzfrequenz die ganze Zeit auf Anzeichen von Überbeanspruchung im Auge haben. Die Person, die teilnimmt, würde ein Risiko eingehen, wenn auch nur ein klitzekleines. Das ist noch nie da gewesen. Wir wagen einen ungewissen Schritt in das Bewusstsein von jemandem – von Adam –, ohne zu wissen, wie ausgeprägt seine Erinnerungen, seine Gefühle sind. Ich kann mir vorstellen, dass das anstrengend ist, aber ich hoffe, dass Müdigkeit die einzige Nebenwirkung ist.«

Ich ließ meinen Kopf in die Hände sinken. Es war alles so überwältigend.

»Anna, ich möchte Sie nicht hetzen und unter Druck setzen, aber Adams Prognose … sie ist nicht gut, und angesichts des Herzstillstands letzte Nacht, na ja … Wenn Sie es machen möchten, haben wir vielleicht nicht mehr viel Zeit«, sagte Oliver.

Wenn es jetzt noch etwas in Adams Bewusstsein gab, wollte ich dann wirklich wissen, was es war? Im Geiste erstellte ich eine Liste der Vor- und Nachteile. Er könnte an mich denken, an unser ungeborenes Kind, von dem er noch nicht wusste, dass es nicht mehr existierte. Wenn der schlimmste Fall eintrat, konnte ich mit Gewissheit davon ausgehen, dass er mich bis zum Schluss geliebt hatte. Aber er konnte auch wütend auf mich sein. Wäre ich zum Schwimmunterricht gegangen, zu dem er mich immer gedrängt hatte, wäre er jetzt vielleicht nicht in dieser Lage. Er könnte mich *verantwortlich* machen, und der Kummer darüber wäre unerträglich. Andererseits, vielleicht brauchte er etwas, und ich könnte es leichter für ihn machen. Doch was, wenn er starke Schmerzen hatte und sterben wollte? Wie würde ich damit klarkommen?

In meinem Kopf drehte sich alles. Die Studie ist gut. Ist schlecht. Ich konnte mich nicht entscheiden.

Als Drittes musste natürlich auch damit gerechnet werden, dass es nichts mehr in Adams Kopf gab. Eine blanke Leinwand. Dass der Platz, den einst Adams Hoffnungen und Träume eingenommen hatten, jetzt leer war.

Zumindest würde ich es dann sicher wissen.

Minuten vergingen.

Eine dreiprozentige Überlebenschance, hatte Dr. Acevedo gesagt.

Wenn ich der Studie nicht zustimmte, würde ich es bereuen? Wenn Adam … ich ertrug es kaum, daran zu denken, aber wenn er nicht überlebte, würde ich mich das dann immer fragen? Würde ich mich selbst dafür hassen, meine einzige Chance, Gewissheit zu bekommen, vertan zu haben?

Eine dreiprozentige Überlebenschance.

Mir lief die Zeit davon.

Ja oder nein. Ja oder nein. Ja oder nein.

TEIL 4

»Ich bin Wissenschaftler, aber ich glaube
trotzdem an Wunder.«

OLIVER CHAPMAN

Kapitel 37

Anna

Es ist spät. Nell ist zurück ins Apartment gefahren, um zu schlafen. Oliver hat mir eine Nacht gegeben, um darüber nachzudenken, und jetzt sitze ich hier im Krankenhaus wieder an Adams Bett und erinnere mich.

»Sieben Jahre. Sieben Jahre sind seit der Nacht am Strand vergangen«, flüstere ich.

Ich lag mit Adam auf dem feuchten Sand, und er strich mit seinem Daumen über meinen. Die Morgendämmerung vertrieb mit pinkfarbenen Fingern die Nacht, während die aufgehende Sonne das Meer glitzern ließ. Wir hatten uns auf die Seite gerollt und schauten uns an. Unsere Körper waren Anführungszeichen, zwischen denen zögernd unausgesprochene Worte ausgetauscht wurden. Ein illusorischer Traum. *Verlass mich niemals*, bat ich ihn stumm. *Das werde ich nicht*, antworteten seine Augen.

Doch er hat es getan.

Mich verlassen.

Wird er je wieder aufwachen?

Ich streichele seine Wange. Seine Haut ist trocken.

Meine Gedanken schweifen ab zu den Erinnerungen, die sowohl schmerzhaft als auch angenehm sind. Wir waren mehr als glücklich, bis wir es nach und nach nicht mehr waren. Jedes böse Wort, jeder starre Blick, jedes Mal, wenn wir uns im Bett den Rücken zukehrten, verdichtete sich wie Sturmwolken, die über uns hingen, bereit zu bersten und uns mit Zweifel und Verunsicherung zu übergießen, bis wir infrage stellten, was wir einst für unzweifelhaft gehalten hatten.

Kann Liebe wirklich ewig währen?

Jetzt kann ich das beantworten, denn die bittere Wahrheit ist, dass ich ohne Adam hoffnungslos und unwiderruflich verloren bin.

»Bitte wach auf.« Meine Lippen streichen über sein Ohr. »Ich will dich. Ich brauche dich.«

Doch fühlt er das Gleiche? Oliver könnte Zugang zur Antwort auf diese Frage haben, wenn ich mutig genug bin, es wissen zu wollen. Doch was, wenn Adam es nicht überlebt und ich mir diese Frage bis an mein Lebensende stelle?

Ich versuche, mir ein Leben ohne Adam vorzustellen, doch jedes Mal, wenn ich darüber nachdenke, dass ich ohne ihn kein Teil eines *Wir* mehr bin, bricht es mir wieder das Herz.

Wären wir nur nicht hierhergekommen. Auf diese Jacht gegangen.

Ich spüre einen Druck auf der Brust.

Bin wieder zurück im Wasser. Die Strömung zieht mich nach unten. Wellen schlagen über meinem Kopf zusammen.

Atme.

Ich knie im heißen Sand neben einem nicht ansprechbaren Adam und flehe Fremde an, das Leben meines Mannes zu retten.

Atme, Anna.

Es ist alles okay mit dir.

Das ist eine Lüge, sage ich mir, aber mit jedem langsamen Einatmen und jedem bedächtigen Ausatmen verflüchtigt sich allmählich das Grauen jenes Tages. Ich brauche einige Minuten, um mich zu beruhigen. Meine Finger krümmen und strecken sich, und die Fingernägel bohren sich in die zarte Haut meiner Handflächen, bis der brennende Kummer nachlässt.

Konzentrier dich.

Mir läuft die Zeit davon.

Eine dreiprozentige Überlebenschance.

Behutsam küsse ich Adam auf die Stirn, bevor ich meinen Stift und den Block von seinem Nachttisch nehme. Ich habe versucht, einen Brief an meine Mutter zu schreiben, aber mir fehlten die Worte. Wenn die Studie stattfindet, werde ich darauf bestehen, diejenige zu sein, die daran teilnimmt. Oliver hat kein Recht auf Adams Gedanken. Seine Gefühle. Er hat auf nichts ein Anrecht.

»Die Person, die teilnimmt, wird ein Risiko eingehen, wenn auch nur ein klitzekleines«, hatte Oliver gesagt. »Das ist noch nie da gewesen. Wir wagen einen ungewissen Schritt in das Bewusstsein von jemandem – von Adam –, ohne zu wissen, wie ausgeprägt seine Erinnerungen, seine Gefühle sind. Ich kann mir vorstellen, dass das anstrengend ist, aber ich hoffe, dass Müdigkeit die einzige Nebenwirkung ist.«

Es ist nicht nur die Verbindung zu Adams Bewusstsein, die ein Risiko birgt, auch die Magnete des fMRI-Geräts sind stärker, der ultraschnelle Prozessor, die Software … nichts davon verstehe ich so richtig. Was ich allerdings verstehe, ist, dass ich mich in Gefahr begebe und meine Mutter wissen muss, warum, falls etwas so Schreckliches passiert, dass ich sie nie wiedersehe. Doch das Blatt Papier ist immer noch weiß. Mein Stift verharrt wieder darüber, und die Tinte wartet darauf, die leere Seite mit meinen dürftigen Entschuldigungen zu besudeln.

Mit meinen Geheimnissen.

Aber nicht mit meinen Lügen. Davon hat es genug gegeben. Zu viele.

Ich will, dass sie alles weiß. Wie ich dachte, ich würde Adam nicht mehr lieben. Wie ich einen anderen Mann geküsst habe. Von dem Baby, das wir verloren haben.

Warum ich ihn unbedingt noch einmal sehen und es richtig machen will.

Alles.

Ich bin mir jetzt fast sicher, dass ich mit der Studie einverstanden sein *sollte*, aber ich wünschte, ich wüsste, was Adam will. Ein Blick in sein teilnahmsloses Gesicht gibt mir keinen Hinweis. Ich schließe blinzelnd die Augen, versuche, seine Stimme heraufzubeschwören und mir vorzustellen, was er zu mir sagen würde. Vergangene Gespräche hallen in meinem Kopf wider, als ich nach einem Anhaltspunkt suche.

»Wenn du jemanden liebst, gib ihn frei«, hatte er einmal zu mir gesagt, aber ich schiebe den Gedanken beiseite. Ich glaube nicht, dass man ihn auf die furchtbare Situation anwenden kann, in der wir uns befinden. Stattdessen erinnere ich mich an das Gefühl seines Körpers, der sich an meinen schmiegt, seinen warmen Atem in meinem Nacken, Versprechen, die in mein Ohr geflüstert werden.

Für immer.

Ich klammere mich so fest an diese beiden Worte, wie ich mich an seine Hand geklammert habe.

Ich habe ihn richtig geliebt. Tue es immer noch. Was jetzt und danach auch geschieht, mein Herz wird weiterhin ihm gehören.

Wird immer ihm gehören.

Ich muss mich beeilen, wenn ich ihn erreichen will, bevor es zu spät ist.

Eine dreiprozentige Überlebenschance.

Meine Finger zittern. Ich beginne, den Brief zu schreiben, der sowohl eine Entschuldigung als auch eine Erklärung für Mum sein wird hinsichtlich des Risikos, das ich eingehe. Aber es scheint unmöglich, alles in Worte zu fassen – die Geschichte von Adam und mir.

Von uns.

Ich habe wirklich keine Zeit, über das Leben nachzudenken, das wir hatten – das Leben, das wir beinah hatten –, aber ich erlaube es mir, in der Vorstellung zu schwelgen. Ich erinnere mich daran, wie wir am Strand den Sonnenaufgang betrachteten, ich ihn meiner Mutter vorstellte und seine Stimme vor Aufregung zitterte, als er »Hallo« sagte, und wie wir uns zum ersten Mal in dieser schäbigen Bar trafen. Alles noch einmal zurück auf Anfang, und mehr als alles andere wünsche ich mir, ich könnte es alles noch einmal erleben. Außer jenen Tag auf der Jacht. *Nie wieder* jenen Tag.

Erneut bekomme ich Beklemmungen. Vor meinem inneren Auge nimmt alles Gestalt an, und ich kann es auch spüren. *Alles:* Angst, Panik, Verzweiflung.

Atme, Anna.

Ein und aus. Ein und aus. Bis ich wieder im Hier und Jetzt bin, den Stift in meiner Hand zu fest drücke.

Konzentrier dich.

Ich habe einen Fehler gemacht.

So intensiv starre ich auf die Worte, die ich geschrieben habe, dass sie auf der Seite herumspringen. Es ist die bittere Wahrheit. Ich hatte gedacht, ich wolle ohne ihn leben.

Doch das will ich nicht.

Ich weiß nicht mehr, wie ich weiterschreiben soll. Also schaue ich zu Adam, um mich inspirieren zu lassen, und erinnere mich an eines der ersten Dinge, die er zu mir gesagt hatte: »Fang vorne an, Anna.«

Und das tue ich.

Vor sieben Jahren. Ich mache eine Pause. Erinnere mich an unsere erste Woche. An den Ausflug zum Haus des Schriftstellers. Als ich die Schreibmaschine berührt hatte. Adam fragte mich, ob ich je daran gedacht habe, selbst ein Buch zu schreiben.

»Jeder hat etwas zu sagen. Man muss nur herausfinden, was dieses Etwas ist. Welches Buch würdest du schreiben, wenn du es könntest?«, fragte er.

»Eine Liebesgeschichte«, antwortete ich. »Eine mit einem Happy End.«

»Ein klischeehaftes Ende.«

»Ein glückliches«, betonte ich, denn ist es nicht letztendlich das, was wir alle wollen? Es ist, was *ich* will.

Schnell kratzt die Spitze des Füllers über das Papier. Ich lasse alles heraus.

Das hier ist keine typische Liebesgeschichte, aber es ist unsere Liebesgeschichte.

Meine und Adams.

Und trotz jenes Tages, trotz allem, bin ich noch nicht bereit dafür, dass die Geschichte endet. Ich werfe einen Blick auf meinen Mann.

Ist er es?

Kapitel 38

Oliver

Oliver hat die Nacht damit verbracht, auf den Fluren des Instituts hin und her zu laufen. Hat dabei immer wieder sein Handy überprüft. Versucht vorauszusagen, welche Entscheidung Anna treffen wird. Jetzt steht sie mit erschöpftem Gesichtsausdruck vor ihm. Sosehr er auch darauf brennt, ihre Entscheidung zu erfahren, sie verdient es, mit der Rücksicht behandelt zu werden, die er auch Clem stets entgegengebracht hatte. Mit der Fürsorge, die Adam ihr zuteilwerden ließe, wenn er könnte.

»Lassen Sie uns einen Kaffee trinken.«

Als er feststellt, dass Anna Schwierigkeiten hat, mit seinen großen Schritten mitzuhalten, verlangsamt er das Tempo. Er schaut sie an. Schaut Nell an. Wünschte, eine von ihnen würde etwas sagen.

Erst als Anna die Hände um einen Kaffeebecher gelegt hat, spricht sie schließlich.

»Ich habe alles überdacht. Die Risiken. Die Gefahr, etwas zu versuchen, was noch nie zuvor versucht worden ist. Wie sich meine Mutter fühlen würde, wenn mir etwas passierte.«

»Nichts kann passieren …«

»Bitte.« Anna schaut ihn an. Ihre Augen sind ganz rot. »Lassen Sie mich ausreden.«

Oliver trinkt hastig seinen Kaffee und spült die Worte hinunter, die er sagen will.

»Mein Dad … Er starb ganz plötzlich. Unerwartet. Meine Mum bedauert es zutiefst, dass sie nicht da war, als er von uns ging. Und sie ist untröstlich, dass sie beide in der Zeit davor so eingespannt gewesen waren – er war Schulleiter, wissen Sie – und nicht so oft miteinander gesprochen haben, wie sie es eigentlich hätten tun sollen.« Anna streicht sich die Haare aus dem Gesicht. »Sie haben miteinander gesprochen. Sie waren glücklich. Es ist nur so … Mum sagte, sie habe immer gedacht, dass es noch viel Zeit für sinnvolle Gespräche geben werde, wenn er erst mal in Rente sei. Ich glaube … Ich weiß, dass sie verstehen wird, weshalb ich das hier tun möchte, und wenn es schiefgeht … Ich habe ihr einen Brief geschrieben, der erklärt … Es gibt Dinge zwischen mir und Adam, die geschehen sind. Dinge, die ich wissen muss.«

»Ich verstehe nicht ganz«, sagt Oliver.

»Ich werde der Studie zustimmen. Aber ich werde diejenige sein, die mit Adam in Verbindung tritt, nicht Sie.«

Oliver fährt es in den Magen. »Tut mir leid, aber das kann ich nicht erlauben.« Nicht nur, weil es sein Projekt ist, sein Traum. Jetzt versteht er, weshalb Anna an ihre Mutter geschrieben hat, und sie ist zu Recht vorsichtig. Es könnte … Konsequenzen haben.

»Dann kann ich leider nicht meine Zustimmung geben«, sagt Anna.

»Anna, ich bin so sicher, wie ich nur sein kann, dass es ungefährlich ist, aber das Entscheidende ist, dass der neue fMRI-Scanner leistungsfähiger ist. Er hat …«

»Stärkere Magnete, schnellere Auslesungen. Es ist neuste Technologie. Das verstehe ich *alles.*«

»Dann sollten Sie auch verstehen, dass es einige Nebenwirkungen geben könnte, und ich kann nicht …«

»Kann nicht oder werde nicht? Schauen Sie, wenn irgendjemand in der Lage ist zu fühlen, was Adam fühlt, dann sollte das ich sein. Ich bin bereit, das Risiko einzugehen. Was ist, wenn darin die einzige Möglichkeit besteht …« Annas Stimme bricht.

Oliver reißt sich die Brille von der Nase und reibt sich die Augen. Er kann nicht zustimmen.

»Was ist, wenn wir vorerst …« Er reagiert schnell. »Wenn wir vorerst versuchen, die Studie ohne eine teilnehmende Person durchzuführen? Nur Adam. Ohne die VR-Brille würden wir trotzdem Bilder vom Scanner erhalten, aber sie würden natürlich nicht die anderen Gefühle zeigen. Wir können alle gleichzeitig auf den Bildschirm schauen …«

»Nein«, unterbricht Anna ihn. »Damit werde ich nicht einverstanden sein. Wir benutzen die Brille, und ich werde bei Adam sein. Alles oder nichts.«

»Ganz oder gar nicht«, sagt Nell.

»Es ist zu …« Oliver verliert langsam die Kontrolle.

»Bitte, Oliver, lassen Sie es mich versuchen.«

»Nell?«, fleht Oliver. »Sie müssen doch einsehen, dass …«

»Ich würde auch diejenige sein wollen, wenn es um mich und Chris ginge.«

»Aber …« Oliver hat logische Argumente. Begründungen. Aber sind das nicht Ausreden? Was wäre, wenn Clem an Adams Stelle wäre? Er würde auch die andere teilnehmende Person sein wollen. Er verschränkt die Hände hinter dem Kopf und starrt verzweifelt an die Decke. Er könnte auf einen anderen passenden Kandidaten warten. Er sollte warten.

»Anna, es tut mir leid …«

»Sagen Sie nicht, dass es Ihnen leidtut. Sagen Sie Ja. Ich … ich hab's vermasselt. Mit Adam. Gab es in Ihrer Beziehung mit Clem nie etwas, für das Sie sich gerne entschuldigt hätten?«

Es gab so vieles, für das er sich gern entschuldigt hätte. Oliver wüsste nicht, wo er anfangen sollte. Ihm hätte auffallen müssen, dass Clem krank war. Er hätte darauf bestehen sollen, dass sie zum Arzt ging. Er hätte in der Lage sein sollen, sie zu retten.

»Ich glaube ... es gibt immer Dinge, für die man sich entschuldigen möchte.«

»Und wenn Sie jetzt die Möglichkeit hätten? Würden Sie sie nicht ergreifen?«

»Bei dieser Studie wollen wir sehen, was in *Adams* Bewusstsein vor sich geht. Nicht in Ihrem. Es ist unwahrscheinlich, dass Sie mit ihm kommunizieren können.«

»Aber es gibt eine Chance, dass ich es könnte?«

Oliver zuckt hilflos mit den Schultern. »Wir wissen es einfach nicht.«

»Aber wir könnten es herausfinden.« Anna berührt seinen Arm. »Das könnten wir. Ich sage nicht, dass Sie nicht erleben sollen, was auch immer geschehen oder nicht geschehen kann – es ist Ihr Lebenswerk –, aber das erste Mal möchte ich, *muss* ich es sein.«

Langsam verstreicht die Zeit. Schließlich sagt Oliver: »Ich kann nicht Ja oder Nein sagen.« Kurz legt er seine Hand auf Annas. »Bis ich Ihnen jemanden vorgestellt habe.« Er steht auf. »Kommen Sie bitte mit mir.«

Kapitel 39

Anna

Eva ist die Klinikpsychologin. Oliver wird entscheiden, ob ich an der Studie teilnehmen darf, nachdem sie mich beurteilt hat. Ich sitze ihr gegenüber und versuche, eine Ruhe auszustrahlen, die ich nicht fühle.

In der Schule konnte ich Prüfungen nicht ausstehen. Den Druck zu wissen, dass die Antworten, die ich in den kommenden sechzig Minuten geben würde, unter Umständen über meine Zukunft entscheiden konnten. Ich hatte schwitzige Hände, und in meinen Schläfen pochte es. So fühle ich mich jetzt, aber dieses Mal geht es bei dem Test um mehr als einen Studienplatz an der Universität oder einen Job. Ich tue das hier nicht nur für mich, sondern für Adam.

Für uns.

Oliver ist mit Nell noch einen Kaffee trinken gegangen und hat versprochen, sofort zurückzukommen, sobald Eva ihm mitteilt, dass sie fertig ist. Alles geht so schnell, und ich fühle mich nicht bereit. Ich kann nicht aufhören herumzuzappeln, bin beunruhigt, weil ich Adam heute schon länger allein gelassen habe, als mir lieb ist.

»Fühlen Sie sich wohl, Anna?«, fragt Eva.

»Ja, danke.« Doch das tue ich nicht. Mental habe ich mich nie unwohler gefühlt als in diesem Moment.

»Schauen Sie nicht so ängstlich.« Mit einem ihrer manikürten Finger streicht sie sich ihr glattes dunkles Haar hinter die Ohren. Ich schiebe meine Hände mit den angeknabberten Nägeln unter die Oberschenkel, damit sie mich nicht danach beurteilt.

»Ich beiße nicht«, sagt sie.

Ich versuche, mich zu entspannen. Das Zimmer ist gemütlich. Die weißen Wände und glänzenden Fußböden des restlichen Instituts finden sich hier nicht wieder. Stattdessen sind die Wände in einer Farbe gestrichen, die Butter ähnelt. Helle orangefarbene Töpfe mit großen Grünpflanzen stehen zu beiden Seiten der Tür. Der türkisfarbene Sessel, in dem ich sitze, ist weich und gemütlich. Auf dem niedrigen Tischchen aus Eiche vor mir stehen ein Krug mit Wasser und zwei Gläser sowie eine Schachtel mit Taschentüchern.

Eva kritzelt etwas in ein Notizbuch.

»Dauert das hier lange?« Ich versuche, die Ungeduld aus meiner Stimme zu verbannen, aber ich bin müde und gereizt. »Es ist nur … mein Mann …«

»Natürlich. Ich werde mich beeilen, und dann können wir Adam hoffentlich herbringen. Wir haben die beste Ausrüstung auf der Insel.« Wieder kratzt der Stift über das Papier. Wieder versuche ich, einen Aufschrei zu unterdrücken, bin nicht sicher, ob das Teil des Tests ist. Ob sie schon begonnen hat, mich zu beurteilen. Ich zwinge mich, die Ruhe zu bewahren.

»Ich werde Ihnen eine Reihe von Fragen stellen. Versuchen Sie, nicht zu lange über die Antworten nachzudenken. Es gibt kein Richtig oder Falsch.« Sie lächelt. »Bereit?«

Ich nicke.

»Sind Sie im Moment wegen irgendetwas beunruhigt oder verängstigt?«

Das Verlangen, ihr zu sagen, sie solle Leine ziehen, aufzustehen, aus dem Zimmer zu marschieren und die Tür hinter mir zuzuschlagen, ist enorm.

»Tut mir leid, Anna«, sagt sie, bevor ich höflich oder anderweitig reagieren kann. »Das hier ist ein Standardfragebogen. Einige der Fragen mögen unpassend erscheinen, aber ich muss sie stellen. Natürlich sind Sie beunruhigt. Ich will nicht gefühllos erscheinen, aber es ist wichtig, dass ich die Fragen durchgehe, bevor …«

»Schon gut.« Ich will das hier nur hinter mich bringen. »Ja, ich bin beunruhigt.«

»Ein bisschen, oft oder ständig?«

»Ständig.«

Wir fahren auf die gleiche Weise fort. Ich werde gefragt, ob ich angespannt bin. Ob ich Schlafprobleme habe. Ob ich Angst habe, die Kontrolle zu verlieren. Ob ich einen Druck auf der Brust spüre. Selbstmordgedanken habe. Die Liste wird immer länger. Manchmal lüge ich, versuche, den Anschein zu erwecken, gefasster zu sein, als ich es bin, aber im Allgemeinen bin ich ehrlich.

Ja, meine Angst ist außer Kontrolle geraten.

Ja, ich fühle mich schuldig.

Schäme mich.

Habe Angst.

»Sie machen das wirklich gut, Anna«, sagt Eva ermutigend. »Mit den grundlegenden Fragen wären wir fertig. Ich will nicht klischeehaft klingen, aber hatten Sie eine glückliche Kindheit?«

»Ist das wichtig für Adam?«

»Es ist wichtig für Sie. Ob die Studie ein Erfolg wird oder nicht, wir müssen sicherstellen, dass Sie verkraften können, was auch immer passiert.«

»Bisher ist mir das gelungen.«

»So ist das Verfahren. Mir ist klar, dass einiges bevormundend klingt, und ich entschuldige mich dafür.«

»Das ist nicht Ihre Schuld. Es ist … Ich bin einfach müde. Ich will nur zurück zu Adam. Meine Kindheit war schön.« Aber mein Erwachsenendasein ist zu einem lebendigen Albtraum geworden.

»Und Ihre Eltern waren während Ihrer prägenden Jahre zusammen?«

»Ja.«

»Glücklich?«

»Auf jeden Fall.« Das ist bisher meine wahrheitsgetreueste Antwort.

»Gab es in Ihrer Kindheit Vorkommnisse, von denen ich Ihrer Meinung nach wissen sollte?«

»Äh, nein.«

»Sind Sie sicher?«

»Was ist Ihre Definition von Kindheit?«

»Erzählen Sie mir, woran Sie denken, und ich kann entscheiden, ob es wichtig ist.«

»Mein … mein Vater starb, als ich zwanzig war. Nicht wirklich mehr ein Kind.« Allerdings habe ich mich wie eines gefühlt.

»Was ist passiert?«

»Er … er hatte einen Herzinfarkt. Es war völlig unerwartet. Das Krankenhaus sagte, er sei stabil. Sie waren hoffnungsvoll, aber … später in jener Nacht starb er. Ganz allein.« Ich rutsche auf meinem Sessel herum, mein Herz rast. Sie bemerkt meine zunehmende Unruhe.

»Sie können bald zu Adam zurück. Machen Sie sich keine Sorgen. Und das Krankenhaus hat doch auch Nells Handynummer, oder?«

»Ja.« Deshalb fühle ich mich auch nicht besser. Ich sollte bei ihm sein und nicht hier, um meine schmerzhafte Vergangenheit ans Licht zu zerren.

»Wie haben Sie den Tod Ihres Vaters verkraftet?«

»Es war hart. Ich musste stark sein für meine Mutter. Es war …« Meine Stimme zittert. »Es war ein großer Schock. Er war immer da gewesen, wissen Sie? Hat sich um alles gekümmert. Wenn mein Auto eine Panne hatte, wenn ich knapp bei Kasse war, wenn ich eine Umarmung brauchte und Bestätigung, dass ich liebenswert war. Er war *da*. Und dann war er es nicht mehr.«

Meine Tränen sind heiß, und ich schlucke sie herunter. Für Adam werde ich genauso stark sein wie für meine Mum. Eva betrachtet mich einen Moment lang eingehend und wartet darauf, dass ich noch etwas sage, doch das tue ich nicht.

»Lassen Sie uns über Ihre Beziehung zu Adam reden.«

»Was ist damit?« Ich greife beklommen zum Wasserglas.

»Haben Sie ihn kennengelernt, bevor Ihr Vater starb oder danach?«

»Danach. Ich hatte gerade eine gelöste Verlobung hinter mir.«

»Aha.« Rasch notiert Eva etwas.

»Mein Ex-Verlobter und ich haben nicht zueinandergepasst. Es war gut, dass uns das klar wurde, bevor wir geheiratet haben. Er hat mich oft runtergeputzt und war kein liebenswürdiger Mensch.«

»Kann man sagen, dass Ihr Selbstwertgefühl gering war, als Sie Adam kennenlernten?«

»Ich denke schon.« Ich erinnere mich daran, wie ich ins Meer lief, um meinen Körper zu verbergen.

»Wie würden Sie Ihre Beziehung beschreiben?«

»Wunderbar.« Klang das geschwindelt?

Sie schweigt, bis ich sage: »Wir haben natürlich unsere Höhen und Tiefen wie alle Paare.« Sie sagt immer noch nichts. Was erwartet sie? »Wir hatten da ein paar Probleme.« Ich schaue auf meine Hände.

»Erzählen Sie mir davon.«

»Wir haben lange Zeit versucht, ein Baby zu bekommen. Das hat eine Art Keil zwischen uns getrieben.« Ich zupfe an meinen Fingernägeln herum. »Einen großen Keil.«

»Inwiefern?«

»Er hat nie etwas gesagt, aber ich glaube, er gibt mir die Schuld.«

»Glauben Sie?«

»Wir reden nicht darüber. Wir reden nicht mehr über vieles.«

»Warum nicht?«

Ich nehme noch einen Schluck und wünschte, ich könnte das Bild von uns beiden wegspülen, wie wir bei unserem Kennenlernen am Strand lagen. Mein Bein über seinem. Sein Daumen, der über meinen strich. Wie wir uns einander geöffnet hatten.

»Ich glaube … Ich glaube, ich liebe ihn so sehr, dass der Gedanke unerträglich war, ich würde ihn enttäuschen. Ich wollte ihn das nicht sagen hören.«

»Aber Sie wissen nicht, was er fühlt?«

»Nein. Aber das muss er nicht sagen. Ich sehe es daran, wie er Dinge zu tun vergisst, um die ich ihn gebeten habe, oder mich beschuldigt, ihn damit zu nerven, ein paar Handwerksarbeiten zu erledigen. Ich versuche, ein Zuhause zu schaffen, und ihm scheint das *egal* zu sein. Die Bücher stapeln sich auf dem Boden, obwohl er einfach das Regal aufbauen könnte und …« Ich halte inne. Plötzlich spüre ich tief in meinem Magen ein flaues Gefühl. Adam könnte *sterben*, und ich beschwere mich darüber, dass er nicht genug im Haus gemacht hat.

Eva lässt mir einen Augenblick Zeit, um mich zu fassen. »Hat Adam je erkennen lassen, dass er reden will?«

Ich schüttele den Kopf.

»Warum glauben Sie, dass das so ist, Anna?«

Weil es ihm egal ist.

Weil es ihm *ziemlich* egal ist.

»Weil …« Ich denke daran, wie Adam im Wasser strampelte, als ich mich an der Jacht festklammerte. »Spring!«, hatte er mit Panik in der Stimme gerufen. »Ich werde dich nicht fallen lassen. Ich verspreche, dich aufzufangen.«

»Weil er Angst hat.«

Er hat Angst. Ich habe Angst. Ich bedecke mein Gesicht mit den Händen, und Eva erlaubt mir, dass ich mich den Tränen hingebe. Schließlich hebe ich den Kopf und schaue sie an.

»Wir haben uns so viel zu sagen«, flüstere ich. »So viel, was wir gesagt haben sollten. Wir haben nicht geredet. Nicht *zugehört*. Wenn es die geringste Chance gibt, dass ich das wieder in Ordnung bringen kann … Bitte. Lassen Sie es zu.«

Sie legt ihren Stift hin. »Ich hole Oliver.«

Kapitel 40

Oliver

Annas psychologische Beurteilung ist gut gelaufen. Eva ist bereit, die Papiere unter der Bedingung abzuzeichnen, dass sie jeden Tag mit Anna reden darf.

»Sofia hat Anna für die ärztliche Untersuchung in den medizinischen Flügel gebracht«, erklärt er Nell, die langsam von ihrem kalten Kaffee trinkt. »Es gibt gewisse Leiden, bei denen wir achtsam sein müssen, wenn wir Magnete verwenden. Sollten die bei Anna vorliegen, müssen wir sie von der Teilnahme an der Studie ausschließen. Es wird nicht mehr allzu lange dauern.«

»Welche Leiden?«, fragt Nell.

»Herzschrittmacher, Metall im Körper … Platten, Schrauben, so etwas. Und wenn Anna schwanger wäre.«

Nell seufzt. »Sie war es. Anna hatte nach dem Unfall eine Fehlgeburt.«

Schock und Traurigkeit verschlagen Oliver die Sprache. Anna hatte so viel mehr durchgemacht, als ihm bewusst gewesen war.

»Sie haben mehr als fünf Jahre lang versucht, ein Kind zu bekommen«, erzählt Nell.

»Glauben *Sie*, dass sie bereit ist für so eine Studie?« Oliver respektiert zwar Evas Meinung, aber Nell kennt Anna besser als jeder andere. »Wenn Sie denken, dass sie der Sache nicht gewachsen ist, dann blase ich das Ganze sofort ab.« Die Wissenschaft ist alles für Oliver, aber auch er weiß, dass der Mensch … der Mensch an erster Stelle stehen muss.

»Ich glaube, dass sie das braucht«, antwortet Nell.

Schweigend sitzen sie da, bis Sofia Anna zurückbringt. Sofort läuft Nell auf ihre Freundin zu und schlingt die Arme um sie. Murmelt ihr etwas ins Ohr. Oliver wirft Sofia einen Blick zu. Sie nickt kaum merklich.

»Anna.« Leicht berührt Oliver ihre Schulter.

»Ich möchte Adam sehen.« Erschöpft dreht sie sich um.

»Natürlich. Sofort. Alle Tests sind in Ordnung, und wenn Sie möchten, können wir ihn herbringen.«

»Heute?«

»Nur, wenn es für Sie okay ist. Sie könnten heute Nacht hier schlafen. Sie beide.«

»Ich nehme einen frühen Flug zurück«, sagt Nell. »Ich möchte Anna nicht stören, wenn ich zu einer unmöglichen Zeit aufstehe.«

»Ich kann ein Auto organisieren, das Sie am Apartment abholt und dann am Flughafen absetzt«, sagt Oliver.

»Ich glaube, das ist das Beste. Bist du damit einverstanden, Anna?«

»Ich weiß nicht … Ich schätze … Würden wir heute Abend mit der Studie beginnen?«

Oliver zögert. Sein Kopf und sein Herz liefern sich einen Kampf. Sein Herz gewinnt. »Nicht heute, wir brauchen Zeit, um Adam einzugewöhnen.« Die brauchen sie eigentlich nicht, aber Anna sieht zum Umfallen müde aus. Er weiß, dass sie sich durchkämpfen würde, doch er will wirklich, dass sie sich ausruht. »Aber morgen früh.«

Auf dem Weg ins Krankenhaus döst Anna. Ihr Kopf lehnt an Nells Schulter. Nell drückt eine Hand gegen Annas Wange, damit ihr Kopf nicht abrutscht, wenn das Auto um eine Kurve fährt. Der private Krankenwagen des Instituts folgt ihnen. Oliver spürt, wie seine Aufregung steigt.

Allerdings nur, bis sie das Krankenhaus erreichen.

Bis sie Adams Zimmer betreten.

Kapitel 41

Anna

Mein Blick ist stählern. »Dr. Acevedo, was meinen Sie damit, dass ich Adam nicht mitnehmen kann? Er ist mein Mann!«

»Und *mein* Patient.« Dr. Acevedo weicht meinem Blick nicht aus. »Ich glaube nicht, dass es in Adams bestem Interesse ist, wenn er verlegt wird.«

»Sie glauben also, dass er jeden Moment aufwacht?«

»Meiner Erfahrung nach liegt Adams Chance auf Genesung bei …«

»Drei Prozent, ja, das weiß ich. Dann sollte es doch wohl egal sein, wenn ich ihn verlegen lasse, oder?«

»Anna …«

»Mrs Curtis.«

»Mrs Curtis. Ich bin vertraut mit Olivers …«

»Dr. Chapman«, korrigiere ich ihn. Ich benehme mich furchtbar, aber ich kann nicht anders.

»Ich bin vertraut mit Dr. Chapmans Arbeit, und obwohl ich seine Forschung auf dem Gebiet neurologischer Krankheiten schätze, kann ich Ihnen sagen, was zurzeit in Adams Kopf ist. Nichts.«

Er war schon immer pessimistischer, als mir lieb war, aber seine Meinung ist dennoch ein Schlag in die Magengrube.

Ich schaue zu Adam. Als ich an seinem Bett gesessen und mit ihm gesprochen hatte, sehnte ich mich danach, dass er mich verstand, aber jetzt hoffe ich, dass er *nichts* mitbekommt.

»Dr. Acevedo.« Oliver mischt sich ein. »Ich kann mit dem Anwalt des Instituts zurückkommen, wenn Ihnen das lieber ist, aber können wir vielleicht draußen miteinander reden?« Nervös schiebt er seine Brille auf der Nase hoch. Ich habe keine Hoffnung, dass er Dr. Acevedo umstimmen kann, aber als sie wieder zurück ins Zimmer kommen, hat dieser Adams Entlassungspapiere und einen Stift in der Hand. Meine Finger zittern. Ich brauche drei Anläufe, bis ich unterschrieben habe.

»Du tust das Richtige«, sagt Nell.

Adam wird über den Flur gerollt, und ich trotte wieder neben ihm her. Dieses Mal sprechen die Ärzte vom Institut Englisch. Sie reden mit mir, versuchen, mich zu beruhigen. Es ist so anders, verglichen mit unserer Ankunft hier, aber die Angst … die Angst ist die gleiche.

Werde ich ihn verlieren?

Nachdem Adam im Institut abgeliefert ist, kehre ich ins Apartment zurück, um unsere Sachen zusammenzupacken.

»Glaubst du wirklich, dass ich das Richtige tue?«, frage ich Nell zum hundertsten Mal, als wir unser letztes Abendessen zusammen einnehmen.

»Unbedingt. Ich habe online diese Sache gelesen …«

»Bitte. Nichts Wissenschaftliches mehr.« Mir brummt der Kopf.

»Entschuldige, aber es ist einfach so faszinierend. Vielleicht sollte ich Neurowissenschaftlerin werden. Stell dir das mal vor! Ich könnte den Friedensnobelpreis gewinnen.«

»Ich glaube, du könntest alles tun, Nell, und Dr. Stevens klingt auch schön.« Ich spieße ein Stück Fisch mit der Gabel auf. »Ich wünschte, du würdest morgen nicht nach Hause fliegen.« Alles scheint machbar, wenn sie hier ist.

»Ich wünschte, ich müsste es nicht, aber es ist nur für ein paar Tage, bis Chris eine Vertretung bei der Arbeit organisiert hat, um sich dann wieder um die Kinder zu kümmern. Ich komme nächste Woche zurück.«

Nächste Woche. Bis dahin kann sich alles geändert haben.

Oder nichts.

»Anna, du könntest auch warten, bis ich zurück bin, um mit der Studie zu beginnen.«

»Ich denke darüber nach.« Wir beide wissen, dass ich das nicht tun werde. Uns ist schmerzlich bewusst, dass die Zeit wertvoll ist. Dass sie ablaufen kann.

Eine dreiprozentige Überlebenschance.

»Er wird doch wieder zu mir zurückkommen, Nell, oder?«

Sie drückt meine Hand.

Das Auto, das Oliver geschickt hat, um mich abzuholen, windet sich die Küstenstraße entlang. Draußen sehe ich nur Dunkelheit. Die Nacht ist hereingebrochen und lässt das Meer und den Himmel miteinander verschmelzen. Die Vorstellung, dass Nell im Apartment allein in dem Doppelbett liegt, in dem Adam und ich eigentlich schlafen sollten, ist merkwürdig. Morgen ist sie wieder in England, aber ich werde nicht allein sein. Ich bin dankbar für Oliver und seine Unterstützung.

Zurück im Institut wird mir vor Adams Tür Luis vorgestellt.

»Er ist Adams Hauptpfleger«, erklärt mir Oliver. »Es wird immer jemand bei Adam sein, aber wenn Sie wegen irgendetwas besorgt sind und Luis hat gerade keinen Dienst, dann wird er wahrscheinlich in seinem Zimmer gleich gegenüber sein. Sie können sich jederzeit an ihn wenden. Tag und Nacht.«

»Ich werde regelmäßig nach Adam sehen, Mrs Curtis. Ob ich arbeite oder nicht.« Luis schüttelt mir die Hand.

»Nennen Sie mich bitte Anna, Luis. Also … was passiert, wenn etwas schiefgeht? Im Krankenhaus gab es einen Alarm. So viele Ärzte und Krankenschwestern.«

»Wir sind ein großes medizinisches Team. Bitte machen Sie sich keine Sorgen«, sagt Oliver. »Adam bekommt hier die allerbeste Pflege.«

»Ich weiß, aber …« Aber ich bin nicht völlig überzeugt. Es ist zu ruhig hier ohne das Geklapper und Geplapper, an das ich mich gewöhnt hatte.

»Hier.« Oliver drückt mir einen Knopf in die Hand. »Drücken Sie ihn.«

Mein Daumen drückt zu, und sofort dröhnt eine Sirene, und orangefarbene Lichter blinken. Innerhalb von Sekunden füllt sich der Flur mit Menschen. Oliver tippt auf sein Handy, und die Sirene verstummt, die Lichter hören auf zu blinken.

»Fühlen Sie sich jetzt besser?«, fragt er freundlich.

»Ja. Danke. Ich glaube, ich gehe jetzt ins Bett.«

»Möchten Sie, dass ich mitkomme? Ihr Gepäck ist schon dort. Ich könnte Ihnen beim Auspacken helfen.«

Ich schüttele den Kopf.

Alle verschwinden wieder, bis ich allein auf dem Flur stehe. Meine Fingerspitzen berühren Adams Türklinke. Ich bereite mich mental darauf vor hineinzugehen, doch als ich es tue, bin ich enttäuscht. Auch hier blinkt der Bildschirm. Eine Krankenschwester sitzt in der Ecke. In meinen Augen sammeln sich heiße Tränen. Es ist lächerlich, die Erwartung gehabt zu haben, dass es hier anders sein würde. Ich hatte jedoch die leise Hoffnung gehegt, dass die Verlegung vielleicht etwas auslösen würde. Dass ich Adam jetzt aufrecht im Bett sitzend und lesend vorfinden würde. Die Lampe flackert, und ich hasse mich für all die Male, an denen ich mich beschwert hatte, er würde mich damit wach halten. Unseren letzten Streit hatten wir, erst ein paar Tage bevor Adam unseren Urlaub gebucht hatte.

»Das Licht ist zu hell. Ich versuche zu schlafen.« Ich saß aufrecht im Bett und hielt eine Hand über meine Augen.

»Ich kann ohne Licht nicht lesen. Tut mir leid, ich werde nicht …«

»Warum kannst du nicht einfach wie normale Menschen einen Kindle kaufen?« Ich klopfte theatralisch auf meine Kissen und ließ mich mit einem Seufzer wieder hinfallen.

»Ich habe gern ein Buch in der Hand.« Er blätterte die Seite um.

»Und dieses blöde Rascheln gäbe es bei einem Kindle auch nicht.«

»Herrgott, Anna! Das nächste Mal wirst du sagen, ich atme zu laut.«

Ich murmelte etwas vor mich hin.

»Gibt es in letzter Zeit irgendetwas, was dich nicht verärgert?«, blaffte Adam.

Ich schwieg, und als Adam sein Buch auf den Nachttisch pfefferte und das Licht ausschaltete, lag ich noch lange, nachdem er eingeschlafen war, ganz steif vor Wut da. Ich dachte, ich würde ihn hassen. Ihn nicht mehr lieben.

»Es tut mir so leid.« Ich krabbele über das Seitengitter des Bettes und lege mich neben ihn. »Ich werde alles besser machen, wenn du aufwachst.«

Wir müssen lernen, wieder miteinander zu reden. Meine Sitzung bei Eva hat mich das gelehrt. Ich versuche, mich an das Wir zu erinnern, das stundenlang miteinander geredet hatte. In letzter Zeit hatten wir keine Worte mehr gewechselt, sondern uns Großvaters Münze zugeschoben. Ich mochte die Sentimentalität dahinter, aber sie machte uns faul. Ließ uns glauben, das sei genug.

Doch das war es nicht.

Ich war in den letzten Jahren unglücklich gewesen. Das war in unserer Ehe nicht immer so gewesen, aber wenn ich in diesem Moment versuche, an Adam zu denken, mich zu erinnern, weshalb ich mich in ihn verliebt hatte, dann kommt mir dieses Bild in den Kopf. Das mit den Schläuchen und Kabeln, die Haut so blass wie die Laken, auf denen er liegt. Dennoch will ich ihn zurück. Sicher wird es anders werden, weil ich jetzt einen flüchtigen Eindruck davon bekommen habe, wie das Leben ohne ihn ist.

Wirklich? Werden unsere Probleme wie von Zauberhand verschwinden?

Ich bin von allem erschöpft, schmiege mich an ihn und lege den Kopf auf seine Schulter. Ich kann nicht glauben, dass ich uns infrage stelle. Immer noch unsicher bin, wer wir sind und wer wir sein werden, wenn Adam aufwacht. Wer Adam sein wird. Wenn ich mich schon frage, ob ich ihn vor dem Unfall geliebt habe, wie wird es dann für mich sein, wenn er ein Fremder ist? Nicht reden kann. Ich ihn jeden Tag waschen, füttern und anziehen muss? Würde er überhaupt wissen, wer ich bin?

Meine Gedanken sollten voller Liebe, Hoffnung und Zuversicht sein, aber das sind sie nicht. Ich fühle mich verloren, verängstigt und verwirrt.

Morgen.

Morgen werde ich herausfinden, was in Adams Kopf ist.

Mein letzter wacher Gedanke ist, dass es hoffentlich etwas Besseres ist als die Zweifel, die mich erfüllen.

Kapitel 42

Anna

Das Frühstück ist mir gebracht worden. Das leichte Lüftchen wirkt beruhigend, als ich am Tisch neben dem geöffneten Fenster sitze und ein Spiegelei mit sonnengelbem Dotter auf meinem Teller herumschiebe. Es fühlt sich falsch an, festes Essen zu mir zu nehmen, während Adam ein paar Meter von mir entfernt über einen Schlauch ernährt wird. Ich habe keinen Hunger. Bin nervös. Später werden Oliver und Sofia kommen, und die klinische Studie wird beginnen. Zum millionsten Mal frage ich mich, ob ich das Richtige tue. Nicht nur für Adam, sondern auch für mich. Gestern hatte ich nur daran gedacht, was wohl in Adams Kopf vorgeht, aber heute mache ich mir Sorgen um mich. Bin ich egoistisch? Wie wird Mum damit klarkommen, wenn mir etwas passiert? Der Brief, den ich Nell mitgegeben habe, scheint nicht genug zu sein. Plötzlich habe ich das Bedürfnis, mit Mum zu reden. Ich hatte die Absicht gehabt, sie vor Adams Herzstillstand anzurufen, aber dann war ich abgelenkt gewesen und habe mich immer noch nicht bei ihr gemeldet und ihr vom Unfall erzählt.

»Ich komme gleich wieder.« Ich küsse Adam und schlüpfe aus der Tür.

Der Strand ist fast leer. Es ist noch früh am Morgen, aber die Sonne wärmt bereits. Der Himmel ist wolkenlos und von prächtigem Blau. Später wird es brütend heiß werden. Der Sand unter meinem Sommerkleid aus Baumwolle ist feucht. Ich streife meine Flipflops von den Füßen und ziehe die Beine unter mich. Dann atme ich mehrmals tief die salzige Luft ein, bevor ich Mums Nummer wählen kann. Ich weiß, dass sie bereits auf ist, in der Küche herumwerkelt und auf dem Wandkalender nachschaut, wie sie ihren Tag ausfüllen wird.

»Hallo Liebes. Ich hatte gar nicht damit gerechnet, von dir zu hören, während du weg bist.«

Ihre Stimme macht mich sprachlos. Mich überkommt das Gefühl, sie zu brauchen.

»Anna, was ist los?«

»Ich möchte nicht, dass du dir Sorgen machst, aber …«

»O Gott. Es sind Terroristen, oder? Bist du irgendwo in Sicherheit?«

»Es geht nicht um Terroristen …«

»Ein Tsunami. Du musst auf eine Anhöhe …«

»Mum! Es geht um Adam.« Ich mache eine Pause, damit sich die Information setzen kann. »Es gab einen Unfall.« Langsam und zögerlich erzähle ich ihr zwar nicht alles – nicht vom Baby oder von der klinischen Studie –, aber genug.

»Aber er wird doch wieder aufwachen, oder?«

Ich schließe die Augen. Sie klingt so nah, als könnte ich die Hand ausstrecken und sie berühren. Ich wünschte, ich könnte es.

»Sein ursprünglicher Arzt, Dr. Acevedo, sagte, dass Komata normalerweise zwei bis vier Wochen dauern.« Ich halte die Einzelheiten so vage wie möglich.

Zwei Jahre. Zwölf Jahre. Zwanzig Jahre.

»Einen Monat! O Anna. Ich komme. Ich buche einen Flug und …«

»Das kannst du nicht. Nan braucht dich.«

»*Du* brauchst mich.« Ich habe sie noch nie so energisch gehört. So bestimmt. Nachdem Dad gestorben war, hatte jede einzelne Entscheidung, die sie treffen musste, ewig gedauert, weil sie endlos darüber nachgedacht hatte. Ständig hatte sie meine Meinung hören wollen. Hatte sich auf mich verlassen, wie sie sich immer auf Dad verlassen hatte. Manchmal zu sehr. Ich hatte auch getrauert.

»Mir geht's gut. Adam hat einen tollen neuen Arzt. Oliver Chapman. Und Nell kommt in ein paar Tagen. Sie hat vorhin angerufen, um zu fragen, wie der Urlaub ist.« Ich lüge mit Rücksicht auf Mums Gefühle. Sie wäre verletzt, wenn sie wüsste, dass Nell schon seit einigen Tagen im Bilde ist und sofort hergeflogen war.

»Ich kann auch kommen …«

»Ich weiß. Und danke dafür, aber lass uns ein paar Tage abwarten und sehen, was geschieht. Adam könnte aufwachen, und dann sind wir zu Hause, bevor du hier bist. Ich komme klar.«

»Daran zweifele ich nicht. Du warst schon immer ein zähes kleines Ding. Nachdem Dad … du hast so viel getan. Zu viel. Ich war in keinem guten Zustand, aber jetzt geht es mir gut. Bitte denk nicht, dass du etwas von mir fernhalten musst.«

»Das werde ich nicht. Mum, damals bei Dad, gab es da etwas, was du ihm gern noch im Krankenhaus gesagt hättest, aber wozu du nicht mehr die Gelegenheit hattest?« Wir hatten alle gedacht, er würde sich wieder erholen. Keiner von uns hatte sich verabschiedet.

»Ja«, antwortet Mum sofort. »Ich habe mit ihm geredet, während er ohne Bewusstsein war. Ich weiß nicht, ob er mich hören konnte. Der Arzt und eine der Krankenschwestern sagten, er könne es nicht, aber eine andere Krankenschwester glaubte, dass er es sehr wohl könne. Wie auch immer, ich erzählte ihm, dass ich seine Ernährung ändern würde. Der klebrige Karamellpudding würde durch Obst ersetzt werden, und wir würden in der Garage seine Golfschläger ausgraben, damit er mehr Bewegung bekäme. Aber was ich nicht gesagt habe, war, dass ich ohne ihn zurechtkommen würde. Nicht weil ich ohne ihn sein wollte oder glaubte, ich käme zurecht, sondern weil …« Sie stockt. »Weil es ihn beruhigt hätte, wenn er mich hätte hören können. Das hätte das Loslassen ein bisschen leichter für ihn gemacht. Er hat sich immer so viele Sorgen gemacht, und ich hasse den Gedanken, dass er sich in seinen letzten Momenten gefragt haben könnte, ob ich allein zurechtkomme.«

Sie schnieft, und ich weiß, dass sie auch weint.

Ich tue das Richtige.

Wie viel Trost doch Olivers Arbeit Mum gebracht haben könnte. Zu wissen, dass Dad sie hören konnte, hätte so viel ausgemacht. Hätte ihr erlaubt, all das zu sagen, was es einfacher für ihn gemacht hätte. Für sie.

»Ich muss los, Mum, aber ich rufe dich bald wieder an.«

»Ich liebe dich, Anna.«

»Ich dich auch.«

Ich lasse meine Zweifel und Ängste am Strand zurück und gehe zurück zum Institut.

Es ist an der Zeit.

Verlegen komme ich in dem Bademantel, den mir Sofia gegeben hat, aus meinem Zimmer. Alle meine BHs haben Formbügel, und da ich nichts mit Metall im Scanner tragen darf, habe ich ihn ausgezogen. Unsicher verschränke ich die Arme vor der Brust und mache mich in Socken auf die Suche nach Oliver.

Noch einmal zeigt er mir den Konsolenraum, von dem aus er und Sofia mich sowohl durch die Glasscheibe als auch über den Computerbildschirm überwachen werden. Luis platziert Adam auf dem sogenannten Patiententisch, wie ich gelernt habe.

»Scanner sind bekanntlich laut«, erklärt mir Oliver. »Leider ist das Klopfgeräusch, das Sie hören werden, etwas, was wir auch in unserer neuen Konstruktion nicht völlig ausschalten konnten, aber Sie werden geräuschunterdrückende Kopfhörer tragen. Ich habe im Konsolenraum ein Mikrofon, über das ich mit Ihnen sprechen kann. Im Gerät befindet sich auch ein Mikrofon, sodass Sie mit mir reden können. Ich möchte nicht, dass Sie sich unwohl fühlen, aber wenn dem so ist, dann sagen Sie mir einfach Bescheid, und ich hole Sie so schnell wie möglich heraus.«

»Okay.« Ich werde zunehmend nervös. »Gibt es in dem Gerät genügend Luft für uns beide?« Olivers neue Konstruktion mag zwar größer sein als normal, aber jetzt, wo ich kurz davorstehe hineinzumüssen, erscheint sie mir unglaublich klein.

»Auf jeden Fall. Einige bekommen auf engem Raum Beklemmungen, aber wie bereits gesagt, wir können Sie jederzeit wieder herausholen.«

Mir ist egal, wie schlimm es wird oder wie viel Panik mich überkommt. Ich werde nicht darum bitten aufzuhören. Das hier ist wahrscheinlich meine einzige Chance.

»Zeitlich werden wir für Sie dreißig Minuten einplanen und dann anhalten. Möglicherweise fühlt es sich viel länger an. Ich bin mir sicher, Sie hatten schon Träume, von denen Sie dachten, sie hätten außergewöhnlich lange gedauert, aber wenn Sie aufgewacht sind, haben Sie vielleicht festgestellt, dass Sie nur einige Minuten geschlafen hatten.«

»Ja.«

»Im Traumzustand ist die Verarbeitungsgeschwindigkeit unseres Unterbewusstseins viel schneller als das Bewusstsein. Ein Ereignis, das in der Realität vielleicht Stunden dauert, kann im Unterbewusstsein in Sekunden ablaufen.«

»Letzte Nacht habe ich davon geträumt, wie Adam und ich vor sieben Jahren die ganze Nacht am Strand geredet haben. Ich bin aufgewacht und dachte, es müsste morgens sein, aber ich hatte nur zwanzig Minuten geschlafen.« Es war alles so lebendig gewesen. Der Geschmack billigen Weines wie Essig auf meiner Zunge. Die untergehende Sonne in glühendem Orange. Das Klicken unseres Liebesschlosses am Zaun. Der Geruch von Salz. Das Gefühl von Adams Haut unter meinen Fingern. Das landkartenähnliche Muttermal auf seinem Arm, das ich mit dem Finger nachgezeichnet hatte.

»Weil Ihr Gehirn weiß, wie lange die Nacht dauerte, und Ihre wirkliche Lebenserfahrung verwendet hat, um den Zeitablauf zu simulieren. Minuten können dann wie Stunden erscheinen.«

Im Moment möchte ich Stunden mit Adam mehr als alles andere.

»Wenn es etwas in Adams Bewusstsein gibt, hoffen wir, es aufzuzeichnen, andererseits ist das hier ein Prototyp, und seine Fähigkeiten auf dem Papier entsprechen vielleicht nicht der Realität. Ich möchte nicht, dass Sie sich Hoffnungen machen.«

Ich zwinge mich zu einem Lächeln. Meine Hoffnungen sind unermesslich. »Ich weiß. Können wir jetzt bitte einfach anfangen?«

»Gut.« Ein Lächeln breitet sich auf Olivers Gesicht aus, bevor es wieder den ernsten Ausdruck eines Wissenschaftlers annimmt. Ich kann es ihm nicht verdenken, dass er aufgeregt ist. Das hier ist sein Lebenswerk. Sein großer Traum. Plötzlich spüre ich die Last der Verantwortung, ihn vielleicht zu enttäuschen.

Ich lege mich auf den Tisch neben Adam und verschränke die Finger mit seinen. Sofia setzt mir die Brille und dann die Kopfhörer auf. Es gibt einen Ruck, und dann gleiten wir in den Scanner. Ich habe keine Platzangst, aber die Wärme und das Gefühl, eingeschlossen zu sein, sind unangenehm. Wäre das hier nicht meine Chance zu erfahren, was Adam denkt, wäre ich versucht herauszukrabbeln. Ich höre ein Zischen und dann Olivers Stimme durch die Kopfhörer.

»Alles okay, Anna?«

»Ja.« Ich kann meine eigene Stimme nicht hören.

»Ich zähle von zehn rückwärts, und dann beginnen wir.«

Zehn

Tue ich das Richtige?

Neun

Ich habe Angst, dass da nichts ist.

Acht

Angst, dass da etwas ist, ich es aber nicht ertragen kann.

Sieben

Was, wenn er denkt, dass er mich nicht mehr liebt?

Sechs

Was, wenn er weiß, dass ich meine Liebe für ihn infrage gestellt habe?

Fünf

Ich bekomme keine Luft in der Maschine.

Vier

Mein Herz schlägt zu schnell.

Drei

Ich möchte aufhören. Ich habe es mir anders überlegt.

Zwei

Ich muss es wissen.

Eins

Adam, ich komme zu dir.

Kapitel 43

Oliver

Oliver starrt durch das Fenster auf den Scanner. Seine Sinne sind in höchster Alarmbereitschaft, als er darauf horcht, ob etwas passiert, und schaut, ob Anna panisch versucht, aus dem Gerät zu klettern, aber alles ist ruhig.

»Sofia?«, fragt er leise. Er weiß, dass seine Assistentin angestrengt auf den Computerbildschirm schaut, während er durch das Fenster starrt – er kann seinen Blick nicht von der Maschine im anderen Raum losreißen.

»Da ist nichts.«

»Nichts im Sinne von *Es wird nichts aufgezeichnet* oder nichts im Sinne von *Das Gerät tut nicht, was wir dachten*?«

»Eins von beiden? Beides? Ich weiß es nicht.«

»Was siehst du?«

»Dunkelheit. Nur Dunkelheit. Aber wir können auch nicht erwarten, dass es beim ersten Mal gleich rundläuft, oder? Du weißt doch, was Edison sagte: ›Ich habe nicht versagt, ich habe nur zehntausend Wege gefunden, die nicht funktionieren.‹ Lassen wir sie für die dreißig Minuten drin und schauen wir, ob sich etwas ändert.«

Doch das tut es nicht.

Der Computerbildschirm bleibt schwarz.

Kapitel 44

Anna

In meinem Kopf dreht sich alles. Ich bin benommen und desorientiert. Als wäre ich abgeholt und an einem völlig anderen Ort abgesetzt worden. Und irgendwie bin ich das auch. Ich bin zurück in Großbritannien. Im Bett. An der Wand hängt ein gerahmtes Schwarz-Weiß-Foto von unserem Hochzeitstag. Adams Stirn berührt meine. Der Blütenkranz windet sich um meinen Kopf. Mein Mann liegt neben mir im Bett.

»Adam.« Ich breche lauthals in Tränen aus.

»He.« Er zieht mich in seine Arme. Zuerst mache ich mich steif. Habe Angst, dass Oliver es als Signal ansieht herauszuwollen, wenn ich mich bewege, aber ich spüre, dass mein Körper sich nicht bewegt. Die Bewegung ist nur in meinem Kopf.

Adams Kopf.

An dem Ort, an dem wir uns in der Mitte getroffen haben.

Ich klammere mich an ihn, und er streicht mir immer wieder über den Rücken.

»Schon gut«, sagt er, aber das lässt mich nur noch mehr weinen. Es ist nicht gut. Überhaupt nicht gut. Ich versuche, mich zu beruhigen. Habe jegliches Zeitgefühl verloren und bin unsicher, wie lange ich schon hier bin. Wie viel Zeit ich habe, bevor ich mit meinem Mann wieder im Institut bin. Meinem Mann, der nicht reden, lachen und sich bewegen kann. Der mich nicht eng an sich drücken und meinen Namen in mein Haar flüstern kann. Ich will keine einzige Sekunde verschwenden.

»Adam.« Ich schiebe mich zurück, damit ich ihn richtig anschauen kann. Meine Fingerspitzen streichen über sein Gesicht, sein Schlüsselbein, seine Brust. Fahren das landkartenähnliche Muttermal auf seinem Arm nach, versichern mir, dass er hier ist. Echt und greifbar. Ich suche in seinem Blick nach Anzeichen dafür, dass er weiß, dass unsere Begegnung nur vorübergehend ist, dass das hier nicht unsere Realität ist, aber da ist nichts.

»Adam, ich …« Was kann ich sagen? Was sollte ich sagen? Welchen Sinn hätte es, ihm zu sagen, dass diese Version von ihm, von uns, eine ist, die sein Verstand heraufbeschworen hat? Dass sein Körper zerstört auf Alircia liegt und von Maschinen am Leben gehalten wird. Ich schaue mich im Zimmer um. Die Duftkerze, die ich abends immer anzünde, flackert auf der Kommode. Ich atme durch die Nase ein. Anstelle des sterilen Geruchs des Scanners nach Bleich- und Desinfektionsmitteln rieche ich Lavendel. Es ist so real. Ich kann kaum glauben, dass es das nicht ist. Ich ziehe die Ecke der Steppdecke an mein Gesicht und wische die Tränen weg. Sie duftet nach Weichspüler.

Nach Zuhause.

»Anna?«

Kurz runzelt Adam die Stirn. In meinem Hals bildet sich ein Kloß. Normal, ich muss mich normal verhalten.

Doch das kann ich nicht.

Zum zweiten Mal schlinge ich die Arme um seinen Hals und drücke mich an ihn. Er hat sich nicht rasiert, und sein Kinn kratzt über meine Wange. Früher hätte ich mich darüber beschwert, aber jetzt vermischt sich mein Lachen mit meinen

Schluchzern, bis ich einen Schluckauf bekomme und mir nicht sicher bin, was ich fühle.

Alles fühle ich.

Ich weiche von ihm zurück und kichere.

»Also Tränen könnte ich verstehen, aber Gelächter? Sollte ich paranoid sein?« Er zieht seine Boxershorts zurecht. »Nein, hier hängt nichts heraus. Was ist so witzig?«

»Entschuldige … ich bin einfach nur … glücklich.« Doch dieses kleine Wort trifft nicht, wie sehr ich mich freue, mit ihm zu Hause zu sein, wo alles so … perfekt ist.

»Stimmt. Also glücklich. Ja … das bin ich auch.« Er grinst. »Man kann es immer noch nicht glauben, oder?«

»Hm. Nein?« Eine furchtbare Sekunde lang glaube ich, dass er den Unfall meint. Das würde auch seine Bemerkung erklären: *Tränen könnte ich verstehen.* Während ich darauf warte, dass er etwas sagt, wische ich mir mit dem Schlafanzugärmel über die Augen.

»Ich auch nicht, aber im Buch steht, dass es bei deinen Stimmungen ein Auf und Ab geben wird. Weinen ist normal.«

»Im Buch?« Ich kann ihm überhaupt nicht folgen. Gibt es ein Buch über Jachtunfälle?

»Ja. Ich weiß, du hast gesagt, ich solle aufhören, darin zu lesen, weil ich meinte, es dauere neun Monate, das zusätzliche Gewicht wieder loszuwerden, aber ich weiß, Gefühlsschwankungen werden von deinen Hormonen verursacht. Das ist in deinem Zustand einfach zu erwarten.« Er lächelt, als er eine Hand auf meinen Bauch legt.

»In meinem …« Eine Bewegung in meinem Bauch lässt mich die Luft anhalten. Ich lege meine Hand auf Adams, und mein Blick wandert hinunter zu …

Meinem Bauch!

»Das ist alles, nicht wahr, Anna? Hormone.« Seine Augen verdunkeln sich, als er mich eingehend betrachtet. »Seit Alircia ist alles besser geworden. Oder seit diesem Kleinen.« Zärtlich tätschelt er meinen Bauch. Wieder beginne ich zu weinen, schiebe mich hoch in eine sitzende Position, damit ich nach einem Taschentuch greifen und meine Tränen trocknen kann.

»Ich mache dir einen Tee.« Er schwingt seine Beine aus dem Bett.

»Nein!« Ich greife nach seinem Handgelenk, will nicht, dass er mich verlässt, jedenfalls nicht jetzt. Ich erinnere mich daran, was Mum gerne Dad noch gesagt hätte. »Adam, ich … ich käme auch ohne dich klar, weißt du. Es wäre okay für mich, allein zu sein.«

Er dreht sich um und mustert mich eingehend. Ich kann mich nicht daran erinnern, wann wir das letzte Mal richtigen Blickkontakt hatten. Keinen flüchtigen, wenn wir über Alltägliches redeten, sondern einen, bei dem wir uns regelrecht verschlungen haben. In diesem Moment fühle ich mich so verbunden mit ihm, aber als er spricht, ist sein Tonfall scharf, und mir wird klar, dass ich ihn unbeabsichtigt verärgert habe.

»Ich weiß, dass wir ein paar schwierige Jahre hatten und die Schwangerschaft kein Allheilmittel ist. Wir müssen daran arbeiten, dass die Wunde sich schließt, aber …«

»Herrgott!« Ich falle ihm ins Wort. »Woher hast du diese Analogie? Aus dem Buch?« Automatisch gehe ich in Abwehrhaltung. Warum versteht er immer alles falsch?

»Und was ist dabei, wenn ich es gründlich gelesen habe? Schließlich will ich, dass unsere Familie funktioniert.«

»Ich will auch, dass unsere Familie funktioniert!« Wieder heule ich. Ich kann nicht glauben, dass wir streiten.

»Und was soll dann dieser Mist? *Es ist okay für mich, allein zu sein.*«

»Ich wollte nur … ach, ich weiß nicht. Ich wollte nur, dass du weißt, falls dir mal etwas passiert … dass du dir keine Sorgen zu machen brauchst.«

»Ah. Das ist pränatale Angst …«

»Ich finde es toll, dass du das alles recherchiert hast. Wirklich. Es tut mir leid.« Ich nehme seine Hand, weiß nicht, wie viel Zeit wir noch haben, aber ich möchte keine Sekunde verschwenden.

»Das braucht dir nicht leidzutun. Es ist wirklich weitverbreitet. Lass mich dir etwas zu trinken holen, und dann kuscheln wir.«

»Ich möchte keinen …«

»Schon gut. Ich habe auf dem Schirm, dass du von Koffein weg bist, und auf dem Heimweg Kamillentee geholt.« Er löst meine Finger von seinen, und ich bin allein, als seine Schritte die Treppe hinunterstampfen. Ich habe furchtbare Angst, dass ich ihn nie wiedersehe. Während ich meine Nase putze, schaue ich mich im Zimmer um. In der Ecke stapeln sich auf dem Stuhl Adams T-Shirts. Sein rotes mit Coca-Cola drauf. Sein ausgeblichenes braunes Oasis-Tour-T-Shirt. Beim Anblick meines Schmuckkästchens fassen meine Finger automatisch an meinen Hals. Ich trage die Kette mit dem Sternanhänger. Die, die ich weggepackt hatte, als Adam und ich am Anfang der Phase standen, in der vieles nicht gut lief. Als es mir nicht gelang, schwanger zu werden. Ich streiche mit den Fingerspitzen über die Rundung meines Bauches.

Ich bin schwanger.

Ich versuche abzuschätzen, wie weit ich bin. Sechster Monat? Siebter? Achter? Es ist schwer zu sagen. Mein Körper fühlt sich plump an. Ich trotte hinüber zu meiner Kommode und hole das in Seidenpapier geschlagene Päckchen heraus. Zurück im Bett öffne ich es vorsichtig und halte den winzigen zitronengelben Schlafanzug und den Plüschpapagei namens Percy hoch.

Adam kommt in seinem vertrauten grün karierten Schlafanzug zurück ins Zimmer geschlendert. Er hat zwei

Becher in der Hand und eine Packung Schokoladenkekse unter den Arm geklemmt, wie er es immer gemacht hatte, bevor meine Liebe für ihn bitter und kalt geworden war und ich über die Krümel im Bett und die Schokoladenflecke auf der Bettdecke gemeckert hatte. Es ist, als wären wir in unsere Flitterwochenphase zurückkatapultiert worden, aber stattdessen haben wir uns vorwärtsbewegt.

Wir bekommen ein Baby!

Mein Herz jubiliert.

Glücklich breite ich den Schlafanzug auf meinem Bauch aus, während Adam freudig den Papagei begutachtet.

»Den hätte ich fast vergessen!«, ruft er.

»Unser erstes Mal auf Alircia scheint so lange her zu sein«, sage ich.

»Unser letztes Mal auf Alircia scheint so lange her zu sein.« Adam reißt die Packung mit den Keksen auf und nimmt einen heraus, von dem er die Hälfte abbeißt. Krümel fallen auf die Bettdecke, aber ich mokiere mich nicht darüber und wische sie auch nicht mit einer dramatischen Handbewegung weg. Stattdessen greife ich nach einem Keks, breche ein Stück ab, lege es mir auf die Zunge und lasse die Schokolade schmelzen. »Wir brauchen noch einen Urlaub! Wir werden wieder hinfliegen, sobald der Kleine hier das Licht der Welt erblickt hat.«

»Der Kleine?«, frage ich.

»Oder die Kleine. Ich bin froh, dass wir das beim Ultraschall nicht erfahren haben. Was hältst du von der Idee von uns dreien am Strand?«

»Ich habe es nicht eilig, nach Alircia zurückzukommen.« Sogar wenn ich die Insel nie wiedersehe, wird das noch zu früh sein.

»Warum?« Er macht ein langes Gesicht. »Sie ist doch unser besonderer Ort. Das sagst du, weil es eine andere Art von Urlaub war, oder?«

»Anders? Inwiefern?«

»Du weißt schon. Du warst in den ersten Wochen deiner Schwangerschaft, und ich habe dich nichts machen lassen. Keine Besichtigung von Sehenswürdigkeiten. Keine Jachttrips. Keine Bustouren zu Touristenattraktionen. War dir langweilig?«

Der Kloß in meinem Hals wird immer dicker. Er hat eine Geschichte erfunden, in der ich sicher bin, er sicher ist, wir sicher sind. Eine Geschichte, in der unsere Leben weitergehen, wie sie weitergegangen wären, wenn der Jachtunfall nie passiert wäre.

»Mir war nicht langweilig«, flüstere ich.

»Gut, denn ich habe Pläne für uns drei. Ich denke, wir sollten auf Reisen gehen. Den Trip machen, den ich geplant hatte, bevor ich dich kennenlernte.«

»Ich weiß nicht. Mit einem Baby? Ist das denn sicher?«

»Bei mir seid ihr immer sicher, Anna. Ich würde nie zulassen, dass euch etwas passiert.«

Ich denke daran, wie er zweimal sein Leben riskiert hatte, um mich zu retten. Wenn er bloß nicht zurückgeschwommen wäre, um der älteren Dame zu helfen. Sein Daumen fährt über meinen Wangenknochen. Ich drehe den Kopf und küsse seine Handfläche. Sie riecht nach Kaffee und Schokolade und Adam.

»O Gott. Du wirst doch nicht schon wieder weinen, oder? Herrgott, wir werden nie mehr verreisen können, weil all unser Erspartes für verdammte Taschentücher draufgegangen ist.«

»Nein, ich werde nicht mehr weinen.« Ich hole tief Luft. »Wir können reisen, wohin du willst, Adam, und alles machen.«

»Hast du das gehört, Percy?« Er hält den Papagei auf Augenhöhe. »Uns erwartet eine Weltreise. In der Zwischenzeit, Mrs Curtis …« Er wackelt mit den Augenbrauen, und ich spüre einen Schauer der Erregung. Ein Verlangen, berührt zu werden.

»Ja, Mr Curtis.«

»Werde ich noch das Kapitel zu Ende lesen, bevor wir schlafen.« Er dreht sich weg und nimmt einen Kindle von seinem Nachtschrank.

»Adam …« Ich bin unendlich betrübt über jede Gemeinheit, die ich je gesagt habe. Bedauere sie zutiefst. »Warum liest du heute Abend kein Taschenbuch?«

»Machst du Witze? Du hast mich doch jetzt von einem E-Book-Reader überzeugt. Ich genieße es, wenn du auf mir einschläfst und ich mir keine Sorgen machen muss, dass dich mein Licht wach hält.« Er dreht sich um und schaltet seine Lampe aus, und ich mache das Gleiche. Dann schiebt er einen Arm unter meine Schultern, und ich schmiege mich eng an ihn. Im Schein des Kindle betrachte ich sein Gesicht, die Bewegung seiner Augen, als er Zeile für Zeile liest, das Zucken seiner Mundwinkel, wenn er lächelt.

Es ist ein absolut perfekter Moment, bis er von Olivers tiefer, schneidender Stimme ruiniert wird.

»Ich bringe Sie jetzt zurück, Anna.« Panik überkommt mich. Ich möchte in dieser Fantasiewelt bleiben, wo der Unfall nie passiert ist, wo unser Urlaub ohne Tragödie weitergeht, ich unser Baby nicht verloren habe und alles so ist, wie es in dem Leben gewesen wäre, das wir beinah hatten.

Zehn

Ich halte Adams Hand fester, als könnte ich verhindern, dass das Band zerschnitten wird, das uns zusammenhält.

Neun

Als könnte ich irgendwie verhindern, dass Oliver mich zurückholt.

Acht

Adam.

Sieben

Anna?

Sechs

Meine Lippen drücken sich auf seine Haut.
Fünf
Ich liebe dich, flüstere ich.
Vier
Ich liebe dich auch. Er wendet sich wieder seinem Buch zu.
Drei
Oliver, bitte lass mich bei ihm bleiben.
Zwei
Hol mich nicht zurück.
Eins

Die Luft ist kälter, als ich aus dem Scanner gefahren werde. Die Brille und die Kopfhörer werden mir abgenommen. Ich drehe den Kopf und sehe Adams reglosen Körper neben mir.

Ich muss weinen.

Es dauert ein paar Minuten, bis die durch den Schwindel erzeugte Übelkeit vorbei ist und ich mich aufsetze. In meinem Kopf pocht es. Blut fließt aus meiner Nase, und Luis tupft es mit einem Papiertaschentuch ab. Sofia drückt mir ein Glas Wasser in die Hand, und ich nehme einen Schluck.

Oliver versucht, geduldig zu sein, aber er kann nicht anders und feuert Fragen auf mich ab, die ich noch nicht beantworten kann. Ich möchte allein sein. Um die Bilder festzuhalten und wertzuschätzen, die in meinem Kopf zu schnell verblassen.

Normal. Es war alles so normal.

Adam hätte sich in seinem Bewusstsein durch Belgien, Italien, Thailand treiben lassen können. Durch all die Länder, von denen er geträumt hatte. Stattdessen ist er mit mir zu Hause. Mit einem ungeborenen Kind.

Und wir sind glücklich. Die Version von uns, die aufgeregt und hoffnungsvoll ist und sich darauf vorbereitet, Eltern zu werden.

Auf irgendeiner Ebene in Adams Verstand sind wir zusammen und glücklich.

Kapitel 45

Oliver

Anna ist blass. Aufgewühlt dreht sie die Ecke des Taschentuchs in ihrer Hand zusammen und tupft dann das Blut ab, das immer noch aus ihrer Nase läuft.

»Auf dem Bildschirm konnten wir nichts sehen«, sagt Oliver wieder.

»Ich habe mir das aber nicht ausgedacht«, beharrt Anna. »Mir ist klar, dass Sie denken könnten, ich hätte mir so sehnlichst gewünscht, noch einmal mit Adam sprechen zu können, dass ich das alles erfunden habe, aber das stimmt nicht. Ich war wieder zu Hause, und alles war … normal.«

Oliver macht sich Notizen auf seinem Block. Normalerweise schreibt er auf einem Laptop, aber da ihn sein Computer bei der Aufzeichnung der Studie im Stich gelassen hat, fühlt er ein Verlangen, auf Grundlegendes zurückzugreifen. Computermesswerte waren während der Durchführung von Studien oft falsch oder fehlten, aber das zu wissen macht es auch nicht leichter.

»Wenn ich es mir vorgestellt hätte«, sagt Anna, »dann hätte ich es mir nicht so vorgestellt. Es gab einen Punkt, an dem wir so wie früher gestritten haben, aber … ich war da. Er war da.« Annas Gesichtsausdruck ist so ernst, dass Oliver ihr glaubt. Der Computer mochte es nicht aufgezeichnet haben, aber es hat funktioniert. Trotz seiner jahrelangen Forschungen auf diesem Gebiet ist Oliver überrascht, dass es geklappt hat. Äußerlich ist er gefasst, dokumentiert eifrig Annas Bericht über ihre Reise, aber innerlich jubiliert er. Tanzt er. Öffnet schäumenden Champagner. Das ist revolutionär. Er hat eine Brücke gebaut zwischen dem Unterbewusstsein und dem Bewusstsein. Das wird definitiv Leben ändern.

Clem wäre so stolz auf ihn. Sie würde ihm auch sagen, er solle nach Anna schauen. Oliver ist beschämt, als ihm ihre hängenden Augenlider auffallen. Das Gähnen, das sie unterdrückt.

»Möchten Sie sich eine Weile hinlegen?«, fragt er.

»Ja, bitte.« Sie steht auf und schlurft mit gekrümmten Schultern davon. »Oliver?« Sie dreht sich noch einmal um. Ihre Blicke treffen sich, und dann schaut sie weg. Kurz ist er angespannt. Sicher, dass sie ihn bitten wird, Vorbereitungen für Adams Heimflug zu treffen. Doch stattdessen sagt sie: »Wann können wir das wiederholen?« Er entspannt sich.

»Luis wird Adam untersuchen, und Sie brauchen auch eine weitere ärztliche Untersuchung und müssen mit Eva reden. Ich möchte sicher sein, dass es keine verzögerten Reaktionen gibt, und dann sehen wir weiter, okay?«

»In Ordnung. Aber … wann?«

»Ich bin besorgt wegen Ihres Nasenblutens, Anna. Dem Brummen im Kopf, das Sie beschrieben haben.« Ihr Gesicht verdüstert sich. »Ich bin froh, dass Sie mir von Ihren Kopfschmerzen erzählt haben. Es ist wichtig, dass ich diese Dinge weiß. Lassen Sie uns Schritt für Schritt vorgehen. Ruhen Sie sich ein wenig aus, und wir sehen uns dann später.«

Es dämmert, als Oliver an Annas Tür klopft.

»Wie geht es Ihnen?«

Sie gähnt. »Gut. Ich kann gar nicht glauben, dass ich geschlafen habe. Ich war bei Sofia, bevor ich mich hingelegt habe, aber mit Eva habe ich nicht gesprochen. Ist sie noch da?«

»Sie hat für heute Feierabend. Aber das macht nichts. Sie können morgen früh mit ihr sprechen. Haben Sie Lust, unten mit mir zu Abend zu essen? Wir können reden.«

»Geben Sie mir eine Sekunde.« Anna geht hinüber zu Adam und gibt ihm einen Kuss auf die Lippen, bevor sie die Münze auf seinem Nachtschrank näher an ihn heranschiebt.

»Wofür ist die Münze?«, fragt Oliver in der Cafeteria.

»Es ist die Münze, mit der mein Großvater das Herz meiner Großmutter erobert hat.« Anna lacht, als sie Olivers Gesichtsausdruck sieht. »Nicht wirklich.« Sie erklärt ihm die Sache mit der Jukebox. Dass die Münze zwischen ihren Großeltern hin und her gegeben wurde und jetzt zwischen ihr und Adam. »Hatten Sie und Clem irgendwelche Rituale?«

»Nein«, behauptet Oliver. »Ach, doch. Sie hat immer einen Finger auf die Lippen gedrückt. So hat sie mir gezeigt, dass sie mich liebt, wenn sie es nicht sagen konnte. Quer durch einen Raum, so etwas.« Oliver fingert am Salzstreuer herum. »Das war ihre letzte Geste.«

»O Oliver.« Anna streicht ihm über den Oberarm. »Sie müssen sie furchtbar vermissen.«

»Man denkt immer, man weiß, wie man sich fühlen wird, wenn man jemanden verliert, den man liebt, aber das tut man nicht. Man kann es sich nicht vorstellen. Sie ist überall, und doch ist sie nicht da. Ihre Abwesenheit macht sie in gewisser Weise präsenter. Das ergibt keinen Sinn, oder?« Oliver kann Fakten und Zahlen wiedergeben, aber er war noch nie gut darin gewesen, seine Gefühle auszudrücken.

»Doch, das tut es. Sie erfüllt Ihre Seele.«

Oliver nickt. »Ja, das tut sie. Und ich habe nicht nur sie verloren, sondern auch alles andere, was ich sein wollte. Vater.

Großvater. Wir hatten für die nächsten Jahre noch keine Kinder geplant, aber wir hätten welche gehabt. Irgendwann.«

»Ein Kind wäre ein Trost«, sagt Anna.

»Tut mir leid. Das war gefühllos von mir.« Oliver ist entsetzt über seine Rücksichtslosigkeit. »Ich weiß, dass Sie kürzlich eine Fehlgeburt erlitten haben. Möchten Sie darüber reden?«

Anna streicht sich mit beiden Händen die Haare zurück, bevor sie sie wieder fallen lässt. »Es gibt nicht viel zu sagen. Wir wollten schon so lange ein Baby, und jetzt …« Traurig schaut sie auf ihren flachen Bauch. »Jetzt sitze ich mit dieser leeren, unerträglichen Traurigkeit da, dass ich ihn oder sie niemals kennenlernen werde. Harry oder Charlotte.«

»Es tut mir so leid, Anna.«

»Ich … ich war heute schwanger, als ich zurückgekehrt bin. Ungefähr im siebten oder achten Monat, nehme ich an.«

Oliver braucht einen Moment, um das zu verarbeiten.

»Ich habe Ihnen das vorhin nicht erzählt, weil … es persönlich ist. Mein Leben, und trotzdem«, sie schüttelt den Kopf, »ist es nicht mein Leben.« Sie macht eine ausladende Bewegung mit dem Arm. »Das hier ist leider meine Realität.«

»Wenn ich etwas daran ändern könnte, ich würde es für Sie tun.«

Ihr Essen kommt, und die Unterhaltung wendet sich unverfänglicheren Themen zu wie den Touristenattraktionen auf der Insel. Anna erzählt Oliver von den Lavahöhlen, die sie mit Adam besichtigt hatte, als sie sich zum ersten Mal auf der Insel begegnet waren.

»Waren Sie schon dort?«

»Nein«, sagt Oliver. »Ich bin ein Arbeitstier und gönne mir kein Vergnügen. Das ist leider so.«

»Es war unglaublich. Jeder Raum hatte ein Thema mit entsprechenden Möbeln und allem. Alles unter der Erde. Es gab sogar eine Tanzfläche.«

»Ah, jetzt werde ich definitiv nicht hingehen. Mich braucht niemand tanzen zu sehen. Clem sagte immer, ich würde jemandem ähneln, der seinen Finger in eine Steckdose gesteckt hat.« Er macht ruckartige Bewegungen mit den Armen.

»Adam glaubt, er sei Kevin Bacon in ›Footloose‹.« Anna lächelt. »Kaum ertönt der Soundtrack, legt er los.«

»Den Film habe ich nie gesehen«, gibt Oliver zu.

»Adam wäre *entsetzt*, wenn er das hören würde. Er ist besessen von Musik und Filmen aus den Achtzigern.«

Als sie mit dem Essen fertig sind, sitzen sie noch bei einem Kaffee zusammen.

»Also …« Anna schaut Oliver eindringlich an. »Können wir … kann ich noch einmal an der Studie teilnehmen?«

»Ich weiß nicht, Anna. Ich sollte mit dem Projekt vielleicht wieder in die Entwicklungsphase gehen und überprüfen, ob alles sicher ist. Irgendetwas stimmt nicht mit dem Computer, denn er zeichnet nichts auf, und dann sind da noch Ihr Nasenbluten und Ihre Kopfschmerzen.«

»Wie lange würde das dauern?«, fragt Anna.

»Monate.« Oliver will ehrlich sein.

»Dann ist es vielleicht zu spät für Adam. Für mich. Oliver … ich war schwanger.«

»Ich denke, wir könnten es noch einmal versuchen, aber dieses Mal werde ich derjenige sein, der teilnimmt.«

»Nein! Oliver, Sie haben versprochen, dass ich es versuchen kann.«

»Und das haben Sie, Anna. Ich muss mir das selbst ansehen.«

Über Annas Gesicht huschen Gefühlsregungen. »Ich verstehe, dass Sie Jahre daran gearbeitet haben und es natürlich ausprobieren möchten, aber … noch nicht. Bald. Ich gewöhne mich gerade noch an alles. Für Sie ist es in Ordnung. Die Wissenschaft ist Ihr Job. Ihre Leidenschaft. Sie kennen ihr Potenzial. Vor ein paar Tagen habe ich noch nichts über das

Bewusstsein gewusst, und Adam, er ist … er ist nicht nur ein Testsubjekt für mich. Das heute war fast wie ein Traum. Ich möchte es noch einmal machen.«

»Anna, ich glaube, ich habe einen Fehler gemacht, als ich Sie das versuchen ließ. Ich habe nicht darüber nachgedacht, welche Auswirkung es auf Ihre Psyche haben würde, wenn Sie aufhören müssen.«

»Aber in gewisser Weise haben Sie sich das schon überlegt. Sonst hätten Sie nicht darauf bestanden, dass ich mit Eva spreche. Sie sind ein guter Mensch.«

War er das? Oliver fragt sich, ob er nicht nur Abläufe befolgt. Punkte abhakt. Für Moral gibt es keine Checkliste. Spielte er Gott?

Anna beugt sich zu ihm. »Ich habe einen Haftungsausschluss unterschrieben. Sie brauchen sich also keine Sorgen zu machen …«

»Ich mache mir keine Sorgen darüber, verklagt zu werden.« Oliver ist empört. »Ich mache mir Sorgen um Sie. Sie haben noch nicht mit Eva gesprochen. Das hatten wir abgemacht.«

»Ich spreche sofort morgen früh mit ihr, aber mir geht's gut. Sie wollen, dass ich Ihnen vertraue, Oliver, und das tue ich. Bitte vertrauen Sie mir auch. Alles war in Ordnung. Ich bin in Ordnung. Lassen Sie mich diejenige sein, die es noch einmal versucht, nicht Sie.«

Oliver ist zwischen seinem Kopf und seinem Herzen hin- und hergerissen. Er sieht, wie Clem ihren Finger auf die Lippen drückt. Er sieht, wie sie fantasierend im Hospizbett liegt. Und er erinnert sich an seine Verzweiflung.

»Okay«, sagt er schließlich. »Morgen. Wenn Eva zufrieden ist, können Sie es morgen noch einmal versuchen.«

Kapitel 46

Anna

Es ist das Morgenlicht, das mich wachrüttelt, als es durchs Fenster dringt. Seit dem Unfall war ich alle halbe Stunde schweißgebadet und mit klopfendem Herzen aufgewacht, aber letzte Nacht habe ich sieben Stunden am Stück geschlafen.

Adam.

Ich eile in sein Zimmer und bete, dass die Studie Adam irgendwie zurückgebracht hat. Richtig zurück.

Doch das hat sie nicht.

Luis macht sich Notizen.

»Ist alles okay?«

»Keine Veränderung«, sagt Luis fröhlich. »Eva sagt, sie möchte sich um zehn Uhr mit Ihnen treffen.«

Ich habe die Hoffnung, noch einmal an der Studie teilnehmen zu dürfen. Meine Kopfschmerzen haben nachgelassen, und zum ersten Mal seit Tagen habe ich das Gefühl, die Sache zu meistern – Adam zu sehen hat mir Kraft gegeben. Ich schlendere nach draußen. Die Sonne lässt das aquamarinblaue Meer funkeln. Es ist erst neun Uhr, aber Kinder buddeln bereits mit leuchtend bunten Schaufeln im Sand, und ihre Eltern liegen ausgestreckt auf gestreiften Strandlaken.

Ich sitze auf einem großen flachen Felsen und strecke die Beine aus. Ein ungefähr achtzehnjähriges Mädchen eilt mit gesenktem Kopf an mir vorbei. Sie umklammert ein Handtuch, das sie an ihren mit einem Sarong bekleideten Körper drückt. Ich erinnere mich daran, wie verunsichert ich an jenem ersten Tag am Strand gewesen war, als ich Adams Blick auf mir gespürt hatte. Besorgt, dass er sich ein Urteil über mich bilden würde, über das Mädchen mit den von Cellulite übersäten Oberschenkeln, das inmitten eines Meeres aus neonfarbenen Bikinis in einem schwarzen Badeanzug steckte. Ich war überzeugt davon, dass mein Leben perfekt sein könnte, wenn ich zehn Pfund weniger wiegen würde. Wenn jetzt nur mein Körper meine einzige Sorge wäre. Es ist Adams schlaffer, nicht reagierender Körper, der mir einen kalten Schauer über den Rücken jagt. Gestern hatte ich ihn gesehen, gehört, *berührt* … Es ist alles so schwer zu verarbeiten.

Mein Handy war die ganze Nacht über ausgeschaltet – ich schalte es ein und rufe Nell an.

»Es hat funktioniert«, platze ich heraus, bevor ich überhaupt Hallo gesagt habe.

»Wahnsinn! Erzähl mir *alles.*«

»Es war … nicht, als würde man einen Film schauen, sondern mitten in einem sein. Adams Kopf war auch nicht voller ausgeklügelter Fantastereien, wie er zum Beispiel den Mount Everest erobert oder in ›Zurück in die Zukunft‹ die Hauptrolle spielt, sondern alles war … normal. Wir waren zu Hause. Haben Kekse im Bett gegessen. Er hat unseren Urlaub hier erwähnt, aber wir waren nicht auf der Jacht gewesen. Es war, als würden wir das Leben leben, das wir gehabt hätten, wenn dieser Bootsausflug nicht gewesen wäre. Nell, ich … ich war immer noch schwanger.«

»O Anna. Das klingt unsagbar traurig.«

»Das war es.« Mit Adam Zeit in einer Welt zu verbringen, in der ich nicht bleiben konnte, war fürchterlich schmerzvoll, aber merkwürdigerweise auch tröstlich. Es hat mich von etwas befreit und es einfacher gemacht, mir die guten Erinnerungen ins Gedächtnis zu rufen – und davon gibt es so viele –, bevor die Jahre, in denen wir versuchten, ein Kind zu bekommen, sie verzerrten. Nur dieser kurze Blick in das alltägliche Leben, das unseres hätte sein können, hatte gereicht, um meine Entschlossenheit zu stärken. Was auch immer mit Adam geschieht, welche Pflege er auch immer benötigen mag, ich werde unerschütterlich für ihn da sein. So, wie er immer für mich da gewesen ist.

»Glaubst du …« Nell spricht jetzt langsamer, und ich weiß, dass sie ihre Worte sorgfältig wählt. »Ich weiß, es muss verlockend sein, es noch einmal machen zu wollen, aber … ich weiß nicht. Vielleicht solltest du aufhören, wenn es am schönsten ist. Du hast etwas Wunderbares gesehen, und nächstes Mal …«

»Ich weiß.« Ein Teil von mir hat bereits das Gleiche gedacht. Wenn ich wieder zurückgehe, riskiere ich, die Erinnerungen an das erste Mal zu verderben, aber wie könnte ich es nicht tun?

»Du musst mit einer Menge fertigwerden, Anna. Emotional.«

»Mir geht's gut. Ehrlich.« Ich war am Boden zerstört gewesen, als Oliver mich zurückgeholt hatte. Traurig und wütend. Doch jetzt, wo ich es mit Nell durchspreche, mich erinnere, wie es sich angefühlt hat, neben Adam zu liegen, steht die Euphorie an erster Stelle der Gefühle. Begeisterung, es noch einmal zu tun. Ich vermisse ihn ganz furchtbar. Nicht den Adam, der im Bett liegt und mit Nährstoffen vollgepumpt wird, sondern den Adam, der er einmal war. Und jetzt gibt es ein Baby! Alles, was ich immer wollte, ist so nah und doch so frustrierend weit weg.

»Ich habe es gestern Mum erzählt. Nichts über das Institut, aber vom Unfall. Von Adams Koma.«

»Wie hat sie es aufgenommen?« Nell weiß, dass meine Mutter mit solchen Sachen nicht gut zurechtkommt.

»Sie war unglaublich und hat mir angeboten herzufliegen, aber ich habe sie gebeten zu warten. Kommst du tatsächlich nächste Woche wieder her?«

»Klar. Chris übernimmt die Hosenscheißer. Ich freue mich wirklich auf eine Pause. O Gott! Ich meine das nicht so. Mist. Tut mir leid. Ich weiß, dass es kein Urlaub ist.«

»Mach dir darüber keine Gedanken.« Sie ist müde und kann nicht klar denken. Ich weiß, wie das ist.

»Hast du es Josh schon erzählt?«, fragt sie.

»Nein.« Aber das muss ich. »Ich glaube, ich mache es jetzt.«

»Viel Glück. Ich liebe dich, Anna.«

»Ich dich auch.«

Bevor ich Josh anrufe, plane ich gedanklich meinen Part in dem Gespräch. Ich werde Adams Prognose nicht so beschönigen müssen wie bei Mum, aber es wird ihn sehr mitnehmen. Als ich Josh die ersten Male getroffen hatte, war es mir unverständlich gewesen, wie die beiden Freunde sein konnten. Sie waren völlig gegensätzlich. Adam ruhig und sensibel, Josh laut und wild. Ich nahm an, es sei ihre gemeinsame Geschichte, die sie miteinander verband. Auf Adams Seite Dankbarkeit, dass Joshs Eltern ihn aufgenommen hatten, für Josh ein Freund, der im Hintergrund verblasste und es ihm erlaubte, im Vordergrund zu stehen.

Doch ich habe mich geirrt.

Sie genießen tatsächlich die Gesellschaft des jeweils anderen. Ihre Unterschiede. Sie sind wie Brüder, und es tut mir weh, dass ich diejenige sein werde, die die schlechten Neuigkeiten überbringt. Ich drücke auf WÄHLEN, und als Josh den Anruf annimmt, sage ich: »Josh. Ich hoffe, ich störe nicht, aber …«

»Was ist mit Adam?« Er weiß, dass ich ihn ansonsten nicht von Alircia anrufen würde.

»Er liegt im Koma.« Ich komme sofort auf den Punkt. »Es gab einen Unfall.« Ich erzähle ihm von der Jacht. Manchmal unterbricht er mich und stellt Fragen, aber meistens hört er einfach nur zu, während es aus mir heraussprudelt.

»Der blöde Trottel muss immer den Helden spielen«, sagt Josh, als ich fertig bin. Tränen ersticken seine Worte. »Ich buche einen Flug.«

»Danke, aber es gibt zurzeit nichts, was du hier tun kannst.«

»Es muss aber eine Möglichkeit geben, wie ich helfen kann.«

Ich halte kurz inne. Josh muss etwas Praktisches zu tun bekommen, sonst wird er in ein Flugzeug springen, egal, was ich sage.

»Wenn du dich weiter um Hammie kümmern könntest, wäre das toll. Und kannst du bitte auch ein Auge auf das Haus haben? Dafür sorgen, dass keine Post aus dem Briefkasten schaut. Die Pflanzen gießen.«

»Ja, das kann ich machen. Bekommt … bekommt er die richtige Pflege da drüben? Hätte er es in Großbritannien nicht besser?«

»Wir werden irgendwann zurückkommen, aber es gibt nichts, was man tun kann, um Adam aufzuwecken.«

»Aber er könnte auch von allein aufwachen, oder?« Josh klingt wie ein kleiner Junge.

Eine dreiprozentige Überlebenschance.

»Natürlich.« Ich bin die Erwachsene. Ich bin gut im Verstellen. »Jederzeit.«

»Und dann wird er total unausstehlich sein. Du weißt doch, wie er ist, wenn er einen Schnupfen hat. Er redet noch Wochen später davon. Wir werden noch ewig vom Koma zu hören bekommen.«

Ich lächele. »Du hast recht. Er ist nie ein Sympathieträger, wenn er krank ist. Vor ein paar Monaten hatte ich eine Mandelentzündung und fühlte mich furchtbar. Ich habe mich ins Bett verzogen. Adam kam rein und legte sich neben mich. Sagte, er habe geniest und sei in Sorge, er könne die Grippe bekommen. Fragte mich, was es zum Abendessen gebe.«

»Das glaube ich dir sofort. Hat er dir je erzählt, dass er mal eine Erkältung hatte, als wir uns eine Wohnung geteilt haben, und überzeugt war, er würde sich nie wieder davon erholen? Ich wollte ihn nicht verhätscheln, deshalb hat er sich zur Apotheke geschleppt und Euthanasie-Tabletten verlangt. ›Meinen Sie nicht Echinacea?‹, fragte der Apotheker. ›Ich weiß sehr wohl, was ich meine‹, sagte Adam.«

Wir lachen beide, und das fühlt sich gut an.

Es fühlt sich hoffnungsvoll an.

»Ich muss los, Josh, aber ich melde mich wieder. Möchtest du, dass ich Adam etwas von dir ausrichte?«

»Ja, sag ihm, ein einbeiniger, halb blinder Affe kann mehr Tore halten als er heutzutage …« Ich höre, wie schmerzlich das für ihn ist. »Sag ihm … sag ihm, dass ich ihn liebe.« Er legt auf und lässt mich mit dem Freizeichen im Ohr und einem Kloß im Hals zurück. Ich glaube nicht, dass Adam Fußball immer noch so sehr mag wie früher, aber er ging immer noch hin, damit er Zeit mit Josh verbringen konnte.

Ich werde vor Scham ganz rot und erinnere mich an die Zeiten, als ich ihn damit genervt hatte, er würde nach dem Training Dreckspuren auf dem Boden hinterlassen und seine schweißnassen und schlammverkrusteten Klamotten auf den Schlafzimmerboden schmeißen. Ich hätte dankbar sein sollen, dass Adam sich fit hielt. In Form blieb. Das wird ihm die Kraft geben, gegen das Koma zu kämpfen. Der menschliche Körper ist stark und widerstandsfähig. Etwas, was man respektieren und bewundern muss. Mein gestriger kurzer Blick auf Adam, wie er war, bestätigt nochmals meinen Glauben, dass er gesund werden kann.

Ich kann es mir nicht erlauben, etwas anderes zu denken.

Dennoch lässt mich Dr. Acevedos *dreiprozentige Überlebenschance* aufspringen. Ich bin begierig darauf, die Studie zu wiederholen.

Nicht weil ich denke, dass Adam es nicht überlebt.

Aber trotzdem marschiere ich strammen Schrittes den Hügel hinauf zum Institut.

Kapitel 47

Anna

Eva betrachtet mich eingehend und spielt wieder das Schweigespiel mit mir. Wir warten darauf, wer von uns beiden es zuerst bricht.

Ich bin es.

»Okay, vielleicht übertreibe ich ein bisschen, wie gut ich mich danach gefühlt habe, damit Sie mir heute grünes Licht für ein weiteres Mal geben, aber das gestern war größtenteils eine gute Erfahrung.«

»Größtenteils?«

»Es gab einen Moment, wo wir zu streiten anfingen. Fast automatisch. Ich habe mich so gefreut, ihn zu sehen. Gefreut ist untertrieben, aber irgendwie sind wir aneinandergeraten. Allerdings haben wir auch wieder aufgehört.«

Ich knibbele an meinen Fingernägeln und bin plötzlich kurz davor zu weinen. Das Leben hätte einfacher sein sollen in der Realität, die Adam geschaffen hatte, oder? Wenn wir dort nicht Perfektion erlangten, was sagt das dann über ihn? Was sagt das über uns?

»Wir haben letztens ein wenig über die Kommunikation in Ihrer Beziehung gesprochen«, beginnt Eva.

»Das Fehlen selbiger«, sage ich.

»Ja. Es ist interessant, dass Sie gestern in Adams Bewusstsein schwanger waren, aber verständlicherweise Jahre der Bitterkeit hatten, die sich in Ihrer infertilen Phase aufgebaut haben. Wenn das nicht thematisiert wird, ist es immer wahrscheinlich, dass es tiefer liegenden Groll gibt.«

»Aber …« Ich weiß nicht, was ich sagen soll. Es ist, als würde man Gelegenheit haben, eine ideale Schachtel Pralinen zusammenzustellen, und trotzdem eine hineintun, die man nicht mag. Ein aus der Art geschlagenes Turkish Delight zwischen einer Fülle von Knusperpralinen und solchen mit Erdbeercreme. »Ich war … ich war aufgebracht, aber ich wollte das Gefühl schnell hinter mir lassen und das Beste aus der Zeit machen, die wir hatten. Ist es merkwürdig, dass es sich so echt angefühlt hat?«

»Nein. Oliver hatte doch gehofft, dass es das tun würde. Deshalb wollte er lieber eine direkte Verbindung als Bilder auf einem Computer betrachten. Die ultimative Virtual Reality, so als würde man wirklich dort sein, es alles erleben. Anna.« Eva beugt sich vor. »Sie wissen aber, dass das alles nicht real ist, oder? Dass es keine dauerhafte Lösung ist, um bei Adam zu sein.«

»Natürlich.« Aber ich komme nicht umhin, mir auszumalen, wie meine nächste Erfahrung auf diesem Gebiet sein wird. Und die übernächste.

»Oliver wird Sie nur noch ein paarmal brauchen, bevor er andere Teilnehmer suchen muss. Nur mit Ihren Ergebnissen kann es keine ausgewogene Studie sein.«

»Ich weiß.« Oliver erzählt mir das ständig, aber jedes Mal ist es schwer, es zu hören. Der Gedanke, zurück nach Großbritannien geschickt zu werden und neben Adams Bett zu sitzen, mich zu fragen, was er wohl denkt, während ich darauf warte, dass er aufwacht, ist unerträglich.

Zwei Jahre. Zwölf Jahre. Zwanzig Jahre.

»Aber Sie sind doch damit einverstanden, dass ich es noch einmal versuche, oder?«, frage ich.

»Wenn Sie sich der Sache gewachsen fühlen, dann ja.«

Noch bevor Eva die Hülle auf ihren Stift geschoben hat, lasse ich ihr ein hastiges Dankeschön da und eile aus dem Zimmer, um Oliver zu suchen.

* * *

Wieder liege ich auf dem Patiententisch neben Adam, aber dieses Mal bin ich eher aufgeregt als ängstlich.

»Wir sind gleich so weit«, sagt Sofia. »Wir haben noch nicht herausgefunden, weshalb der Computer nichts aufgezeichnet hat. Falls das wieder passiert, sind wir darauf angewiesen, dass Sie sich an so viel wie möglich erinnern können.« Sie setzt mir zuerst die Brille und dann die Kopfhörer auf. Der Tisch gleitet in den Scanner, und ich warte darauf, dass Oliver etwas sagt.

»Ich werde jetzt wieder für Sie rückwärts zählen, Anna«, sagt er. Ungeduldig warte ich auf die Eins.

Ich bin wieder zu Hause. In der Badewanne. Meine Finger tasten sofort nach meinem Bauch. Ich lächele, als ich unter den nach Kokosnuss duftenden Seifenblasen die Kugel ertaste. Beide Hände lege ich darauf.

»Hallo Kleines.« Das Wasser kräuselt sich. Ich spüre ein Schlängeln in mir. Etwas Hartes drückt gegen meine Haut. Es ist so ein freudiges Gefühl. Ich fahre mit den Fingern darüber. Ist es ein Ellbogen? Eine Ferse? Bevor ich identifizieren kann, was es ist, verschiebt es sich, und mein Bauch ist wieder eine glatte, harte Kugel. »Ich habe furchtbar lange auf dich gewartet«, flüstere ich. »Ich kann es nicht erwarten, dich kennenzulernen. Du wirst so geliebt. So sehr geliebt.« Ich wuchte mich aus der Badewanne, bin das Gewicht meines Körpers nicht gewohnt.

Ich will Adam suchen. Während ich mich abtrockne, rede ich mit gedämpfter Stimme weiter. »Es gibt eine Urgroßmutter. Sie ist ein bisschen vergesslich, aber darüber brauchst du dir keine Sorgen zu machen. Du bist unvergesslich. Und dann gibt es noch eine Großmutter – das ist meine Mum –, und die wird dir Weihnachtspullover stricken, bis du höchstwahrscheinlich so alt bist wie ich, aber das kannst du ihr nachsehen, denn sie ist die beste Bäckerin. Warte, bis du ihre Scones probiert hast.« In der vagen Hoffnung, das Handtuch möge etwas Wasser aufnehmen, schlenkere ich es in Richtung meiner Füße, denn ich kann mich nicht mehr bücken, um an sie heranzureichen. »Es gibt auch noch Tante Nell. Wenn du ein Mädchen bist, wird sie dir etwas über Jungs beibringen, und wenn du ein Junge bist, wird sie dir erzählen, was Mädchen wollen.« Ich schiebe mich schwerfällig in meinen Morgenmantel. »Und dann ist da noch Onkel Josh. Ich möchte gar nicht wissen, was der dir beibringt.«

Ich öffne die Badezimmertür und gehe hinaus, stoße mir den Zeh am Bücherregal, dessen Einzelteile immer noch auf dem Flur darauf warten, aufgebaut zu werden. Einige Dinge ändern sich nie.

»Adam. Ich bin fast wieder über das Bücherregal gefallen«, platzt es aus mir heraus, bevor ich es verhindern kann. Ich humpele die Treppe hinunter und versuche, die Verärgerung aus meiner Stimme zu verbannen. »Adam?«

Er liegt auf dem Sofa und wühlt in einer Schale mit Kesselchips herum, die er auf seinem Bauch balanciert. Eine Dose Bier steht auf dem Boden.

Ich stehe auf der Mitte der Treppe, und der Schmerz im Zeh vergeht.

Mein Mann.

Ich watschele zu ihm, falle unbeholfen auf die Knie und bedecke sein Gesicht mit Küssen. Seine Lippen schmecken nach Käse und Zwiebeln.

»Wenn ich das der Tatsache zu verdanken habe, dass ich dir das teure Schaumbad und nicht die Eigenmarke von Asda gekauft habe, dann keine Ursache.«

»Deshalb nicht, sondern weil ich dich liebe.« Ich kann nicht aufhören zu lächeln. »Josh tut das auch, obwohl ich dir von ihm ausrichten soll, dass ein einbeiniger, halb blinder Affe mehr Tore halten kann als du heutzutage. Wir … äh … haben kürzlich miteinander gesprochen.«

Adam lacht, aber gibt zu: »Ich fühle mich tatsächlich ein bisschen zu alt für die Mannschaft. Ich glaube, ich höre auf.«

»Tu das nicht«, sage ich entschlossen. »Gib nie irgendetwas auf.«

»Ich dachte, es würde dich freuen.«

»Ich freue mich, wenn du fit und stark bist.«

Träge fahre ich mit den Fingern über sein Handgelenk. Dort, wo seine Uhr gesessen hat. Er trägt keine mehr.

»Ich warte«, sagt er.

Fragend schaue ich auf.

»Auf meinen Anpfiff wegen des Bücherregals.«

»Nein, das ist in Ordnung«, sage ich, aber dann fällt mir ein, was Eva mir erklärt hat. Adam und ich fressen alles in uns hinein, und das hat zu unserem tiefer liegenden Groll geführt. »Aber eigentlich ist es das nicht.«

»Da haben wir's.« Adam setzt sich auf.

»Ich will nicht streiten.« Die Zeit ist zu kostbar. »Aber können wir reden?«

»Ja.« Er rutscht zur Seite und klopft auf das Kissen neben sich.

»Bist du der Meinung, dass ich auf dir rumhacke?« Ich spreche in ruhigem Tonfall.

»Ein bisschen.« Er wirft mir einen Blick zu. »Du lässt dich oft über das Bücherregal aus. Weil du stinksauer auf mich bist wegen … anderer Dinge.«

»Überhaupt nicht.« Ich mache mir im Geiste eine Notiz, auf die *anderen Dinge* zurückzukommen. »Wenn ich mich manchmal darüber beklage, dass das Bücherregal nicht aufgebaut worden ist, dann mache ich das, weil ich tatsächlich möchte, dass das Bücherregal aufgebaut wird.«

»Ich glaube, wir wissen beide …«

»Nirgends kann ich meine Bücher hinstellen«, füge ich behutsam hinzu. »Adam, ich bin durchaus in der Lage, das Regal selbst aufzubauen. Ich bin auch durchaus in der Lage, die Küche zu streichen. Und das Esszimmer kann ich auch renovieren …«

»Du wolltest da aber Tapete haben.« Adams Stimme klingt gereizt, und ich ermahne mich, ruhig zu bleiben. Zum Teil frage ich mich, ob es das überhaupt wert ist, dieses Gespräch zu führen. Was es bringen soll. Falls … *Wenn* Adam aufwacht, wird er sich wahrscheinlich nicht mehr daran erinnern, aber trotzdem tröstet mich der Gedanke, dass ich unsere Beziehung in gewissem Maß retten kann. Ich denke, dass das ein positiver Schritt ist.

»Na gut, dann bin ich durchaus in der Lage, jemanden zu bezahlen, der das Esszimmer tapeziert.« Ich nehme seine Hand. »Es ist nicht wichtig für mich, wie die Sachen erledigt werden, aber für dich scheint es das zu sein. Jedes Mal, wenn ich dir Hilfe anbiete oder sage, dass ich einen Handwerker engagiere, gerätst du ziemlich in Rage.«

»Na ja, ich bin der Mann, und ich sollte …«

»Fang nicht mit diesem sexistischen Mist an. Wir leben nicht mehr in den Fünfzigerjahren, und du bist doch auch sonst für Gleichberechtigung auf allen anderen Gebieten. Warum bedeutet dir das so viel?«

»Weil. Ich habe irgendwie das Gefühl, ich sollte … gewisse Dinge zustande bringen.«

»Dinge?«

Adam entzieht mir seine Hand. »Möchtest du eine Tasse Tee?«

»Nein. Ich möchte reden. Adam, *bitte.*« Ich weiß nicht, wie viel Zeit ich noch mit ihm habe.

»Ich weiß nicht, was ich sagen soll.«

»Wir werden bald eine Familie sein. Wir müssen lernen zu kommunizieren.«

»Wir reden doch.«

»Nicht richtig. Nicht so wie früher. Erinnerst du dich daran, als wir uns kennenlernten?«

Wir schweigen. Beide sind wir wieder zurück am Strand.

Ich ergreife als Erste das Wort. »Was meinst du mit *zustande bringen*, Adam?«

»Ein Baby.« Und das sind sie. Die *anderen Dinge*. Das, worüber wir nie gesprochen haben. »Ich konnte dich nicht schwängern …«

»Wegen meiner Endometriose. Das war nicht deine Schuld.«

»Ich hatte aber das Gefühl, dass du mich verantwortlich gemacht hast.«

»Warum?« Ich spüre einen Druck auf der Brust. Wie hatte es passieren können, dass ich ihm das Gefühl gegeben habe?

»Weil du so bissig zu mir warst. Jeden Monat.«

»Ich war … traurig. Traurig, dass ich nicht schwanger war. Und ich hatte Schuldgefühle, dass es alles an mir lag. Ich dachte, du würdest mir die Schuld geben.«

»Das habe ich nicht. Ich fühlte mich … hilflos. Es wurde alles so erdrückend. Ich dachte einfach, ich würde dich in vielerlei Hinsicht enttäuschen. Also, welchen Sinn hatte es? Eine Wand zu streichen oder einen Beetrand im Garten abzustechen hätte im Großen und Ganzen nichts ändern können. Es schien so belanglos zu sein. Ich kann dir kein Baby machen, aber ich habe den tropfenden Wasserhahn repariert.« Er wedelte mit den Händen herum.

»Ich wünschte, du hättest den tropfenden Wasserhahn repariert.« Ich lächele, um ihm zu zeigen, dass ich einen Witz gemacht habe. »Es tut mir leid, Adam. Ich habe wirklich nicht gewusst, dass du dir die Schuld gegeben und dich unzulänglich gefühlt hast.«

»Mir tut es auch leid, dass ich nicht mitbekommen habe, wie du dich gefühlt hast. Ich bin ein ziemlicher Idiot gewesen.«

»Und ich eine ziemliche Zicke.«

»Eine ziemlich üble.« Er hebt die Augenbrauen, und ich stoße ihn mit der Schulter an.

»Zuerst dachte ich, dass es klappen würde, und als es das nicht tat …« Er wird ernst. »Jeden Monat … Die Enttäuschung, die zu Verzweiflung wurde, weil es nicht klappte. Angst, dass es nie klappen würde, und dann war plötzlich so viel Zeit vergangen, dass es abwegig erschien, das Thema wieder aufzugreifen. Und du hast es auch nie mehr zur Sprache gebracht …«

»Ich hatte Angst davor, was du sagen würdest. Was du von mir denken würdest«, sage ich leise.

»Ich auch.«

Unsere Hände finden sich.

»Ist jetzt alles okay zwischen uns?«, fragt er.

»Ja, aber wir müssen das regelmäßig machen. Miteinander reden. Nicht versuchen zu erahnen, was der andere denkt. Wir sollten einander wissen lassen, was wir brauchen.«

»Ich brauche dich.«

Ich küsse ihn, und meine Finger schieben sich unter sein T-Shirt. Es fühlt sich … richtig an. Ich finde seine Gürtelschnalle, den Knopf seiner Jeans. Unsere Küsse sind heiß, leidenschaftlich. Ich atme stoßweise und unregelmäßig. So … so habe ich mich früher gefühlt. Von Verlangen überwältigt. Von Leidenschaft. Das hier ist keine routinemäßige Aufgabe, die erledigt werden muss, weil uns eine App sagt, dass es der richtige Zeitpunkt sei. Wir haben bereits ein Baby gezeugt. Als seine Finger jetzt mit federleichten Berührungen über meinen Körper wandern, den Umriss meines BHs nachzeichnen, habe ich das Gefühl zu sterben, wenn er mich nicht richtig anfasst. So waren meine Gefühle früher für ihn gewesen.

»Adam.« Unsere Gesichter sind nur Zentimeter voneinander entfernt. »Ich will dich. Ich möchte, dass du …«

Ich beende meinen Satz jedoch nicht, denn plötzlich spüre ich einen brennenden Schmerz im Kopf, und Adam entgleitet mir.

Alles wird schwarz.

Kapitel 48

Oliver

»Was ist schiefgegangen?«, fragt Eva. Aufmerksam beobachtet sie Oliver und sitzt dicht neben ihm. Oliver rückt verlegen von ihr ab.

»Ich bin mir nicht sicher.« Er streicht sich über den Bart. »Eine kurzzeitige Veränderung der Stromversorgung vielleicht. Wir überprüfen gerade alles. Geht es Anna gut?«

»Sie ist verärgert, weil sie ohne Vorwarnung von Adam weggerissen worden ist, und mir gefallen ihre Kopfschmerzen nicht. Dieses Nasenbluten war auch scheußlich.«

»Ich weiß nicht, ob die Magnete und die Prozessoren im Scanner zu stark sind oder ob die zusätzlich installierte Gefühlserkennung in der VR-Brille einfach zu viel ist. Anna ist allerdings von Sofia untersucht worden. Sie ist erschöpft, aber körperlich in Ordnung. Ich meine, ist sie … emotional okay?«

»Sie war … begeistert.«

»Begeistert?« Oliver denkt, dass das eine sonderbare Wortwahl ist.

»Begeistert, dass sie einige der Kommunikationsstrategien anwenden konnte, über die wir gesprochen hatten.«

»Das ist also etwas Gutes?«

»Es ist … merkwürdig.«

»Warum?«

»Es handelt sich doch um Adams Bewusstsein. Adams Traum sozusagen. Wie kann es sein, dass er genau an das Gleiche denkt, was ich gerade an dem Morgen mit ihr besprochen hatte?«

»Die Art ihrer Verbindung muss ihr einen gewissen Einfluss verleihen, und ihre Verbundenheit bedeutet, dass sie eine intensivere Studienteilnehmerin ist, als ich es beispielsweise wäre.«

»Sind Sie sich sicher, dass es so ist? Dass es sich um Adams Bewusstsein handelt und nicht Annas Fantasie ist?«

»Nein, aber das ist das Wichtige bei klinischen Studien. Strukturen zu bestimmen. Fakten.«

»Wenn es Adams Gedanken sind, wie kommt es dann, dass Anna sich zu Beginn allein im Bad befand? Ohne ihn.«

»Wir alle haben Gedanken und Träume, in denen andere Leute vorkommen, und wir sind nicht immer dabei. Anna nimmt oft ein Bad. Adam könnte sich mühelos daran erinnern, es nachempfinden. Es war süß, wie sie mit dem Baby gesprochen hat.«

»Ja, das Baby. Sie baut eine zu enge Bindung zu ihm auf. Als wir miteinander sprachen, hatte sie die Hände auf dem Bauch liegen, als wäre sie tatsächlich schwanger. Sie wird am Boden zerstört sein, wenn ihr Part in der Studie vorbei ist. Es wird für sie wieder wie das Trauma der Fehlgeburt sein.«

Oliver schweigt einen Moment. »Ich glaube, ich habe die Auswirkungen auf emotionaler Ebene nicht berücksichtigt, als ich mein Okay dazu gab, Anna an der Studie teilnehmen zu lassen. Jetzt scheint es herzlos zu sein, ihr erlaubt zu haben, mit Adam eine Verbindung einzugehen, auf irgendeiner Ebene bei ihm zu sein, und dann beide nach Großbritannien zurückzuschicken, wo sie keinen Zugriff mehr auf die Geräte haben. Ich mag sie. Ich bin nicht so abgeklärt, wie ich es sein sollte.« Er streicht sich mit der Hand über den Bart. »Habe ich es vermasselt und ein irreversibles Trauma erzeugt?«

»Ich weiß es nicht. Das hier ist nicht unbedingt ein Szenario, das in meiner Ausbildung behandelt wurde, aber ich bin nicht überzeugt davon, dass Ihre Erfindung tut, was sie tun sollte.«

»Was meinen Sie damit?«

»Ich glaube, Anna malt sich die Dinge aus, wie sie sie gerne hätte. Dass sie überhaupt keine Verbindung zu Adam gefunden hat. Sie möchte unbedingt ein Baby, und plötzlich ist sie wieder schwanger.«

»Sie wollen beide ein Baby. Vergessen Sie nicht, dass Adam von der Fehlgeburt nichts weiß. Es ist nicht allzu weit hergeholt zu glauben, dass er …«

»Sie meinen also, dass es funktioniert?«

»Ich glaube, dass Anna es glaubt. Ich denke schon. Hoffe es.«

»Aber können Sie sicher sein?«

Oliver setzt seine Brille ab und reibt sich die Augen. »Nein, sicher kann ich mir nicht sein. Zunächst einmal habe ich den Computer immer noch nicht dazu gebracht aufzuzeichnen. Es ist eine Sache, Standbilder vom Gehirn einer Person zu erfassen, aber der Computer bewältigt keine Bilder, die sich mit Lichtgeschwindigkeit bewegen, so wie es im Bewusstsein abläuft. Ich selbst hätte an der Studie teilnehmen sollen, dann müsste man sich nicht fragen, ob es ein Erfolg war oder nicht. Aber …« Er seufzt und setzt die Brille wieder auf.

»Clem«, sagt Eva leise.

»Ich erinnere mich daran, wie das ist. Dieses Warten. Die Fragen. Anna erinnert mich ein bisschen an Clem. Ein bisschen an mich. Das macht es jetzt schwerer.«

»Wieso?«

»Anna glaubt, etwas Unglaubliches gesehen zu haben, und ich muss derjenige sein, der es ihr wieder nimmt.« Etwas brennt in seinen Augen. Seine Vorgehensweise war so falsch. Er schaut zu Eva und wartet auf Antworten, aber sie sagt nichts. »Ich glaube, wir müssen aufhören. Herausfinden, weshalb der Computer nichts aufzeichnet. Sofia ist tatkräftig dabei, einen anderen passenden Kandidaten zu finden. Es gibt da eine Frau im Krankenhaus von St. Barnabas, von der wir glauben, dass sie ideal wäre. Ich werde mit ihren nächsten Angehörigen sprechen. Und ich werde derjenige sein, der beim nächsten Patienten an der Studie teilnimmt.«

»Was ist mit Anna?«

»Sie wird es nicht gut aufnehmen.«

»Natürlich nicht, aber es ist auch nicht fair, sie weitermachen zu lassen, wenn es nicht funktioniert. Das ist fast eine Art der Täuschung.« Eva tippt mit ihrem Stift gegen das Klemmbrett. »Andererseits ist es auch nicht fair, sie herauszuziehen, wenn es funktioniert.«

»Das bringt uns in eine Zwickmühle. Im gegenwärtigen Stadium kann man das nicht zweifelsfrei herausfinden.«

»Doch, das kann man. Sie müssen an der Studie teilnehmen, Oliver. Mit Adam.«

Oliver schiebt seine Brille hoch. »Auch wenn Anna dagegen ist?«

»Gerade, weil Anna dagegen ist. Warum will sie nicht, dass Sie es versuchen, Oliver? Weiß sie, dass sie es sich in gewisser Weise alles nur einbildet?«

Oliver denkt darüber nach. »Sie haben recht. Ich werde es selbst versuchen. Lassen Sie uns auf die eine oder andere Art herausfinden, ob es funktioniert, wie Anna behauptet.«

»Und wenn nicht?«, fragt Eva.

Die Antwort auf diese Frage schmerzt Oliver. »Dann werde ich sie beide nach Hause schicken müssen.«

Kapitel 49

Anna

»Nein.« Ich kann nicht glauben, was ich höre. »Ich habe Ihnen doch gesagt, dass ich das noch nicht will. Sie sollen noch keine Verbindung zu Adam aufnehmen. Dazu werde ich nicht mein Einverständnis geben.«

»Anna, nach dem gestrigen Tag kann ich Sie das nicht noch einmal versuchen lassen.«

»Mir geht's gut. Es war ein Schock, dass Sie mich zurückgeholt haben, ohne rückwärts zu zählen, aber es geht mir gut. Die Kopfschmerzen sind nicht schlimmer.« Das sind sie, aber das werde ich ihm nicht erzählen.

»Ich glaube Ihnen nicht. Sie halten immerzu Ihren Kopf. Da stimmt etwas nicht.«

»Außer dass mein Mann nur eine dreiprozentige Überlebenschance hat?« Ich habe Mühe, meine Fassung zurückzugewinnen. »Schauen Sie. Das hier bedeutet mir so viel, Oliver. Mehr als Sie ahnen.« Adam und ich können die Beziehung führen, die ich immer wollte. Zu dritt, nicht zu zweit. Offen und ehrlich. Mit Gesprächen über unsere Gefühle. Ich werde nicht nachgeben. »Sie *schulden* mir etwas. Wenn ich nicht hergekommen wäre, würden Sie sich immer noch zu etwas gratulieren, was Sie auf dem Papier konstruiert haben, von dem Sie jedoch nicht wüssten, ob es in der realen Welt funktioniert.«

»Es ist schon ein bisschen technischer als das …«

»Mir sind die technischen Einzelheiten *egal.* Der Konstruktionsprozess. All Ihre Fakten und Zahlen. Aber mein Mann ist mir *nicht* egal.« Ich senke die Stimme. »Ich muss bei ihm sein.«

»Ich … ich bin mir nicht sicher, ob Sie tatsächlich bei ihm sind.« Wieder schiebt Oliver seine Brille hoch. »Was Sie sehen, beschreiben, ist …« Er streicht sich über den Bart, während ich warte und mir wünsche, er würde sich beeilen. Ich möchte am liebsten die Worte aus ihm herausschütteln. »Es ist möglich, dass es nicht … nicht Adams Bewusstsein ist, sondern Ihre eigenen Vorstellungen sind. Die Dinge …«

»Alles, was ich Ihnen erzählt habe, ist wahr.«

»Aber ich habe es nicht selbst sehen können.«

»Das *weiß* ich.« Er erzählt mir nichts Neues. »Deshalb erinnere ich mich an *alles* und erzähle Ihnen *alles.*« Meine Hände wandern zu meinem Bauch. »Ich habe nichts unterschlagen.«

»Anna, die Sache ist folgende. Es gibt keine Garantie, dass das, was Sie mir beschrieben haben, von Adam stammt, wenn ich die Bilder nicht aufzeichnen kann. Sie teilen dasselbe Leben, Sie wollen dieselben Dinge.« Oliver betrachtet mich genau, während ich verarbeite, was er gerade gesagt hat. »Die einzige Möglichkeit herauszufinden, ob es funktioniert, ist, wenn jemand anders …«

»Auf gar keinen Fall.« Wütend schüttele ich den Kopf. »Kein anderer erforscht den Verstand meines Mannes. Alles, was ich sehe und fühle, sind Adams Gedanken. Das weiß ich genau.«

Oliver lehnt sich zurück. Stupst seine Brille an, die wieder von der Nase rutscht. Am liebsten würde ich sie ihm von seinem besorgten Gesicht reißen und auf den Boden werfen. Ich hole tief Luft. Zwinge mich, mich zu beruhigen.

»Es funktioniert *tatsächlich.*« Ich kämpfe gegen die Tränen an. »Ich werde Ihnen noch nicht die Erlaubnis geben, mit Adam in Verbindung zu treten.«

»Anna …«

»Wenn Sie weitermachen wollen, müssen Sie wieder mich nehmen.« Ich weiß, dass er nicht aufgeben will. »Sie haben doch keinen anderen außer Adam, oder?«

Es entsteht eine Pause. Wieder streicht er sich nervös über den Bart. »Ich habe Ihnen erzählt, dass es zahlreiche Teilnehmer geben werde. Unsere Ergebnisse dürfen nicht allein auf Adam beruhen.«

»Aber …« Mir ist schlecht vor Panik. »Sie haben noch keinen anderen, oder?«

»Noch nicht, nein. Aber Ihnen muss klar sein, dass wir daran arbeiten. Dass Sie hier sind und teilnehmen, ist kein Langzeitplan, Anna. Das wussten Sie.«

»Aber …« Ich schaue zu Sofia. Sie weicht meinem Blick aus.

»Ich habe immer gesagt, dass ich die Flugkosten für Sie übernehmen werde sowie die Kosten für einen Privatarzt in Großbritannien, der Adam beurteilt, nachdem wir die Ergebnisse, die wir brauchen, gesammelt haben.«

»Gut.« Wut hat meine Tränen getrocknet. »Möchten Sie, dass wir jetzt abreisen, oder möchten Sie weitermachen und mich es noch einmal versuchen lassen?« Mein Herz klopft. Ich lasse es darauf ankommen.

Es funktioniert.

Schon bald verschränke ich meine Finger mit Adams. Oliver zählt rückwärts. Ich bin nicht mehr so angespannt wie die ersten Male, erwarte, mühelos in mein Leben, mein Zuhause zurückzugleiten. Ich spüre, wie ich falle und falle, und ich warte.

Anstatt des leichten Schwindelgefühls und der Orientierungslosigkeit, die ich sonst gespürt hatte, wenn Oliver bei eins angekommen war, zerreißt mich ein Schmerz.

Ich habe Schmerzen wie nie zuvor in meinem Leben.

Kapitel 50

Oliver

Oliver ist von sich selbst enttäuscht, weil sein Verlangen, mit der Studie fortzufahren, seine Entschlossenheit gebrochen hat, derjenige zu sein, der dieses Mal teilnehmen sollte. Trotz seiner Beteuerungen, es sei letztes Mal ein Stromausfall gewesen, der Anna zu schnell zurückgerissen habe, fragt er sich, was ist, wenn es keine einmalige Störung war? Oliver ist nicht davon überzeugt, dass das hier sicher ist. Er ist besorgt darüber, welche Erfahrungen Anna dieses Mal wohl machen wird, und beobachtet sie aufmerksam, während er rückwärts zählt. Sieht, wie ihre Füße zucken, als er bei eins ankommt. Durch sein Mikrofon hört er ihre Atmung. Sie ist schnell.

Zu schnell.

Kapitel 51

Anna

Die Flutwelle des Schmerzes trifft mich noch einmal. Ich kneife die Augen zusammen und schlage mich mit meinem Gehirn herum, das meinen Arm anheben soll. Oliver muss mich zurückholen. Irgendetwas stimmt nicht.

Stimmt ganz und gar nicht.

»Wir müssen dich ins Krankenhaus bringen.« Adams Stimme erreicht mich. Ich versuche, ihm zu sagen, dass wir bereits im Krankenhaus sind, aber der Schmerz erfasst mich erneut und nimmt mir den Atem. »Verdammt!« Ich spüre seine Panik. »Die Wehen kommen in immer kürzeren Abständen. Lass uns fahren, sonst bekommst du das Baby noch im Auto.«

Ich öffne die Augen und sitze zu Hause auf der Treppe. Adam sehe ich abwechselnd scharf und unscharf, aber seine Gegenwart beruhigt mich, und meine Atmung wird flacher.

»Bekommen wir … Bekommen wir ein Baby?«, frage ich.

»Darauf kannst du dich verlassen. Deine Tasche fürs Krankenhaus ist im Auto. Kannst du so weit laufen?« Er stützt mich.

»Aber … aber ich bin noch gar nicht bereit.« So sollte es nicht sein.

»Du hast neun Monate Zeit gehabt, um dich bereit zu machen. Der kleine Greg kommt. Ob es dir gefällt oder nicht.«

»Wir nennen unseren Sohn nicht wie eine verdammte Comicfigur.« Ich beiße die Zähne zusammen und schiebe mich aus der Haustür.

»Besser als nach einem Zauberlehrling, der eine Eule als Haustier hat.« Adam lächelt. Eine weitere Wehe überrollt mich, und am liebsten hätte ich ihm das Lächeln aus seinem blöden Gesicht gehauen. Aber gleichzeitig möchte ich sein blödes Gesicht auch mit Küssen bedecken.

Wir bekommen ein Baby!

Im Krankenhaus werden wir in unser Zimmer gebracht, und uns wird Helen vorgestellt, unsere Hebamme. Sie liest meinen Geburtsplan, lächelt und sagt mir, ich solle einfach Bescheid geben, wenn ich meine Meinung zu Schmerzmitteln ändere.

»Ich komme gleich und sehe nach Ihnen«, sagt sie.

»Warten Sie. Was? Sie können mich nicht *allein lassen.*« Panik macht sich im Raum breit – die von mir und Adam.

»Das dauert noch eine Weile bei Ihnen. Keine Sorge. Drücken Sie den Summer, wenn Sie etwas brauchen.« Und dann ist sie weg.

»Wir schaffen das schon«, meint Adam unsicher. »Ich habe etwas für dich.«

Er wühlt in seinem Rucksack herum und befördert eine Tupperbox mit Sandwiches und ein Tetrapack meines Lieblingsananassafts zutage. Wieder sucht er etwas, und ich hoffe, er zieht keine Kamera hervor, aber als er sich zu mir umdreht, hat er eine violette Samtschachtel in der Hand. Darin befindet sich ein zierliches Armband, an dem ein kleiner silberner Kinderwagen baumelt.

»Der Anhänger wurde von dem kleinen Laden neben der Bucht auf Alircia handgefertigt. Nachdem du mir erzählt hattest, dass du schwanger bist, habe ich ihn am nächsten Morgen gekauft.«

Am Tag des Jachtunfalls. Ich bin zu überwältigt, um zu sprechen.

Besorgt redet er weiter. »Ich hatte die Anhänger gesehen, als ich das Liebesschloss gekauft habe. Als du mir erzähltest, wir würden ein Baby bekommen, da wusste ich, dass ich zurückgehen und einen zum Thema Baby passenden kaufen musste, den ich dir geben würde, wenn sich der Kleine auf den Weg macht. Gefällt er dir?«

Ich nicke, und der Kloß im Hals verhindert immer noch, dass ich etwas sagen kann, aber mir gefällt der Anhänger. Sehr sogar.

Die Nacht scheint endlos zu sein. Manchmal denke ich an Olivers Worte, dass das Unterbewusstsein die Zeit verlängert. Dass sich dreißig Minuten wie eine Ewigkeit anfühlen können, aber ich bin immer noch erschöpft und von Schmerzen geplagt. In meinem Kopf dreht sich alles vom Lachgas, das ich eingesaugt habe. Ich habe alle anderen Medikamente abgelehnt, weil ich weiß, dass sie den Geburtsprozess verlangsamen können, und ich sehne mich danach, dass die Wehen vorbei sind. Die Angst, dass Oliver mich zurückholen könnte, bevor ich mein Kind gesehen habe, führt dazu, dass ich Adams Hand drücke, die Zähne zusammenbeiße und presse.

»Noch nicht«, sagt Adam. »Die Hebamme sagt …«

»Mir ist scheißegal, was Helen sagt.« Ich halte den Schmerz keine Sekunde länger aus. »Und du kannst dich auch verpissen.« Ich schüttele seine Hand ab, und als er versucht, wieder nach meiner zu greifen, schlage ich nach ihm, bevor ich sein Handgelenk packe. »Tut mir leid. Tut mir leid. Bitte verlass mich nicht.«

»Ich kann kaum nach Hause fahren.« Er hält sich die Hand. »Ich glaube, da ist etwas gebrochen.«

»Soll das ein Witz sein?«

Vorsichtig beugt er die Finger. »Das tut wirklich weh, Anna.«

»Adam!« Unsere Blicke treffen sich, und gleichzeitig legen die Wehen eine Pause ein. Ich ertappe mich dabei, wie ich lache, und sauge noch einmal das Gas ein. Dieses Mal aus Spaß.

»Kann ich auch was davon haben?«, fragt Adam. Ich reiche ihm den Schlauch. Er nimmt einen tiefen Atemzug, und ein Lächeln breitet sich auf seinem Gesicht aus.

»Boah. Das ist wirklich guter Stoff. Bist du dir sicher, dass du die Geburt nicht rausziehst, nur damit du …«

»Ich sorge gleich dafür, dass *dich* jemand rauszieht.« Ich nehme das Mundstück und atme das Gemisch wieder tief ein. »Josh würde das gefallen.«

»Erzähl es ihm bloß nicht. Der schwängert glatt irgendeine arme Frau nur wegen des legalen Rausches.«

»Glaubst du, er schwärmt immer noch für Nell?«

»Ja.« Adam wischt mir die Stirn mit einem feuchten Handtuch ab. »Als er dich zum ersten Mal traf, da dachte er, er hätte eine Chance bei dir, glaube ich.«

»Wirklich?«

»Erinnerst du dich nicht mehr, wie er dir die Hand geküsst hat, als du ihm vorgestellt wurdest? *Ein wunderschöner Name für eine wunderschöne Frau.* Dieser alte Schleimer.«

»Na ja, wenn das alles war, was er draufhatte …« Ich zucke zusammen. Warte darauf, dass die Wehe vorbei ist, bevor ich einen weiteren Eissplitter aus dem Styroporbecher auf meinem Nachtschrank fische und ihn mir auf die Zunge lege.

»Oh, ich habe ihm dringend von irgendwelchen Annäherungsversuchen abgeraten.«

»Ach, hast du das?«

»Ich habe mich sofort in dich verliebt, Star. He, das ist ein guter Name für ein Mädchen!«

»Wir werden eine eventuelle Tochter nicht so nennen, wie du mich genannt hast, als wir Sex hatten!«

»Gutes Argument. Josh meint, wenn es ein Junge wird, sollten wir ihn Joshua nennen.«

»Um Himmels willen, nein.«

»Ich hab zu ihm gesagt, er solle froh sein, dass wir ihm zutrauen, Patenonkel zu sein.«

»Tun wir das?«

»Du hast dich doch nicht umentschieden, oder? Er hat Ja gesagt.«

»Solange er sich bei der Taufe nicht betrinkt.«

»Ich habe ihm erklärt, dass das nicht wie bei einer Hochzeit ist, wo man als Trauzeuge Anspruch auf die erste Brautjungfer hat. Er darf Nell nicht vögeln, weil sie die Patentante ist.«

»Er durfte Nell auch nicht vögeln, als sie die erste Brautjungfer war!«

»Nein, aber da haben sie sich zum ersten Mal geküsst …«

»Zum ersten und zum letzten Mal. Verdammt!« Eine weitere Wehe erfasst mich. Der Schmerz wird schlimmer.

»Veratme die Wehe.« Adam holt langsam und komisch Luft, aber da mir nichts anderes einfällt, was ich versuchen könnte, passe ich mich mit meiner Atmung seiner an. Der Schmerz lässt nach.

Die Tür geht auf, und Helen eilt zurück ins Zimmer. »Dann wollen wir mal schauen.« Sie zieht sich Handschuhe an, und ich spreize die Beine. Meine Würde habe ich bereits vor Stunden verloren.

»Es ist fast so weit.« Sie tätschelt meinen Oberschenkel. »Ich bin in ungefähr zehn Minuten wieder da.«

»Mist. Zehn Minuten.« Adams gestresster Gesichtsausdruck lässt mich mein eigenes Unbehagen vergessen.

»Du wirst ein toller Vater sein, Adam.«

»Ich weiß nicht …«

»Aber ich«, sage ich mit Nachdruck. »Du bist tapfer und selbstlos und …«

»Ich kann ein egoistischer Blödmann sein …«

»Halt den Mund.« Ich setze mich auf und strecke die Hände aus, umfasse sein Gesicht. »Wenn es darauf ankommt, ist dir das Wohl anderer immer wichtiger als dein eigenes, auch …« Mir versagt die Stimme. »Auch wenn ich mir manchmal wünsche, das wäre anders, bist du mein größter Held. Ich bin so stolz auf dich.«

»Anna.« Sein Finger streicht sanft über meinen Ehering. »Meine Frau. Ich liebe dich so sehr.«

»Ich liebe dich auch, und es tut mir leid, dass wir eine harte …«

»Das ist nicht wichtig. Das Hier und Jetzt ist alles, was zählt.«

Ich nicke, bin zu ergriffen, um zu antworten. Wenn er nur wüsste, wie wahr das ist.

»So.« Helen kommt wieder ins Zimmer. »Sind Sie bereit?«

»Moment!« Adam wühlt wieder in seinem Rucksack herum und zieht eine CD heraus. »Bei der Besichtigung der Entbindungsstation wurde uns gesagt, man könne Musik mitbringen.«

»Ja. Die hätten Sie früher spielen können.«

»Nein. Das ist nur für jetzt.« Adam lächelt, als Helen die CD in das Abspielgerät schiebt. Ich erwarte fast einen Mix aus Musik der Achtzigerjahre, eine Mischung aus furchtbaren Songs, wie sie in der Bar auf Alircia gespielt wurden, als wir uns das erste Mal sahen. Madonna sang »True Blue«, als Nell mir einen leuchtend pinkfarbenen Cocktail reichte, der mit Papierschirmchen und Ananas dekoriert war. Doch stattdessen schmachtet Elvis »Love Me Tender«, unser Hochzeitslied.

»Oh, das Lied liebe ich!«, ruft Helen.

»Vielleicht nicht mehr lange, wenn Anna dieses Baby nicht verdammt schnell herauspresst. Der Titel wird neunzig Minuten lang wiederholt.«

»Ihre Frau könnte in Versuchung geraten, Ihnen den CD-Player an den Kopf zu werfen. So.« Helen schaut kurz nach. »Bereit? Sie werden in Kürze Eltern sein.«

Mein Körper wird in zwei Teile zerrissen. Ich schnaufe und keuche. Hechele, wenn Helen mich dazu auffordert. Adam hechelt neben mir. Presse, wenn sie es sagt, und drücke Adams Hände mit meinen. Diesmal beschwert er sich nicht. »Love Me Tender« läuft immer noch, also sind noch keine neunzig Minuten vergangen. Es fühlt sich aber an wie neunzig Stunden. Helen und ich definieren *in Kürze* eindeutig unterschiedlich.

Ich bin jetzt müde. Schweiß bedeckt meine Haut, und das Laken unter mir ist klitschnass. Ab und zu streicht mir Adam die wirren Haare aus dem Gesicht und wischt mir mit einem feuchten Tuch über die Lippen. Die Eissplitter sind längst geschmolzen.

»Ich. Werde. Nie. Wieder. Ein. Baby. Bekommen.« Ich bringe nicht einmal die Energie auf zu weinen. »Ich kann nicht mehr. Ich kann nicht.« Ich klammere mich an Adams T-Shirt fest und schüttele ihn schwach. »Mach, dass es jetzt aufhört.«

»Anna …«

»Ich hab's mir anders überlegt!« Nun schreie ich. Versuche, meine Beine aus dem Bett zu schwingen. Will allem entfliehen. »Ich kann das nicht.« Meine Brust hebt und senkt sich. Ich schluchze, weine aber nicht, und fühle mich wie eine Totalversagerin.

Es ist zu schwer.

Zu schmerzhaft.

Zu alles.

»Ein letztes Mal pressen, Anna!«, ruft Helen.

»Hörst du das, Anna? Noch einmal, und es ist vorbei. Dann haben wir …«

»Wenn du Greg sagst, bringe ich dich um.«

»Machen Sie sich bereit«, blafft Helen. »Tief einatmen und … pressen!«

Ich kneife die Augen zu und beiße die Zähne zusammen, bringe das letzte bisschen Energie auf und presse. Gerade als ich merke, dass mein Kopf kurz davorsteht, wegen der Anstrengung zu explodieren, gibt etwas nach.

»Machen Sie eine Pause. Der Kopf ist draußen.«

»Hast du das gehört, Anna?« Adams Begeisterung ist spürbar. »Es hat einen Kopf! Können Sie schon sagen, ob es ein Junge oder ein Mädchen ist, Helen?«

»Wenn ich das am Kopf erkennen könnte, würde ich medizinische Geschichte schreiben«, sagt sie. »Bereit, Anna? Sie machen das wirklich gut. Tief Luft holen und … pressen.«

Ich balle die Hände zu Fäusten, und das Zimmer verschwimmt vor meinen Augen, weil nicht genug Luft vorhanden ist, bis Helen mir wieder sagt, ich solle eine Pause machen.

»Ein letztes Mal pressen sollte ausreichen«, meint sie.

Ich bereite mich vor, und als sie mich anweist zu pressen, tue ich das, bis sie mir wieder sagt, ich solle aufhören.

»Braves Mädchen. Es ist alles vorbei. Sie haben das prima gemacht. Zwei Sekunden und …«

Ein durchdringender Schrei erfüllt den Raum.

Ein Baby.

Mein Baby.

»Gut gemacht, Anna. Du warst unglaublich.« Adam presst seine Lippen hart auf meine. Er weint. Ich weine. Sein Gesicht strahlt vor Freude. Seine Augen leuchten. Wieder ist er der Junge bei unserer ersten Begegnung. Der junge Mann aus der Bar. Die dazwischenliegenden Jahre, in denen wir stritten und uns unserer sicher waren, schmelzen dahin. Ich bin wieder vierundzwanzig. Verliebe mich bedingungslos.

»Ich liebe dich«, schluchze ich.

»Ich liebe dich auch.« Er wischt mir und sich über die Augen. »Ich habe bezweifelt, dass das je geschehen wird.« Er schlägt sich mit beiden Händen vor den Kopf. »Ich bin Vater!«

Und ich bin Mutter. So viele Gefühle kämpfen in mir um die Vorherrschaft, und während ich versuche, sie auseinanderzusortieren, durchdringt Olivers Stimme meinen Schleier aus Erschöpfung, freudiger Erregung und Schmerz. Er hat begonnen, rückwärts zu zählen.

Zehn

Nein!

Neun

»Schnell.« Ich fordere Helen durch Handzeichen auf, mir mein Baby zu bringen.

Acht

Beeilung!

Sieben

Ich muss mein Kind sehen.

Sechs

Es im Arm halten.

Fünf

»Ist es ein Junge oder ein Mädchen?«

Vier

»Ich gratuliere Ihnen, Anna.« Helen macht eine Pause.

Drei

»Sie haben ein vollkommen gesundes …«

Zwei

»… Baby …«

Eins

Ich bin zurück.

Kapitel 52

Oliver

»Nein!«, schreit Anna, als Sofia versucht, ihr vom Patiententisch herunterzuhelfen. Sie kämpft darum, die Brille wiederzubekommen. Aus ihrer Nase schießt Blut. »Ich muss es wissen. Schicken Sie mich zurück. Schicken Sie mich sofort zurück!«

»Anna.« Oliver eilt auf sie zu. Sofia tritt zurück und reibt sich das Handgelenk, während Anna Oliver hasserfüllt anstarrt.

»Ich verstehe, dass …«, beginnt er.

»Sie verstehen überhaupt *nichts*. Ich war gerade dabei, es herauszufinden. Noch eine Sekunde. Warum konnten Sie nicht warten? Eine. Einzige. Sekunde.«

Oliver reicht ihr ein Taschentuch. Sie drückt es auf ihre Nasenlöcher. Sofort färbt es sich purpurrot.

»Anna, lassen Sie uns irgendwo reden.«

Sie schüttelt den Kopf und zuckt bei der Bewegung zusammen.

»Bitte kommen Sie mit mir.« Er hält ihr die Hand hin, um ihr vom Tisch herunterzuhelfen, aber sie wehrt sie ab. Oliver ist beschämt, als er sieht, wie sie sich abmüht. Ihr Gesicht vor Schmerzen verzieht. Er hatte die unbestrittene Wahrheit aus den Augen verloren, dass Liebe etwas ist, was die Wissenschaft nicht vorausberechnen kann. Nicht kontrollieren kann. Wie hatte er so dumm sein können zu glauben, es sei eine nette Erfahrung für Anna, Adam zu besuchen, wie man einen Freund besuchte? Sich freute, ihn zu sehen, es jedoch auch in Ordnung fand, wieder zu gehen. Oliver vermutet, einen furchtbaren Fehler gemacht zu haben.

»Lassen Sie uns an die frische Luft gehen«, schlägt er vor.

Sie setzen sich auf eine Bank vorm Institut, schauen aufs Meer und beobachten, wie sich die Möwen in den Himmel erheben und wieder hinabstoßen. Lauschen ihren Schreien.

»Möwen bleiben ein Leben lang zusammen«, sagt Oliver. »Sie kommen jedes Jahr zur selben Brutstätte zurück. Jede Spezies möchte eine Verbindung eingehen. Ein Zuhause finden.«

»Adam ist mein Zuhause.« Anna nimmt einen Schluck aus einer Wasserflasche.

»Es tut mir so leid«, sagt Oliver und nimmt ihre Hand. Sie lässt es zu. Eine Zeit lang starren sie in die Ferne. Oliver weiß, dass Anna nicht die hohen Klippen oder die hoch am Himmel stehende Sonnenblumensonne sieht – für sie gibt es nur Adam. Er räuspert sich. »Ein gewisser Prozentsatz der Bevölkerung lehnt die wissenschaftliche Entwicklung aus religiösen oder moralischen Gründen ab. Das sind diejenigen, die glauben, dass Menschen nicht in die natürliche Ordnung der Dinge eingreifen sollten. Das war für mich immer Schwarz-Weiß-Denken. Wenn es eine Krankheit gibt, für die wir ein Heilmittel finden können, warum dann nicht die notwendigen Behandlungsmöglichkeiten schaffen? Wenn jemand Blut braucht, kann es doch nicht schlimm sein, das Blut eines anderen zu übertragen. Ich glaube … ich glaube, was richtig und was falsch ist, ist subjektiv. Ich war der Meinung, es sei eine gute Sache, die Mittel zu schaffen, mit denen diejenigen, die wegen eines Locked-in-Syndroms oder eines Komas oder irgendetwas völlig anderem nicht mehr kommunizieren können, in der Lage sind, ihre Gedanken und Gefühle mitzuteilen. Äußern können, was sie brauchen. Trost finden und ihren Angehörigen Gewissheit geben, dass sie immer noch … existieren. Es ist absolut grausam, wenn der Körper von jemandem, den man liebt, vor einem liegt, aber sein Geist … sein Geist …«

»Wünschen Sie sich, Sie hätten die Technologie nicht entwickelt?« Anna kann ihn nicht anschauen.

»Ich weiß es nicht.« Oliver weiß nicht, wie er sich fühlt. Was er getan haben sollte. Was er jetzt tun sollte, wenn er weitermachte.

»Heute …« Anna atmet langsam aus. »Heute habe ich ein Baby bekommen.« Sie wendet sich mit Tränen in den Augen Oliver zu. »Ich werde vielleicht nie mehr schwanger. Erlebe nicht mehr, wie es sich anfühlt, wenn man ein Kind gebärt. Ich fühle vielleicht nie wieder diese unermessliche … intensive Liebe, die auf der Stelle da war, als mein Kind auf die Welt kam. Ihretwegen habe ich das heute gefühlt. Danke dafür.«

»Kein Wunder, dass Sie so verzweifelt waren, als ich Sie zurückgeholt habe.«

»Die Hebamme wollte mir gerade sagen, ob es ein Mädchen oder ein Junge war. Oliver, werde ich das je herausfinden?«

»Ich weiß es einfach nicht.« Er erwartet, dass sie auf eine richtige Antwort drängt, doch stattdessen sagt sie: »Ich werde nach Adam sehen.«

Oliver schaut ihr nach, als sie davongeht. Ihr Körper ist vornübergebeugt, und sie macht einen müden Eindruck. Er bleibt auf der Bank sitzen. Nach einiger Zeit gesellt sich Eva zu ihm.

»In fünfundzwanzig Jahren als klinische Psychologin habe ich so viele Gemüts-, Verhaltens- und Geisteskrankheiten beurteilt, diagnostiziert und behandelt. Ich habe es Patienten ermöglicht, mit chronischen Krankheiten umzugehen. Mit extremem Druck fertigzuwerden. Aber das hier … das ist etwas völlig anderes. Ich fühle mich dem nicht gewachsen, Oliver.«

»Ich auch nicht.« Das ist die traurige Wahrheit.

»Ich habe Angst, Anna wird zerbrechen, wenn wir weitermachen, aber auch, wenn wir aufhören.«

»Ich auch.«

»Was werden Sie tun?«

»Heute hat sie ein Kind geboren …«

»Sie *denkt*, sie hätte ein Kind geboren. Oliver, ich kann bei dieser Sache nicht mehr mitmachen. Tut mir leid.«

Es tat allen leid.

»Könnten Sie mir vielleicht einen letzten Gefallen tun?«, fragt er. »Könnten Sie Anna zur abschließenden Beurteilung mitnehmen und eine Stunde bei sich behalten? Ich werde das Gerät selbst ausprobieren.«

»Hat sie dazu ihre Einwilligung gegeben?«

»Nein.«

»Ist das ethisch vertretbar?«

»Ist irgendetwas daran ethisch vertretbar? Wir würden aber zumindest auf die eine oder andere Weise wissen, ob etwas davon wahr ist.«

Eva steht auf. »Eine Stunde. Mehr nicht.«

Sofia äußert ebenfalls ihre Missbilligung. »Das ist nicht richtig ohne Annas Einwilligung.«

»Ich bin auch nicht stolz darauf, was ich gleich tun werde.« Oliver ist ganz und gar nicht stolz darauf. Sein Lebenswerk. Sein größter Traum. Jedes Mal, wenn er seine bisherigen Erwartungen mit der Realität vergleicht, bleibt ein saurer Geschmack im Mund zurück. Er hat die Welt nicht verändert, und er weiß, dass er Annas Welt unerträglich macht, wenn er nicht zulässt, dass sie wieder mit Adam in Verbindung tritt. Die Wissenschaft sollte sich weiterentwickeln, Fortschritte machen, sich verbessern. Er hatte vergessen, dass sie auch die Macht hat zu zerstören. Er muss wissen, ob das Gerät funktioniert. Ob er es auf andere Weise benutzen kann. Ohne Menschen zu verletzen. Ohne Anna zu verletzen.

Er setzt die Brille auf. Die Kopfhörer. Es ist warm im Scanner. Klaustrophobisch. Er wartet, zwingt sich, langsam zu atmen, als er auf Sofias Zählen horcht.

Zehn

Bitte funktioniere.

Neun

Mein Lebenstraum.

Acht

Es tut mir leid, Anna.

Sieben

Das hier ist für Clem.

Sechs

Für Adam.

Fünf

Für alle, die je bei einem nicht mehr reagierenden Patienten gesessen haben.

Vier

Für alle, die sich gefragt haben, ob es da noch etwas gibt.

Drei

Clem.

Zwei

Clem.

Eins

Nichts.

Da ist gar nichts.

Fünfzehn Minuten nichts.

Dreißig Minuten nichts.

Es funktioniert nicht.

Kapitel 53

Anna

Bei unserer heutigen Sitzung war Eva anders. Sie fühlte sich unbehaglich. Ständig schaute sie zu Boden, um Blickkontakt zu vermeiden.

Oliver ist eigentlich wie immer, als er an der Wand vor Adams Zimmer lehnt und angestrengt auf seine Schuhe schaut, als wären sie irgendeine Art wundersame wissenschaftliche Entdeckung.

»Ich muss mich ausruhen«, sage ich. Irgendetwas stimmt ganz und gar nicht, aber ich kann im Moment keine weitere Unterhaltung über die Studie ertragen.

Oliver sieht das jedoch anders. »Es tut mir so leid, Anna. Ich habe beschlossen, die Studie zu beenden. Mich wieder in die Entwicklungsphase zu begeben.«

»Aber draußen … auf der Bank … habe ich Ihnen doch vom Baby erzählt. Ich muss wissen, welches Geschlecht mein Kind hatte. Ich dachte, Sie hätten das verstanden.«

»Es gibt kein Baby«, sagt Oliver traurig.

»Doch! Es …« Er kann mich nicht anschauen. Irgendetwas ist passiert. »Was macht Sie so sicher, dass es kein Baby gibt? Bevor Sie nicht wissen, ob das Gerät funktioniert oder nicht.«

»Ich … ich habe festgestellt …«

Sofort weiß ich Bescheid. »O mein Gott.« Ich weiche zurück. »Sie haben es ausprobiert. Als ich bei Eva war.« Er muss nicht antworten. Sein Gesichtsausdruck sagt mir, dass ich recht habe. »Wie konnten Sie das *tun*, Oliver? Ich habe Ihnen *vertraut*. Ich dachte, wir wären Freunde.«

»Wir sind Freunde. Ich sorge mich um …«

»Sie sorgen sich nicht um mich.« Der Gedanke, Adam vielleicht nie wieder reden oder lachen zu hören, nie wieder seine Hände auf meiner Haut zu spüren, ist qualvoll. »Sie machen sich um nichts Sorgen, außer um sich selbst und um Ihre verstorbene Frau. Was würde Clem jetzt von Ihnen denken, Oliver? Dass Sie mich hintergangen haben. Mich belogen haben.« Ich balle die Hände zu Fäusten. »Mir ist egal, welche Erfahrung Sie im Scanner gemacht haben. Für mich funktioniert er. Hören Sie nicht auf damit.«

»Ich muss. Ich habe das endgültig entschieden, und es ist richtig. Auch wenn es nicht so aussieht. So laufen Studien. Wir machen immer wieder Versuche, bis es funktioniert.«

»Und wie lange wird das dauern? Bis Sie überzeugt sind, dass es *funktioniert*? Rechtzeitig für mich? Für Adam?«

Oliver öffnet den Mund und schließt ihn wieder, ohne etwas zu sagen.

»Das dachte ich mir.«

»Es tut mir so leid, Anna.«

»Darauf pfeife ich!« Ich dränge mich an ihm vorbei und laufe in mein Zimmer, werfe mich aufs Bett und weine, als würde mir das Herz entzweibrechen.

Als würde mir erneut das Herz entzweibrechen.

Seit Stunden halte ich Adams Hand. Meine Finger kribbeln, aber ich lasse ihn keine Sekunde los. Ich habe Angst, dass Oliver uns abgeschrieben hat. Es ist nur eine Frage der Zeit, bis er uns nach Hause schickt. Noch vor ein paar Tagen hatte ich für uns beide nach einem Weg gesucht, zurück nach Großbritannien zu kommen, aber jetzt ist der Gedanke an ein überfülltes staatliches Krankenhaus mit überarbeiteten Krankenschwestern und Pflegern, die zwar die besten Absichten haben, aber keine Zeit für ihre Patienten, furchtbar deprimierend. Ich weiß, dass Oliver uns anfangs in ein Privatkrankenhaus bringen lassen wird, aber das kann er doch nicht ewig finanzieren.

Zwei Jahre. Zwölf Jahre. Zwanzig Jahre.

Hier in diesem großen Privatzimmer mit Luis und dem Team ist Adam in besten Händen. Würde er den Flug überhaupt überleben?

Noch nie habe ich mich so allein gefühlt.

Oliver öffnet die Tür einen Spalt weit.

»Anna, möchten Sie reden?«, fragt er, aber ich antworte nicht. Alles, was ich sagen würde, käme in einem Schwall aus Wut oder Tränen aus mir heraus, und beides wäre nicht hilfreich. Als er sagte, dass seine Entscheidung endgültig sei, wusste ich, dass er es auch so meinte. Es gibt nichts mehr zu sagen, was wir nicht bereits gesagt hätten. Hatte ich letztens gedacht, die Lage sei trostlos, dann war sie jetzt hoffnungslos.

»Anna?«, sagt Oliver wieder, aber ich antworte nicht, denn er hat mir alle Worte genommen. All meine Hoffnung.

»Dann gute Nacht.« Er geht wieder. Luis döst in einem Sessel in der Ecke, und ich bin wieder allein mit zu viel Zeit und zu vielen Gedanken.

Es ist still. Zu Hause würde Adam ständig Spotify streamen. Oasis wäre »Supersonic«, und die Arctic Monkeys würden fragen: »Do I Wanna Know?«

Oliver war mit Adam in Verbindung getreten und hatte nichts gesehen. War all das nur in meinem Kopf gewesen? Mein Wunsch, eine glückliche Ehe, ein Baby zu haben. Gespräche, die auf Liebenswürdigkeit und Respekt basieren. Die Studie hat dazu geführt, dass ich mich wieder in meinen Mann verliebt habe. Aber habe ich mich in ihn oder in ein Ideal verliebt, das ich in meinem Kopf erschaffen habe? In die Version eines Lebens, nach dem ich mich so sehr sehne. Ich schließe die Augen und versuche, mich an Einzelheiten der Geburt zu erinnern, aber sie scheint nicht real zu sein.

Was wäre, wenn das stimmt?

Aber ich kann den Schrei meines Kindes hören, das ich nie in den Armen gehalten habe. Von dem ich nicht weiß, ob es ein Junge oder ein Mädchen gewesen ist.

Jetzt, da Oliver gesagt hat, dass wir es nicht mehr versuchen können, werde ich es nie erfahren.

Die Schatten, die sich über das Zimmer gelegt haben, gleiten hinüber in die Dunkelheit. Der einzige Schein kommt von einer hellgelben Lampe, die auf Adams Bett gerichtet ist. Luis niest.

»Verzeihung.«

»Geht's Ihnen gut?«, flüstere ich. Er ist heute so still gewesen.

»Ich glaube, ich bekomme eine Erkältung.«

»Sollten Sie dann in Adams Nähe sein?« Ich bin beunruhigt.

»Ich denke, ich werde mir jemanden suchen, der mich vertritt, damit ich mich ausruhen kann.«

»Es ist spät«, sage ich. »Legen Sie sich in Ihrem Zimmer hin. Ich werde nicht schlafen.«

»Adam darf nicht allein sein.«

»Das wird er auch nicht. Ich bin hier. Der Alarm wird losgehen, wenn es ein Problem gibt, und ich werde Sie rufen, wenn ich mir Sorgen mache. Versprochen.«

Luis lässt sich Zeit, bevor er antwortet. »Na gut. Ich werde mich ein paar Stunden hinhauen und mir den Wecker stellen. Aber wecken Sie mich, wenn Sie mich vorher brauchen.«

Er verlässt das Zimmer, und mein Verstand rast.

Dreißig Minuten.

Länger darf ich mit Adam nicht verbunden sein. Nach dieser halben Stunde strömt Blut aus meiner Nase, und mein Kopf dröhnt. Was würde passieren, wenn wir für eine, zwei oder drei Stunden miteinander verbunden blieben? Adam ist ziemlich schwach. Sein Geist und sein Körper. Aber was ist mit mir? Würde es mein Kopf aushalten, der Technik länger ausgesetzt zu sein? Oder würde ich mich davon nicht mehr erholen?

Hinter meinen Augen pocht die Müdigkeit, aber ich kann nicht aufhören, mir Gedanken zu machen.

Was wäre, wenn.

Was wäre, wenn.

Was wäre, wenn.

Alles, was ich brauche, befindet sich im Zimmer nebenan. Oliver hat mir gezeigt, wie man das Gerät in Betrieb nimmt. Wie es funktioniert. Wie man die Zeitschaltuhr einstellt. Irgendwo in meinem wirren Kopf leuchtet ein Gedanke heller als der Rest.

Ich könnte wieder mit Adam in Verbindung treten. Hier. Jetzt. Bevor Luis zurückkommt und Oliver mich nach Hause schickt.

Dreißig Minuten.

Oder den Rest der Nacht.

Den Rest meines Lebens.

Wenn es zu viel wird und es mein Verstand nicht aushält, dann gibt es vielleicht eine Chance, dass ich bei Adam bleiben kann. Dass unsere Bewusstseine zusammen sein können, auch wenn es unsere Körper nicht können.

Ich weiß, dass diese Sache gefährlich werden kann. Dass ich es mental vielleicht nicht verkrafte. Aber irgendwo wartet Adam auf mich. Wartet mein Baby auf mich. Ich stelle mir vor, wie ich seinem winzigen Körper den zitronengelben und mit Bären bedruckten Schlafanzug anziehe, der immer noch in Seidenpapier gewickelt ist, das so zerbrechlich ist wie mein Herz. Ich kann das, bin mir sicher. Ich bin unerschütterlich in meinem Glauben, dass es jenseits unserer Vorstellungskraft etwas gibt. Etwas Außergewöhnliches und Unbegreifbares für uns, die wir zu kurze Zeit auf diesem Planeten leben, den wir Heimat nennen. Ich weiß, dass es da noch etwas gibt, denn ich bin dort gewesen, und es muss einen Weg geben, damit ich dort für immer bleiben kann. Hier gibt es nichts mehr für mich, denn in einem Leben ohne Adam sehe ich keinen Sinn. Mein Bedürfnis, bei meinem Mann, bei meinem Kind zu sein, hat Vorrang vor allem anderen. Was wäre schon dabei, wenn ich bei dem Versuch sterben würde? Denn was ich jetzt tue und fühle, kann man kaum leben nennen.

Ich werde einen Weg finden, um Adam ohne Oliver zu erreichen.

Einen Weg, um bei ihm zu bleiben.

Kapitel 54

Anna

Ich hatte zwanzig Minuten gewartet, bis ich in Luis' Zimmer geschlichen war. Er hatte auf dem Rücken gelegen und geschnarcht. Ich stellte die Weckfunktion aus. Hoffentlich würde ihn das Fieber stundenlang schlafen lassen. Es war mühsam gewesen, Adam von seinem Bett auf ein fahrbares Krankenbett und von dort auf den Patiententisch zu hieven, aber die Liebe und der Gedanke, noch einmal bei Adam sein zu können, hatten mir Kraft gegeben.

Ich halte Adams Hand und bete, dass ich alles ordnungsgemäß vorbereitet habe.

Das muss ich wohl, denn plötzlich falle ich. Benommen. Desorientiert.

Verängstigt und verwirrt, bis …

Ein Baby schreit.

Es hat funktioniert.

»Du bist dran«, murmelt Adam und stößt mir den Ellbogen in die Rippen. Ich setze mich begeistert auf. Begierig darauf, dran zu sein, immer. Jederzeit. Mein Herz platzt vor Freude.

Es hat funktioniert.

Im Schein des Nachtlichts, das unter dem Fenster eingestöpselt ist, erkenne ich den Umriss eines Körbchens. Darin ein kleines wutverzerrtes Gesicht, feuchte, auf der Stirn klebende Locken und zu winzigen Fäusten geballte Hände.

Mein Baby.

Das Zimmer beginnt, sich zu drehen, und zuerst habe ich Angst, mich im Institut wiederzufinden. Ich stütze mich mit einer Hand an der Wand ab und stelle fest, dass ich bleibe, wo ich bin. Doch ich werde erfasst von einer Welle völlig neuer Gefühle.

»Hallo du«, flüstere ich. Ich weiß immer noch nicht, ob ich die Mutter eines Sohnes oder einer Tochter bin, aber reine, ungefilterte Liebe ergreift von mir Besitz und nimmt mir den Atem. Zärtlichkeit und Stärke halten sich die Waage. Eine plötzliche Erkenntnis, dass ich mein Leben geben würde, um das des Babys zu beschützen. Es ist unglaublich, dass ich all das und noch mehr innerhalb von Sekunden fühle, nachdem ich Mutter geworden bin.

Mutter!

Dann ein weiteres Geräusch. Das Bellen eines Hundes. Mein Blick wird von einem weiteren Weidenkorb angezogen, diesmal neben der Tür. Ein sandfarbener Welpe klettert mit großen Schlappohren und wedelndem Schwanz heraus.

Ich nehme mein Kind hoch und drücke es an die Brust, als Adam sagt: »Sei still, Dug. Es ist doch nur Harry, der wieder Hunger hat.«

Harry!

Adam schaltet das Licht an. Er hat dunkle Ringe unter den Augen und gähnt, als Dug um das Bett herumtanzt und sehnsüchtig zur Tür schaut. »Du willst raus, mein Freund, oder? Wo wir schon *alle* auf sind, können wir auch eine Tasse Tee trinken.«

»Na ja, die Anschaffung eines Hundes war schließlich deine Idee.« Ich versuche, einen lockeren Tonfall anzuschlagen, aber ich höre ein Zittern in meiner Stimme. Ich muss viel verarbeiten.

»Wir konnten ihn ja schlecht zurückgeben, oder? Schließlich war er ein Geschenk von Josh zur Geburt. Und du weißt, dass in all den Büchern steht, solange das Baby zuerst da ist, weiß Dug, dass er nicht das Sagen hat.« Adam seufzt, als der Welpe freudig an seinem Hausschuh herumkaut. »Wem mache ich etwas vor? Er hat *absolut* das Sagen.«

»Ich kann nach unten gehen, dann kannst du weiterschlafen«, biete ich an und federe in den Knien, während Harry weiterschreit.

»Schlaf? Was ist das? Nein, ist schon okay. Ich bin doch noch in Elternzeit und kann den Schlaf morgen tagsüber nachholen. Ich gehe und schalte den Wasserkocher an. Schließlich kann ich das Baby nicht füttern, oder?«

Mit Dug auf den Fersen trottet Adam nach unten. Vorsichtig klettere ich zurück ins Bett und halte Harry fest, als wäre er das Wertvollste auf der Welt.

Und das ist er auch.

Nervös knöpfe ich mein Pyjamaoberteil auf und habe das Gefühl, das noch nie gemacht zu haben, aber natürlich muss es eine Version von mir getan haben, denn kein Baby kann so laut schreien wie Harry, wenn es nicht gesund und wohlgenährt wäre.

»Auf geht's, mein Kleiner.« Ich ziehe Harry zögernd an meine Brust, aber mehr muss ich auch nicht machen, denn er dockt ganz allein an. Ich lege mich zurück in die Kissen und starre staunend auf die schnellen Saugbewegungen seiner Wangen.

Harry.

Er trägt den Namen meines Großvaters, und zum ersten Mal spüre ich einen Hauch des Zweifels. Hätte Adam diesen Namen ausgesucht?

»Zu magisch.« Er war wirklich nicht begeistert gewesen. Ist das hier mein Traum?

Doch das glaube ich nicht. Harry trägt einen weißen Schlafanzug, auf dem in roter Schrift *Künftiger englischer Spieler* steht. Wahrscheinlich ein weiteres Geschenk von Josh. In meiner perfekten Welt würde er den nicht tragen. Es wäre auch kein Welpe im selben Zimmer wie mein Neugeborenes. Noch nicht einmal im selben Haus.

Ich spüre ein merkwürdiges Schwindelgefühl. Bin erschöpft wie nie zuvor, doch ich schließe die Augen keine Sekunde lang. Ich kann nicht aufhören, Harry anzuschauen. Seine winzigen Finger zu zählen. Seine hauchdünnen Nägel zu bestaunen. Er verdreht die Augen, und sein Mund erschlafft. Milch läuft ihm übers Kinn. Ich verlagere ein wenig mein Gewicht, und er ist wieder hellwach. Saugt erneut, bis seine Augenlider wieder flattern. Er döst, als Adam mit dem Tee zurückkommt. Bald schläft Harry tief und fest. Ich fummele mit einer Hand an meinen Pyjamaknöpfen herum, und die Bewegung weckt ihn auf. Er heftet seinen Blick auf meinen, aber er schreit nicht.

»He, kleiner Mann. Ich habe so lange darauf gewartet, dich kennenzulernen«, sage ich und streiche behutsam mit dem Zeigefinger über seine winzige Faust. Er umschlingt mit seinen Fingern meinen und hält ihn fest. Er ist überraschend stark. Ich weiß, dass ich vor Freude glühen würde, sollte Adam das Licht ausschalten. Harry verstärkt seinen Griff, als wolle er mir sagen, dass er mich liebt. Sein Mund verzieht sich zu einem Lächeln, dann jedoch zu einer Grimasse, und sein Gesicht wird knallrot. Es ertönt ein Geräusch, als er seinen Darm entleert, und der Geruch … Ich sag's mal so: Er kommt nach Adam.

»Gut gemacht, mein Sohn. Gib ihn mir, und ich wechsele die Windel.« Adam streckt die Arme aus.

»Ich möchte das machen.« Ich möchte *alles* machen.

Adam reicht mir ein Paket Feuchttücher, und ich ziehe Harrys Beine vorsichtig aus dem Schlafanzug. Als ich die Windel entferne, trifft mich ein Urinstrahl.

»Immer noch froh, dass du dich freiwillig gemeldet hast?«, fragt Adam. Ja, das bin ich.

»Du wechselst die Bettwäsche, und wir beide nehmen schnell ein Bad. Wir sind klatschnass.«

Im Badezimmer lasse ich warmes Wasser in die Wanne und gebe Johnson's Babybad hinzu. Ich ziehe Harrys Arme aus dem Schlafanzug. Er ist jetzt hellwach und beobachtet mich mit tiefblauen Augen, Adams Augen. Ich lege ihn auf die Badematte, wo er mit den Armen und Beinen strampelt und mit den Lippen prustende Geräusche macht, während ich meinen Pyjama ausziehe. Mein Körper hat sich verändert und nicht gerade zum Besseren. Lilafarbene Venen verlaufen kreuz und quer über meine Brüste. Rote Dehnungsstreifen zieren meinen Bauch. Aber das ist mir egal. In mir ist ein kleiner Mensch gewachsen. Im Moment fühle ich mich wie die weiseste Frau auf diesem Planeten.

»Jetzt wirst du gewaschen.« Harry protestiert nicht, als ich mit ihm ins Wasser gleite. Erst als ich mit einem Schwamm seine Arme abreibe, sehe ich es. Das landkartenähnliche Muttermal, das fast genauso aussieht wie Adams. Ich fahre es mit dem Finger nach.

»Er ist fürs Reisen gemacht.« Adam lehnt am Türrahmen.

»Vielleicht.« Ich grinse. »Aber fühlt es sich nicht gut an, zu Hause zu sein?«

Ich wache auf.

Ruckartig öffne ich die Augen. Ich habe Angst, zurück im Institut auf Alircia zu sein, aber ich befinde mich immer noch in meinem Schlafzimmer. Adam schnarcht neben mir. Harry gurrt wach, aber zufrieden in seinem Körbchen. Eine ganze Nacht.

Vielleicht ist es das. Vielleicht bleibe ich für immer hier. Der Gedanke wärmt mich. Ich tappe über den Flur, vorbei am Bücherregal, das jetzt aufgebaut und mit Taschenbüchern gefüllt ist. Ein Foto von Adam und mir in einem silbernen Rahmen steht auf dem obersten Einlegeboden. Lächelnd gehe ich nach unten und hole eine Pfanne aus dem Küchenschrank. Speck und Eier. Am Kühlschrank hängt eine To-do-Liste, auf der die ersten beiden Posten durchgestrichen sind. Auch der tropfende Wasserhahn. Als das Frühstück fast fertig ist, rüttele ich Adam behutsam wach.

»Was habe ich getan, um das hier zu verdienen?«, fragt er, als ich einen Teller mit einem echten englischen Frühstück vor ihn stelle. »Du hast gerade erst ein Baby bekommen. Eigentlich sollte ich dich umsorgen.«

»Wir können uns gegenseitig umsorgen. Wir sind doch ein Team.« Endlich fühlen wir uns so.

Wir essen im Bett, und unser Baby liegt zwischen uns. Dann drehe ich mich auf die Seite und stille Harry.

»Er hier … Harry«, sagt Adam. »Wir … Es ist nur …« In seinen Augen sammeln sich Tränen.

»Ich weiß.« Ich lächele meinen Mann an und weiß, dass er sich genauso fühlt wie ich. Geliebt. Gewollt. Glücklich. Alles, was wir dachten nicht zu sein.

Nach dem Frühstück liegen wir auf dem Sofa und schauen »Oben«. Mehr denn je habe ich Mitleid mit dem alten Mann und seiner Frau, die nie Kinder bekommen haben. Ich kann nicht glauben, wie sehr mein Leben bereichert worden ist, und Harry ist erst einen Tag ein Teil davon.

Adams Hand taucht in eine Schachtel mit Süßigkeiten. »Karamell?« Er wickelt geräuschvoll das Papier ab. Gerade will ich instinktiv Nein sagen, denn mir ist bewusst, dass das

Taillengummi meiner Jogginghose ins weiche Fleisch schneidet und ich so dick wie noch nie bin, doch dann schelte ich mich dafür, so albern zu sein. Mir ist klar geworden, dass von all den Dingen, die wichtig und es wert sind, dass man sich über sie Sorgen macht, mein Gewicht ziemlich am Ende der Liste steht.

»Gerne.« Ich sperre den Mund auf, und Adam schiebt mir das Karamellbonbon auf die Zunge.

Mein Blick springt ständig zwischen dem Fernsehbildschirm und Harrys süßem Gesicht hin und her. Er schläft tief und fest auf Adams Brust. Nachdem der Film zu Ende ist, verharren wir in derselben Position, wollen ihn nicht stören, bis er sich regt. Während ich ihn stille, räumt Adam die Küche auf. Als er zurück ins Wohnzimmer kommt, hat er die Hundeleine dabei.

»Ich gehe mit Dug Gassi«, sagt er. »Hast du Lust, ein bisschen frische Luft zu schnappen?«

»Vielleicht ist es zu kalt für Harry.« Skeptisch schaue ich aus dem Fenster. Wolken türmen sich am Himmel, aber es ist nicht nur das Wetter, das mich zurückhält. Zu Hause ist der einzige Ort, an dem ich sein möchte. Der einzige Ort, an dem ich hauptsächlich in Adams Bewusstsein gewesen bin. Was würde passieren, wenn wir aus diesen vier Wänden treten? Ich gehe ungern ein Risiko ein, aber Adam lässt die Sache nicht auf sich beruhen.

»Wir gehen doch nur zum Park an der Ecke und zurück. Dugs Welpenbeine vertragen nicht mehr körperliche Anstrengung.«

»Ich denke, wir bleiben hier.« Bei meinen eigenen sicheren und vertrauten Sachen.

»Anna, du musst irgendwann auch mal rausgehen. Ich weiß, es ist eine Herausforderung, weil Harry ständig Hunger hat, und um ehrlich zu sein, scheißt er öfter am Tag als Josh, aber wenn ich wieder arbeite, würde ich mich besser fühlen, wenn ich wüsste, dass du dich weiter als bis zur Küche wagst.

Wir müssen manchmal auch mit ihm raus. Das ist jetzt unser Leben.«

Unser Leben. Das ist unser Zuhause. Dasselbe und irgendwie doch nicht. Es ist wie das Himmel-und-Hölle-Spiel, das Nell und ich früher als Kinder spielten. Jedes Mal, wenn der Regen unsere Kreidezeichnung weggewaschen hatte, malten wir sie wieder auf den Bürgersteig. Auf den ersten Blick sahen die Zeichnungen immer genau gleich aus, aber es ist unmöglich, etwas zweimal zu erschaffen. Es gibt immer einen feinen Unterschied. Alles ist hier. Unsere Möbel. Unsere Kleidung. Aber irgendetwas fehlt.

Die tiefer liegende Wut, die wir mit uns herumgetragen hatten.

Die Enttäuschung.

Wie wir uns normalerweise aus dem Weg gingen.

Das gibt es nicht mehr. Nichts davon.

Ich lächele. »Du hast recht. Ich bin nur nervös.«

»Das brauchst du nicht zu sein. Ich bin bei dir.«

Es dauert eine Ewigkeit, bis wir fertig sind, um das Haus zu verlassen. Ich habe Harrys Windel gewechselt, doch sobald ich ihn wieder angezogen hatte, war sie erneut voll. Er ist jetzt in so viele Schichten gewickelt, dass er steif in seinem Kinderwagen liegt und weder mit den Armen noch mit den Beinen strampeln kann.

»Ist ein Schneeanzug nicht ein bisschen extrem?«, fragt Adam vorsichtig. »Nein, ist schon gut«, sagt er schnell, als ich Anstalten mache, Harry wieder aus dem Kinderwagen zu heben. »Zieh ihn nicht um. Ehrlich, Anna, du hast jetzt eine Stunde gebraucht, und wir werden nur zehn Minuten weg sein.«

»Ich möchte nur …« Meine Stimme wird immer leiser. »Ich möchte nur, dass alles perfekt ist.«

»Und das ist es.« Adam schlingt die Arme um mich und legt sein Kinn auf meinen Kopf. »Komm jetzt, wir können bis drei Uhr zurück sein.«

»Was ist um drei … Oh.« Fußball, aber komischerweise ärgert mich das nicht. Ich könnte das Spiel sogar mit anschauen.

Adam schiebt den Kinderwagen in den Flur und öffnet die Haustür. »Also gut, dann wollen wir mal. Kleiner Mann, lern die Welt kennen.« Er manövriert die Räder die Stufe hinunter. »Sie mag groß und furchterregend aussehen, aber sie ist ziemlich toll. Eigentlich wie dein Vater.«

Ich verdrehe die Augen und trete hinaus, und in dem Moment passiert es.

Die Erde legt sich auf die Seite, und meine Sicht verschwimmt. Ich spüre, wie ich entgleite.

»Adam!« Ich klammere mich am Türrahmen fest und strecke den Arm aus. Adam eilt den Weg zurück zu mir. Er ergreift meine Hand, aber ich spüre, wie seine Finger in meinem Griff erschlaffen.

Ich spüre, wie ich selbst erschlaffe.

Ich spüre nichts.

Kapitel 55

Adam

Ich falle. Drehe mich. Bin schwerelos.

Ringe nach Luft.

Kämpfe darum, mich zu bewegen.

Ersticke.

Ersticke.

Ersticke.

Kapitel 56

Oliver

Die Sirene heult. Oliver fällt fast aus dem Bett und greift nach seiner Brille. Rennt barfuß in seinem Pyjama den Flur entlang.

Orangefarbene Lichter blinken. An, aus. Der Lärm wird immer lauter, als er sich Adams Zimmer nähert.

»Schnell.« Sofia winkt ihn herein. Er kann nicht glauben, dass sie Adam nach allem verlieren. Anna wird am Boden zerstört sein. Beide sind sie Oliver sehr ans Herz gewachsen.

Er stürzt ins Zimmer. Adams Bett ist leer. Für einen Moment ist Oliver verwirrt, bis er das Licht bemerkt, das durch die geöffnete Tür des Scannerraums scheint. Und plötzlich überkommt ihn eine entsetzliche Erkenntnis.

Nein. Anna. Nein.

Drinnen sieht er Luis, der über den Patiententisch gebeugt ist.

Der tut, was er kann.

Nein.

Oliver nähert sich, und ihm wird schlecht, als er sieht, dass es überhaupt nicht Adam ist, der in Schwierigkeiten steckt.

Es ist Anna.

Kapitel 57

Adam

Ich treibe. Treibe.

Mein Körper ist schwer.

Kann nicht klar denken.

Lärm. Wasser? Wellen?

Rauschen. Der Klang des Meeres?

Irgendetwas anderes?

Eine Sirene.

Eine Stimme.

Jemand ruft Annas Namen.

Kapitel 58

Anna

»Anna.« Hände schütteln meine Schultern. »Anna.« Fingerspitzen drücken sich am Handgelenk in meinen Pulspunkt. »Anna. Wachen Sie auf!« Aber das will ich nicht. Statt Harrys Schreien und Dugs fröhlichem Bellen höre ich das Heulen der Notfallsirene.

Ich bin dort, wo ich überhaupt nicht sein will.

Blut strömt mir aus der Nase und den Rachen hinunter. Ich ersticke, aber das ist mir egal. Ohne Adam und Harry bin ich nichts. Ich werde auf die Seite gedreht, und etwas wird mir auf die Nasenlöcher gedrückt.

»Anna.« Die Stimme hört nicht auf zu reden. Ich öffne mit aller Kraft die Augen, und das Licht fühlt sich an wie ein Laser, der durch mein Gehirn schneidet. »Gott sei Dank!« Olivers besorgtes Gesicht taucht über mir auf. Wieder schließe ich die Augen.

Ich will nichts sehen.

Ich will nicht reden.

Ich will nichts spüren.

Kapitel 59

Oliver

Oliver sitzt neben Adams Bett. Zum einen, weil er Anna versprochen hatte, dass er bei Adam bleiben würde, während sie schlief, aber hauptsächlich, weil er in ihrer Nähe sein will, falls sie ihn braucht.

Als er sie vorhin gefunden hatte, blass und still und mit blutender Nase, da hatten Schuldgefühle und Panik von ihm Besitz ergriffen. Für eine Sekunde hatte er geglaubt, sie hätten sie verloren, und sie hatte ihm aufrichtig leidgetan. Doch dann war er erleichtert gewesen, als er gesehen hatte, dass sie in Ordnung war. Die Erleichterung, dass ihm nicht die Schuld dafür gegeben werden würde, den Scannerraum nicht abgeschlossen und das Gerät ungesichert gelassen zu haben, kam erst später, und er hasste sich dafür.

Er war hier nicht der Wichtigste.

»So sollte es niemals sein«, sagt Oliver zu Adam. Er hat die letzte Stunde damit verbracht, Adam alles über die Studie zu erzählen. Es ist eine Erleichterung, dass Adam nicht antworten kann. Oliver wusste, wie er sich fühlen würde, wenn jemand Clem in eine ähnliche Lage gebracht hätte.

»Ich wünschte, du würdest aufwachen, Kumpel«, sagt er zu Adam, bevor er verlegen seine Brille die Nase hochschiebt. Das Wort *Kumpel* ist ungewohnt für seine Zunge, aber Oliver fühlt sich unter Männern nicht wohl. Fühlt sich unter Menschen nicht wohl. »Wenn du aufwachen würdest, gäbe es eine Chance, dass du alles wahr werden lassen könntest. Du könntest Anna ein Baby schenken. Sie hängt so an Harry, dass die Grenzen zwischen dem, was real ist, und dem, was es nicht ist, verschwommen sind. Sie wird nicht akzeptieren, dass ihr Verstand ihn erfunden hat.« Oliver seufzt. »Das Überlebenden-Syndrom gibt es häufig. Ihr geht es gut, und sie lenkt ihr Schuldgefühl auf dieses von ihr geschaffene vorgetäuschte Leben, in dem ihr alle so glücklich seid.«

Oliver betrachtet Adam. Es ist schwer, sich vorzustellen, dass er redet. Lacht.

»Ich wünschte … ich wünschte, es wäre real gewesen. Ich wünschte, ich hätte dich richtig kennengelernt. Ich glaube, ich hätte dich gemocht. Aber ich bin mir nicht sicher, was du von mir gehalten hättest. Anna glaubt, du wärst entsetzt gewesen, dass ich ›Footloose‹ nicht gesehen habe. Und das ist es. Du hast Vorlieben und Abneigungen. Hobbys. Leidenschaften. Du liebst. Du fühlst. Für mich ist das alles zweitrangig. All die Dinge, die uns menschlich machen. Für mich ist die Wissenschaft wichtiger als Emotionen. Es tut mir leid, was ich Anna zugemutet habe. Was ich ihr noch zumuten muss.«

Wenn Anna aufwacht, muss Oliver ihr noch mehr schlechte Neuigkeiten überbringen.

Kapitel 60

Adam

Worte. Sätze. Fetzen einer einseitigen Unterhaltung, die keinen Sinn ergibt.

Harry ist nicht real?

Anna hat das Überlebenden-Syndrom?

Wenn Anna die Überlebende ist, was bin ich dann?

Ich versuche, mich zu bewegen, kann es jedoch nicht.

Kapitel 61

Oliver

»Ich habe Ihnen Flüge zurück nach Großbritannien für morgens gebucht. Ein privater Krankenwagen wird am Flughafen auf Sie warten und Sie beide zum St. Agnes bringen. Das ist ein Privatkrankenhaus.«

»Oliver …« Anna fängt an zu weinen, und Oliver merkt, wie es ihm das Herz zerreißt.

»Es tut mir so leid.«

»Gibt es irgendetwas, was ich sagen kann, damit Sie Ihre Meinung ändern?« Anna wischt sich mit dem Ärmel über die Augen.

»Sie könnten bleiben, aber die Studie ist vorbei. Denken Sie nicht, dass Sie zu Hause besser aufgehoben sind? Bei Ihrer Familie und Ihren Freunden?«

»Ich dachte, Sie wären mein Freund«, sagt Anna mit leiser Stimme.

»Ich würde gerne mit Ihnen in Verbindung bleiben, denn ich habe Sie sehr lieb gewonnen, Anna. Sie beide. Hassen Sie mich?«

Anna denkt über die Frage nach. »Nein, das tue ich nicht. Sie haben mir etwas Wunderbares gezeigt. Etwas Unglaubliches. Ich wünschte, ich könnte weitermachen, aber … nein, ich bereue es nicht, hergekommen zu sein. Diese Chance gehabt zu haben, Zeit mit Adam zu verbringen und das Leben zu sehen, das wir beinah hatten. Ich bin … ich bin natürlich unglaublich traurig, dass es vorbei ist.«

»Leider dauert nichts ewig.«

»Die Liebe schon.« Aus ihren Worten spricht feste Überzeugung. »Vor ein paar Wochen dachte ich, Adam nicht mehr zu lieben. Dass unser Kampf wegen der Unfruchtbarkeit zu lange gedauert hatte, zu anstrengend für uns gewesen war, um uns davon zu erholen – trotz meiner Schwangerschaft. Der Groll war zu heftig. Hätten Sie mir nicht Gelegenheit gegeben, wieder mit Adam zu reden, dann hätte ich vielleicht für immer dieses Gefühl gehabt. Doch jetzt weiß ich es. Nichts ist unüberwindbar, wenn man es sich sehnlich genug wünscht. Adam ist meine …«

»Möwe?«, schlägt Oliver vor.

»Nicht ganz so romantisch, wie ich gehofft habe, aber ja. Meine Möwe. Mein lebenslanger Partner. Mein Ein und Alles.«

»Wenn es je etwas geben sollte, was Sie brauchen, egal, was, dann rufen Sie mich einfach an. Ich möchte vor allem, dass Sie glücklich sind, und ich hoffe, dass Adam wieder gesund wird, Anna. Das tue ich wirklich.« Adam hat nur eine dreiprozentige Überlebenschance, aber Oliver drückt ihm die Daumen. Er ist Wissenschaftler, aber er glaubt trotzdem an Wunder.

Oliver breitet die Arme aus, und Anna tritt auf ihn zu. Das ist der Abschied.

Kapitel 62

Anna

»Morgen fliegen wir nach Hause«, sage ich zu Adam.

Ich versuche, positiv zu bleiben. Oliver hat recht. Zu Hause warten viele Unterstützer auf mich. Nan, Mum, Nell, Josh. Zusammen werden wir alle den Glauben daran bewahren, dass Adam eines Tages wieder gesund wird.

In zwei Jahren.

Zwölf Jahren.

Zwanzig Jahren.

Ich mache mir Gedanken darüber, wie lange ich ohne Olivers Hilfe den vor Lebenskraft strotzenden Adam, der deutlich in meinem Bewusstsein verankert ist, aufrechterhalten kann. Aber ich schwöre, das werde ich. Ich kann nicht zulassen, dass er zu einer vagen, verblassenden Erinnerung wird.

»Also …« Normalerweise fülle ich die Stille mit Geplapper, rufe Vergangenes ins Gedächtnis zurück oder mache Pläne für die Zukunft, aber jetzt weiß ich rein gar nichts mehr zu sagen. Ich fühle mich verloren. Als hätte ich vergessen, wer ich bin und weshalb ich hier bin. Als hätte ich meinen Mann im Stich gelassen, uns beide im Stich gelassen. Der Gedanke, dass unsere kleine Familie wegbricht und ich nie wieder Harry in den Armen halten kann, ist herzzerreißend.

Draußen ist es düster. Zum ersten Mal, seitdem wir auf der Insel angekommen sind, hat sich die Sonne verkrochen. Wie Geister gleiten Wolken über den Himmel.

Zeitweise döse ich vor mich hin.

Jedes Mal, wenn ich wieder aufwache, erinnere ich mich daran, dass wir bald abreisen, und bin wieder niedergeschlagen. Eine kurze Erinnerung blitzt auf, verblasst jedoch immer wieder. Irgendetwas Wichtiges, das alles ändern wird. Ich versuche, es in den Vordergrund meines Verstandes zu drängen, aber meine Erinnerung ist schwach und verschwommen.

Ich lege den Kopf auf Adams Brust und flüstere: »Ich brauche dich.«

Kapitel 63

Adam

Annas Kopf liegt auf meiner Brust. Es ist unmöglich herauszufinden, ob sie die Augen offen oder geschlossen hat. Ich muss mich bewegen. Sprechen. *Irgendetwas* tun.

Der Versuch, meinen Finger zu heben, ist vergleichbar mit dem Stemmen eines Zwei-Tonnen-Gewichts. Mental anstrengend und körperlich unmöglich. Meine Augenlider sind ebenso schwer, und meine Unzufriedenheit nimmt zu. Sogar Babys können zwinkern.

Anna.

Ich kann nicht glauben, dass sie nicht hören kann, wie ich ihren Namen rufe. Dass sie nicht sieht, wie das Wort meinen Mund verlässt.

Kapitel 64

Anna

»Anna.« Adams Stimme klingt warm und sanft.

»Du bist wach?« Ein Sonnenstrahl der Freude. Ich berühre sein Gesicht. Seine Lippen. Spüre, wie sich sein Mund zu einem Lächeln verzieht.

»Ja. Tut mir leid. Habe ich lange geschlafen?«

»Zu lange.«

»Was habe ich verpasst?«

Alles.

Nichts.

Mich.

»Alles Gute zum Hochzeitstag, Ehemann.«

»Alles Gute zum Hochzeitstag, Ehefrau.«

Ich muss Oliver holen. Den Summer betätigen und Luis herbeirufen, aber ich kann Adam nicht loslassen. Ich werde Adam nicht loslassen.

Er hält mich fest. »Anna.« Seine Stimme ist ein Flüstern im Wind.

Mit einem Ruck werde ich wach.

Der Nacken steif, die Augen vom Schlaf verklebt. Getrockneter Speichel um meinen Mund herum. Die Enttäuschung, dass Adam nicht wirklich aufgewacht ist, ist niederschmetternd. Ich hatte mich letzte Nacht an ihn gedrückt. Fest geschlafen hatte ich nicht. Aus Angst, ich würde versehentlich einen Schlauch herausreißen. Ein Kabel. Die Traurigkeit liegt mir schwer auf der Seele. Es ist vielleicht das letzte Mal, dass ich mit meinem Mann ein Bett teile. Das wird in einem normal großen Krankenhausbett nicht möglich sein – falls Adam die Heimreise überlebt.

Falls.

Ich wünschte, ich könnte in sein Bewusstsein eindringen und mich von ihm verabschieden. Ich wünschte, Oliver würde seine Meinung ändern. Aber er beharrt darauf, dass die Studie fehlgeschlagen ist.

Als ich daran denke, kommt mir etwas in den Sinn, was ich nicht genau ausmachen kann. Ich schließe die Augen und versuche, mich auf den Gedanken zu konzentrieren, damit er klarer wird, aber er nimmt keine Gestalt an.

Sofia klopft an die Tür. »Das Auto kommt in zwei Stunden, um Sie zum Flughafen zu bringen.«

Ich muss immer noch packen, aber zunächst möchte ich diese ruhige Zeit auskosten. Adam und ich im Bett. Draußen das Geräusch der Wellen. Die Sonne, die durch das Fenster strahlt.

»Bevor wir heimfliegen, möchte ich dich noch an ein paar Dinge erinnern.«

Ich beginne, ihm unsere Geschichte zu erzählen, nur damit er nicht vergisst, wie sehr wir einander lieben.

Ich werde das nie im Leben mehr vergessen.

Ich habe bereits unser Kennenlernen und seinen Heiratsantrag abgehakt und bin bei unserer Hochzeit, als sich seine Hand leicht unter meiner zu bewegen scheint. Ich halte die Luft an. Warte.

Aber nichts geschieht.

Es ist Wunschdenken, ich weiß.

Also rede ich weiter.

Kapitel 65

Adam

Ihre Finger streicheln meine. Langsam. Rhythmisch. Unter ihren versuche ich, meine zu bewegen, aber ich bin erfolglos.

Sie erzählt mir von unserer Hochzeitsfeier. Von Joshs Rede.

»Was kann ich über Ad sagen?«, hatte Josh gesagt, während er verlegen von einem Fuß auf den anderen getreten war und ein weiteres Glas Sekt in sich hineingeschüttet hatte. Ich schauderte bereits und malte mir den Inhalt der Rede aus, die er mich nicht hatte lesen lassen.

Adam ist ein Blödmann, weil er seine Träume aufgegeben hat und so jung heiratet.

Er hat ins Bett gepinkelt, bis er sieben war.

Er hat seine Jungmännlichkeit erst mit achtzehn verloren.

Er ist dafür bekannt, bei Disney-Filmen zu heulen.

So viele Dinge konnte er über mich sagen, und ich wollte nicht, dass er irgendetwas davon erwähnte.

Doch stattdessen räusperte er sich und betrachtete eingehend seine Schuhe, bevor er den Kopf hob und mit leiser Stimme zu seiner Rede ansetzte.

»Ich war überrascht, als Adam mich bat, sein Trauzeuge zu sein. Diejenigen unter euch, die mich kennen, werden wissen, dass ich manchmal ein ziemliches Arschloch sein kann. Reden ist nicht gerade meine Stärke.« Er goss sich nach und nahm einen Schluck. Als er weitersprach, klang seine Stimme lauter. »Es ist so, dass ich Adam schon fast mein ganzes Leben lang kenne. Ich habe ihm zugehört, wenn er endlos von Orten erzählte, die er sich anschauen, und von all den Ländern, die er bereisen wollte. Früher hatte er in seinem Zimmer eine Korkpinnwand mit Ausschnitten aus Urlaubsbroschüren. Ich muss zugeben, als er mir erzählte, er würde das alles für Anna aufgeben, da dachte ich zuerst, das sei ein bisschen …« Ich räusperte mich laut, denn ich hatte Josh Annas Großmutter zuliebe gebeten, nicht ausfällig zu werden. »Ein bisschen idiotisch.« Josh schwankte, und eine entsetzliche Sekunde lang sah es aus, als würde er umkippen, doch er fing sich wieder. Mit angehaltenem Atem wartete ich auf die Pointe. »Aber es war nicht … idiotisch. Die Wahrheit ist, dass Adam eine Landkarte nie so angeschaut hat wie Anna.« Wie eine La-Ola-Welle schwappte Gelächter durch den Raum. »Es mag so aussehen, als hätten wir nicht mehr viel gemein, da er erwachsen geworden ist und ich immer noch alles flachlege, was nicht bei drei auf den Bäumen ist. Entschuldigung … Ich meine … liebe. Ist das besser? Mist! Tut mir leid, Annas Großmutter.«

»Ist schon gut!«, zwitscherte Annas Großmutter zum obersten Ende des Tisches. »Ich habe von Sex gehört, wissen Sie? Habe ihn auch ein- oder zweimal selbst gehabt.«

Josh hob sein Glas, während eine beschämte Anna beide Hände vors Gesicht schlug. »Aber ich … erkunde immer noch meine Möglichkeiten, denn ich habe bisher keine getroffen, die in mir solche Gefühle auslöst wie Anna bei Adam. Und nachdem ich die beiden zusammen erlebt habe, will ich mich nicht mit weniger zufriedengeben.« Er drehte sich mit erhobenem und fast leerem Glas zu mir. »Adam, ich liebe dich, Kumpel. Und auch wenn wir in verschiedene Richtungen steuern, auf mich wirst du dich immer verlassen können.«

»Und du dich auf mich.« Schnell stand ich auf, um ihn zu umarmen. Auch seine Augen glänzten.

»Auf Adam und Anna. Mögt ihr ein langes und glückliches Leben haben.« Er hatte sein Glas erhoben. Und ich erinnere mich daran, wie ich damals dachte, unendlich glücklich zu sein und überhaupt nichts zu vermissen.

»Erinnerst du dich noch«, sagt Anna jetzt, »dass Nell so bewegt war von seiner Rede, dass sie rumgeknutscht haben?«

Ich erinnere mich und möchte ihr das sagen, aber ich kann es nicht. Die Worte sind in meinem Kopf, aber ich kann sie nicht aussprechen. Kann mich nicht bewegen. Ich kann meine Frau nicht in die Arme nehmen und ihr sagen, dass ich dachte, es wäre nicht möglich, sie mehr zu lieben als an unserem Hochzeitstag, aber irgendwie ist es das doch.

Nichts davon kann ich sagen.

Kapitel 66

Anna

Die Koffer stapeln sich neben der Tür. Ich habe zweimal in unseren Zimmern nachgesehen, ob ich auch nichts vergessen habe. Großvaters Münze steckt wieder in meiner Geldbörse.

»Möchten Sie, dass ich zum Flughafen mitkomme?«, fragt Oliver.

»Nein. Ich möchte mich verabschieden …«

»Natürlich werden wir …«

»Nicht von Ihnen.« Ich schaue demonstrativ zu Adam.

»Anna … Ich kann nicht …«

»Heute ist unser Hochzeitstag. Würden Sie an einem solchen Tag nicht Clem sehen wollen?«

»Das ist nicht fair.«

Ich weiß, dass es das nicht ist, aber mir gehen die Optionen aus. »Es wird wirklich das letzte Mal sein, und dann steigen wir ins Flugzeug. Ich verspreche es. Das wird mein Abschied. Ende.«

»Aber letztes Mal … Sie hätten sterben können, Anna. Sie waren in keinem guten Zustand, als Sie zurückkamen.«

»Weil ich nicht unter Aufsicht stand. Sie wären hier. Ich brauche das.«

Olivers Gesicht spiegelt seine Unentschlossenheit wider. Ich warte. Ich flüstere.

»Bitte.«

Kapitel 67

Adam

»Bitte.« Anna verstummt allmählich, und ich weiß, dass sie in die Ferne starrt und auf die ihr eigene Art die Unterlippe zwischen die Zähne klemmt, wenn sie Mühe hat, die richtigen Worte zu finden.

Es ist unser Hochzeitstag, und ich kann mich nicht bewegen, kann nicht sprechen. Ich kann meiner Frau nicht sagen, dass sich unten in meinem Koffer unter der Kleidung, die ich nie auspacken werde, eine kleine Holzschachtel befindet – das traditionelle Geschenk nach fünf Jahren Ehe. Es ist unmöglich für mich, ihr zu erklären, dass sich darin kleine Rechtecke aus buntem Papier befinden, auf die ich die Worte geschrieben habe, die Anna am besten beschreiben. An den letzten Hochzeitstagen habe ich es nicht richtig gemacht. Ich weiß, dass wir irgendwann aufgehört haben, uns Mühe zu geben, aber ich wollte … ich *will* ihr zeigen, wie viel sie mir noch bedeutet.

Immer bedeutet.

Dieses Jahr hatte ich gehofft, den Nagel auf den Kopf zu treffen. Anna ist beim Geschenkekauf viel besser als ich. An unserem ersten Hochzeitstag kam ich mit einem Rosenstrauß, einem großen Pralinenkasten und einem Essen nach Hause, das ich im neuen indischen Restaurant an der Ecke geholt hatte. Ich hatte gedacht, das sei genug. Mir war klar, dass ich niemals an den Stern heranreichen würde, den ich an unserem ersten Valentinstag nach ihr benannt hatte, aber wenn ich jetzt zurückschaue, dann hatte ich es auch nicht richtig versucht. Das Haus war von flackernden Kerzen erleuchtet, und es war, als würde man ein Filmset betreten. »Love Me Tender« erklang aus der Anlage, und der Duft von Paella, die immer unser Essen für *besondere Anlässe* war, kam aus der Küche. Anna kam zögernd die Treppe herunter, strich ihr schwarzes Kleid über den Oberschenkeln glatt und eine Haarsträhne hinters Ohr, die sich aus ihrer komplizierten Hochsteckfrisur gelöst hatte. Sie sah wunderschön aus.

Sie sah immer wunderschön aus.

»Alles Gute zum ersten Hochzeitstag, Ehemann.« Sie küsste mich zärtlich mit vor Gloss klebenden Lippen. »Das ist für dich.« Sie hielt mir ein kleines Geschenk hin, und ich nahm es, nachdem ich ihr unbeholfen die Blumen und Pralinen in die Hand gedrückt hatte. Wir gingen zum Sofa, wo sie ihre Karte öffnete und ausrief, wie traumhaft schön die Blumen seien, während ich mit dem roten Band kämpfte, das um die türkisfarbene Geschenkschachtel gewickelt war. Darin lagen ein Paar Manschettenknöpfe. Ich schaute Anna fragend an.

»Der erste Jahrestag ist die papierne Hochzeit, deshalb habe ich dir ein Paar Manschettenknöpfe in Form von Papierflugzeugen gekauft. Damit du nie deinen Traum vom Reisen vergisst.«

»Anna!« Ich fühlte mich von Gefühlen überwältigt. Und auch ein bisschen wie ein Trottel, weil ich die verschiedenen Hochzeitsjubiläen nicht recherchiert hatte. Ich hätte wissen müssen, dass es welche gab. Ich nahm die Manschettenknöpfe aus der Schachtel.

»Sie sind toll.«

»Sie sind nutzlos ohne das hier.« Unter dem Sofa zog sie eine weitere Schachtel hervor und legte sie mir auf die Knie. Ich riss das Geschenkpapier ab. Ein Hemd.

»Genau genommen ist das Baumwolle für nächstes Jahr, aber ich weiß, dass du nicht die richtigen Hemden für Manschettenknöpfe hast, deshalb …«

Ich küsste sie leidenschaftlich, wollte, dass mein Mund das übermittelte, was meine Geschenke nicht getan hatten. Dass ich mich jeden einzelnen Tag der dreihundertfünfundsechzig Tage unserer Ehe wie ein verdammter Glückspilz gefühlt hatte.

Jetzt nimmt sie meine Hand. »Oliver, ich muss an unserem Hochzeitstag unbedingt bei Adam sein.«

Und trotz allem fühle ich mich immer noch wie ein verdammter Glückspilz.

Kapitel 68

Anna

Während ich darauf warte, dass Oliver entscheidet, ob er zulässt, dass ich mich von Adam verabschiede, fällt es mir ein.

»Es war real!« Die Aufregung schießt wie ein Blitz durch mich hindurch – vom Kopf bis in die Zehen. »Es war real!« Ich bin so erleichtert, dass ich mich an die eine Sache erinnere, die an mir genagt hatte. Das Einzige, das Oliver davon überzeugen wird, dass ich die Wahrheit gesagt habe. »O mein Gott!« Ich umklammere seinen Arm und zittere, aber mein Grinsen ist so breit, dass mir die Wangen wehtun. »Es war so, wie ich gesagt habe. Alles. Und ich kann es beweisen.« Ich stürme in mein Zimmer. Adams Koffer steht in der Ecke, wo ich ihn hingestellt hatte, bereit zum Abtransport. Ich ziehe den Reißverschluss auf und werfe seine Kleidung auf den Boden. Ganz unten im Koffer befindet sich eine Schachtel. *Du bist …* steht auf der Außenseite. Ich schütte den Inhalt aus. Rote, gelbe und orangefarbene Zettel flattern zu Boden.

Hinreißend, steht auf einem.

Eine Seelenverwandte, auf einem anderen.

Liebenswürdig.

Was Achtzigermusik angeht, doch noch auf den Geschmack gekommen.

Eine deutlich bessere Köchin als ich.

Meine beste Freundin.

Vor Ergriffenheit sammeln sich Tränen in meinen Augen. Das muss Adams Geschenk zum Hochzeitstag für mich sein. Aber ich kann mir nicht erlauben, mich durch Rührseligkeit ablenken zu lassen. Das ist nicht, wonach ich suche.

Denk nach! Wo könnte er etwas vor mir versteckt haben?

Ich stecke meine Hand in seinen linken Turnschuh. Leer. Seinen rechten. Und da ist es, bis in den Zeh vorgeschoben. Triumphierend laufe ich zurück zu Oliver.

»Schauen Sie!« Ich wedele mit dem lilafarbenen Samtsäckchen in meiner Hand herum.

»Was ist das?«

»Das«, sage ich und schüttele das zierliche silberne Armband mit dem kleinen Kinderwagen in seine Hand, »ist das Armband, das Adam mir geschenkt hat, nachdem ich Harry geboren hatte. Erinnern Sie sich? Ich habe Ihnen davon *erzählt*, als Sie mich zurückholten. Sie haben es *aufgeschrieben*. Adam hatte gesagt, dass er es am nächsten Morgen gekauft habe, nachdem ich ihm erzählt hatte, dass ich schwanger sei. Das war der Morgen des Jachtunfalls. Er erzählte mir, dass er es mit der Absicht gekauft habe, es mir am Tag der Geburt zu schenken. Er hat es *tatsächlich* bis zum Tag der Geburt aufbewahrt.«

Oliver dreht das Armband in seiner Hand herum, aber er sagt nichts.

»Wenn ich nicht wirklich in Adams Bewusstsein vorgedrungen bin, sondern mein Verstand das Ganze nur erfunden hat, wie kann es dann sein, dass dieses Armband Teil meiner Einbildungskraft war? Erst heute habe ich herausgefunden, dass es wirklich existiert.«

»Sie könnten es aus Großbritannien mitgebracht haben.«

»Das haben wir nicht. Der Anhänger ist von dem kleinen Laden neben der Bucht in der Nähe unseres Hotels handgefertigt worden. Sie können das überprüfen.«

»Adam könnte es Ihnen vor dem Jachtunfall gegeben haben, und Sie hatten es vergessen.«

»Das hat er aber nicht.«

»Sie hätten es in seinem Koffer nach dem Unfall entdecken können.«

»Ich habe keinen Grund gehabt, an seinen Koffer zu gehen.« Warum begreift er es nicht? »Es ist *real*. Irgendwo. Irgendwie. Ob es eine Welt ist, die Adam durch sein Bewusstsein manifestiert hat, weiß ich nicht, aber es *gibt* eine andere Welt mit Adam darin. Einen Ort, den ich besucht habe. Einen Ort, an dem er mir das hier gegeben hat.« Ich tippe auf den Anhänger in Olivers Hand.

»Anna, ich verstehe, dass Sie das so haben möchten …«

»Es ist real.«

»Das ist es nicht … es hat nicht funktioniert.«

»Es *ist* real«, sage ich wieder. »Alles. Es ist, als würden wir beide entfernt von hier in irgendeiner alternativen Wirklichkeit existieren. Wir leben unser Leben. Ein gutes Leben. Das Leben, das wir beinah hatten.«

»Wissenschaftlich …«

»Ich pfeife auf die Wissenschaft! Was ist mit dem Armband? Wie erklären Sie sich das?«

»In gewisser Weise …«

»In gewisser Weise glauben Sie, dass man alles mit der Wissenschaft erklären kann?« Ich bin jetzt ruhiger.

»Ja.«

»Das tun Sie nicht, sonst würden Sie nicht in erster Linie das Bewusstsein erforschen! Sie haben mir erzählt, dass wir nicht alles wissen. Dass Dr. Acevedo engstirnig sei. Verschlossen. Wenn Sie nicht glauben würden, dass es andere Dimensionen gibt, Dinge außerhalb dessen, was wir wissen, Dinge, die Grenzen verschieben, den Bereichen unserer Vorstellungskraft trotzen, dann wären Sie … wären Sie jetzt nicht *erschrocken*. Erschrocken, dass Clem irgendwo ganz anders ein anderes Leben lebt. Ein Leben, das Sie vielleicht mit einschließt oder auch nicht. Und die Tatsache, dass Sie nicht mit ihr in Verbindung treten können, ist …« Jetzt weine ich. »Sie würden sie doch nicht einfach aufgeben, oder?«

»Das Armband beweist nicht unbedingt …«

»Hören Sie, es klingt verrückt, aber Sie haben auch verrückt geklungen, als Sie mit Ihrem Vorschlag zu mir kamen. Ich habe Ihnen eine Chance gegeben.«

Olivers Blick trifft auf meinen. Er ist voller Zweifel, aber ich weiß, dass er Ja sagen wird.

Er mag nicht glauben, dass ich wirklich mit Adam in Verbindung treten kann, aber die Liebe – er glaubt an die Liebe, und das wird reichen.

Das muss es.

Kapitel 69

Adam

Es geht alles zu schnell. Ich kann nicht verarbeiten, was geschieht.

»Aber letztes Mal … Sie hätten sterben können, Anna. Sie waren in keinem guten Zustand, als Sie zurückkamen«, hatte der Mann gesagt. Anna nennt ihn Oliver. Aber einige der anderen Stimmen, die mein Zimmer aufsuchen, haben ihn als Dr. Chapman bezeichnet. Einmal hatte er bei mir gesessen und mir von irgendeiner Studie erzählt, aber damals konnte ich mir keinen Reim darauf machen. Das versuche ich jetzt. Was ist mit Anna passiert? Weshalb will sie sich wieder einem Risiko aussetzen?

Für mich.

Mein Herz schlägt schneller. Auch wenn ich nicht spüren könnte, dass es in meiner Brust Fahrt aufnimmt, zeigt es sich auf dem Monitor. Ich merke, wie Oliver an mein Bett tritt. Spüre, wie seine Finger auf meinen Puls drücken. Ich möchte meine Hand freischütteln. Möchte, dass er Annas Wunsch nicht nachkommt. Er kann nicht riskieren, dass ihr etwas passiert. Sie ist zu wertvoll.

Die Studie. Ich muss herausfinden, worum es da geht. Mein Kopf tut weh. Ich versuche, mich an vergangene Gespräche zu erinnern, und spüre, wie der Schmerz unter der Schädeldecke hämmert. Es hatte mit Bewusstsein zu tun.

Meinem Bewusstsein.

Annas und Olivers Stimmen branden um mich wie ein unruhiges Meer, und ich hatte doch letztens ein raues, wütendes Meer erlebt, oder?

Eine Jacht?

Ich versuche verzweifelt herauszufinden, was los ist, und die Puzzleteile zusammenzusetzen. Erst als ich mich daran erinnere, was Oliver über einen hochmodernen fMRI-Scanner gesagt hatte – seine Erfindung –, über Software und eine VR-Brille, damit Anna erfahren konnte, was ich denke, gefriert mir das Blut in den Adern.

Konnte er tatsächlich irgendwie unseren Verstand verbinden? Das klingt angsteinflößend.

Es klingt gefährlich.

Ich muss das unterbinden.

Anna aufhalten.

Kapitel 70

Anna

Das Armband zu finden hatte sämtliche Zweifel daran weggewischt, meine Erfahrung mit Adam könne nicht real sein.

Oliver zweifelt jetzt auch an sich. Das kann ich an seinem Gesicht sehen.

»Sie glauben mir«, sage ich leise und dann lauter. »Sie. Glauben. Mir.«

Kapitel 71

Adam

»Sie glauben mir«, sagt Anna zu Oliver.

Sie überredet ihn. Sie ist überzeugend, meine Frau. Ich weiß das. Wenn sie es nicht wäre, hätten wir kein lilafarbenes Esszimmer. Er hat nicht wirklich eine Chance. Trotzdem suggeriere ich ihm, nicht nachzugeben. Sie keinem Risiko auszusetzen.

Ich sehne mich danach aufzustehen. Diesen verdammten Dr. Frankenstein einfach stehen zu lassen, doch ich kann es nicht. Bin die sprichwörtliche Laborratte.

»Ich weiß, warum Sie zurückwollen, Anna«, sagt Oliver. »Aber ich habe Ihnen erklärt, dass nichts zu sehen war, als ich im Scanner eine Verbindung zu Adam hergestellt habe. Harry … Harry ist nicht real.«

Als ich das höre, zerreißt es mir das Herz. »Er ist real!«, möchte ich rufen, aber plötzlich bin ich mir nicht mehr sicher. Habe ich mir das auch alles nur eingebildet?

Ich erinnere mich an den Tag seiner Geburt. An Elvis, der »Love Me Tender« schmachtete.

Ist das nicht real?

Ist er nicht real?

Doch das muss er sein. Meine Arme erinnern sich an sein Gewicht, meine Nase an seinen Geruch – Talkumpuder. Seine auf mich gerichteten dunkelblauen Augen.

Wenn Anna ihn auch gesehen hat, dann muss die Technik funktionieren. Sie muss es uns ermöglichen, zusammen sein zu können, aber zu welchem Preis?

»Sie sind fast gestorben«, hatte Oliver gesagt. Wenn es notwendig ist, dass Anna ohne mich weitermacht, damit sie sicher ist und am Leben, dann muss sie das tun.

Die beiden stehen rechts und links von meinem Bett. Ich fühle mich wie ein verdammtes Tennisnetz, weil Einwände serviert und abgeschmettert werden. Ein Spiel, das niemand gewinnen kann.

In mir baut sich ein Schrei auf, aber ich kann ihn nicht herauslassen.

»Ich weiß, dass ein Punkt kommt, an dem …« Olivers Stimme stockt. »An dem wir die, die wir lieben, gehen lassen müssen.«

Wieder greift Anna mit beiden Händen nach meiner Hand. Sie drückt sie. Ich drücke zurück, aber sie spürt es nicht.

Ich bin zurück auf Alircia, wo wir uns kennengelernt haben. Betrachte Annas ängstliches Gesicht, als der Vogel auf meinen Arm gesetzt wird. Spüre, wie meine Finger an der Kette herumfummeln, die ihn festhält. Sehe, wie der Papagei sich in den strahlend blauen Himmel erhebt. Aber ich bin nicht dort.

Ich bin hier.

Ich bin zu Hause mit Harry.

Ich weiß nicht, wo ich bin.

Ich weiß nicht, wer ich bin.

Mein Kopf schmerzt. Mein Körper schmerzt. Mein Herz schmerzt.

Anna schnieft. Sie lässt meine Hand nicht los, um ein Taschentuch zu suchen. Ihre Tränen tropfen auf meinen Unterarm. Ich kann sie nicht wegwischen.

»Ich werde nicht aufgeben. Adam würde das auch nicht wollen«, sagt sie.

Aber sie irrt sich.

Dass sie jeden Tag in diesem Zimmer sitzt, ein Leben lebt, fast eine Fantasie, das nicht real sein kann, egal, wie stabil es sich anfühlt, bedeutet, dass sie meinetwegen die Welt da draußen verpasst. Sie setzt ihre Gesundheit aufs Spiel.

Sie hätten sterben können, Anna.

Das will ich auf keinen Fall.

Ich nehme alle Kraft zusammen, um ihr das zu sagen, doch meine Stimme bleibt lautlos, wenn ich spreche.

Anna, bring dich meinetwegen nicht um. Ich bin nicht dort, ich bin hier. Ich bin überall.

Ich bin nirgendwo.

Aber egal, wohin mein Verstand auch springt, mein schwerer, nicht reagierender Körper bleibt in diesem Bett.

Eine dreiprozentige Überlebenschance, hatte ich zufällig gehört.

Wenn du jemanden liebst, gib ihn frei.

Sie muss mich gehen lassen.

Ich muss sie gehen lassen.

Ich werde nicht zulassen, dass sie sich meinetwegen zerstört, ihr Leben nicht in vollen Zügen lebt. Dafür liebe ich sie zu sehr.

»Ein allerletztes Mal«, sagt Oliver. »Nur, um sich zu verabschieden.«

Er hat nachgegeben. Ich wusste, dass er das tun würde, aber es ist egal. Ich weiß, was ich tun muss.

Kapitel 72

Oliver

Oliver weiß, dass Anna recht hat. Er hätte auch die Chance gewollt, sich von Clem zu verabschieden. Das scheint nur fair zu sein. Er zittert, als er durch das Fenster des Konsolenraums sieht, wie Sofia Anna mit der Brille hilft.

Ein letztes Mal.

Dreißig Minuten.

Er ist hier, um jede Sekunde zu überwachen.

Nichts kann schiefgehen.

Oder?

Kapitel 73

Adam

Mein Körper wird auf eine kalte, harte Fläche geschoben. Ich möchte Nein schreien. Oliver sagen, dass er Anna nicht alles für mich riskieren lassen darf. Ich bin nicht mehr dieselbe Person. Fühle mich auch nicht so. Ich nehme meinen Körper nicht mehr wahr. Kann mich nicht bewegen, kann mich nicht zwingen, die Augen zu öffnen, aber Liebe? Ich fühle immer noch Liebe.

Wenn ich mich regen könnte, Anna, was dann? Du würdest den Rest deines Lebens damit verbringen, dich um mich zu kümmern, und ich würde den Rest meines Lebens damit verbringen, dir nicht sagen zu können, wie ich mich fühle. Du hast den Mann verloren, den du hattest. Aber Harry … der Sohn, der nicht existieren sollte und den wir doch ins Leben gebracht haben, ist ein Licht, das im Dunkeln leuchtet. Dein Fixstern. Genauso, wie du meiner bist. Es ist nicht gerecht, dass er dir immer wieder entrissen wird. Das ist zu schwer zu ertragen, und es wird dein Ruin sein.

Was ich im Begriff bin zu tun, tue ich für dich. Bitte verzeih mir.

Bruchstücke des Lebens, das wir beinah hatten, sind zu grausam. Wenn ich einen Weg fände, dir alles zu geben, täte ich das, aber ich kann es nicht. Doch da ist etwas, was ich für dich tun kann.

Wenn du jemanden liebst, gib ihn frei.

Erinnerst du dich, Anna?

Ein letztes Mal wünsche ich mir, ich könnte deine Hand in meine nehmen. Dir tief in die Augen schauen und dir sagen, dass Dinge, die unmöglich erscheinen, es nicht sind.

Es gibt immer ein Fünkchen Hoffnung, das ruhig vor sich hin glimmt, wenn man weiß, wohin man schauen muss.

Es gibt immer ein Wunder, das darauf wartet zu geschehen.

Die Liebe *wird* einen Weg finden.

Kapitel 74

Anna

Ein letztes Mal erlaube ich meinem Körper, sich zu entspannen, meinem Verstand, zur Ruhe zu kommen. Adams Hand liegt in meiner.

Statt in Großbritannien bin ich zurück in unserem Apartment auf Alircia.

Allein.

»Adam?« Ich zögere. Habe plötzlich Angst, bin mir aber nicht sicher, warum. »Adam?«

»Warum sind wir nicht zu Hause? Wo ist Harry?«

Vielleicht sind wir zurück auf der Insel, um einen Hochzeitstag zu feiern. Oder Harrys Geburtstag. Obwohl ich hoffe, Adam und Harry bei einem Nickerchen auf dem Bett vorzufinden, betrete ich das Schlafzimmer mit einem Gefühl von Unbehagen. Die Härchen in meinem Nacken stellen sich auf.

Irgendetwas stimmt nicht.

Das Zimmer ist leer. Die weiße Bettdecke über die Kissen gezogen. Ich ziehe sie zurück und berühre das Laken. Es ist kalt.

»Adam?« Sein Koffer liegt geöffnet auf dem Fußboden. Seine Kleidung ist willkürlich darum verstreut. Ich öffne eine Schublade. Meine Shorts und Oberteile sind ordentlich zusammengefaltet. Nirgendwo liegen Babysachen. Kein Reisebett. Ich bekomme Beklemmungen. Panik erfasst mich.

Wo ist Harry?

Die Sehnsucht nach meinem Sohn ist schmerzhaft. Ich versuche, meine Atmung zu verlangsamen. Meinen Puls in den Griff zu bekommen. Ich darf nicht zulassen, dass Oliver mich schon zurückholt. Der Gedanke, dass ich mich von meinem Mann und meinem Kind nicht verabschieden darf, zerreißt mir das Herz. Wo sind sie?

Das Badezimmer ist leer, aber es hängt noch Dampf vom Duschen in der Luft. Der Duft nach moschusartigem Duschgel. Er ist vor Kurzem hier gewesen.

In der Küche liegen ein Stift und ein Notizblock auf der Arbeitsfläche. Auf die oberste Seite ist eine Adresse gekritzelt. Upper Harringdon. Das ist ein Ort etwa dreißig Meilen von unserem Zuhause in Großbritannien entfernt. Adam unterhält sich immer mit den anderen Hotelgästen über Fußball. Vielleicht hat ihm jemand seine Adresse gegeben, damit sie in Kontakt bleiben können, aber das erklärt nicht, wo Adam jetzt ist.

Ein weiteres Blatt Papier sticht mir ins Auge. Es hängt mit dem Ich-liebe-Alircia-Magneten am Kühlschrank.

> Anna, komm zum Pacifico-Strand und denk
> daran, dass ICH DICH LIEBE!!!!!

Meine Angst nimmt zu, denn ich erinnere mich an die Katastrophe, die uns ereilte, als wir das letzte Mal am Pacifico-Strand waren. Wie kann er bloß annehmen, dass ich dorthin will? Wie kann er dorthin wollen? Aber dann erinnere ich mich, dass sich in Adams Verstand der Unfall niemals ereignete. Er weiß es nicht. Trotzdem bin ich nervös. Warum sind wir hier? Hat er Harry vergessen? Ich finde einfach nicht heraus, was los ist.

Ein heftiges Verlangen, meinen Mann und meinen Sohn zu finden, treibt mich aus der Tür.

Meine Arme fühlen sich leer an, und mein Herz ist angsterfüllt. Schockwellen wandern meine Schienbeine empor, während meine in Sandalen steckenden Füße den Bürgersteig entlangstampfen. Als ich am Strand ankomme, klebt mir das leichte Sommerkleid schweißnass am Rücken. Als ich sehe, was mich erwartet, habe ich das Gefühl, gegen eine Wand zu rennen. Schockiert bleibt mir die Luft weg.

Es ist genau wie damals.

Pacifico ist ein Gewimmel aus Lärm und Farben. Musik und Gelächter. Rote und grüne Wimpel hängen zwischen Holzpfählen, die in den Sand gerammt worden sind.

Es ist genau wie damals.

Ein Grill verströmt den Geruch von gebratenem Fleisch. Auf der provisorischen Theke stehen goldfischglasgroße Gläser, die mit milchiger Piña colada gefüllt und mit Ananasstücken, Strohhalmen und pinkfarbenen Papierschirmchen dekoriert sind.

Boy Georges Stimme wabert aus den Lautsprechern. »Do you really want to hurt me?«

Es ist genau wie damals.

»Ma'am?«, fragt eine Stimme zu meiner Linken. Ich wende mich um zu dem Mann im marineblauen Polohemd mit dem roten WLJ-Logo darauf, der mir ein Flugblatt hinhält. »Freie Fahrt? Die Einführung von Websters Luxusjachten. Wir fahren Leute zur gegenüberliegenden Insel und bringen sie später wieder zurück. Die Fahrten finden alle fünfundvierzig Minuten statt. Sie sind zu spät dran für diese, aber …«

Ich werfe einen Blick auf meine Uhr. Es ist fast elf. Die Jacht sank um elf.

Es ist genauso wie damals.

»Adam!«, schreie ich und renne über den Strand.

Die Jacht legt ab. Noch bevor mein Blick verzweifelt nach *Maria* in kursiver schwarzer Schrift sucht, weiß ich, dass es genau dieselbe ist.

Ich renne in die schäumenden Wellen, bis sie meine Schenkel, Hüften und Taille umspülen.

»Adam!« Ich schirme mit den Händen meine Augen gegen die Sonne ab und starre auf die Jacht. Er ist dort, genauso wie ich es erwartet habe. An die Reling gelehnt, sein Blick auf meinen gerichtet.

»Bitte.« Ich drehe mich zum Strand um. »Die Jacht wird sinken. Irgendjemand muss sie zurückholen. Bitte.« Aber niemand hört mich. »Hören Sie doch!«, schreie ich so laut, dass die Kehle protestierend schmerzt. »Hilfe!« Ein Mädchen in marineblauem Polohemd mit dem WLJ-Logo darauf kommt durchs Wasser auf mich zu.

»Alles in Ordnung?«

»Nein!« Ich klammere mich an sie. Meine Knie drohen nachzugeben. »Die Jacht wird sinken. Mein Mann wird sterben. Sie müssen sie zurückrufen.«

»Ma'am, haben Sie getrunken?«

Ich schüttele den Kopf. Drücke meine Finger in ihren Arm.

»Sind Sie zu lange in der Sonne …«

»Nein!« Mein Gesicht ist tränenüberströmt. Ich werde ihn verlieren. Ich werde ihn noch einmal verlieren. »Adam.« Der Schmerz treibt mich voran. Das Meer spritzt Salz in meinen geöffneten Mund. Befeuchtet meine tränenüberströmten Wangen. Ich werde von hinten wie eine Marionette an meinem Kleid hochgerissen.

»Ma'am?«

Ich schüttele ihre Hände ab.

Die Jacht entfernt sich weiter vom Strand. Ich keuche vor Angst.

Gerade noch erkenne ich Adam, der seine Arme gen Himmel streckt. Dann hakt er die Daumen ineinander und formt mit den Händen Flügel. Er ahmt den freien Flug nach.

»Nein!« Ich breche zusammen. Fühle Arme um meine Taille, die mich aus dem Meer ziehen, aber Adam ist derjenige, der aus diesem Und-täglich-grüßt-das-Murmeltier-Albtraum herausgezogen werden muss. Ich weiß bereits, wie er endet.

»Adam! Adam!« Ich kämpfe mich frei. Wate zurück ins tiefere Wasser. Hasse mich dafür, dass ich nicht zu ihm schwimmen kann. Nicht in der Lage bin, ihn zu retten.

Er will nicht gerettet werden.

Er beobachtet mich noch immer. Seine Hände ahmen weiterhin nach, was er will.

Er will, dass ich ihn freigebe.

»Da stimmt etwas nicht mit der Jacht«, ruft jemand hinter mir.

Es ist aus.

Entsetzt schaue ich zu, wie die Jacht zu sinken beginnt.

Es ist aus.

Ich werfe mich nach vorn, kümmere mich nicht darum, dass ich bei dem Versuch, ihn zu erreichen, ertrinken könnte. Will nicht ohne ihn leben. Wieder liegen Hände auf mir, aber nicht die des Mädchens.

Olivers.

Er hat mich zurückgeholt, und über meine eigenen erstickten Schluchzer höre ich ihn. Den anhaltenden Piepton.

Adam stirbt.

Kapitel 75

Adam

Zum zweiten Mal bekomme ich einen Schlag auf den Kopf. Der Geschmack von Blut in meinem Mund. Farben leuchtend und dumpf. Hell und dunkel. Ein Kaleidoskop des Schmerzes.

Wasser in Mund und Augen.

Wasser in Nase und Ohren.

Meine Arme und Beine schlagen wild um sich. Ich sinke immer tiefer. Benommen. Desorientiert. Meine Lunge brennt. Ich habe Druck auf der Brust.

Die Farbe des Wassers wechselt von Blau zu Grau zu fast Schwarz. Ich wirbele herum. Drehe mich im Meer. Alles fühlt sich an, als würde es gleich explodieren. Mein Schädel. Mein Brustkorb. Mein Körper brennt.

Anna.

Es ist der Gedanke an sie, der mich davon abhält, nach Luft zu ringen. Verhindert, dass meine Beine strampeln, um mich an die Wasseroberfläche zu befördern.

Ich sinke. Wie ein Stein. Eine Masse aus Schmerz und Angst, aber nicht aus Bedauern. Nicht dieses Mal.

Wenn du jemanden liebst, gib ihn frei.

Ich bin schwer und gleichzeitig schwerelos. Bin hier und doch nicht da.

Anna.

Ich treibe und treibe. Mit gespreizten Armen und Beinen.

Ein Gefühl der Ruhe überkommt mich.

Anna beginnt zu verblassen.

Und dann spüre ich überhaupt nichts mehr.

Kapitel 76

Anna

Wir werden gewaltsam aus dem Scanner gerissen. Sofia zieht mich vom Tisch, damit Oliver an Adam herankommt. Blut fließt mir übers Gesicht. Ich habe das Gefühl, mir platzt gleich der Kopf. Das ununterbrochene Piepen der Maschine schreit heraus, was ich bereits weiß.

Adam ist gegangen.

Die Angst hat mich fest im Griff. Ich sehe, wie Oliver Adam an den Schultern rüttelt. »Adam, Adam, können Sie mich hören?« Aber natürlich antwortet Adam nicht.

Er kann es nicht.

Oliver spult die Abläufe ab, als hätte er das hier schon hundertmal gemacht, aber die Blässe in seinem Gesicht und sein Zögern sagen mir, dass das nicht stimmt. Er überprüft flüchtig Adams Atemweg, während Luis Adams T-Shirt aufschneidet und mit der Herzdruckmassage beginnt. Sofia rennt zum Rollwagen, nimmt zwei Teile, die aussehen wie Bügeleisen, und reicht sie Luis.

»Achtung. Defibrillation.« Er drückt sie auf Adams Brust.

Adams Körper zuckt zusammen.

»Immer noch Kammerflimmern«, ruft Sofia.

Oliver fährt mit der Herzdruckmassage fort.

Adams Blick ist auf meinen gerichtet. Seine Daumen sind ineinandergehakt, und er formt mit den Händen Flügel.

Die Maschine piept weiter. Oliver und Sofia tauschen einen besorgten Blick.

»Bitte.« Aber ich bin mir nicht sicher, um was ich flehe. Dass sie den Mann, den ich liebe, retten oder ihn gehen lassen.

»Achtung. Defibrillation«, ruft Luis zum zweiten Mal. Wieder zuckt Adams Körper.

»Immer noch Kammerflimmern«, sagt Sofia.

Der Vogel, den er gerettet hatte, flog hoch in den Himmel. »Er ist jetzt glücklich«, hatte Adam gesagt. »Er ist frei.«

Oliver legt wieder seine Hände auf Adams Brust.

»Lassen Sie ihn gehen.« Meine Worte klingen zäh, und die Zunge ist zu groß für meinen Mund. Die Lippen unwillig, sich zu bewegen. Aber dennoch versuche ich es noch einmal. »Oliver.«

Adams Wünsche sind stets gegenwärtig. Unmöglich zu ignorieren. Sie flüstern und brüllen wie ein Orchester, bauen sich zu einem Crescendo auf, das mich zwingt, die bittere Wahrheit anzuerkennen.

Ich habe ihn verloren.

Olivers Blick trifft auf meinen.

»Hören Sie auf«, sage ich. »Es reicht.« Oliver verzieht schmerzerfüllt das Gesicht, aber er streckt Luis eine Hand entgegen. »Warten Sie.«

Mit drei Schritten ist Oliver bei mir und nimmt meine Hand. Kurz denke ich, er wird mir sagen, dass er sich um Adam kümmern muss. Ihn zurückholen muss, auch wenn nur ein Krankenhausbett auf ihn wartet und die Unfähigkeit zu kommunizieren. Ist jedes Leben besser als kein Leben? Doch stattdessen fragt er: »Sind Sie sicher, Anna?«

In Wahrheit bin ich mir nicht sicher, aber ich weiß, dass es Adam so will. Weiß, was er mir gezeigt hat, als er zum zweiten Mal auf diese Jacht ging und wusste, wie es alles enden würde.

Scharf schlägt der Schmerz seine Reißzähne in mein Herz.

»Ja«, sage ich leise.

Das Piepen hört auf. Maschinen werden schnell zur Seite geschoben. Luis holt ein Laken und legt es über Adams Brust, während Oliver auf seine Uhr schaut und etwas auf Adams Krankenblatt kritzelt. Dann leert sich der Raum.

Langsam, zögernd trete ich an den Tisch.

»Adam?« Ich weiß, dass er nicht antworten wird. Er ist nicht mehr hier. Meine einzige Hoffnung ist, dass er mit Harry und Dug frei herumläuft. Dass sie sich um ihn kümmern werden. Dass er sich um sie kümmern wird.

Ich berühre seine Wange. Sie verliert ihre Wärme.

Ich habe gehört, dass man aussieht, als würde man schlafen, wenn man gestorben ist.

Doch das ist nicht so.

Im Schlaf hat sich Adam immer bewegt, herumgezappelt. Seine Arme über den Kopf geworfen, sein Bein unter der Bettdecke hervorgestreckt.

Geatmet.

Jetzt ist da nichts mehr.

Den Jungen aus der Bar gibt es nicht mehr.

TEIL 5

»Wenn du jemanden liebst, gib ihn frei.«

ADAM CURTIS

Kapitel 77

Anna

Wenn ich an Beerdigungen denke, dann denke ich an einen grauen Himmel und düstere Wolken. An zuckende Blitze und Donnergrollen. Nicht an das hier. An eine strahlende Sonne und leuchtend gelbe Narzissen, die ihre hoffnungsvollen Köpfe aus der Erde strecken – eine schmerzhafte Erinnerung daran, dass das Leben weitergeht.

An den meisten Tagen wünschte ich, es täte das nicht.

Das hier ist die Kirche, in der wir vor fünf Jahren geheiratet haben. Statt meines wunderschönen cremefarbenen Hochzeitskleids trage ich jetzt einen schwarzen Rock und eine schwarze Bluse. Während ich damals einen Blumenstrauß in der Hand hielt, werde ich heute von meinem schweren Herzen niedergedrückt.

Ich gehe hinein. Bienenwachs und Rosen. Es ist erschreckend kühler als draußen. Ich bin allein, aber auch nicht. Adams Eltern sagten, die Reise sei zu viel für sie, und seine Mutter war dem Schock nicht gewachsen, aber die, die mir am nächsten stehen, sind hier: Mum, Nan, Josh und seine Eltern, Nell und

Chris. Oliver ist mit Eva, Sofia und Luis nach Großbritannien geflogen gekommen. Und mit Adam.

Ich bringe es nicht über mich, auf den Sarg zu schauen.

Werde es nicht tun.

Ich wohne zurzeit bei Mum. Bin nicht in der Lage, allein in dem Bett zu schlafen, das ich einst mit Adam geteilt habe. Sie füttert mich mit Suppe und backt Scones, die ich nicht essen kann. Sitzt endlose Stunden bei mir und hält mich in den Armen, wenn ich weine. Hat angeboten, die Beerdigung vorzubereiten, wenn ich dazu nicht in der Lage sei, aber dieses Trauma hat sie bereits bei der Vorbereitung von Dads Beerdigung durchlebt.

Jetzt war ich dran.

Es war qualvoll, die Vorkehrungen zu treffen. Mein Kopf war benommen von den in kurzen Abständen genommenen Schlaftabletten, die mir mein Arzt verschrieben hatte. Ich ließ Josh und Nell die Einzelheiten überprüfen und nochmals überprüfen, denn ich war überzeugt, dass ich etwas vergessen hatte. Etwas, was mich unterbewusst beschäftigte.

Nell schiebt ihre Hand in meine, und während sie mir damals den Gang entlang zum Altar gefolgt war und meine Schleppe getragen hatte, gehen wir heute Schulter an Schulter auf dem roten Teppich zum vorderen Teil der Kirche. Ich spüre Blicke auf mir, aber anstatt dem Meer bekannter Gesichter wie beim letzten Mal, als ich hier langsam entlangging, fröhlich zuzulächeln, starre ich auf den Boden.

Wir sitzen neben Mum und Nan. Die Bänke sind kalt und hart. Der Pfarrer ist nicht derselbe, der uns getraut hat. Er spricht von Adam, als hätte er ihn gekannt, bevor er jemanden ankündigt, der das tatsächlich getan hat.

Josh räuspert sich. Ich schaue zum ersten Mal auf und bin dankbar, dass er damit einverstanden gewesen war, etwas zu sagen. In mir sind eine Million Worte, die sich zu Knoten verknüpfen, aber ich weiß, dass ich daran ersticken würde, wenn sie in meiner Kehle aufstiegen.

»Als Adam und Anna geheiratet haben, hatte ich furchtbare Angst, eine Rede zu halten«, beginnt Josh leise. »Heute habe ich ein ähnliches Gefühl, aber es ist nicht der Gedanke an eine öffentliche Rede, der mir Angst macht, sondern der Gedanke an eine Welt ohne Adam.« Er macht eine Pause. Ich höre, wie jemand, der hinter mir sitzt, schnieft, aber ich reiße mich zusammen. Gerade so. Denn ich weiß, dass ich nicht mehr aufhören könnte zu weinen, wenn ich meinen Schluchzern erlauben würde, sich loszureißen. Um den Hals trage ich den Anhänger, den Adam mir zu unserem ersten Weihnachtsfest geschenkt hat. Ich drücke den Stern, bis die scharfen Ecken meine weiche Haut durchbohren und ich etwas anderes spüre als diesen festen Klumpen Trauer, der in meiner Brust immer größer wird.

Josh fährt fort. »Ich habe lange und angestrengt nachgedacht, wie Adam gewollt hätte, dass man sich an ihn erinnert. Als Ehemann. Als Freund. Fast schon als ein Bruder für mich. Als Sohn für seine Eltern, die leider heute nicht hier sein können, und als zweiter Sohn für meine.« An dieser Stelle höre ich ein gequältes Stöhnen von Joshs Mutter. »Er war so viel Verschiedenes für so viele verschiedene Menschen, aber ich glaube, diese eine Geschichte fasst es zusammen.«

Es folgt eine kurze Pause. Josh umklammert das Rednerpult noch fester. Ich habe keine Ahnung, was jetzt kommt. Er hatte mich gefragt, ob ich vorher hören wolle, was er sagen würde, aber ich konnte den Gedanken nicht ertragen, es zweimal durchstehen zu müssen. Schon einmal zerreißt es mich fast.

»Adam hat seinen Großvater Ted über alles geliebt. Seinetwegen wollte er die Welt bereisen. All die Orte sehen, die Ted während seiner Zeit bei der Marine besucht hatte. Bevor er starb, gab Ted Adam seine Uhr. Adam hielt sie in Ehren. Es war eine antike, wertvolle, der Geldwert war ihm jedoch egal, für ihn zählte der sentimentale Wert. Adam trug die Uhr jeden Tag. Er hatte vor all den Jahren keine Zeit, sie abzulegen, als er ins Meer lief, um Anna zu retten. Die Uhr war nicht wasserdicht. Ab jenem Tag funktionierte sie nicht mehr.«

Ich erinnere mich so deutlich daran, dass ich fast das Salzwasser in meinem Mund und meiner Kehle schmecke. Wie wir husteten, als wir am Strand saßen und Gedanken meinen Verstand vernebelten, was geschehen wäre, wenn Adam mich nicht gerettet hätte. Adam stellte mir Fragen über meine Beziehung, die ich nicht beantworten wollte, und ich strich mit dem Finger über das Ziffernblatt seiner Uhr, um das Thema zu wechseln. »Ich hoffe, sie ist wasserfest«, hatte ich die Unterhaltung von mir abgelenkt. »Sie sieht alt aus.«

»Das ist schon okay«, hatte er gesagt.

»Als wir wieder nach Hause kamen«, fährt Josh fort, »habe ich sie für ihn reparieren lassen, und wieder trug er sie jeden Tag, bis ich nach einigen Monaten feststellte, dass er das nicht mehr tat. ›Wo ist deine Uhr?‹, fragte ich ihn. ›Ich habe sie verkauft‹, antwortete er. Er hatte sich von ihr getrennt, um von dem Geld Annas Verlobungsring zu kaufen.«

Ich drehe den Diamantring an meinem Finger. Einst hatte er sich angefühlt wie ein Zeichen der Liebe, doch jetzt ist er mir unangenehm. Ich wäre mit einem schlichten Ring zufrieden gewesen, sogar mit einem aus dem Kaugummiautomaten. Warum hatte er das getan?

»›Warum hast du das getan, du Ar…, du Idiot?‹, fragte ich ihn, und Adam erzählte mir Folgendes: ›Weil ich einmal meinen Großvater danach gefragt habe, wie er meine Großmutter kennengelernt hatte. Er hatte mit dem Schiff in Southampton gelegen, und in dem Moment, als sich ihre Blicke trafen, wussten sie, dass sie füreinander bestimmt waren. Da sie jedoch wussten, dass mein Großvater in ein paar Tagen wieder ablegen würde, versuchten sie, das Ganze als Urlaubsromanze auszugeben. Wie bei mir und Anna. Als es Zeit für den Abschied wurde, hat Großvater versucht, sich die Zukunft ohne Großmutter vorzustellen, aber das konnte er nicht. Er wusste, dass sie genauso fühlte, nachdem sie ihm die Uhr geschenkt hatte, denn auf der Rückseite hatte sie eingravieren lassen: *Liebe findet einen Weg.*‹ Adams Großvater hatte ihm erzählt: ›Wir beide wussten, dass irgendwie alles gut werden würde, und das tat es auch. Du wirst ebenfalls wissen, wann du die Liebe deines Lebens gefunden hast, denn der Gedanke, sie nicht mehr jeden Tag zu sehen, wird dir das Herz brechen. Wenn du dieses Gefühl hast, dann lässt du sie nicht mehr gehen. Du wirst alles *tun*, alles *geben*, um sie zu behalten.‹ Adam sagte, genau das habe er gefühlt, als er Anna zum ersten Mal traf. Der Gedanke an ein Leben ohne sie sei unmöglich gewesen. Er wusste, dass sein Großvater einverstanden gewesen wäre. Die Uhr zu verkaufen, um für Anna einen Verlobungsring zu kaufen, gab Adam das Gefühl, dass Ted Teil ihres neuen Lebens sein würde. Daran beteiligt. Der Gedanke machte ihn sehr glücklich.«

Das Funkeln meines Ringes verschwimmt durch die Tränen, die sich in meinen Augen sammeln.

»Und so war Adam«, sagt Josh. »Rücksichtsvoll. Großzügig, loyal. Offen und … ohne Zweifel. Er war sich sicher, dass das, was er mit Anna gefunden hatte, bis zum Ende halten würde, und ich weiß, er würde nur bedauern, dass es bis zum Ende nicht länger gedauert hatte.«

Jetzt weine ich. Josh verlässt das Rednerpult, und ich stehe auf, breite die Arme aus, und wir halten einander fest, während »Love Me Tender« erklingt. Die Musik ist über das Geräusch verzehrenden Kummers kaum zu hören. Viele der Trauernden hatten zugeschaut, als Adam und ich unseren ersten Tanz zu diesem Lied absolviert hatten.

Die Träger balancieren den Sarg auf ihren Schultern, als würde er nichts wiegen, und für eine perfekte Sekunde glaube ich, dass Adam überhaupt nicht in der schweren Holzkiste liegt und sein Hochzeitstaghemd aus Baumwolle sowie die Papierflugzeugmanschettenknöpfe trägt. Dass das alles ein Irrtum ist.

Doch das ist es nicht.

Draußen blinzele ich in die Helligkeit. Es regnet immer noch nicht, und ich hasse es, dass der Himmel nicht so um Adam weint, wie ich es tue.

»Du machst das wahnsinnig gut.« Nell hakt sich bei mir ein, als Josh das Gleiche auf der linken Seite tut.

Ich kämpfe gegen die Tränen an, als wir am Grab stehen und Adam in seine letzte Ruhestätte hinabgelassen wird. Ich muss mich nur noch kurze Zeit zusammenreißen, aber alles dreht sich. Ich spüre, wie meine Beine einknicken, und wären Nell und Josh nicht, würde ich fallen.

»Ich werde dich immer auffangen, Anna«, hatte Adam gesagt. Aber jetzt fängt er mich nicht auf, und plötzlich hasse ich ihn dafür, mich verlassen zu haben, und dann hasse ich mich dafür, solche Gefühle zu haben.

»Anna«, flüstert Nell. Mir wird ein Eimer mit Rosen hingehalten. Ich hatte mich dafür entschieden, keine Erde bereitstellen zu lassen. Mir wird ganz heiß, als ich gegen den Drang ankämpfe, die Blumen auf den Rasen zu kippen. Wenn wir Adam nicht unseren letzten Respekt erweisen, können sie sicher das Grab nicht zuschaufeln.

»Du musst nichts tun, was du nicht willst«, sagt Josh, aber heute tue ich alles, was ich nicht will.

Ich lasse den Mann los, den ich liebe.

Mein Gesicht ist heiß. Tränen brennen in meinen Augen, und in der Nase baut sich ein Druck auf. Hinter meiner Stirn hämmert das Gefühl, das ich versuche zurückzuhalten.

Langsam, widerwillig löse ich meinen Arm aus Joshs, ziehe eine Rose aus dem Eimer und trete mit der Blume in der Hand vor.

»Sei frei.« Ich lasse die Rose fallen, als ich mich von meinem Mann, von Harry, von dem Leben verabschiede, das wir beinah hatten.

Von allem.

Ich stopfe die Hände in die Taschen, bleibe wie angewurzelt stehen, will ihn nicht verlassen. In meiner Tasche finde ich ein Geldstück. Ich hole es heraus. Es ist die Münze meines Großvaters. Ich erinnere mich nicht daran, sie in meine Manteltasche gesteckt zu haben. Nachdem ich mit dem Finger ein letztes Mal darübergestrichen habe, küsse ich sie und lasse sie ins Grab fallen.

Ich werde an dich denken, Adam. Immer.

Als ich mich wegdrehe, gibt der immer wiederkehrende Gedanke, dass da noch etwas ist, an das ich denken muss, Ruhe und klart auf wie der strahlend blaue Himmel.

Am Tag, als Adam starb, hatte er, bevor er die verhängnisvolle Fahrt mit der Jacht noch einmal antrat, eine Adresse auf einen Notizblock gekritzelt. Eine Adresse, an die ich mich nicht mehr genau erinnern kann.

Es war eine Mitteilung an mich. Es muss eine gewesen sein.

Aber welche?

Kapitel 78

Anna

Die Trauerfeier findet im The Star statt. Seit Jahren bin ich nicht mehr hier gewesen. Adam würde sich freuen, wenn er wüsste, dass sie noch dieselben Billardtische haben. Ich gehe hinein, trete auf den stets klebrigen Fußboden, und es fühlt sich an, als würde ich einen Schritt in eine vergangene Zeit machen. Dunkle Holzbalken verlaufen an der Decke wie Streifen. Runde Mahagonitische kippeln auf spindeldürren Beinen.

Ich drücke mich unsicher an der Theke herum, bin mir nicht sicher, wo mein Platz hier ist. Was ich tun soll. Bin unwillig und unfähig, mich unter die Leute zu mischen und an einem der Gespräche teilzunehmen, die zu laut sind. Zu fröhlich. Stimmen, die vor Erleichterung triefen, dass die Zeremonie vorbei ist, und Gelächter. Leute lachen.

»Anna?« Eine ältere Dame, die ich nicht kenne, steht vor mir. Ein viel jüngerer Mann an ihrer Seite. »Ich … ich möchte nur sagen …« Ihre trüben Augen füllen sich mit Tränen, und dann weiß ich es.

»Sie waren auf der Jacht.« Sie war diejenige, der Adams Rettungsversuch gegolten hatte.

»Es tut mir so leid.« Sie wartet darauf, dass ich etwas sage. Ich tue es nicht. Kann es nicht.

»Ich weiß, dass es kein Trost ist«, sagt jetzt der Mann, »aber Großmutter ist das Herz unserer Familie. Ohne sie wären wir alle verloren. Es tut mir so leid wegen Ihres Mannes. Adam. Aber wir sind ihm alle sehr dankbar. Wenn er nicht bemerkt hätte, dass Großmutter zurückgelassen worden war, und nicht zu ihr geschwommen wäre, um sie zu retten, dann hätte vielleicht niemand bemerkt, dass sie dort festsaß. Er war ein tapferer Mann. Ein guter Mann.«

Dem kann ich nur zustimmen. Adam war ein guter Mann. Der beste. Die alte Frau zu hassen, die zitternd vor mir steht, wird ihn nicht zurückbringen.

»Er würde sich freuen, wenn er wüsste, dass es Ihnen gut geht.« Ich berühre sie kurz am Arm, bevor ich fortgehe.

Nell drückt mir einen Gin Tonic in die Hand. Ich nehme einen großen Schluck, möchte, dass mich der warme Schleier des Alkohols betäubt. An der Theke läuft auf einem Fernseher eine Slideshow mit Fotos von Adam. Die meisten zeigen ihn als Erwachsenen. Ich hatte seine Mutter gebeten, mir per E-Mail einige Babyfotos zu schicken, aber sie sagte, es sei zu schmerzlich für sie, seine Fotos durchzusehen.

»Du weißt nicht, wie furchtbar es ist, ein Kind zu verlieren«, hatte sie gesagt. Erinnerungen an Harry ließen mich verstummen, und ich brach das Telefonat ab.

Wie er roch.

Wie er sich anfühlte.

»Ist es in Ordnung, wenn wir das Essen servieren?«, fragt die Wirtin, und ich nicke, denn mir ist es egal. Ich weiß, dass es mein nervöser Magen nicht zulassen wird, etwas zu essen.

Eine Platte mit übereinandergestapelten Würstchen im Schlafrock wird auf einer auf Böcken stehenden Tischplatte abgestellt. Warme Wurst und blättriger Teig. Mein Blick trifft auf Joshs. Ich weiß, dass er das Essen sorgsam ausgewählt hat.

»Ich würde unseren Sohn gern nach meinem Großvater Harry benennen«, hatte ich zu Adam gesagt.

»Ich würde ihn gern Greg nennen«, hatte Adam entgegnet.

»Ist das ein Verwandter?« Adam sprach nicht viel über seine Familie.

»Nein, aber er schreibt verdammt gute Tagebücher«, hatte Adam gesagt und gegrinst.

Schüsseln voller Twiglets kamen als Nächstes.

Ich kann Adams Stimme hören. *»Marmite in Stäbchenform. Ich bin tatsächlich im Himmel.«*

Pizzastücke beladen mit öligen Peperoni und klebrigem Käse.

»Ich freue mich schon auf Italien. Allein das Essen wird spektakulär sein.«

Ein Trifle mit Liebesperlen bestreut.

»Richtiges englisches Essen, das ich auf meiner Weltreise vermissen werde.«

Josh fummelt an seinem Bluetooth-Lautsprecher herum, und Simple Minds singen »Don't you forget about me«. Die Stimmung hebt sich, als die Trauernden, wenn auch nur für die nächsten Stunden, ihre Trauer abschütteln, indem sie mit den Füßen im Takt wippen, während sie am Büfett anstehen. Und einfach so wird plötzlich Adams Leben gefeiert. Er würde Musik und Gelächter mehr schätzen als Taschentücher und Tränen.

»Du musst essen, Anna«, sagt Nell.

»Das werde ich. Gleich.« Ich kann mich auf nichts anderes konzentrieren als auf die Bruchstücke der Adresse, die Adam auf dem Notizblock zurückgelassen hatte. Sie wirbeln in meinem Kopf herum wie Blätter im Wind. Ich kann sie jedoch nicht fangen und in die richtige Reihenfolge bringen. Das Wissen, dass diese Adresse wichtig gewesen sein muss, verursacht ein Pochen in meinen Schläfen.

Ich entwische nach draußen in den Biergarten, um frische Luft zu schnappen. Sehne mich nach Ruhe und Frieden, bin aber noch nicht bereit, nach Hause zu gehen und allein zu sein. Am Himmel sammeln sich Wolken. Das Licht verblasst bereits langsam, und der Tag verliert seine Wärme. Ein Heizpilz glüht rot, und ich setze mich auf eine Holzbank. Ein vor Zigarettenstummeln fast überquellender Aschenbecher steht vor mir. Tief atme ich ein, heiße den Teer in meiner Lunge willkommen. Ich habe nie geraucht, aber ich bin versucht, damit anzufangen.

Wie lautete die Adresse?

Ich schließe die Augen, wandere gedanklich zurück zu jenem Tag, zurück in das Apartment, aber alles, was ich sehe, ist die Notiz, dass ich zum Strand kommen solle. Ich spüre nur die Panik, die in mir aufsteigt. Die Wimpel. Die Jacht. Den Grill. Der Geruch von Würstchen und Burgern wird mich stets in jene Zeit zurückversetzen. Ich höre noch immer die Musik. Meine eigene angsterfüllte Stimme, die Adam anschreit, er solle die Jacht verlassen.

Solle bleiben.

Ich reibe mir die Augen, will dieses Bild unbedingt durch etwas anderes ersetzen. Wie so oft kommt mir Harry in den Sinn. So schmerzlich es auch ist, ich schiebe ihn ebenso beiseite.

Denk nach.

Das Apartment war leer. Bevor ich den Zettel am Kühlschrank entdeckte, hatte ich auf dem Notizblock nachgeschaut.

Ich weiß, dass ich die Adresse gelesen habe. Ich weiß, dass sich die Antwort irgendwo in meinem Bewusstsein befindet. Mehr als alle anderen verstehe ich, wie mächtig der Verstand sein kann.

Ich hole tief Luft. Balle die Hände zu Fäusten, spanne den Kiefer an und lockere alles wieder. Lasse meine Schultern aus ihrer angespannten Position in der Nähe der Ohren zurück in ihre natürliche Stellung sacken.

Entspann dich.

Erste Regentropfen fallen, doch ich bewege mich nicht. Stattdessen spüre ich sie auf meiner Haut. Die Nässe. Die Temperatur.

Entspann dich.

Upper Harringdon.

Die Worte springen mich aus dem Nichts an, aber jetzt sind sie da. Ich erinnere mich daran, dass ich mich gewundert hatte, weshalb Adam den Namen eines Ortes aufgeschrieben hatte, der sich etwa dreißig Minuten von unserem Zuhause entfernt befindet. Da war noch mehr. Das weiß ich. Irgendetwas mit einer Heiligen. St. Jude? St. Agnes? St. Mary! St. Mary Street oder Road oder so. Ich spüre ein aufgeregtes Kribbeln und versuche nicht, mich an noch etwas zu erinnern. Der Regen prasselt jetzt heftiger.

62.

Nummer 62. St. Mary's irgendwas in Upper Harringdon.

Sofort öffne ich die Taxi-App auf meinem Handy. Rufe ein Taxi. Für einen Moment erwäge ich, zurück in den Pub zu gehen und Nell und Josh zu erzählen, wohin ich fahre, aber sie würden nur darauf bestehen mitzukommen. Aber was auch immer mich dort erwartet, es wird das Letzte sein, was ich über meinen Mann herausfinde, und dabei möchte ich allein sein. Außerdem halte ich keine Runde Abschiedsumarmungen, mitleidiges Lächeln und tränenfeuchte Augen aus. Ganz zu schweigen vom Standardsatz: »Wenn du etwas brauchst …«

Das hier.

Nach Upper Harringdon zu fahren, das brauche ich.

Kapitel 79

Anna

Während der Fahrt nach Upper Harringdon denke ich darüber nach, was mich dort erwarten könnte. Ein Laden? Aber es ist ein langer Weg, um letztendlich etwas zu kaufen, was man wahrscheinlich auch online bestellen könnte. Ein Pub? Ein Restaurant? Adam liebte es zu essen. Neue Lokale auszuprobieren. Vielleicht hatte er schnell eine Empfehlung notiert. Mein Verstand springt vom Banalen zum Unvorstellbaren. Vielleicht hatte Adam eine heimliche Freundin. Eine heimliche Familie. Kinder, von denen er mir nie erzählt hat. Ich verwerfe das, aber der Gedanke ist hartnäckig. Was ist, wenn ich kurz davor bin, seiner anderen Frau gegenüberzustehen? Ein Teil von mir, ein großer Teil, findet diesen Gedanken lächerlich. Ich kannte Adam besser als jeder andere, und er hätte mich nie betrogen. Aber dann spüre ich Ross' Lippen auf meinen. Ich erinnere mich, dass ich mehr als einmal erwogen hatte, Adam zu verlassen. Es gibt Dinge, die hat er nie von mir gewusst. Können wir eigentlich je genau wissen, was in jemandes Kopf vorgeht? Welche Geheimnisse sich darin verbergen?

Als wir in Upper Harringdon ankommen, ist mein letzter Gedanke, dass ich vielleicht ein leeres Gebäude vorfinde. Überhaupt nichts. Das wäre am schwersten zu ertragen.

»Das hier ist St. Mary's Street, aber es gibt auch eine St. Mary's Road. Möchten Sie, dass ich …«

»Nein.« Ich schiebe dem Taxifahrer zu viel Geld zu und stolpere aus dem Auto. Ich muss die Wahrheit herausfinden und ein für alle Mal meine düsteren Gedanken verjagen.

Zu spekulieren ist gefährlich. Ich brauche kalte, harte Fakten.

Regen läuft in den Kragen meiner Bluse. Ich renne die ganze Straße entlang. Meine Lunge brennt. Ich habe den bitteren Geschmack von Enttäuschung im Mund. Die höchste Nummer an einem Gebäude ist die 48.

Nummer 62 gibt es in der St. Mary's Street nicht.

Google Maps sagt mir, dass ich nach einem fünfminütigen Marsch in die andere Richtung in der St. Mary's Road sein werde. Ich wirbele herum, rutsche auf dem nassen Bürgersteig aus, und ein stechender Schmerz schießt durch meinen Knöchel, als der Absatz meines Schuhes abbricht. Ich falle nach vorne auf den harten Asphalt und lande mit voller Wucht auf den Knien. Meine Strumpfhose ist zerrissen, meine Haut abgeschürft und blutig. Ich zerre die Schuhe von den Füßen und trage sie in der Hand, als ich weiterhumpele. Meine regennassen Haare kleben mir im Gesicht. Mir ist eiskalt, und ich stehe kurz davor, frustriert in Tränen auszubrechen, aber ich reiße mich zusammen. Wahrscheinlich läuft mir mein Mascara über die Wangen. Für den unwahrscheinlichen Fall, dass ich gleich Adams heimlicher Freundin gegenüberstehen werde, wird ihr ein kurzer Blick genügen, um sich zu fragen, was er je in mir gesehen hat.

Bis ich die St. Mary's Road gefunden habe, bin ich bis auf die Knochen durchgeweicht. Hier gibt es überall dreistöckige viktorianische Häuser. In den meisten sind Firmen untergebracht.

Ich gehe an einer Zahnarztpraxis vorbei. Einer Anwaltskanzlei. Einem Brillenladen. Ich humpele langsam, überprüfe gewissenhaft die Nummern. An Nummer 62 hängt draußen kein Bronzeschild, und ich frage mich, ob es das Haus einer Familie ist. Jalousien hängen vor den Fenstern.

Hier ist es.

Mein Knöchel und meine Knie brennen. Ich gehe die sechs Stufen hinauf und stehe dann vor einer imposanten schwarzen Tür mit einem Klopfer in Form eines silbernen Löwenkopfs.

Bevor ich es mir anders überlegen kann, klopfe ich dreimal.

Es kommt mir wie eine Ewigkeit vor, bis ich das Klack-Klack-Klack von Absätzen auf dem Flur höre.

Die Tür wird einen Spalt weit geöffnet. »Ja?« Die Frau vor mir ist wahrscheinlich ungefähr so alt wie ich. Sie sieht hübsch aus in ihrem getupften Vintagekleid in A-Linien-Form, mit ihren braunen hochgesteckten Haaren und den tiefrot geschminkten Lippen. Ihr Blick wandert von meinen Haaren, aus denen das Wasser tropft, zur zerrissenen Strumpfhose und zu dem Bein, an dem das Blut herunterläuft.

»Ich bin hier wegen …« Ich komme ins Stocken. Weshalb bin ich hier? »Adam. Adam Curtis.« Ich betrachte sie aufmerksam. In ihrem Gesicht ist nicht einmal ansatzweise zu erkennen, dass ihr der Name etwas sagt.

»Hier gibt es keinen Adam.«

»Dieses Gebäude. Was ist es? Was geschieht hier?«

»Haben Sie einen Termin?«

»Ich …« Ich ziehe in Betracht, Ja zu sagen, weiß aber, dass ich sofort auffliegen würde.

»Nein.«

»Dann kann ich Ihnen nicht helfen.« Sie will die Tür wieder schließen.

»Bitte.« Ich trete einen Schritt vor und stelle meinen Fuß auf die Schwelle, verhindere, dass sie die Tür ganz schließt. »Bitte.

Ich …« Ich weiß nicht, was ich sagen kann. Was ich sagen sollte. Es klingt verrückt. Es ist verrückt, aber Adam wollte, dass ich hierherkomme. Ich weiß es. »Mein Mann. Adam. Er ist …« Ich versuche, nicht zu weinen, aber es gelingt mir nicht. Heftig reibe ich mir über die Wangen und versuche, meine Stimme ruhig klingen zu lassen. »Mein Mann ist gestorben. Wir haben ihn heute … beerdigt. Ich komme gerade von der Trauerfeier.« Ihr Gesicht bekommt einen milderen Ausdruck. Der Druck auf meinen Fuß lässt nach, als sie aufhört, die Tür dagegenzuschieben.

»Das tut mir leid.«

»Ich … es ist schwer, das alles zu erklären, aber Adam, er … er hat diese Adresse auf ein Blatt Papier geschrieben und es zurückgelassen, damit ich es finde. Es war das Letzte, was er geschrieben hat.« Aus meiner Tasche habe ich ein Taschentuch gefischt und tupfe damit die Tränen ab, die nicht aufhören zu fließen. »Irgendetwas muss es hier geben, von dem Adam wollte, dass ich es sehe, oder es muss eine Person geben, die ich treffen soll. Bitte …«

»Es verstößt gegen die Regeln, jemanden ohne Termin hereinzulassen«, sagt sie, aber sie fordert mich auch nicht auf zu gehen. Ich spüre, wie sie zögert.

»Schauen Sie.« Ich wühle in meiner Tasche nach dem Handy und halte es hoch. Mein Bildschirmschoner ist ein Foto von unserem Hochzeitstag. »Das ist Adam … war Adam. Ich muss wissen, weshalb er diese Adresse aufgeschrieben hat. Ich *muss* es wissen.«

»Aber ich weiß es nicht …«

»Bitte. Ich habe meinen Mann verloren. Meinen Sohn.«

»Ihren Sohn?«

Ihr Blick trifft auf meinen. Ich sehe Mitleid darin. Unschlüssigkeit und noch etwas. Verständnis. Sie hat auch jemanden verloren. Ich spüre es.

Nach einem Augenblick nickt sie und öffnet weit die Tür. »Ich bin Nancy. Kommen Sie mal lieber rein.«

Kapitel 80

Anna

Mir wird flau im Magen. Ich trete in den Hausflur von St. Mary's Road Nummer 62 und habe keine Ahnung, was mich erwartet. Auf der Fußmatte trete ich auf der Stelle und versuche, die Regentropfen abzuschütteln, die an meiner Haut, an meiner Kleidung hängen. Ich spüre, dass ich beobachtet werde. Nancy muss eine Ahnung davon haben, weshalb ich hier bin. Als ich etwas trockener bin, schaue ich auf und sehe, dass ihre Augen immer noch voller Mitgefühl sind. Für den Bruchteil einer Sekunde überlege ich davonzurennen, bin unsicher, ob ich dem gewachsen bin, was sie offenbaren könnte.

»Kommen Sie bitte mit.« Nancy geht voran in ein kleines Zimmer auf der linken Seite und weist mich durch Handzeichen an, mich auf einen dunklen Holzstuhl zu setzen. Ich hocke auf dem Rand des Stuhles und möchte nicht, dass mein nasser Rock das tiefgrüne Samtkissen durchnässt. Nancy zieht einen Stuhl hinter dem unglaublich glänzenden Schreibtisch vor und setzt sich mir gegenüber. Während ich darauf warte, dass sie etwas sagt, lecke ich mir über die trockenen Lippen und schmecke die Möbelpolitur, deren Geruch in der Luft liegt.

»Kann ich Ihnen ein heißes Getränk anbieten?«, fragt sie. »Sie sehen ganz erfroren aus.«

Ich bin hin- und hergerissen zwischen dem Wunsch, Antworten zu bekommen, und dem, sie hinauszuzögern.

»Bitte.«

Statt das Zimmer zu verlassen, geht sie zum kleinen Bücherregal unter dem Fenster, auf dem ein Wasserkocher steht. Sie schaltet ihn ein. Ich schaue mich um nach irgendeinem Hinweis darauf, wozu dieses Zimmer, dieses Gebäude dient. Doch nur ein goldenes Kreuz hängt an der Wand. Keiner von uns sagt etwas, während Nancy Instantkaffee in Tassen gibt und kochendes Wasser daraufschüttet.

»Ich kann Milch holen …«

»Ich trinke meinen schwarz.« Ich lüge. Das Warten ist kaum mehr auszuhalten. Ich muss wissen, was in diesen vier Wänden mit der burgunderfarbenen Strukturtapete und zu vielen Geheimnissen geschieht. Weshalb Adam entweder hier gewesen ist oder geplant hat herzukommen.

Nancy reicht mir die Kaffeetasse. Ich umfasse sie mit beiden Händen und versuche, die zitternden Finger still zu halten.

»Ich habe meine Tochter verloren«, sagt sie einfach. Ihre Worte sind fest und bestimmt, und instinktiv weiß ich, dass sie sie schon viele Male gesagt hat. In ihren Augen spiegelt sich der Schmerz. »Das hat mich hierhergeführt.«

Ich nicke, aber ich verstehe es nicht. Kann es nicht verstehen. Ich zittere so heftig, dass ich meine Kaffeetasse abstelle.

»Ihr Vater, er … er war nicht da. Ich hatte kein Interesse an einer anderen Beziehung. An gar nichts. Das mit Lucy war drei Jahre her, als … als meine Mutter vorschlug hierherzukommen. Es war nicht so, dass ich sie ersetzen wollte, aber …« Für einen Moment schließt sie die Augen, atmet tief durch die Nase ein und stößt die Luft wieder aus. »Letzten Endes konnte ich es nicht, aber ich begann, ehrenamtlich zu arbeiten, und … es war heilsam für mich. Jetzt bin ich Geschäftsführerin, aber es ist mehr als ein Job, es ist eine Berufung, und … es reicht mir.«

Sie beugt sich vor und nimmt meine Hände in ihre. »Ihr Mann … Adam. Ich weiß nicht, weshalb er wollte, dass Sie herkommen, aber die Tatsache, dass Sie ein Kind verloren haben …« Sie beendet den Satz nicht. Wieder lasse ich meinen Blick umherschweifen und suche nach Hinweisen.

»Was ist das hier?«

»Ein Kinderheim.«

»Das kann nicht sein.« Ich entziehe ihr meine Hände, schaue mich hektisch um und suche nach Anzeichen von Kindern. Horche auf Geräusche von Kindern. Doch da ist nichts.

»Sie sind meistens alle in der Schule.« Nancy spürt meine Verwirrung. »Wir haben draußen kein Schild angebracht, weil einige Kinder aus schwierigen Familienverhältnissen kommen und wir sie schützen wollen. Ihnen Privatsphäre geben. Und ihre Würde zurück. Sie können sich nicht vorstellen, was einige Kinder durchgemacht haben. Wo immer es möglich ist, suchen wir natürlich neue Familien für sie.«

»Das … das tut mir leid.« Und das tut es wirklich. Nancys Verlust tut mir leid, und die Kinder tun mir leid, die ohne Beständigkeit und Sicherheit dagestanden haben, aber am meisten tue ich mir selbst leid. Ich war hergekommen, um Antworten zu finden, aber jetzt habe ich nur noch mehr Fragen. Warum hat Adam mich hierhergeführt? Es ergibt keinen Sinn.

»Ich …« Ich verstumme. Kann nicht sprechen. Nicht denken. Nicht atmen. Ich stehe auf, und mein Stuhl fällt um. Ich eile auf die Tür zu. Muss hier raus. Es war ein Fehler herzukommen.

»Anna!« Nancy ist dicht hinter mir, aber ich bleibe nicht stehen. Ich habe das Gefühl, keine Luft zu bekommen. Ich weiß nicht, was ich erwartet habe, aber das hier nicht.

Meine Hand liegt auf der Türklinke, als ich ihn höre.

Einen Schrei.

Einen Schrei, der mir das Herz zerreißt.

Einen Schrei, den ich kenne.

Ich wirbele herum und unterdrücke ein Schluchzen. Dränge mich an Nancy vorbei und laufe auf die Treppe zu.

»Anna! Sie können nicht …«

Aber ich bin schon halb die Treppe hinaufgerannt. Meine Füße berühren kaum den Boden.

Die Schreie werden lauter. Nancy ist mir dicht auf den Fersen.

»Anna! Warten Sie!«

Doch ich warte nicht. Kann es nicht. Ich renne so schnell ich kann auf eine Tür am Ende des Flures zu und reiße sie weit auf.

So viele Gefühle stürmen auf mich ein, als ich mich dem Kinderbett nähere. Angst. Aufregung. Ungläubigkeit. Erleichterung. Verwirrung. Schmerz. Aber alles, was ich fühle, wird von der erdrückenden Sorge überschattet, dass ich mich vielleicht irre. Mein Herz sagt mir jedoch, dass ich recht habe.

Es ist Harry.

Ein rotes Gesicht. Am Kopf klebende Locken.

Es ist Harry.

Kleine Hände zu Fäusten geballt.

Es ist Harry.

Auf dem Arm ein Muttermal, das einer Landkarte gleicht. Wie bei Adam.

»Sie dürfen hier nicht sein«, sagt Nancy, aber mit sanfter Stimme.

»Du … bist es. Du bist es *wirklich*«, flüstere ich.

Beim Klang meiner Stimme hört das Baby zu weinen auf und schaut mich mit tiefblauen Augen an. Adams Augen. Vorsichtig nehme ich es aus dem Bettchen und drücke es an meine Brust. Spüre sein vertrautes Gewicht. Nehme seinen Duft wahr.

»Das arme Würmchen hat kaum aufgehört zu schreien, seit es vor zehn Tagen draußen auf die Stufen gelegt worden ist.«

Sie braucht mir gar nicht zu erzählen, dass er am Tag von Adams Tod hier abgelegt worden ist, denn ich weiß es.

Wie unmöglich es auch scheinen mag, das hier ist mein Kind.

Das hier ist Harry.

TEIL 6

»Liebe findet einen Weg.«

EDITH CURTIS – ADAMS GROSSMUTTER

Kapitel 81

Anna

Zwölf Monate später.

Ich brauchte fast neun Monate, bis ich Harry adoptiert hatte. Das Warten war eine Qual. In der Zeit lebte ich in der ständigen Angst, dass jemand anderes überraschend auftauchen und mir meinen Jungen wegnehmen könnte. Ich hatte natürlich nicht auf der Warteliste der Adoptionswilligen gestanden, aber glücklicherweise hatte Nancy die Bindung zwischen uns erkannt und Harry nicht in einer Pflegefamilie untergebracht, was mir das Herz gebrochen hätte. Sie sorgte weiter für ihn, während sie sich von Anfang bis Ende für meinen Antrag einsetzte. Ihre Kompetenz und Geduld waren es, die es mir ermöglichten, die bürokratischen Hürden zu überwinden und Harry dorthin zurückzubringen, wohin er gehörte.

Nach Hause.

»Ich weiß nicht, was das zwischen Ihnen beiden ist«, hatte Nancy während einer meiner häufigen Besuche gesagt. »Er schreit fast andauernd, wenn Sie nicht hier sind.« Wie auf ein Stichwort verfiel Harry in sein ansteckendes Kichern, als ich mit den Lippen über seinen Bauch prustete. »Und kaum sind Sie da, ist er glücklich. Zufrieden. Als wären Sie füreinander bestimmt.«

Manchmal hob sie die Augenbrauen, eine Aufforderung, sie ins Vertrauen zu ziehen, und ich lächelte und nickte und sagte: »Ja.« Es fühlte sich tatsächlich so an, als wäre Harry mein Sohn. Einmal, nur ein einziges Mal, fragte sie mich, warum ich annahm, Adam hätte mir die Adresse von ihrem Kinderheim hinterlassen.

Ich zuckte mit den Schultern. »Das kann ich nicht mit Sicherheit sagen, aber ich bin sehr dankbar, dass er es getan hat.« Ich ließ sie nie wissen, was ich sagen konnte, aber nicht sagte. Es gab keinen logischen Grund dafür, dass Harry hier abgegeben worden war, während Adam gerade im anderen Teil Europas im Sterben lag. Wie ein Baby, mein Baby, das wissenschaftlich betrachtet nie existiert hat, jetzt zufrieden in meinen Armen liegt, als gehöre es dorthin.

Und das tut es.

Mit der Zeit habe ich aufgehört, das alles zu hinterfragen.

»Im Universum gibt es mehr Rätsel, als wir je lösen können«, hatte Oliver gesagt. »Dinge, die außerhalb der Bereiche des Möglichen liegen.« Das zu hören erlaubte mir, mit dem endlosen Googeln von *Neurowissenschaft* und *Bewusstsein* sowie dem Versuch, eine rationale Erklärung zu finden, aufzuhören.

Es gibt keine.

Ab und zu werde ich mitten in der Nacht wach. Die Laken sind verdreht und schweißgetränkt, und mein Herz pocht, während ich mich frage, was mit Harry passiert wäre, wenn ich mich nicht an den Notizblock erinnert hätte. An die Adresse. Aber in der Regel erlaube ich meinem Verstand nicht, dorthin abzudriften.

»Die hier packe ich in meinen Kofferraum und bringe sie morgen früh in den Parkinson-Wohltätigkeitsladen.« Josh hebt die Kiste hoch, auf die ich *Spenden* geschrieben habe. »Ich glaube, das ist die letzte.« Polternd läuft er die Treppe hinunter.

»Gott sei Dank.« Nell wischt sich mit dem Ärmel über die Stirn. »Ich bin kaputt. Bist du bereit, Anna? Wir sind spät dran.«

Ich schüttele den Kopf. Ich bin nicht bereit, und trotzdem … »Gib mir noch ein paar Minuten, ja?«

»Klar. Komm zu Tante Nell.« Nell streckt die Arme aus, und Harry krabbelt zu ihr. Seine Latzhose ist schmutzig an den Knien. Mir war peinlich gewesen, wie viel Staub zum Vorschein kam, als die Möbel hinausgetragen wurden. Nell nimmt Harry hoch und drückt ihm einen Kuss auf die Wange. Er kichert. Harry liebt Nell sehr. Wieder frage ich mich, ob ich das Richtige tue. Ihn aus seinem Zimmer mit den gelben Enten zu reißen, die um die Wände marschieren. Aus seinem Zuhause.

»Jetzt werden wir dich erst mal im Auto anschnallen, kleiner Mann«, sagt sie. »Und dann erteile ich dir noch eine Lektion in Sachen Mädchen.«

Ihre Schritte entfernen sich. Die Haustür fällt ins Schloss, und ich bin allein mit meinen Erinnerungen.

»Erinnerst du dich noch an den Tag, als wir eingezogen sind, Adam?«, murmele ich in den leeren Raum. Wir hatten uns so erwachsen gefühlt, weil wir uns ein Haus mit einem zusätzlichen Zimmer hatten leisten können.

»Für Gäste«, hatte ich gesagt.

»Für welche?«, hatte Adam gefragt. »Nell und Josh wohnen nur Minuten von uns entfernt und deine Familie ebenfalls. Und meine Mum und mein Dad …« Er musste den Satz nicht beenden. Ich wusste, dass das ein trauriges Thema war. Sie kannten ihn gar nicht richtig als Erwachsenen und waren nicht da gewesen, um zu sehen, welcher Mann aus ihm geworden war. Egal, wie alt wir sind, ich glaube, dass wir letztendlich alle nach der Liebe und Anerkennung unserer Eltern lechzen, oder?

»Ich nehme an, du willst es in eine Art Männerhöhle verwandeln«, sagte ich, um die Stimmung zu heben. »Mit einer Spielkonsole und einem Minikühlschrank voller Bier.«

»Auf keinen Fall.« Adam hatte seine Arme um meine Taille geschlungen und nuschelte mir ins Genick: »In einen Minikühlschrank passen nicht viele Bierdosen. Ich brauche einen richtigen und einen Billardtisch und einen Pac-Man und …«

»Hm, du siehst doch, wie groß das Zimmer ist.« Ich hatte mich mit ausgebreiteten Armen gedreht. »Aber du übertreibst ja immer in Sachen Größe.« Ich wich mit einem Lächeln zurück. Vorgetäuschte Empörung breitete sich auf seinem Gesicht aus.

»Ich sage dir gleich mal, was riesengroß ist.« Adam hatte einen Satz nach vorne gemacht und mich gekitzelt, bis meine Knie nachgaben und wir beide auf dem rauen Rupfenteppich lagen. »Aber du wirst mir das niemals glauben.«

»Was«, fragte ich lachend. »Was ist so riesengroß?«

»Meine Liebe für dich.« Plötzlich war er ernst, hielt mich mit seinem Blick gefangen.

»Adam, ich …« Ich wusste nicht, was ich sagen sollte. Noch nie war ich so glücklich gewesen. So zufrieden. So erfüllt.

»Und weißt du, was perfekt in dieses Zimmer passen würde?«

Ich schüttelte den Kopf und hielt Blickkontakt.

»Ein Kinderbett.« Er senkte den Kopf und strich mit seinen Lippen über meine. »Das hier wird ein Kinderzimmer.« Seine Hände öffneten den Knopf an meiner und an seiner Jeans. In dem Moment hatten wir keinen Zweifel daran, dass unser Leben genauso werden würde, wie wir es wollten: lang und glücklich. Zusammen.

Jetzt wische ich mir über die Augen. Es hatte zu viel Zeit für Traurigkeit gegeben. Ich beschwöre ein anderes Bild herauf, bin entschlossen, dass all meine heutigen Tränen glückliche sein werden. Ich gehe in unser Schlafzimmer. Auf dem Teppichboden sieht man ein dunkles Rechteck. Die Stelle, an der unser Bett gestanden hat, das jetzt auseinandergebaut im Umzugswagen liegt. Die Erinnerung an unsere erste Nacht hier zaubert mir ein Lächeln ins Gesicht. Wir hatten eine breite Luftmatratze gekauft, weil wir auf das schmiedeeiserne Bettgestell sparten, das ich gern haben wollte.

»Sei vorsichtig, dass sie nicht platzt«, hatte ich gesagt, als Adams Fuß blindwütig auf die Pumpe trat, um die Matratze aufzupumpen.

»Die ist noch lange nicht voll.« Unter Adams T-Shirt-Ärmeln zeichneten sich Schweißflecken ab.

»Ich meine nicht die Matratze, sondern deine Birne. Dein Gesicht ist knallrot! Für jemanden, der Fußball spielt …«

»Du solltest eigentlich wissen, dass ich noch nie im Leben so gut in Form gewesen bin«, hatte Adam atemlos hervorgestoßen und eine Pause eingelegt. »Das sind alles Muskeln.« Er klopfte sich auf den Bauch.

»Alles Pizza und Bier«, scherzte ich, aber mir war es egal, dass er ein paar Pfund zugenommen hatte, seitdem wir zusammen waren.

Als er mit dem Aufpumpen der Luftmatratze fertig war, legte ich mich darauf, während er die Pumpe wieder in ihren Karton packte. Dann warf er sich neben mich. Als er landete, wurde ich durch sein Gewicht in die Luft und dann quer durch den Raum geschleudert. Ich ruderte mit Armen und Beinen, versuchte, mich irgendwo festzuhalten, aber da war nichts. Mit einem Bums landete ich bäuchlings auf dem Teppich.

»Anna!« Adams Hände berührten mich an meinen bebenden Schultern. »Bist du okay? Bitte weine nicht …«

»Tue ich doch gar nicht.« Ich rollte mich herum, und Lachtränen liefen mir übers Gesicht. »Noch nie im Leben so gut in Form gewesen …« Ich schrie vor Lachen, bis mir die Rippen wehtaten.

»Du bist nicht durch die Luft geflogen, weil ich fett bin. Das ist … Physik!«, sagte er, aber auch er lachte. »Naturwissenschaften waren noch nie dein Ding.«

Bis heute nicht.

Als ich von Zimmer zu Zimmer gehe, erinnere ich mich. An alles.

Wie ich Adam eine SMS geschickt hatte, dass ich mich nach meiner ersten Lauferfahrung mit der örtlichen Fitnessgruppe verschwitzt und elend fühlte. Und als ich schließlich durch die Haustür wankte, sagte er: »Hab ich dir doch gesagt, dass du es hassen wirst. Aber macht nichts, ich hab etwas für dich, was dich aufwärmen wird.« Er schob mir ein Blatt Papier in die Hand. Darauf war eine Skizze. »Ich habe dir eine Badewanne gemalt!« Er lachte.

»Danke für nichts.« Ich fand das nicht witzig und stampfte die Treppe hinauf ins Badezimmer. In meinen Augen sammelten sich dankbare Tränen, als ich das dampfende Schaumbad sah, das auf mich wartete. Teelichter flackerten auf dem Fensterbrett. Auf dem Rand des Waschbeckens stand ein Glas mit gekühltem Wein.

Unten erinnere ich mich an den Tag, als ich nach Hause gekommen war, die Küche verheerend aussah und Adams Gesicht in einer Rührschüssel steckte.

»Was um Himmels willen …«

»Anna.« Er schaute auf, und von seinem Gesicht tropfte Milch. »Ich habe versucht, ein Curry zu machen, aber an meine Finger sind Chilisamen gekommen, und ich habe mir damit im Gesicht herumgewischt. Das ist nicht lustig. Meine Augen. Meine Haut!« Auch er lachte. Letztendlich holten wir Essen vom Imbiss.

Als ich an unsere gemeinsame Zeit denke, fühle ich Dankbarkeit für die Jahre, die wir miteinander hatten, und nicht mehr Traurigkeit und Bedauern.

Trotz unserer Hochs und Tiefs waren wir glücklich gewesen.

Und als ich die Tür ein allerletztes Mal abschließe, nehme ich das Wissen mit, dass das Leben nicht immer perfekt ist – ich nicht immer perfekt bin –, aber es Zeiten gibt, da muss man kämpfen für das, was man will, und Zeiten, da muss man loslassen.

Heute mache ich beides. Ich steige in das Auto, in dem Josh und Nell für Harry »Die Räder vom Bus« singen.

»Ich bin bereit«, sage ich, und anstatt zurückzuschauen, als Josh losfährt, habe ich den Blick fest nach vorne gerichtet.

Kapitel 82

Unsere Abschiedsparty findet im The Star statt. Das scheint nur passend zu sein. Anstatt schwarze Kleidung zu tragen und sich an die Vergangenheit zu erinnern, sind die Gäste heute in bunte Stoffe gekleidet und schauen in die Zukunft.

Alle sind hier. Mum, Nan. Joshs Eltern sind angereist. Oliver. Wenn es ihn nicht gegeben hätte, wäre Harry nicht hier. Und Nancy, die ihm erlaubt hat, noch einmal mir zu gehören. Nells Chris hat die Kinder mitgebracht, und der Pub ist erfüllt von fröhlichem Geplauder.

»Soll ich das Essen servieren?«, fragt die Wirtin, und mein Magen knurrt als Antwort. Ich war so damit beschäftigt gewesen, die Sachen im Haus zu packen, dass ich das Mittagessen versäumt hatte und nun Heißhunger habe.

»Bitte.«

Tabletts werden aus der Küche getragen, die beladen sind mit einigen von Adams Lieblingsessen und einigen von mir.

Harry sitzt auf Mums Schoß, und vor ihm steht ein Teller mit Marmite-Häppchen. Er nimmt ein Brotstück und zerquetscht es in der Faust, bevor er auf seinen Mund zielt.

»Marmite!«, sage ich zu meinem Sohn, reiße die Augen weit auf und klatsche mit den Händen auf meine Wangen.

Er kichert. Weiße Zähne mit zahnfleischigen Lücken. Adam wäre so stolz auf ihn. Dann wischt Harry mit seinen fettigen Fingern über Mums Rock, aber es scheint ihr nichts auszumachen.

»Weißt du«, sagt Mum zum x-ten Mal, »auch wenn du Harry adoptiert hast, sieht er Adam so ähnlich. Es ist erstaunlich.«

Sie wird nie erfahren, wie erstaunlich das alles ist.

»Ich bin so froh, dass du ihn in unser Leben gebracht hast, Anna.« Sie küsst Harry auf den Kopf. »Großmutter zu sein ist genauso wunderbar, wie ich es mir immer erhofft hatte.«

Ich mische mich unter die Leute, die ich liebe. Die Leute, die mich lieben.

Chris erzählt Josh von einer Freundin, die letztens mit ihrem Freund Schluss gemacht hat. »Ihr habt eine Menge gemeinsam. Soll ich euch zusammenbringen?«, fragt er.

»Ist sie attraktiv?«, fragt Josh, obwohl er eigentlich wissen will: Ist sie so wie deine Frau?

»Ja. Eigentlich sieht sie ein bisschen aus wie Nell.«

Josh lächelt. »Ja, prost. Warum nicht?«

»Bist du sicher, dass du genug Geld hast?«, fragt mich meine Großmutter.

»Ganz sicher«, beteuere ich. Letzte Woche hatte sie wieder versucht, mir fünfhundert Pfund zuzustecken. »Adams Lebensversicherung ist vorerst mehr als genug für uns.«

»Wir werden euch so sehr vermissen, deine Mum und ich. Und dein Dad.« In ihren Augen sammeln sich Tränen, als sie von ihrem Schwiegersohn spricht. »Wenn er noch leben würde, wäre dein Vater …«

»Ich weiß.« Ich reiche ihr ein Taschentuch. »Ehe ihr's euch verseht, sind wir wieder da, und bis dahin rufen wir uns über FaceTime an.« Nan hatte sich extra ein iPad gekauft. »Entschuldige mich kurz.«

In der Ecke nuckelt Oliver unbeholfen und allein an einer Limonade.

»Danke, dass Sie gekommen sind«, sage ich. »Ich weiß, dass gesellschaftliche Veranstaltungen nicht Ihr Ding sind.«

»Ich hätte es nicht verpassen wollen.«

Wir sind gute Freunde geworden. Abgesehen von Nell gibt es keinen, mit dem ich wirklich darüber reden kann, was ich durchgemacht habe – mit Ausnahme von Oliver. Viele Nächte haben wir bis in die frühen Morgenstunden miteinander telefoniert. Sind immer wieder alles durchgegangen. Er ist immer noch im Institut und versucht, die Welt zu einem besseren Ort zu machen, konzentriert sich aber vorläufig auf Erkrankungen. Er ist vorsichtiger geworden.

»Werden Sie eines Tages mit der Erforschung des Bewusstseins weitermachen?«, frage ich.

»Das habe ich noch nicht entschieden. Ich weiß nicht, ob es einige Dinge gibt, die wir lieber nicht wissen sollten.« In seinem Blick liegt eine Frage, die ich nicht beantworten kann. Ich zucke mit den Schultern.

»Aber«, sagt er, und sein Gesicht hellt sich auf, »wir hatten einen Durchbruch mit unserer Forschung bei Parkinson-Erkrankungen. Jeden Tag kommen wir einem Heilverfahren näher.«

»Clem wäre so stolz auf Sie, aber …« Ich zögere, bin mir nicht sicher, ob ich eine unpassende Bemerkung mache. »Sie würde sich wünschen, dass Sie ab und zu aus Ihrem Labor herauskommen und leben. Vielleicht sogar lieben.«

»Eva hat …« Er wird rot. »Eva hat mich zum Abendessen eingeladen. Da scheint es eine Chemie zwischen uns zu geben.«

»Sie und Ihre Wissenschaft.« Wir lachen beide. »Seien Sie glücklich, Oliver.«

»Sie auch, Anna.«

Quer durch den Pub sehe ich, wie Nell auf ihr Handgelenk deutet. Ich schaue nach, wie spät es ist. Nicht mehr viel Zeit.

Ich nehme eine Gabel und schlage damit gegen mein Glas. Als es still wird im Raum, beginne ich zu reden.

»Das vergangene Jahr hätte ich nicht ohne die Unterstützung von euch allen durchgestanden. Es ist keine leichte Entscheidung gewesen, das Haus zu verlassen, in dem ich mit Adam gewohnt habe, aber ich möchte nicht in Erinnerungen leben und mich nach dem Leben sehnen, das wir beinah hatten. Ich möchte das Beste aus jeder wertvollen Sekunde des Lebens machen, das ich jetzt lebe. Ich spüre …« Ein dicker Kloß bildet sich in meinem Hals. Ich trinke einen Schluck, um ihn hinunterzuspülen, damit ich weiterreden kann. »Ich spüre, dass Adam bei Harry und mir sein wird, wenn wir auf diese Reisen gehen. Auf die Weltreise, die er immer geplant hatte. Der Route folgen werden, die er ausgearbeitet hatte. All die Länder besuchen werden, die er besuchen wollte. Es ist die perfekte Würdigung des Mannes, den ich liebe.« Ich wische mir die Tränen von den Wangen. »Den ich immer lieben werde.« Ich hebe mein Glas. »Auf Adam.«

»Auf Adam«, ruft es im Chor zurück.

»Und auf Anna und Harry«, sagt Nell. »Auf das Abenteuer ihres Lebens.« Unsere Blicke treffen sich, und ich weiß, dass sie sich daran erinnert, wie sie vor acht Jahren, als wir zum ersten Mal nach Alircia flogen, den gleichen Trinkspruch ausgebracht hatte.

Gleich wird unser Taxi eintreffen. Etliche Leute hatten mir angeboten, uns zu fahren, aber ich hatte abgelehnt, wollte keine emotionalen Szenen am Flughafen. Die hatte ich dort schon erlebt.

»Anna, das haben wir für dich gemacht.« Joshs Vater reicht mir ein Album. Ich blättere es durch. Es ist voller Fotos von Adam im Teenageralter. Adam mit verrückten wuscheligen Haaren und furchtbaren Klamotten. Er steht irgendwo auf einer Tanzfläche, wo er seine John-Travolta-*Saturday-Night-Fever*-Pose macht, und ich muss einfach lachen.

Dann ist da ein ausgeschnittener Zeitungsartikel über seine Fußballmannschaft, die ein Amateurturnier gewonnen hat. Er hat den Arm um Joshs Hals geschlungen, und beide grinsen wie verrückt in die Kamera. Man könnte meinen, sie hätten die Fußballweltmeisterschaft gewonnen und keinen Pokal, der so klein ist, dass man ihn kaum erkennen kann. Dann folgen Adams Abiturnoten. Natürlich hat er Geografie mit Bravour absolviert. Auf der letzten Seite klebt ein Foto, das mir schmerzlich vertraut ist. Adam und Josh heben darauf jeder ein Glas in Richtung des Fotografen. Im Hintergrund sieht man durch eine Glaswand ein Flugzeug. Sie tragen Shorts und T-Shirts, stelle ich fest. Joshs Eltern müssen mir nicht bestätigen, dass dieses Foto vor ihrem Abflug nach Alircia entstanden ist.

»Wir dachten uns, du magst es vielleicht Adams Eltern zeigen, wenn du in Australien bist, damit sie die Jahre nachholen können, die sie verpasst haben«, erklärt mir Joshs Mutter.

»Vielen Dank.« Ich bin gerührt davon, dass sie ein Album zusammengestellt haben, und kann mir vorstellen, wie schmerzhaft es gewesen sein muss. Adams Tod muss sich für sie angefühlt haben, als hätten sie einen eigenen Sohn verloren. Ich umarme sie beide und drücke sie fest, bevor ich das Album in meine Tasche stecke, die voller Windeln, Feuchttücher, Zahnungsgel und anderer Utensilien ist, die ein winziger Mensch braucht, wenn er auf Reisen geht. In meinem Koffer liegt ein Umschlag mit Fotos vom erwachsenen Adam. Der erste Halt auf unserer Reise wird das Haus seiner Eltern sein, damit sie Harry kennenlernen können und ich ihnen bestätigen kann, welch wunderbarer, besonderer Mann aus ihrem Sohn geworden war. Adam hatte es immer furchtbar traurig gemacht, dass sie sich auseinandergelebt hatten. Am Telefon hatten sie hocherfreut geklungen, dass ich kommen wollte.

»Wir bedauern … wir bedauern so vieles«, hatte seine Mutter gesagt. »Zum Beispiel hätten wir eure Hochzeit nicht verpassen dürfen, aber am meisten bedauern wir, nicht zur Beerdigung gekommen zu sein. Ich werde Adams Babyfotos heraussuchen, bevor ihr kommt.«

Ich kann es gar nicht abwarten, diese Fotos zu sehen, aber ich kann sie mir bereits vorstellen. Ich sehe Adam jedes Mal, wenn ich in Harrys Gesicht schaue.

»Ich habe auch etwas für dich.« Josh sieht unsicher aus, als er mir eine Schachtel hinhält. Darin befindet sich eine Uhr.

»Die sieht aus wie Adams alte …«

»Sie ist es.«

Ich hole tief Luft und nehme sie aus der Schachtel. »Aber woher hast du die?« Wie um alles in der Welt hatte Josh es hinbekommen, die Uhr von Adams Großvater ausfindig zu machen, die Adam verkauft hatte, um mir den Verlobungsring zu schenken?

»Ich habe Ewigkeiten auf eBay geschaut und versucht, etwas Ähnliches für Harry aufzutreiben, und dann habe ich die hier gefunden. Die Gravur auf der Rückseite lautet: Liebe findet einen Weg. Es ist dieselbe, Anna.«

Josh betrachtet meinen Gesichtsausdruck genau, als ich die Uhr drehe, die Inschrift mit dem Finger nachfahre und mir der Blick vor Tränen verschwimmt. Ich wünschte, ich könnte die Zeit zurückdrehen. Wünschte, wir hätten mehr davon gehabt.

»Es tut mir leid, Anna. Habe ich dich traurig gemacht?«

»Nein.« Ich schaue auf und lächele. »Ich bin froh, dass du sie gefunden hast. Ich bin nur ein bisschen überwältigt.«

»Es ist so ein Zufall gewesen«, sagt er.

»Ein Wunder«, meint Nell.

Ein weiteres, denke ich und schaue auf Harry, der fast an meiner Schulter eingeschlafen ist.

Draußen ertönt die Hupe eines Autos. Chris nimmt unser Gepäck – wir reisen mit wenig –, und jeder findet sich draußen ein, um uns zum Abschied zu winken. Ich verspreche allen, dass wir uns bald wiedersehen werden, obwohl ich weiß, dass es im Leben keine Garantien gibt. Wir können nur für das Hier und Jetzt dankbar sein. Ich umarme und küsse jeden und sage ihnen, dass ich sie liebe, denn obwohl wir immer glauben, es gäbe ein nächstes Mal, eine weitere Chance, gibt es beides manchmal nicht. Ich schiebe nie mehr auf, was ich heute erledigen kann. Deshalb warte ich nicht, bis Harry älter ist, um diese Reise zu unternehmen. So Gott will, wird es für uns eine Möglichkeit geben, sie noch einmal zu machen, damit er sich später auch daran erinnern kann.

Auf dem Weg zum Flughafen döst Harry. Seine langen Wimpern liegen auf seiner blassen Haut. Seine Arme halten Percy, den Papagei, fest, den Adam, Jahre bevor er geboren wurde, für ihn ausgesucht hat. Wo sich Harrys Ärmel hochgeschoben hat, sehe ich das Muttermal. Die Landkarte.

Wieder öffne ich die Schachtel, die Josh mir gegeben hat, nehme die Uhr vorsichtig von ihrem Samtkissen und lege sie mir ums Handgelenk. Eines Tages werde ich sie Harry schenken und ihm die unglaubliche Geschichte dazu erzählen.

Unsere Geschichte.

Liebe findet einen Weg.

Unsere war keine typische Liebesgeschichte, Adam, aber es war unsere Liebesgeschichte. Und obwohl ich noch nicht bereit bin, dass sie endet, *immer noch nicht* bereit bin, dass sie endet, habe ich in Harry einen neuen Anfang gefunden und die Antwort auf die Frage, ob Liebe wirklich unendlich sein kann. Natürlich kann sie das – gibt es eine andere Möglichkeit?

Adam, das hier ist mein Versprechen an dich: Eines Tages werde ich Harry alles erzählen. Ich werde ihn lehren, dass man manchmal etwas freigibt, und es kommt zu einem zurück, und manchmal kann es das nicht …

… egal, wie sehr es sich danach sehnt.

Kapitel 83

Adam

Anna, wenn du auf Alircia Harrys Namen auf unser Liebesschloss schreibst, bin ich der zärtliche Kuss der Meeresbrise in deinem Nacken.

Ich bin das Flüstern in den Bäumen, wenn du durch italienische Weinberge schlenderst.

Ich bin der goldene Sand, der in Thailand Harrys Zehen kitzelt, sodass er sich vor Kichern nicht mehr halten kann.

Die weiße Feder, die in deine Jurte auf Hawaii fliegt, das bin ich.

Wenn du in den kanadischen Bergen sitzt und zu den funkelnden Sternen am Himmel hinaufschaust, möchte ich dir sagen, dass dein Stern immer noch am hellsten von allen leuchtet, aber ich denke, das weißt du.

Ich hoffe, das weißt du.

Ich bin bei dir, Anna.

Immer.

Danksagung

Zuerst ein riesiges Dankeschön an meinen Agenten Rory Scarfe dafür, dass er mich ermutigt hat, die Geschichte aufzuschreiben, die ich in meinem Herzen trug. Mein fabelhafter Lektor Manpreet Grewal, der sich sofort in Adam und Anna verliebt hat, verstand, wie ich die Geschichte haben wollte, und half mir, sie mit einfühlsamer Hand zu formen. Die inspirierende Lisa Milton – ich bin sehr dankbar, dass du an mich glaubst.

Die wundervolle HQ-Familie – besonders Lucy Richardson, Melissa Kelly und das Produktionsteam. Man braucht so viele Leute, um ein Buch herauszubringen, und ich bin sehr dankbar für die Hilfe, die ich bekomme.

Die Unterstützung meiner ersten Leser, denen Adam und Anna ans Herz gewachsen waren, als ich nicht ganz sicher war, wie die Geschichte verlaufen sollte oder ob sie funktionierte, war unbezahlbar. Fiona Mitchell, Lucille Grant und Emma Mitchell, ich bin mir nicht sicher, ob ihr wisst, wie viel mir euer freundliches Feedback und eure ermutigenden Worte bedeuten. Darren O'Sullivan danke ich, dass er bei Kaffee und zu viel Kuchen meiner Angst Gehör geschenkt hat, während ich versuchte, die Geschichte in meinem Kopf zu ordnen.

Ich bin so dankbar, dass mir das Magdalen College in Oxford erlaubte, an Vorlesungen über das Bewusstsein teilzunehmen, die von führenden Neurowissenschaftlern gehalten wurden.

Danke an David Luke für die Zeit, die er sich genommen hat, um während einer frühen Version mit mir zu reden. An Daniel Bor, der so freundlich war, im letzten Jahr endlose Fragen zu beantworten und Ideen einzubringen, um in der Geschichte Olivers Technik zu verwirklichen. Natürlich habe ich mir die künstlerische Freiheit genommen, die zurzeit zur Verfügung stehende Technik fiktional so zu entwickeln, dass sie zu dem passt, was Adam und Anna erleben. Es ist so faszinierend gewesen, etwas über die Entwicklungen in der Wissenschaft, die derzeitigen Studien und die Technik da draußen zu erfahren (gar nicht so furchtbar weit weg von der Technik, die Oliver konstruiert hat). Bisher hatte ich gedacht, das alles käme nur in Science-Fiction-Filmen vor. Die Zukunft ist spannend. An jeden, der in der Hirnforschung tätig ist und unermüdlich an der Bekämpfung neurologischer Krankheiten arbeitet, ist mein aufrichtiger Dank gerichtet. Ihr verändert wirklich die Welt.

Danke an Louise Molina für all ihr medizinisches Fachwissen – Fehler sind ganz klar mir zuzuschreiben.

Vielen Dank auch an alle Bücher-Blogger, die so hart arbeiten, um ihre Liebe für gute Geschichten zu teilen. Besonders an Linda Hill, deren romantische Beziehung zu ihrem Mann Steve in mir den Wunsch geweckt hat, über eine Liebe wie ihre zu schreiben.

Danke an meine Freunde, die wie Nell immer für mich da sind, wenn ich sie brauche, egal, wie viel Zeit vergangen ist. Besonders an Sarah, Natalie, Hilary, Kuldip und Sue.

Ebenso danke ich meiner Familie: Mum, Karen, Glyn, Bekkii und Pete. Ich liebe euch alle so sehr, wie auch meinen Mann Tim – danke für deine unerschütterliche Unterstützung.

Callum, Kai und Finley, die mich jeden Tag unendlich stolz machen. Ich würde alles für euch drei tun. Immer.

Und Ian Hawley. Auf ewig.

Printed in Poland
by Amazon Fulfillment
Poland Sp. z o.o., Wrocław

74952825R00256